Snøtigerens klør

Nattens barn

Anne Olga Vea

ISBN: 978-82-93355-25-0
Utgiver: Anne Olga Vea/Skogtrollet forlag.

Prolog

Det fødes en sang av mørket
Det lyder i tomheten et kor
Og kun de som lytter med sjelen
Vil fatte dens fulle makt

Amaras av Sherebun var ikke ukjent med å fryse på fingrene, tross alt måtte en regne med kalde netter og lange timer når en var astronom og lært. Han tilbrakte utallige netter ute på taket av det enkle herskapshuset sitt sammen med sitt trofaste teleskop og sine instrumenter. De lå på bordet ved siden av ham, alle på sin vante plass så han kunne finne dem uten å fjerne blikket fra de himmelske lys han var i ferd med og utforske. Han hadde liggende flere ark med godt pergament og blekk og penner lå også klare. Han måtte av og til tegne av det han så og han var kjent for å være ekstremt pedantisk. Han var viden kjent for å være så stri at han hadde blitt kastet ut av den eksklusive foreningen med vitenskapsmenn og trollmenn han var medlem av flere ganger. Årsaken var at han sto så på sitt i visse tilfeller at han begynte å slåss rent fysisk mot dem han diskuterte med. Det var selvsagt ikke tolerert og han kom tilbake kun fordi nysgjerrigheten drev ham til det.

Amaras var nådeløst nysgjerrig, han greide ikke styre seg til han hadde funnet svaret på det han undret seg over og som et resultat hvilte han sjelden. Faktisk var det noen av tjenerne hans som aldri hadde opplevd at deres herre sov. Noen mente at han slettes ikke var menneskelig. Sannheten var at han benyttet seg av noen svært dyre og eksklusive urter som tillot ham å være oppe i dagevis av gangen og han helte også i seg store mengder te og vin. Og når han sov var han borte i flere dager.

Amaras var adelig, hans far hadde vært en svært rik godseier som var i slekt med kongefamilien langt ute og Amaras hadde ingen mannlige søsken. Hans mor hadde født fem jenter, så kom Amaras og så kom tre jenter til før moren døde av pesten. Alle jentene var giftet bort og Amaras arvet farens eiendom da han var tjuefem. Det var nesten førti år siden og han hadde ikke akkurat økt familieformuen. Han hadde solgt unna mer og mer for å få råd til dyre bøker, studier og instrumenter og nå satt han igjen med et lite hus som hadde vært brukt til gjester før, noen få mål dyrket mark en tjener tok vare på for ham og en skattkiste som var temmelig renskrapet.

Amaras brydde seg ikke om rikdom, for ham var den eneste sanne verdi kunnskap og av det hadde han store mengder. Han regnet seg som en sann ekspert innen sine felter som var astronomi og historie samt astrologi og mystisisme. Den siste interessen var temmelig ny og der var han ennå litt grønn men han lærte fort og han hadde gode bøker om emnet. Denne natten var han ute for å beundre at månen sto lavere over horisonten enn noen annen natt i året. Og fargen ble utrolig vakker og dyp, han var virkelig betatt av synet. Det sto et glofat like ved teleskopet og han varmet hendene over det med jevne mellomrom. Han hadde fingerløse hansker på seg for han trengte fingernemhet skulle han greie å finjustere teleskopet. Det var et av de beste en kunne få tak i og kostet flesk så han behandlet det med den ytterste varsomhet og respekt. I det store og det hele behandlet Amaras utstyret sitt med langt mer varme og omtanke enn andre mennesker. Amaras var lite interessert i andre, han hadde aldri søkt selskapet til andre mennesker for annet enn å innhente den kunnskapen de eventuelt hadde.

Amaras hadde vært forlovet, med datteren til en annen rik jordeier i området. Men da hans far brått gikk bort sørget han for å få forlovelsen opphevet på dagen, han var ikke interessert i kvinner. De var tanketomme høns som bare skravlet om ingenting og eide ingen interesse for sann viten. Nå var kanskje hans holdning noe innskrenket men han hadde aldri hatt en mulighet til å lære noe annet. Selv ikke som student hadde han prøvd seg på jentene og det gikk en del rykter om at han hadde andre preferanser enn de fleste.

Men Amaras var ikke av dem som likte andre menn, han likte ganske enkelt ikke andre mennesker, så enkelt var det.

De lyster og behov kroppen har overså han totalt og hans største nytelse var å sette seg ned med en bok han aldri hadde åpnet før og en flaske god vin. Han kunne leve på det lenge. Tjenerne fikk som regel ordrene sine skriftlig, skjøvet inn under døra før dagen tok til og han visste ikke hva de het engang. Den eneste han visste fornavnet på var kokka, hun var så viktig at han hadde greid å overkomme sin motvilje mot andre og oppsøke hennes domene mange nok ganger til at han kjente henne forholdsvis godt. Hun var et langt og magert kvinnfolk med bistert blikk, bart og underbitt. Og hun var en mester til å lage mat, hun var fantastisk dyktig og Amaras ville heller kappe av seg armen enn å miste henne. Så han var utsøkt høflig mot henne, føyde seg etter hennes planer og menyer og de hadde et solid om enn noe kaldt forhold.

Han skuttet seg og sukket salig ved tanken på beregningene han skulle gjøre den kvelden. Han aktet å sette opp noen horoskop for kjente personer i riket og han gledet seg til arbeidet. Han mente som så mange andre at en kunne skue den sanne planen for skapelsen i stjernene og han drømte om og kanskje løse selve gåten om gudenes mening med alt.

En tjener hadde akkurat vært der med en stor kopp varm kryddervin, Amaras helte det i seg mens han telte stjerner og så hvordan tårnene på borgen i nabo landsbyen sto som svarte silhuetter mot månens vakre gylne flate. Han bøyde seg for å sette koppen på golvet igjen da han rynket pannen. Et øyeblikk var det som om han følte en slags merkelig vibrasjon?

Han reiste seg fort opp igjen, så seg rundt med forbauset blikk. Det kom igjen, golvet skalv under ham og i det fjerne begynte noen hunder å gjø hysterisk. Amaras ble likblek, jordskjelv? Han visste selvsagt hva et jordskjelv var, og hva det kunne gjøre av skade. Men det hadde aldri vært jordskjelv i dette området noen gang.

Rystelsen kom tilbake en tredje gang, hestene i stallene rundt omkring vrinsket og skrek og folk kom ut av husene sine, forvirret og skremte. Amaras holdt pusten, var det et jordskjelv var det svakt, ikke sterkt nok til å gjøre noen skade. Det var bare en kuriositet, et vitenskapelig interessant fenomen, ikke noe mer. Men Amaras fikk en merkelig følelse der og da, noe kaldt raste gjennom ham og han trakk kappen tettere om seg, så seg rundt med skremt blikk. Det var et øyeblikk som om alle skyggene rundt ham rommet noe skrekkelig, kalde harde øyne som stirret på ham med likegyldighet og forakt.

Han løftet blikket og nå gispet han høyt. Det lyset han så danse på horisonten kunne vært nordlys men var for avgrenset. Det så nesten ut som en glødende ring av mangefarget vakkert lys og det så ut som om ringen falt ned fra himmelen i en rasende fart før den brått ble borte igjen. Amaras holdt seg fast i bordet, han kjente at hjertet formelig galopperte i ham. Dette var ikke naturlig, han følte det i selve margen.

Det kom en siste rystelse og et brått og voldsomt vindkast veltet nesten teleskopet, vinden var bitende isnende kald og bar med seg en underlig metallisk lukt han ikke kunne identifisere.

Amaras var smart, han tenkte logisk selv så skremt han hadde blitt. Han prøvde å bedømme hvor langt det var til stedet der ringen hadde åpnet seg ved hjelp av månen og stjernene. Han stønnet lavt, det var langt, alt for langt til at han kunne bedømme akkurat hvor det var. Men det var kraftfullt hva det enn var, og skremmende.

Amaras samlet seg, stirret i retningen av det underlige lyset igjen og han visste at han i dette tilfellet var utenfor sitt område. Dette krevde en magikers viten, han var ikke god nok der. Han tok en brå beslutning, det hadde vært meget kraftfullt hva det enn var som skjedde og han måtte vite hva det hadde vært. Han pakket ned teleskopet kjærlig, så ryddet han resten og raste ned i bygget igjen mens han ropte på en tjener med høy røst.

En lang spinkel kar som nesten kunne titulere seg som en slags hovmester dukket opp, forundret og skremt over herrens brå stemmebruk. Vanligvis hevet Amaras aldri stemmen over noe som lignet hvisking for et vanlig menneske. Amaras så bestemt på tjeneren. "Få dem til og sele opp de raskeste hestene jeg har, jeg vil besøke Aldur."

Tjeneren så sjokkert ut. "I natt? Det tar flere dager å kjøre dit, og veiene er dårlige etter regnet."

Amaras nikket. "Jeg vet, men det er nødvendig. Jeg er redd det skjelvet og lyset jeg så spår om noe svært farlig."

Tjeneren visste bedre enn å motsi sin herre, han løp ned i stallen der stallkaren og hans sønn oppholdt seg. Amaras hadde ikke mange hester, han hadde ikke råd. Men han hadde en god ridehest og fire kjørehester. To av dem var forholdsvis raske og de ble selt på og spent for lettvogna. Det virket som om det hastet så da fikk de satse på at den tålte påkjenningen. Før det var gått en time engang satt Amaras i vogna og hestene løp i skarpt trav bortover den hullete veien. Aldur var den eneste trollmannen han kjente til, og han bodde i en landsby nesten ute ved kysten og rikets hovedstad. Det var en drøy tur men Amaras hadde en ekkel følelse av hastverk, noe var alvorlig galt et sted, han syntes han så noe skygge for stjernene rett etter at lyset ble borte og han hadde lest mange nok gamle skrifter til å forvente seg det verste.

Turen ble temmelig strabasiøs men heldigvis var det vertshus langs veien der han fikk overnatte. De måtte bytte ut lettvogna med en gig siden et hjul brakk på en stein og det regnet i et helt døgn men Amaras nådde frem til Aldurs hjem på rekordtid allikevel. Aldur var en utgammel kar som sjelden var å se blant andre men han var allikevel mer sosial enn Amaras og han ble temmelig forskrekket da han så hvem som kom på uanmeldt besøk. Amaras var kjent for å være like glad i å reise som en ku er i å danse ballett

Amaras ble høflig geleidet inn i Aldurs kombinerte stue og oppholdsrom. Den gamle trollmannen bodde i et stort gårdshus og bygget var enkelt men solid. Allikevel hadde det sett bedre dager og Amaras så seg rundt nesten misbilligende, han var vant med mye mer luksus. Aldur satte seg og Amaras dyttet en katt ut av en stol og satte seg. Møbelet gav fra seg en skrikende lyd i protest, antagelig var den ikke brukt av folk på lenge. Aldur hadde ikke engang noe å by gjesten på så han gikk rett på sak. "Nå min ærede herre, hvilken ære å ha deg i mitt ringe hjem. Hva kan jeg takke for dette sjeldne besøket?"

Amaras svelget kort og forklarte utfyllende om det han hadde sett og Aldur fikk noe mørkt i blikket. "Jeg merket også skjelvene, og så et lys men åsene er i veien så jeg så ingenting klart. Har du noen tegninger av det du så?"

Amaras nikket og halte frem noen tegninger han hadde laget seg på turen og noen beregninger. Aldur så smalt på dem, mumlet for seg selv og reiste seg. Han gikk bort til en enorm bokhylle som tok opp hele langveggen i rommet. Han begynte å hale frem bøker fra den og lempet dem ned på et bord.

Amaras så litt misunnelig på ham, noen av titlene var bøker han gjerne skulle ha solgt sjela for å få eie. Aldur satte seg ned til slutt og så stivt på Amaras. "Jeg trenger tid for å sammenligne skrifter og se om mistankene mine stemmer. Jeg kan anbefale vertshuset til i morgen, jeg har ikke rom for gjester er jeg redd, Men kom tilbake midt på dagen i morgen, da skal jeg se om jeg har rett i mine mistanker."

Amaras svelget lettet, et vertshus kunne ikke være så ille som dette rottereiret. "Hva er det du mistenker Aldur?"

Aldur strøk seg gjennom det tynne pistrete skjegget. "Noe forferdelig, utenkelig. Men nok om det, ingen vits i å heise flagg før en vet at kampen er nær er det vel?"

Amaras ble faktisk skremt av hva Aldur sa, han skjulte det godt men visste at noen trollmenn hadde kunnskaper de aldri i verden burde hatt. Og eksemplene på at ting hadde gått katastrofalt galt var mange, og i de fleste tilfellene aldeles gruoppvekkende.

Amaras gikk til vertshuset som gladelig tok i mot ham og kjøreren og de utslitte hestene og han fikk en god natt i en bra seng uten veggedyr og lus. Og maten der var også god så Amaras var svært fornøyd. Da morgendagen kom tok han et bad, kledde seg godt for den sure høstvinden og gikk til Aldur igjen og han ble halt innenfor døra så fort han banket på av en tydelig opprørt magiker. Mannen var synlig blek og de magre armene ristet formelig. Amaras trengte ikke å spørre om hvorvidt Aldur hadde funnet det han var ute etter, det var temmelig opplagt.

Aldur klasket en åpnet bok ned på bordet ved siden av Amaras, det var tegnet en slags skisse på arket og den forestilte en slik lysende ring adelsmannen hadde sett. Og det var skrevet en hel masse på bunnen av tegningen. Amaras kjente ikke engang alfabetet det var skrevet med og boka virket utgammel.

Aldur svelget og gned seg i tinningen. "Jeg har lett i hele natt men jeg fant dette for noen timer siden, og det skremmer meg virkelig."

Amaras så smalt på tegningen, den var god og han så spørrende på magikeren som satte seg ned så det skrek i stolen igjen. "Hva betyr det?"

Aldur lukket øynene et øyeblikk. "Det betyr at en magiker har gjort noe aldeles utenkelig, brutt alle de lover og regler vi har, ja gjort noe hinsides fornuft. Og han kan neppe vite hvor forferdelige konsekvenser det vil få."

Amaras bikket på hodet. "Jeg skjønner ikke?"

Aldur sukket lavt. "Det er ting en aldri må gjøre, det lærer en med en gang en begynner å studere til å bli magiker. Og en av de tingene er å prøve å mane frem ting fra andre verdener, det er så farlig at bare tanken på det er tabu."

Amaras svelget sakte. "Jeg er ikke så bevandret i magiens verden er jeg redd, kan du forklare?"

Aldur grep et ark og lagde en slags enkel tegning. Den forestilte en løk skåret i to og Amaras så forvirret på magikeren, grønnsaker?

Aldur pekte på tegningen, han tok pennen og la den over den. "Tenk deg at alle lagene i løken er ulike verdener, de er alle unike og forskjellige og gudene vil aldri la dem blande seg. Det vil forrykke hele skapelsen. Men om en magiker prøver å mane til seg noe fra en verden, la oss si fra det innerste laget i løken…"

Han grep arket og foldet det i mange omganger så det lignet et trekkspill, så stakk han pennen gjennom det. "Og til det ytterste, så vil det som du ser bli et hull i dimensjonene. Det var hva du så, et dimensjonalt hull!"

Amaras så litt forbauset og vantro ut. "Ok, jeg forstår det, men det stengte seg?"

Aldur skar en bister grimase. "Takk skaperen for det, men kun noen sekunder er nok Amaras, nok til at ting fra andre dimensjoner kan slippe gjennom, ting som absolutt ikke er ønsket eller ventet. Jeg vet ikke hva som kunne ha kommet gjennom den porten men jeg tror ikke at den som manet den frem fikk hva han ba om, eller visste om faren. Om han fikk tak i noe fra en annen dimensjon Amaras, vil det objektet være som et fyrtårn, som en magnet for det som måtte ha fulgt etter ubedt. Det er mørke der ute Amaras, mørke som er så gammelt som universet selv, og det ønsker mer enn noe annet å besette andre verdener."

Den gamle magikeren pekte på tegningen med skjelvende hånd. "Og ingen husker lenger hvordan en stanser noe slikt, det vil eskalere og bli verre og verre og om det ikke stanses vil faren være stor for hele verden."

Amaras var tørr i halsen. "Så hvordan stanser en noe slikt?"

Aldur trakk på skuldrene. "Ingen vet det lenger, enkelt og greit. Den typen magi er glemt for alle for eoner av tid siden. Magien er svekket min venn, kun som selskapsleker å regne sammenlignet med hva den var før. Om det som eventuelt slapp gjennom er ondsinnet er riket i fare."

Amaras kjente seg brått veldig liten og særdeles lite modig. "Hva kan vi gjøre?"

Aldur trakk pusten. "Jeg skal skrive et brev og i morgen sender vi et bud til Shabuch. Gudenes utvalgte bør få vite om dette, kanskje de kan finne ut av hva som har skjedd, og hva konsekvensene blir."

Amaras så bedende på magikeren. "Men det er vel ikke sikkert at noe galt skjer? Det kan ha gått bra?"

Aldur slo ut med armene. "Jøss, joda, det kan ha gått bra, det kan ha vært mislykket og var nok helst det også. Jeg kjenner ingen magiker sterk nok til og virkelig åpne en slik port. Men for sikkerhetsskyld bør vi forberede oss. "

Amaras nikket sakte. "Selvsagt, vi bør forberede oss på det verste."

Aldur smilte stivt. "Jeg er takknemlig for din støtte Amaras, med våre navn på brevet må de skjønne alvoret. Jeg skal sette meg ned å skrive med en gang."

Amaras smilte og prøvde å se optimistisk ut. "Men fortalte noen av skriftene virkelig om slike tilfeller?"

Aldur sukket og nikket med øynene lukket. "Guder, jeg føler meg gammel for første gang på lenge. Slik en byrde kunnskap kan være. Skriftene fortalte om en magiker for sju tusen år siden som prøvde å mane til seg en ånd fra en annen verden. Han fikk bare et slags dyr som døde nesten med en gang for det kunne ikke puste i vår luft. Men sammen med dyret kom også noen giftige insekter som ble en forferdelig plage og nesten utryddet alt liv i et helt rike. En brå snøstorm alt for tidlig på året var det som berget dem, insektene frøs i hjel."

Amaras rykket til. "Det var også på høsten?"

Aldur så spørrende på ham. "Ja, hvordan det?"

Amaras strålte opp ved tanken på en utfordring. "Stjernene sto kanskje som nå da, hva om stjernenes stilling har noe å si for når en kan mane til seg ting fra ulike verdener? Da kan en kanskje finne ut hvilken verden den ansvarlige var ute etter å hente noe fra?"

Aldur nikket og lysnet opp et øyeblikk. "Det kan tenkes ja, det er så avgjort en mulighet. Har du bøker om slikt?"

Amaras ristet på hodet. "Ikke om stjernenes forbindelser med ulike verdener nei."

Aldur sukket. "Greit, jeg sender med deg et brev og en anbefaling og så reiser du rett til overhodet for min orden. Han bor ute ved kysten i byen ved Hvitbukta. Hans navn er Ulthario og han bør ha bøker også om slike emner. Men vær obs på den mannen Amaras, han er begynt å bli rotete og kan være skrekkelig hårsår. Ikke fornærm ham hva du enn gjør, da står vi der!"

Amaras nikket bare og Aldur satte seg or å skrive brevene. Før det ble mørkt sprengred en budrytter mot Shabuch og Amaras var på vei mot kysten med to nye hester og et lass proviant og utstyr. Han var langt fra sikker på hva han hadde begitt seg ut på men han følte at han bare måtte prøve å løse denne gåten. Han var blitt oppriktig redd og enda mer nysgjerrig og selv om reisen ville ta flere uker regnet han med at det ville være verdt det. Noe ved det han hadde sett hadde bitt seg fast i ryggmargen på ham og det krøp kalde gys nedover ryggen på ham hele tiden. Om universets lover kunne brytes på det viset ja hva annet kunne vel skje? At skapelsen ble ødelagt? At historien ble endret? Han skulle ønske han kunne ha reist fortere ved å ri men han hadde aldri likt det og var en særdeles utrygg rytter. Som regel gikk han i bakken før hesten hadde gått mer enn noen steg. Vogna så fattigslig ut så han tvilte på at noen ville prøve å rane ham på veien og det var en ganske mye brukt hovedvei så trafikken var stor. Han følte seg trygg i så måte. Men om Aldur hadde rett og ting fra ukjente verdener hadde kommet gjennom kunne hva som helst skje.

Aldur hadde gitt ham et sverd, noen dolker og en bok med enkle besvergelser selv en novise burde greie å bruke. Amaras var fast bestemt på at han stolte mer på sverdet enn den boka. For første gang i sitt liv hadde han en sjelden og verdifull bok i hende han ikke ønsket og utforske.

Kapittel 1: Uten nåde

Den som intet hjerte eier
Ingen nåde kjenner til
Den som intet føler
Kan ei gudene gi fred

Ingolemo av Ulthane stirret smal øyd og bittert på skikkelsen i cellen, han skar en stygg grimase og vurderte mulighetene sine. Han hadde feilet, dette var ikke hva han var ute etter i utgangspunktet. Men kanskje han kunne ha nytte av den uansett. Han hadde alltid vært en person som så utveier der andre så hindringer.

Han kastet et siste blikk på skapningen før han stengte døra til den vesle fangekjelleren og gikk tilbake opp trappene. Det stinket ennå i hele bygget etter seremonien og røyken hang sur over området. Han hadde brent en god del ting han ikke ønsket at andre skulle få kloa i. Fort gikk han opp trappene til tårnet, skjøv opp døra til sitt private rom og slengte den igjen bak seg. Boka lå der på et stativ, stor og vakker med innbinding i blodrødt lær og skrift som var skrevet med blekk laget av menneskeblod, blodet fra en ulv og aske fra en brent heks. Han gliste sakte, strøk handa nesten kjærlig over de merkelig pene sidene. Boka så ny ut, men den var hundrevis av år gammel. Det var et gudenes hell at han hadde funnet den, og han skulle virkelig vite og utnytte den for alt den var verdt.

Ingolemo var ingen magiker, ingen trollmann. Han hadde aldri gått den harde skolen og lært hva magi egentlig dreier seg om. For ham var det kun makt som betydde noe, og rikdom. Født som sønn av en skomaker av alle ting hadde han hatt lite å se frem til når det gjaldt muligheter men skjebnen ville det annerledes. Tilfeldigvis hadde tjeneren til en adelsmann brått dødd på vertshuset i landsbyen han kom fra, og adelsmannen hadde tatt Ingolemo som ny tjener. Tross alt, han trengte noen som kunne gjøre de daglige gjøremål for seg. Ingolemo hadde vært en pen gutt, ganske høyreist og blek med lyst hår og brune øyne, det varte ikke lenge før herren fikk en helt ny interesse i sin nye tjener og Ingolemo var rask til å utnytte det. Han var villig til å gjøre det meste om det gav ham fordeler. Og det fikk han raskt, svært raskt. Det gikk ikke et år en gang før han var opphøyd til herrens væpner, så til hans adopterte sønn før det andre året var omme. Og det tredje året ramlet herren ut av et vindu og ned i vollgraven i fylla og gudene være med hans sjel.

Ingolemo var enearving og nå hadde han innsett verdien i å vite det andre ikke vet. Han kjøpte seg spioner, skaffet seg kontakter og begynte å innse at den som sitter med makten ikke nødvendigvis er den som svinger et sverd eller bærer en krone. Det kan like gjerne være den som forteller en konge hva han bør gjøre, eller den som styrer denne personen. Så Ingolemo satset på å være diskret, han stakk aldri hodet frem men fant måter å skaffe makt på i det skjule. Og lite tiltrakk ham mer enn magi.

Han hadde alltid ansett magikere som sjarlataner men etter som han skaffet seg kunnskap begynte han å forstå forskjellen på magi og virkelig magi. Og han innså at virkelig magi kunne gi makt, makt ingen ville ha innsikt i at man satt med. Han kunne styre personer via magi, eller med løftet om det. Det var en vanskelig dans, en hvor en måtte være virkelig dyktig til å styre stegene etter de andres. Mye sto på spill og mye kunne gå galt men Ingolemo hadde aldri smakt søtere brygg enn maktens. Og nå dette, nå denne forbannede tabben. Han hadde vært så sikker på at det skulle gå helt etter planen, boka hadde lovet det, gitt gode instruksjoner for hvordan han skulle gå frem, for hvordan han skulle utføre ritualet og avslutte det når han hadde skapningen i hende. Og så hadde han fått en hunn! En stakkarslig hunn! Han trengte en hann, en skremmende skrekkelig hann slik hans oppdragsgiver forlangte. Ingolemo ville aldri fortsette å klatre mot mer innflytelse om han gjorde slike feil.

Han bannet for seg selv, skapningen var ikke engang den arten han hadde håpet på, han hadde aldri hørt om demoner som så slik ut.

Han måtte rådføre seg med boka, det kunne hende at den var verdt en del uansett. Han burde kunne utnytte at den var eksotisk og annerledes. Jo, det kunne så avgjort utnyttes. Han åpnet boka og begynte å lese. Det hastet, Dolric ville være der allerede neste dag og da burde han ha noe å presentere for ham, noe som ville døyve sinnet over at han ikke hadde greid å frembringe en hanndemon. Etter en stund slo han boka sammen og gliste litt for seg selv, planen var klar. Om det som sto der stemte eller ei ante han ikke men han kjente menn som Dolric. De er som regel svake for enhver form for smiger, for enhver som støtter dem og støtter dem helhjertet. Ingolemo var dyktig til det, å late som om han var helt og holdent på noens side. Han kunne ha lurt sin egen mor om hun hadde vært i live. Han smilte lurt da han gikk for å gjøre de forberedelsene han trengte, Dolric fikk kanskje ikke en demon men han skulle ikke føle at han var snytt. Og om han ikke ville ha den, vel, Ingolemo visste utmerket vel hvordan han skulle utnytte skapningen selv, det var mye magi i den, så mye at han var ganske sikker på at han fikk stor nytte av den.

Morgengryet kom med tåke og yr, det var halvmørkt ute og Ingolemo hadde forberedt ankomsten vel. Han var glad skapningen var bevisstløs ennå og samarbeidsvillig. Han hadde spist frokost da han hørte hornet som fortalte at det var folk på vei mot portene. Stedet var lite, det var en borg som beskyttet kun et lite område med vannsyke åkre og litt skog men en eller annen konge hadde brukt det som jaktslott en gang i tida. Derfor så det ganske imponerende ut på avstand og han hadde behov for en viss stab for å holde stedet ved like og for å skaffe ham det han trengte. Men han fortalte dem aldri hva han egentlig drev med og de slapp aldri inn i hans private rom. Hans nærmeste tjener banket på døra og han brølte tilbake at han kom om noen minutter. Fort trakk han på seg en kappe som var dekket med mystiske runer som egentlig bare var pynt. Han smurte litt sot og slikt i ansiktet og helte litt høneblod fra en slaktet kylling på hendene og ermene sine. Da han var ferdig med maskeringen så han virkelig ut som om han hadde kjempet hele natten og lengre til med å bekjempe en blodtørstig demon.

Dolric var en stor mann, en gang hadde han hatt et navn som turneringsridder og de hadde bare kalt ham veggen. Det var like enkelt å treffe ham som å treffe en vegg siden han var så svær men det var da også det siste mange gjorde. Han var stø i salen og slo mange motstandere rett av hesten bare via kraften i anslaget. Denne dagen red han i front for sju av sine beste menn og han var ikledd rustning og en vakker kappe i blodrød fløyel. Dolric tedde seg som en ridder enda han var en mann uten slekt og makt i ryggen. Hans ambisjoner var grenseløse og Ingolemo visste å benytte seg av slike menn. Så lenge de hadde fremgang var de en verdifull stige. Mistet de grepet var det enkelt å snu ryggen til dem også.

Dolric var egentlig svært høyt på strå fra fødselen av, han var sønn av en av brødrene til kongen i nabolandet og kunne så avgjort ha blitt en person med innflytelse kun i kraft av sitt blod. Men Dolric hadde svakheter, store svakheter. Han var voldelig og oppfarende, han mente at kun ham selv betydde noe og han anså alt og alle som ting som utelukkende eksisterte for å tjene ham selv. Ingolemo visste mye om mannen, og prøvde å spille på ham som en harpespiller bruker et godt instrument. Han måtte være varsomt så klart men han visste å friste og lokke.

Dolric var utstøtt av sin familie og sitt land, han var forvist og hevntørsten og raseriet hans bare kokte seg sterkere for hvert år som hadde gått. Han hadde erobret et gammelt slott fra en ubetydelig liten baron ingen hadde giddet å komme til unnsetning og gjort det sitt. Og nå var han ute etter noe som kunne gi ham overtaket, noe han kunne bruke til å drepe sine brødre og sin konge. Han steg av den store grå stridshesten sin og så seg rundt med avsmak. Dette stedet var så fattigslig og elendig at han undret seg over hvorfor han ikke hadde tent fyr på det for lengst. Men han trengte Ingolemos ekspertise, han kjente ikke til noen andre magikere. Eller magiker, Ingolemo var ingen magiker. Han hadde kunnskapen men hadde aldri sverget noen ed om å følge deres regler og forordninger. Han sto fritt og Dolric var glad han hadde funnet mannen.

Ingolemo kom ut på trappa, han bukket dypt for Dolric som så litt vantro på hvordan mannen så ut. Han begynte å bli nervøs for oppdraget og Ingolemo rettet seg opp igjen og slo ut med armene. "Kom inn kom inn min herre, vær velkommen i min ringe bolig" Dolric fulgte etter og skjulte grimasene av avsky. Stedet stinket av svovel og noe udefinerbart noe som fikk ham til å holde et tøystykke foran nesa og han så ikke en levende sjel noe sted. Det gjorde ham litt nervøs. Ingolemo stanset foran fangehullet med en litt nervøs mine, han fiklet med kappen sin. "Herre, jeg må tilstå at seremonien fikk et litt uventet resultat. Det jeg fikk tak i var ikke akkurat hva vi var ute etter!"

Dolric så på Ingolemo med smale øyne. "Derfor ser jeg slik ut, skapningen var svært farlig min herre, jeg måtte virkelig kjempe for å overvinne den"

Dolric bikket på hodet. "Farlig? Men ikke en demon?"

Ingolemo smilte litt unnskyldende. "Det er tall løse andre verdener min herre, antagelig sto en eller annen stjerne litt feil i forhold til de andre. Men jeg tror ikke du blir skuffet allikevel. Den er utsøkt, og meget mektig"

Han åpnet døra og de gikk inn. Ingolemo hadde forberedt stedet bra, han hadde sprutet blod på veggene, revet bort deler av gitteret og fått stedet til å se ut som om noe hadde prøvd å rive hele rommet. Midt i det hadde han hengt henne opp etter armer og bein så hun så ut som en x. Lenker var festet i golv og tak og de var solide. Skapningen var bevisstløs og hodet hang ned mot ene armen, Ingolemo hadde sprutet blod på den og tegnet på henne noen underlige intetsigende tegn med lysende maling så hun så virkelig eksotisk og skremmende ut. Dolric stanset og glante, han var åpenbart sjokkert men skjulte det forholdsvis bra.

Dolric så spørrende på Ingolemo som prøvde å se stolt ut. "Jeg må si ærede herre at det var et helvete å få bundet skapningen men jeg klarte det til slutt. Uten at hun drepte meg!"

Dolric trakk seg i bukkeskjegget, det var noe som lignet grådighet i blikket. "Så, hva nytte kan jeg ha av denne hunnen her, hva er hun forresten?"

Ingolemo smilte forbindtlig. "Det er jeg ikke helt sikker på min herre, men jeg har funnet ut såpass mye om den at jeg vet at den kan være meget nyttig. Særlig for en herre som dem."

Dolric så litt hardt på Ingolemo. "Jeg ønsket en hann demon og jeg skal ha en hann demon. Så dette bør være en god forsmak på hva som kommer."

Ingolemo bøyde seg dypt. "Selvsagt min herre, jeg skal skaffe en hann demon, stjernene er ennå i posisjon. Men du får denne gratis, som en liten bonus kan du si."

Dolric gikk varsomt nærmere den hengende skikkelsen, han studerte den nøye og grundig. "Jeg har aldri sett en slik skapning før, hva nytte har jeg av den?"

Ingolemo smilte forbindtlig. "Jeg har funnet ut at en kan lage en eliksir av blodet dens, som kan gi en diverse magiske evner, dog bare for en begrenset tid. Og det å ha samkvem med en slik skapning skal sørge for at ens manndoms kraft aldri svinner."

Det siste virket for og særlig vekke Dolrics interesse, han var kjent for å være særdeles sulten på kvinner og han tok sjelden særlig hensyn til dem heller. Han tok det han ville ha, villige eller ei. Han så skrått på Ingolemo. "Og det er du sikker på?"

Magikeren nikket sindig. "Ja boka lover det, de er svært verdifulle disse skapningene, men en må selvsagt være varsom, de er sterke og ville."

Han spilte Dolric nå, lekte og lokket mannen med hva han visste ville øke mannens interesse. Dolric likte å temme og knekke kvinner og han var viden kjent for å være voldelig også på det området. Han hadde visstnok slått i hjel sin hustru og ingen tvilte på sannhetsgehalten i det.

Dolric så på skapningen igjen, så strakte han frem en hånd og rørte ved den, blikket fikk en ny glans og han fikk et litt stygt glis om munnen. "Jeg godtar den som en bonus Ingolemo, men om to dager kommer jeg tilbake og da skal du ha en hann demon klar til meg, ferdig temt og i stand til å drepe."

Ingolemo bare nikket. To dager var forbannet kort varsel, han ble nødt til å gjenta seremonien alt til kvelden igjen og han trengte en god del ting for å få det til men helvete heller, han hadde akkurat unnsluppet en stor fare. Han hadde vært redd for at Dolric skulle bli rasende og skade ham eller drepe ham.

Dolric befølte formelig skapningen og Ingolemo sukket lettet, han hadde hatt rett. Dolric åpnet buksene og var tydelig klar for det meste og siden Ingolemo hadde hengt henne opp slik var det lett for ham å komme til. Og han nølte ikke i det hele tatt, han gjøv på og begynte å stønne og grynte av kåtskap og nytelse med en gang. Ingolemo skar en grimase av avsky, Dolric var da et svin også men det spilte ingen rolle så lenge svinet betalte for seg. Selv ville han ha behandlet en så utsøkt skapning med langt mer finfølelse men så lenge Dolric ble fornøyd ville alt bli bra. Han bare snudde ryggen til mens mannen gjorde seg ferdig med et håst gaul. Han ble stående å hive litt etter pusten før han kneppet igjen og gliste til Ingolemo. "Du har rett, jeg har faen meg aldri fått et så godt knull. Jeg beholder henne."

Han så på den hengende skikkelsen med eie begjær i blikket. "Jeg skal kle henne i hvitt og la mennene mine se henne men de skal aldri få røre henne og kun få misunne meg hva hun gir meg."

Han snudde seg mot Ingolemo. "Hold henne her til jeg kommer etter demonen, vask av henne alt blodet og se til at hun våkner. " Ingolemo bare smilte servilt og bannet igjen innvendig. Han måtte bare lykkes i å mane frem en forbaska demon, og alt den natten.

Dolric gikk ut igjen med en svært fornøyd mine på ansiktet, han hadde virkelig en følelse av økt kraft og om det skyldtes det uvanlige ved skapningen eller om det bare var en effekt av Ingolemos ord var ikke godt å si. Uansett, den var vakker og sjelden og noe andre ville misunne ham. Bare det var nok til at han ville ha den for seg selv. Han steg til hest igjen og red ut porten uten å se seg tilbake og mennene hans undret seg i sitt stille sinn over den muntre minen hans.

Ingolemo sto der og sukket tungt for seg selv. Han hadde en jobb å gjøre og den var ikke lett. Han løsnet lenkene og stønnet over vekten av skapningen, hun var lang og tung og han fikk buksert henne inn i cellen med vansker. Det rant blod nedover lårene på

henne og han skar en liten grimase av ubehag. Dolric hadde
åpenbart skadet henne men heller henne enn ham selv. Han stengte
celle døra og gikk for å forberede seremonien. Han trengte resten av
dagen på det og tvang seg til å roe seg såpass ned at han greide å
konsentrere seg om oppgaven som ventet.

Kulde, det var alt hun sanset først. En skrekkelig kulde som virket
for og formelig suge alle sanser til seg. Og så kom det mer,
merkelige lukter, smerte og en underlig tom følelse. Hun prøvde å
åpne øynene, alt spant og hun forsto ingenting. Hun stønnet, det var
kun svakt lys der men hun så utmerket i mørket. Hun kjente ikke
stedet, det var et slags bur med stein i bakveggen og hun var naken
og det var iskaldt der. Hun gispet, hva var dette? Hvor var hun?
Hun prøvde å røre seg og med en gang skar smertene gjennom
henne, hun stønnet og kjente at panikken jobbet i henne. Hva hadde
skjedd? Det satt noe klissete på huden hennes og hun gned på det,
det var en slags maling. Og mellom beina verket det verst, hun
kjente etter og fikk varmt blod på fingrene, hennes eget. Hun forsto
instinktivt hva som hadde skjedd og hikstet fortvilet og skremt.
Ved alle guder, hvor var hun? Og hvem var hun? Hun prøvde å
huske men alt hun fant var tomhet, ingen minner, ingen ting. Hun
ville skrike men strupen snørte seg sammen, ville rive i gitteret og
bryte seg løs men greide ikke røre seg. Hva var dette? Hun sanset
fare, den strømmet mot henne fra alle retninger og hun krøllet seg
sakte sammen, prøvde å skjule seg i skyggene. Alt var galt, hun
visste det bare. Hun prøvde desperat å finne noe hun kunne bruke
som utgangspunkt, som kunne forklare henne hva som hadde
skjedd. Men sinnet hennes var tomt og hun hulket og lukket øynene.
Lyset fra fakkelen skar i øynene hennes og hun kjente at stanken der
nede nesten kvalte henne. Tårer rant nedover kinnene hennes, var
dette døden? Hadde hun gjort gudene vrede på noe vis? Hun hikstet
og skalv, om dette ble evigheten for henne var tanken ikke til å
bære.

Ingolemo måtte jobbe som en gal for å få alt klart til seremonien, han hadde sendt alle tjenerne ned til landsbyen i dalen siden ingen skulle få forstyrre ham og han måtte ordne alt alene. Men omsider var tiden inne og han kjente en slags forventning. Han gledet seg til å teste seg ut igjen, til og virkelig se hva han fikk til. Han hadde kledd seg i en kappe av svart fløyel og på golvet i rommet han brukte var det tegnet opp en sirkel med nøye opptegnende tegn og runer. Han helte olje i lampene og var klar.

Ingolemo steg ut i den vesle sirkelen han skulle stå i, ute var det heldigvis klart og han så at månen var på vei opp. Det passet ypperlig og han begynte de innledende delene av seremonien. Han var svært nøye nå, ikke noe fikk gå galt og snart var han helt konsentrert om jobben han skulle gjøre. Ingolemo var kanskje svært kunnskapsrik men en virkelig magiker ville med en gang ha sett tabbene han gjorde. At det hadde gått bra første gangen var egentlig mer av et mirakel enn noe annet.

Stjernene hadde for det første flyttet seg i løpet av noen dager, ikke mye men så avgjort nok. Og Ingolemo var alt for selvsikker. Selv ikke en svært dyktig magiker vil prøve å mane frem en demon, sjansen for at det gikk galt var overhengende og en demon var som regel en alt for vill og selvstendig skapning til å lyde en alminnelig dødelig.

Ingolemo jobbet hardt, han messet og ropte og fulgte boka til punkt og prikke. Hadde han valgt å la seg utdanne kunne han faktisk ha kommet langt for det krevde talent å gjøre noe slikt. Men han manglet disiplin og vilje til å presse seg selv. Etter litt begynte ting å skje og han følte at han jublet innvendig. Dette gikk riktige veien. En slags mørk tåke formet seg i den store sirkelen og han hørte underlige fjerne buldrende lyder. Han hadde kommet gjennom og maningen fikk en annen tone, ble mer bydende og myndig. Han kjente at suksessens fryd begynte å gli gjennom ham.

Det formet seg noe i sirkelen, noe svært og massivt, merkelige røde øyne glante på ham med hat og forakt og han gliste bare og fortsatte maningen. Demonen ble gradvis mer synlig, mer materialisert på dette planet og den var et beist med armer som en gorilla, hode som minnet om en slags drage og horn og hale. Det stinket ille av skapningen og den hveste og skrapte klørne mot steingolvet. Den var rasende, å bli rykket bort fra sitt plan på denne måten var fornærmende og den var ingens slave. Den nektet å adlyde et usselt menneske.

Ingolemo fortsatte messingen, han var sikker på at han kom til å greie dette, Dolric ville få demonen sin snart og han selv en kiste fylt med gull. Demonen var like synlig og til stede som ham selv nå, det sto en ekkel gufs av råtten luft fra den og den hveste og prøvde å se en utvei. En god trollmann vet at sirkelen som binder en demon må være totalt hel, det kan ikke være noe brudd i den. Den må være perfekt og Ingolemos var nesten perfekt. Det var ingen brudd i den da han lagde den noen timer før men det hadde skjedd noe han ikke hadde sett. Demoner er slu, de utnytter enhver liten mulighet de har til å bryte seg løs og den muligheten denne demonen så var utrolig liten men så avgjort til stede. Sirkelen var brutt et sted, mens Ingolemo hadde gått for å ordne andre ting, en edderkopp hadde vandret over den og etterlatt seg en tynn og usynlig tråd av silke. Ingolemo så den ikke men det gjorde demonen, den tynne tråden gav den en mulighet til å bryte ut. Et djevelsk glis gled over det grusomme fjeset og den knurret noe på sitt eget språk.

Ingolemo merket seg ikke ved det, han fortsatte maningen som skulle binde den til dette planet og til å tjene ham. Han var så ivrig at han ikke så at demonen var på vei over strekene før det var for sent. Han stanset messingen med måpende blikk og skapningen bykset frem til ham og grep ham i strupen med klofingre. Det siste han rakk å tenke var at det var umulig, han kunne da vel ikke feile slik?

Demonen rev hodet av magikeren og spjæret resten av kroppen nærmest i to, blodet sprutet og demonen slurpet det i seg begjærlig. Det var morsomt å drepe og nå skulle han se om det var mer blod å få på dette stedet. Det var Ingolemos feil som berget resten av borgen fra demonen, han hadde ikke forankret demonen ennå. Den var fremdeles forbundet med sitt eget plan men også festet til dette. Og da forbindelsen mellom planene begynte å briste siden Ingolemo ikke lenger messet besvergelsene begynte demonen å bli revet i fra hverandre. Den skrek vilt av smerte og raseri og prøvde desperat å unnslippe magien som nærmest løste den opp i sine enkelte bestanddeler men det var for sent for den. Med en siste forbannelse på leppene løste den seg opp til en blodrød tåke som forsvant med et boff og en skrekkelig stank.

Rommet var stille nå, aldeles tomt og stille og restene av Ingolemo lå der som en haug med kjøtt en slakter lærling har prøvd og feilet på.

I fangehullet hadde hun merket magien som var i arbeide, hun skalv til margen og følte en sterk trang til å stappe fingrene i ørene og skrike. Det rev i henne, fikk alt til å spinne foran øynene hennes. Vet de ikke hva de gjør? Tanken var skremmende, hun følte at magien var ukonsentrert og ufullstendig. Den som gjorde dette var ikke god nok, ikke på langt nær. Hun visste at hun forsto seg på magi, at det var hennes liv på mange vis. Hun husket ikke hvordan men dette kunne bare ende med forferdelse.

Da Ingolemo fikk demonen igjennom satt hun der og strisvettet, hun følte en ondskap som var nesten lammende og hun fattet ikke at noen kunne tro at de kunne styre noe slikt. Hva var dette? Hvem hadde fanget henne og hvorfor?

Det ble stille etter litt, brått og merkelig totalt. Vedkommende hadde feilet og hun skalv og trakk seg helt inn i kroken. Kom det som hadde drept magikeren der oppe til å drepe henne også?

Neste morgen kom en av tjenerne opp til borgen, han var den eneste som vågde for de andre hadde sett lyset over bygget og følt skjelvingen i bakken. Hans navn var Bilar og han var en forhenværende soldat som i det minste var noenlunde modig. Han hadde sett at Dolric var der og ante ugler i mosen. Deres herre var en farlig mann men også dum og maktsyk og det var en særdeles stygg kombinasjon. Og nå dette, han hadde en mistanke om hva som hadde skjedd.

Han gikk inn porten, det var stille der og han myste mot morgensola og gikk inn. Tjenere fikk ikke gå inn i den bakre avdelingen i bygget, den herren holdt for seg selv men det brydde han seg ikke om nå. Det hadde skjedd noe særdeles farlig og han ville vite sannheten. Han så boka på stativet og gyste. Ingolemo trodde at han var en magiker men Bilar hadde sett hva en magiker egentlig skal gjøre og det var ikke å studere mørke kunster. Han nølte litt, det hang en ubeskrivelig stank i lufta der og han visste at noe av den var blod. Han hadde sett nok av det i sine dager som soldat til å kjenne den igjen. Han åpnet døra med sverdet sitt i handa, han gispet og rygget to steg tilbake. Rommet med sirkelen var så å si dekket med blod, som om noen hadde prøvd å male med den røde væsken. Og alt var ikke menneskelig heller. Han så ned, restene av Ingolemo lå der og stinket, han så egentlig svært ynkelig ut og Bilar ristet oppgitt på hodet. Så dette ble enden på Ingolemo, han hadde egentlig ventet noe slikt. Mannen hadde skremt alle på godset flere ganger og det var vel velfortjent på et vis. En skal aldri leke med slike ting, det var unaturlig.

Bilar kom til at han fikk be noen av mennene der rydde opp, huset gikk vel til kongen nå og om de var heldige fikk de en bedre herre. Han så seg rundt, det var flere rom der og han gikk fort gjennom dem. Det var ingenting farlig i herrens soverom eller bad men det var en liten fangekjeller der. Huset hadde ikke behov for mer, og det vesle rommet var blitt brukt til å huse tjenere som hadde gjort noe straffbart og andre som trengte å straffes.

Bilar nølte igjen, ante ikke hvorfor men hva om herren hadde fanget noe der nede? Han åpnet døra varsomt og så halvveis skremt på den enkle cellen. Først trodde han at den var tom, det var helt svart der inne i kroken men så vendte øynene hans seg til det svake lyset og han så omrisset av noe der inne. Han hev etter pusten, ved alle guder!

Bilar glante storøyd på det som krøp sammen innerst i cellen, hva i alle guders navn var dette? Skapningen så ham og det kom en jamrende lyd av skrekk, det virket for at den prøvde å presse seg gjennom veggen. Bilar gikk varsomt nærmere, tente en lampe på veggen og han måpte da han så hva som satt der på golvet. Det var en kvinne og hun var svart. Ikke som fargede mennesker men svart, nattsvart over det hele. Det var som om hun var malt med kullstøv og han så at hun hadde spisse ører og var lang og smekker.

Bilar gikk bort til gitteret og hun skrek kort av skrekk og han så at hun skalv av frykt. Hvor hadde herren fått tak i denne skapningen? Han visste at Ingolemo hadde hatt noe fore for noen dager siden, han hadde sendt alle bort og de hadde sett merkelige lys da også men ikke noe slikt som denne natten. Kanskje han hadde hentet til seg denne kvinnen da?

Bilar trodde det, hun var så avgjort ikke fra denne verdenen. Han hadde aldri hørt om alver som så slik ut eller?

Han husket brått et sagn hans mor hadde underholdt barna med da de var små og han bikket på hodet. Det stemte, det stemte godt. Hun gråt så han, tårer rant nedover kinnene og hun var fantastisk vakker. Håret var like blåsvart som henne selv, tykt og blankt og det falt i tunge lokker over en kropp som var intet annet enn perfekt. Så Ingolemo hadde manet til seg en svartalv, ante han hva han hadde gjort før han døde?

Hun hikstet og trodde sikkert at han ville drepe henne, så vidt han husket var det ikke mennesker i den verdenen sagnene fortalte om. Bilar satte seg ned på huk, prøvde å se så lite truende ut som han kunne. Svartalver var mektige skapninger med sterk magi og de kunne være både gode og onde. Han så nærmere på denne hunnen, øynene var like svarte som resten av henne i dagslys men så fort de falt i skyggen glødet de svakt i rødgyllent. Hun så ikke farlig ut, bare livredd. Og han luktet blod og smerte fra henne og forsto brått hvorfor Dolric hadde sett så fornøyd ut da han red derfra.

Bilar kremtet kort og hun kvinket og lukket øynene, noe i ham fortalte ham at hun ikke var en fare for ham. Hun var bare skremt hinsides tanke og fornuft. "Skjønner du hva jeg sier?"

Han gjorde stemmen så myk han kunne og hun svelget synlig og nikket sakte. "Jeg heter Bilar, jeg er en tjener her. Han som fanget deg er død, drept av et eller annet han prøvde å mane frem. Men jeg er en venn, jeg vil deg ikke noe vondt."

Hun så skeptisk på ham, øynene var umulige å lese siden de var helsvarte. Hun var like svart som en statue av obsidian. Bilar visste at alver er mye sterkere enn mennesker, og langt raskere. Svartalver hadde et skrekkelig rykte på seg for å kunne være utpreget ondskapsfulle og farlige men han kunne ikke la henne ligge der, i det buret. Det var umenneskelig i så fall. Han flyttet seg til døra og åpnet den sakte. "Ser du? Jeg slipper deg ut. Kan du gå?"

Hun svelget vantro, hun visste at denne mannen var et menneske, og hun visste at de kunne være både gode og onde. Hun kom seg opp på knærne, det svingte for henne og hun ynket seg. Hun kunne komme ut av buret, lettelsen var så enorm at hun snaut fattet det. Hun hadde vært mer skremt av å være innestengt enn hun hadde trodd. Bilar strakte frem handa og hun nølte, bet seg i underleppa før hun sakte strakte frem sin egen. Handa hans var varm og trygg og han støttet henne i det hun varsomt kom seg ut av buret. Hun reiste seg opp, skrek nesten av smerten i ledd og muskler og hun kjente at tårene rant av henne.

Bilar så at hun hadde smerter og bannet grovt. Ingolemo burde brenne i helvete om det var rettferdighet i verden, dette var forferdelig. Hun var så nydelig og utsøkt som et kunstverk og han ante hva Dolric ville med henne. Med ved gudene, han skulle aldri få ødelegge og misbruke denne skjønne skapningen. Bilar lot henne få støtte seg på ham mens de sakte gikk opp av fangekjelleren. Han satte kursen mot herrens baderom og plasserte henne på en benk. Hun stirret storøyd på alt der, det var merkelig fremmed men samtidig underlig velkjent. Bilar fylte varmt vann i et badekar, det sto alltid varmt vann i en beholder i kjøkkenet og han bar et par bøtter og spedde på med kaldt til det ble en god temperatur. Hun stirret på ham mens han gjorde det. Hun sanset at denne mannen var god, han prøvde å hjelpe henne og han hadde medfølelse med henne. Hun fikk en merkelig følelse i brystet av det.

Bilar fikk ordnet badevann og fant noe hun kunne tørke seg med også. Klær var det verre med, men hun kunne ikke gå naken. Han rotet gjennom Ingolemos skap og fant en lang tunika og et par løse bukser som kanskje kunne passe om hun snørte dem hardt inn i livet. Og han fant et par støvler som kunne passe slik noenlunde. Hun skjønte at han ville at hun skulle vaske seg og tanken på å bli kvitt all skitten var som et glimt av himmelen. Hun trengte ikke oppmuntring for å gå over i karet. Det var litt varmt men hun tvang seg nedi, skrubbet seg desperat og ble kvitt malingen og blodet og alt. Bilar så forbauset på henne, hun hadde en slags verdighet ved seg som han fant fascinerende. Hun burde kanskje vært mer hysterisk ved tanke på at hun var tatt fra hvor det nå var hun hørte hjemme men hun kontrollerte seg godt.

Bilar rakte henne håndklær og hun tørket seg fort, lettet over å bli kvitt tegnene på det som hadde skjedd. Klærne var for store men de satt da og hun følte seg uendelig mye bedre med dem på. Selv støvlene passet ganske godt og hun fikk gredd gjennom håret og flettet det. Da hun var ferdig så hun noenlunde sivilisert ut og Bilar bikket på hodet. "Du kunne ha gått for å være en vanlig alv hadde det ikke vært for fargen din. Den er verre å skjule. Men om jeg gir deg kappen min og du trekker den frem for fjeset kan det gå. "

Hun svelget og nikket. Hun forsto hva han sa og hun trodde hun visste hvordan hun skulle svare også men var usikker. Flyten i språket og uttalen var fremmed. Bilar satte seg ned ved bordet og så alvorlig på henne. "Jeg må få deg vekk herfra jente, Ingolemo som manet deg hit har antagelig solgt deg til en fyr som var her i går. Han heter Dolric og er et svin. Jeg antar at det var han som… besudlet deg!"

Hun krympet seg og så ned i bordplata, bet seg i underleppa. Hun forsto at hun hadde rett i sine antagelser, hun var i fare der og alle mennesker var ikke gode.

Hun så strakt på Bilar, nikket igjen og Bilar smilte smalt. "Jeg har antagelig ikke mye tid på meg så vi må reise så fort jeg får gjort i stand det vi trenger. Jeg kjenner til en trollmann lenger nord, han kan kanskje hjelpe deg. I det minste å holde deg trygg. Dolric vil neppe sette pris på å gå glipp av deg."

Han klappet henne varsomt på handa, huden hennes var myk som fløyel men det var styrke i henne, han så og følte det. "Jeg tror jeg kan ta hester her med god samvittighet. Ingolemo betalte sjelden lønn til folkene sine, han skylder meg såpass. Men jeg kan nesten ikke bare kalle deg jente hele tiden, har du et navn?"

Hun svelget igjen, det kom et fortvilet uttrykk i ansiktet og hun bet seg i underleppa. "Vet ikke"

Han forsto så vidt det hun sa, aksenten var tykk som grøt og uttalen helt feil. Han så forskende på henne. "Vet du ikke hvordan du skal si det, eller vet du ikke hva du heter?"

Det siste kom temmelig forskrekket og hun hikstet og gjemte ansiktet i hendene. Den tomme følelsen var der igjen, den var lammende. "Husker ikke, ingenting"

Bilar bet tennene sammen, han så minen hennes og forsto at hun snakket sant. Hun hadde mistet hukommelsen. "Så du vet ikke ditt eget navn eller noe som helst? Det er ille jente, svært ille!"

Hun så ned, tankene tumlet vilt og hun prøvde desperat å huske noe, et eller annet som i det minste gav henne en identitet av noe slag. Et ord kom til henne, brått og uventet og hun buste det ut. "Carmariel!"

Han så lettelsen i blikket hennes og smilte vennlig. "Er det navnet ditt? Det er pent."

Hun smilte litt usikkert igjen. Hun var ikke sikker på at det var hennes navn men det var da et navn og noe hun kunne forholde seg til.

Bilar reiste seg igjen. "De andre som jobber her er i landsbyen nede i dalen, de turte ikke komme tilbake. Og jeg tror de kan bli der også, til vi er borte. Jeg skal finne litt mat til deg og så skal jeg gjøre klar noen hester, Du kan ri?"

Hun så litt forvirret på ham, trakk på skuldrene og han sukket lavt. Det var vel ikke sikkert at de hadde hester der hun kom fra. Han gikk til kjøkkenet og hentet litt brød, ost og skinke og en mugge med øl. Carmariel så litt forskende på maten og virket forvirret så han brøt av litt brød, la på ost og skinke og tok noen biter av det. Hun gjorde som ham med iver og han skjønte at hun kort og godt ikke var vant med slik kost. Minen hennes røpte at hun likte det og han gikk i kjøkkenet og hentet mer mat, honning og syltetøy og noen små paier med kjøtt. Carmariel kunne ikke tro det, så mye mat, og så god?

Hun begynte å skjønne at hun slettes ikke var vant med å spise seg mett og ulvet innpå når hun hadde muligheten. Til slutt var hun så mett at hun stønnet og ølet hun helte innpå av fikk henne til å rape høyt. Hun slo forferdet handa for munnen og Bilar gliste fort. "Det er greit jente, ikke vær redd for å vise at du liker maten."

Hun fniste kort og sukket salig, strøk seg over magen. Bilar pakket noe mat i saltasker og fant noen tepper og annet de kunne trenge. Han hadde en følelse av hastverk. Dolric ville nok sende folk etter henne og han hadde ikke lyst til å måtte slåss mot den mannens råskinn av noen håndlangere. Han så forskende på henne. Hun var sterk, det måtte hun være, men var hun trent? Kunne hun forsvare seg selv? Det var neimen ikke lett å si.

Bilar gikk til godsets lager av våpen, det var ikke stort og det var som regel bare vaktene som brukte det. Han fant et godt sverd og et par dolker og en liten øks som var noenlunde brukbar. Han gav henne dolkene og hun så på dem med noe litt skremt og litt vurderende i blikket. Med kappen hans over hodet og hendene skjult i hansker kunne hun skjule seg til en viss grad. Han håpet at de slapp å møte på for mange nysgjerrige sjeler på veien.

De gikk ut og hun gispet og trakk kappen enda lengre frem, øynene hennes tålte neppe sollyset særlig godt og hun så ned i bakken mens de gikk mot stallen. Men han hadde rukket å se hvor himmelfallen hun så ut over alt der. Han fikk henne til å stå og vente ved døra til stallen og han hadde plukket ut to hester han trodde var brukbare. Det var Ingolemos beste ridehester, en stor brun vallak og en grå merr som var såpass rolig at han trodde hun kunne greie den. Carmariel stirret litt forbauset på ham da han leide ut hestene, hun virket for å kjenne til hester men seletøyet forvirret henne og hun hadde vansker med å komme seg i salen. Men hun red tydeligvis med letthet og han var glad til. Han så skarpt på henne. "Om Dolric skulle komme på sporet av oss og ta oss igjen må du bare ri Carmariel, merra er rask og sterk og modig og kan holde unna for en stridshest. Ikke bry deg om meg, det er deg de vil være ute etter."

Hun nikket og så brått nervøs ut igjen. Hun forsto at hun skulle være redd for denne Dolric, og hun ante ikke hva hun skulle gjøre. Hun kunne bare følge Bilars ordre for alt der virket så fremmed og annerledes. Hun visste ikke hvorfor siden hun ikke husket noe fra før hun våknet i cellen men dette var totalt fremmed for henne på mange måter. Bilar smattet på vallaken og hestene begynte å gå, hun kjente at hun var vant til dette, at det å ri var velkjent. Men salen var forstyrrende, antagelig red hennes folk uten slikt. Bilar smilte beroligende mot henne. "Vi følger en lite brukt vei et stykke, så skal vi følge elva og der er det mer trafikk men vær ikke redd. Vi kan prøve å flytte oss om kvelden og natta. "

Hun bare nikket sakte. Hun måtte stole på Bilar, annet kunne hun ikke. Han var hennes eneste sjanse og hun følte seg så forferdelig fortapt og usikker. Lyset skar i øynene hennes og hun kjente lukter og hørte lyder som var aldeles fremmede for henne. Hvem visste vel hvilken farer denne verdenen kunne romme? Og hun var ukjent med dem, alle sammen! Den eneste hun kjente til foreløpig var denne Dolric og hun kjente at noe som lignet hat jobbet i henne. Hun husket blodet og smerten og visste hva den mannen hadde gjort med henne. Noe fortalte henne at hun normalt sett ville ha drept noen som våget seg til å gjøre noe slikt mot henne. Men hvordan skulle hun kunne søke rettferd for seg selv her? Hvordan skulle hun få hevn? Hun var en fremmed der og hjelpeløs.

I landsbyen som lå noen fjerdinger nedover langs elva hadde folket blitt urolige av lyset og rystelsene men de hadde ikke brydd seg så veldig mye om dem. De var for opptatt med å holde seg i live til å bry seg med ting som neppe var farlige. Livet var hardt der siden området var fattig på de fleste vis og en måtte bruke tida og energien på å skaffe mat nok til å holde seg i live litt lenger. De hadde noen magre åkre som gav dårlig avling selv om de skiftet på å dyrke dem og en flokk med sauer som heller ikke var mye å rope hurra for. De var like magre og bistre som sine eiere. Landsbyen var liten, kun fem familier bodde der og de var et sammenflettet samfunn som var avhengige av hverandre for å overleve. En av de eldre kvinnene der var stedets helbreder, jordmor og kloke kone. Det var ikke stort hun kunne og mye av det var heller tvilsom kunnskap men folket stolte på henne.

Meba som hun het var stolt over sin rolle og sitt ansvar bevisst. Visst strøk folk med også når hun pleide dem men hun gjorde da sitt beste. Hun prøvde alle metoder hun kjente til og gudene hentet en jo når de ville. Det var lite en kunne gjøre med det. Om ikke svinefett, avkok av sopp og urter og bønner hjalp ja da var det ikke noe en kunne gjort uansett. Meba var enke og hadde et ørlite hus i midten av landsbyen. Hun gikk alltid kledd i de svarte enkeklærne med den røde hetten og hun fikk stor respekt. Hun led ingen nød for de andre hjalp henne og en ny husbond var slettes ikke noe hun ønsket. Hun hadde lidd under Burads harde hånd og enda hardere hjerte og i stillhet gledet seg over at han gikk gjennom isen på elva og druknet. Hun hadde en geit og et par katter og det var alt hun trengte i livet sitt. '

Meba hadde akkurat stått opp for dagen og tent opp i peisen da det banket på døra, hun rettet seg opp og så litt forbauset på døra. Så tidlig? Det var sjelden nok kom til henne før senere på dagen. Hun kom seg på beina og la fra seg peiskroken, rettet på skjørtene og tok på seg den rette respektinngytende minen. Hun åpnet døra og utenfor sto kona til mølleren, hun var blek og et øyeblikk så Meba for seg at noen hadde blitt skadet i mølla. Det hadde skjedd før og som regel ble skadene grusomme om noen rotet seg borti det kraftige maskineriet som drev møllesteinen.

Hun så avventende på kvinnen som svelget og klemte forkleet sitt mellom fingrene. "Mannen min og mor og to av ungene er syke, det har kommet i løpet av natta!"

Meba så litt forbauset ut, flere personer syke samtidig? Det kunne være at de hadde spist fordervet mat men uttrykket i kvinnens ansikt fortalte henne at det var mer alvorlig enn som så. Slike problemer løste folk som regel selv med kullstøv og tørt brød. "Javel Lisel, hva feiler det dem?"

Lisel svelget igjen og trippet nesten. "Du må se det Meba, jeg aner ikke hva det er!"

Meba nikket og tok frem den store vesken hun hadde med seg på sykebesøk, hun skyndte seg etter Lisel som løp så møkka skvatt rundt skjørtene hennes. Meba hadde en ekkel følelse i magen, hun hadde liksom gått og ventet på noe, noe som slettes ikke var bra. Det underlige lyset og jordskjelvet hadde fortalt henne at et eller annet skjedde, noe som var unaturlig og farlig.

Mølla lå i enden av landsbyen og mølleren var stedets rikeste mann, huset var ganske godt og stort og lys brente i alle vinduer enda det var lyst ute. De hadde råd til å brenne lys og Meba bikket på hodet. Det var noe der som var galt, og hun måtte tenke seg om før hun skjønte hva det var. Det var for stille, alt for stille. Fuglene sang ikke og ikke engang de skinnmagre jakthundene gjødde slik de normalt gjorde om de så folk. Hun fulgte Lisel inn og hun kjente med en gang en underlig lukt. Den var grundig ispedd svette men Meba visste med en gang at dette var hinsides hennes kompetanse og viten. De to barna lå i en seng i hjørnet, de var bevisstløse og svetten rant av dem. Det formelig silte og hun rørte dem fort. De var kokende varme og fjesene røde av varmen. Lisel trakk ned skinnfellene de lå under og Meba så at underlige mørke utslett spredte seg over kroppene på dem. Hun hadde aldri sett på maken noen gang.

Lisels mor lå i en egen seng, også hun svettet og var varm og hadde utslett men hun var også sterkt hoven rundt halsen, under armene og i lysken og hun hadde merkelige kramper som raste gjennom musklene. Mølleren selv var enda verre, han var så dekket av utslett at han så ut som om noen hadde tegnet på ham og han pustet merkelig tungt og surklende.

Lisel så bedende på henne og Meba trakk pusten dypt. Hun kjente til bare en type sykdom som virket slik men det kunne ikke stemme. Selv ikke pest kom så fort eller så brutalt. Hun pekte på ildstedet. "Varm opp vann, jeg trenger å få i dem medisin, og jeg må koppsette dem. "

Lisel gjorde som hun fikk beskjed om og Meba gikk i aksjon. Hun trodde ikke at det ville hjelpe stort men hun måtte prøve. Slik pest hadde hun ikke hørt om noen gang. Hun tappet blod fra dem alle sammen, helte i dem urter som skulle senke feberen men det virket ikke for å fungere. Hun gned hevelsene og stakk hull på dem Lisels mor hadde, bare en tynn blank væske kom ut som ikke lignet noe Meba hadde sett før. Hun hadde en synkende følelse i magen, dette kom ikke til å gå bra. En trengte ikke være en virkelig lege for å skjønne det.

Og Meba hadde rett, Lisels mor døde før det ble mørkt igjen og hennes mann to timer senere. Men barna virket for å greie seg underlig nok. Feberen deres sank og utslettet trakk seg tilbake. Meba var dypt forvirret og fortvilet, det siste fordi det samme hadde begynt å skje hos flere. Og det hadde kommet ryttere fra noen av gårdene i området og fra andre landsbyer også og de kunne fortelle om det samme. De voksne døde fort men i det minste noen barn klarte seg.

Meba kjente på seg at det hadde en forbindelse med hendelsene noen dager i forveien, og hun fryktet at distriktet var fortapt. En pest som sprer seg slik var ukjent og hun tok en brå beslutning. Hun gikk til huset sitt og satte seg ned og skrev et brev. Kongens egne helbredere var dyktige, de kunne kanskje finne ut hva dette var. Meba kunne skrive og hun lagde et brev som burde forklare problemet for selv en legmann. En av rytterne som hadde kommet kjente veien til hovedstaden. Det var et langt ritt på flere dager men han hadde en god hest og fikk låne tre til av de andre som hadde kommet. Om han byttet på å ri dem burde de holde helt til Shabuch. Meba sendte med gutten brevet med bevende hjerte. De måtte bare klare det, dette krevde langt mer lærde og kyndige hender enn hennes. Hun så langt etter rytteren som sprengte ut av landsbyen, hun var redd for at han ville vende tilbake til en død landsby, om han i det hele tatt ville vende tilbake noen gang. Hun kunne bare be om at gudene var med ham.

Bilan og Carmariel red langs veien med ganske god hastighet, det var lite folk ute på denne tiden av året og det var en god ting. Carmariel følte seg mer og mer malplassert, hun visste at hun var i en verden temmelig annerledes enn sin egen nå, så annerledes at hun neppe kunne klare seg lenge alene. Og kunne denne trollmannen virkelig hjelpe henne på noe vis? Hun hadde en følelse av at det ikke gikk å vende tilbake og hun følte en dyp sorg. Hun husket jo ikke noe fra sitt liv før dette merkelige skjedde men hun visste at hun ikke ville ha ønsket en slik skjebne som denne. Hvem ville vel det?

Bilan holdt dem på kurs og de kom ganske langt den dagen, da det ble mørkt red de videre et godt stykke vekk fra veien til de fant en eng der Bilan lagde en enkel leir. De tente ingen bål og Carmariel oppdaget at hun likte natten. Hun så godt nå og alt virket mer velkjent for henne. Bilan så at øynene hennes nå glødet varmt rødgyllent og det var vakkert men skremmende. Det kunne være at hun var farlig, at hun var en skapning han kanskje helst burde ha drept da han hadde muligheten men Bilan trodde på det gode i alle. Ingen var kun god eller ond, det var lys og mørke i hver levende sjel og hvilken side som fikk overtaket kunne bero på rene tilfeldigheter. Han hadde sett krigere som drepte flere titalls på slagmarken gladelig ofre livet for å redde et barn, og han hadde sett menn som skulle vært edle og noble oppføre seg verre enn de mest æreløse leiesoldater. Nei, han dømte ingen før han visste alt om vedkommende.

Carmariel var støl etter rideturen og sliten også, hun rullet seg inn i teppene sine men greide ikke sove. Det var en rastløshet i henne, en slags uro. Hun følte at hun burde gjort noe, prøvd å bedre situasjonen men hvordan? Hun forsto at hun var en person som vanligvis greide seg selv men nå var hun avhengig av Bilan for å klare seg. Hun likte ham og forsto at hun kunne stole på ham men denne verdenen skremte henne til margen. Hun stirret opp og måpte, stjernehimmelen var så klar, og månen så stor og så lysende. Den var så vakker at det nesten lam slo henne og hun forsto at hennes hjemverden ikke hadde noe tilsvarende. Og at månen steg i slik langsom beinhvit majestet over åsene skremte henne nesten. Hun kunne snaut rive øynene fra den. Bilan så reaksjonene hennes og ristet sakte på hodet. Arme skapning, hvordan skulle hun kunne tilpasse seg en verden som var så fremmed og uforståelig? Dagen etter kunne det være at de møtte folk, han håpet på dårlig vær for da så det ikke rart ut at en red med hetten langt frem over ansiktet.

Akisha satt på Stålhauk i arenaen, hesten prustet og stampet og ville løpe men hun holdt den tilbake. Hun var fullstendig konsentrert om det hun drev med og holdt hesten på bittet. Raigh og noen av Wilbwyns lærlinger drev med ride trening og Wilbwyn sto midt i sirkelen og brukte grov kjeft. Han mente at guttene red som melsekker og rappet til dem med den lange pisken rett som det var. Akisha trakk på smilebåndet men passet seg for å vise det. Raigh red rundt på Nattklinge og sørget for at de holdt linja, han var like striks som Wilbwyn og hans oppgave var å vise dem hva de kunne gjøre på hesteryggen. Han og den enorme svarte stridshingsten hadde sparket opp dører, ridd over vipper og åpnet grinder. Og Nattklinge gjorde alt uten å så mye som protestere men når de prøvde å få hestene sine til å gjøre noe slikt blånektet de. Wilbwyn mente at det var fordi guttene ennå ikke trodde at det var mulig og hestene merket det så han gikk på dem igjen og igjen. Akisha visste at det å kunne bruke hesten maksimalt var viktig så treningen var relevant men ikke noe alle likte.

Dheg sto like ved og fulgte med mens smeden la nye sko på noen av kjørehestene, også han kom med krasse kommentarer og de fleste av dem var rettet mot måten de behandlet hestene på.

Akisha lot Stålhauk trave noen runder, hesten trengte å bruke kreftene sine og hun tenkte på å ta en lang tur dagen etter. De burde mosjonere stridshestene litt oftere og Akisha tenkte med et smil på avkommene etter Stålhauk de akkurat hadde begynt å trene på alvor. De var lovende alle sammen og hun var sikker på at de ble like gode som faren. Sirkus var ganske stille nå. Sesongen var over og det var kun et par forestillinger i uka, de gikk på skinner etter sommeren og folk slappet av og senket skuldrene. Sommeren hadde vært hard med mye trening og mye publikum og Akisha var glad det var over. Hun hadde innviet flere nye mestre, det var opprørende for henne på mange måter men fire av de seks hadde greid det. To hadde blitt drept under innvielsen og det var synd men slik var det bare. De som ikke dugde greide ikke å oppnå den respektinngytende tittelen. For øyeblikket var Rheynek og Rhylja ute med nykommerne Arjhed og Janrem, de trengte å lære mye og Akisha var blitt både overrasket og litt betenkt over dem. Janrem var svært dyktig i kamp men alt for uvøren. At han var udødelig gjorde at han ikke brydde seg om å verge seg selv og det kunne gå veldig galt til slutt. Arjhed på den andre siden var for usikker og nesten naiv på mange måter. Han var tross alt en skogens mann og han foretrakk å være sammen med Frostfugl og Khir. De to skogalvene prøvde som best de kunne å lose ham gjennom alle de tingene han undret seg over og de åpnet øynene hans sakte men sikkert. Han var i sannhet en jegergudens tjener og Rhylja hadde en slags forbindelse med ham som var underlig. Hun forsto ham mye bedre enn de andre der og prøvde å støtte ham.

Hun hadde vært litt urolig nå noen dager, hadde rast rundt og sagt at hun følte en forstyrrelse i verden, nesten som da jegerguden var i verden. Akisha merket ikke noe og heller ikke Elywen eller Frostfugl men alle hadde vært opptatt med sitt og Rhylja hadde blitt så mye mer følsom etter at jegerguden var til stede som kjøtt og blod. Hun fortalte at noen hadde sett merkelige lys på himmelen i sørøst og at bakken hadde ristet og ryktene gikk allerede i byen om at det kunne være alt fra vanlige naturlige hendelser til mørk magi. Akisha fnøs av det. Folkesnakket kunne gjøre en mygg til en elefant og en mus til et monster.

Vinteren sto snart for døren og Whaly hadde jobbet som en gal med å ordne med forsyninger for den kalde årstiden. Hun var en virvelvind av energi som vanlig og mange mente at den damen kom til å kjede livet av seg om hun måtte holde senga en dag. Det var kjørt inn ved og lærlingene hadde tilbrakt mange dager med å kappe og hogge den opp og få den ned i lagrene i kjelleren. Wilbwyn mente at det var utmerket øksetrening og mange viste ham fingeren bak ryggen på ham. Akisha elsket den løsslupne broderlige atmosfæren der, den vennlige ertingen og alvoret som lå under. Det var hennes hjem og et hun ville gjøre alt for.

Raigh gjorde ferdig ride øvelsene, hestene ble slitne og leie og elevene var ikke kommet særlig mye lengre den dagen så Wilbwyn beordret dem i badet før de skulle spise. De stinket svette og flere var dekket med støv siden de hadde stiftet solid bekjentskap med bakken. Raigh hoppet av Nattklinge og leide hesten mot stallen. Akisha kom etter med Stålhauk og Dheg så det og kom spurtende så fort beina bar ham. Han var alltid særdeles nøye med at stridshestene fikk stellet sitt og Stålhauk og Nattklinge var hans store stolthet. Hestene ble leid ned for å vaskes og pusses og Akisha var nesten litt misunnelig. Raigh klappet henne på ryggen og gliste. "Jeg tror Naragh får jobben med de lærlingene, ingen av dem slipper unna uten blåmerker tror jeg."

Akisha bare trakk på skuldrene. "Når de er så tåpelige at de ikke satser hundre prosent blir det slik, hesten merker det og blir nervøs." Han smilte igjen og strakte seg. "I morgen skal de trene spyd sammen med Våk, jeg er redd han vil gi dem helvete."

Hun måtte le. Lærlingene var livredde for Våk og skalv i buksene bare han nærmet seg. Å skulle lære av ham var vel nesten umulig under slike forhold men forhåpentligvis greide de å snappe opp noe i det minste. Raigh kjente lukta fra spisesalen og satte farta opp, han var sulten og Jalisa hadde som vanlig lagd utmerket mat. Akisha så at salen var proppfull som vanlig og Ali og Rashag satt ved et bord like ved peisen og brøt håndbak helt vennskapelig. Ali tapte alltid, han var enormt sterk men mot Rashag sto ingen andre enn Raigh og Våk noen sjanse. De hilste fort til Akisha og hun fant et bord.

Elywen så henne og kom bort, satte seg ned. Alven virket urolig og Akisha så forskende på henne. "Hva er det?"

Elywen gjorde en merkelig vag gest. "Jeg har nervene på utsiden Akisha, og jeg aner ikke hvorfor. Våk sier at jeg ropte noe i søvne i natt men jeg husker det ikke selv. Men jeg vet jeg drømte noe, og det var ikke trivelig"

Akisha trakk pusten dypt, hun ønsket ikke noen nye oppdrag nå, hun ville slappe av og kose seg med vinteren og den fritiden den brakte med seg. "Mareritt kan alle ha."

Elywen sukket og så ned i bordet, det ravgyllene blikket var fjernt.
"Ja, men jeg er redd for at dette kun har så vidt begynt"
Hun så strakt på Akisha og det var en hard linje om munnen på
henne. Det vakre ansiktet så meget alvorlig ut. "Jeg begynner å tro
at Rhylja har rett, at det folk så var mer enn bare lyn og jordskjelv."
Akisha sukket og trakk på skuldrene. "Gudinnen har ikke vist seg
for oss Elywen, burde hun ikke det om det var noe farlig?"
Elywen svelget. "Ikke om jegergudens utvalgte allerede er varslet!"
Akisha visste at Elywen hadde rett. Og det skremte henne mer enn
bare litt. "Vi får vente og se, skjer det noe får det bare skje, inntil da
orker jeg ikke bekymre meg over noe ukjent!"
Elywen bikket på hodet og stirret inn i flammene i peisen. "Jeg
misunner deg den evnen. Jeg har den ikke. Jeg skal be Akisha, om
at det ikke var noe annet enn et sjeldent naturfenomen men hjertet
mitt sier noe annet. "
Akisha bet tennene sammen, hun ville ikke tenke på det. "Greit
Elywen, jeg skal snakke med gudinnen om mulig, men forvent
ingenting. "
Elywen nikket bare, minen var ennå dyster og Akisha bare håpet at
alven tok feil for en gangs skyld.

Kapittel 2: Dødens tjener

For enhver født av dødelig blod
Er slutten alltid nær
Døden kan vente bak hver sving
Og hans kalde hånd hviler ei

For enhver magiker er sammenhengene i verden åpenbare, det første en novise lærer er hvordan alt henger sammen. Ofte blir unge magikere hengende etter lenge om de ikke fatter dette med en gang, før det sitter i ryggmargen kan de ikke motta mer trening. Enhver handling har en konsekvens, og noen flere konsekvenser også. En skal aldri gjøre noe om en ikke er klar over konsekvensene. Magi handler mye om etikk og lærlingene blir ofte pepret med moralske problemstillinger som skal skjerpe dem og gjøre dem klar for å møte den virkelige verden. For noen er den undervisningen det som får dem til å skjønne at magi ikke er deres vei allikevel. Det er få sanne magikere, for makten de får i hende er så stor, og ansvaret enda større. Om en magiker skaffer regn til ei bygd betyr det kanskje at ei anna bygd vil få alvorlig tørke. Redder en noen og vedkommende senere dreper andre, da har en egentlig ansvaret for det. Så ekte magikere blir gjerne eremitter som kun bruker tiden og livet på å forstå mer, de gjør sjelden ting som påvirker resten av verden. Ingolemo hadde aldri lært dette, for ham hadde ting kun vært svart hvitt, nyttig eller unyttig og han var for uerfaren til å skjønne hva han hadde gjort da han prøvde å mane til seg skapninger fra en annen dimensjon og verden. Som Amaras hadde fått demonstrert hadde han åpnet et hull mellom dimensjonene og selv om åpningen lukket seg var skaden allerede der. Og han gjentok eksperimentet.

Ingen sann magiker ville ha gjentatt en slik handling, tanken ville vært nok til å få enhver til å rygge unna. Å åpne en port to ganger slik kunne få skrekkelige konsekvenser, og den verste var at den porten en åpnet først ville kunne åpne seg igjen når en gjennomfører seremonien for andre gang. Og den ville ikke lenger være på samme sted som før.

Det var også en ting Ingolemo ikke hadde fått med seg. Stjernene hadde flyttet seg i forhold til da han brakte jenta gjennom, men det hadde hans klode også i forhold til før. Den porten som slapp Carmariel igjennom var ikke lenger i slottet hans, den hadde flyttet seg mange mil innover i landet og selv om den bare åpnet seg på gløtt i noen korte minutter var det oppskriften på problemer. Flengen i dimensjonsveggen gikk gjennom flere verdener, noen var tomme og ubebodd, andre merkelige og fremmede og atter andre igjen rommet levende liv av ulike typer. Energi tiltrekker energi, Ingolemo hadde vært ute etter en demon, hans besvergelser hadde siktet seg inn på slike skapninger og det som strømmet mot flengen var da også negative energier og skapninger som rommet det. Flengen hadde åpnet seg i et skogholt i et lite myr område mellom to elver. Den hadde stått der og glødet som et sår i luften i en kort stund og bare noen dyr hadde sett den. De hadde klokelig stukket av og etterlatt stedet tomt.

Skapningene som snek seg rundt var underlige, nesten gjennomsiktige på et vis men fysisk til stede, de var ikke kun energi. De var forvirret og desorientert men de prøvde å finne veien tilbake. Dette var ikke deres verden, de sanset det og ble ved stedet der flengen hadde vært en stund. Instinktene tok over, de ante en svak energi de kjente igjen og sakte vendte de kursen mot den. De måtte finne den så de kunne vende hjem. Flokken holdt seg samlet og trakk gjennom et ukjent terreng, de sanset liv rundt seg og sakte ble de mer modige, vågde å bevege seg raskere. Av natur var de selvsikre og uten særlig med frykt men det hadde forvirret dem nok til å stagge dem litt.

Bilan og Carmariel red videre så fort det ble lyst, hun dekket hodet helt med hetten og prøvde å beskytte øynene mot lyset men samtidig var hun så nysgjerrig på alt hun så. Bilan måtte peke og forklare og hun glemte seg og ble ivrig som en unge til tider. Bilan frydet seg over iveren hennes, hun var så merkelig naiv og fryden hennes over å lære var smittsom. Han håpet bare at han virkelig kunne finne hjelp til henne. Og han sørget for at de holdt seg unna andre reisende da de nådde veien. Det var noen få ute og han sørget for å ri mellom henne og folk så de la mer merke til ham enn henne. Han så hvor skremt hun ble av folk og han forsto at hun var klar over forskjellen på dem og henne. Hun visste at synet av henne kunne skremme dem. Det var en vond tanke men det var en realitet. Bilan bare håpet at de kunne nå målet uten problemer men han regnet ikke med det. Dolric ville merke at hun var borte og Bilan regnet med at de ville få forfølgere i hælene ganske fort. Dolrics menn var dyktige nok og Bilan hadde kanskje vært soldat men det var år siden. Han trodde ikke at han kunne forsvare henne særlig godt. Derfor var hastigheten deres største sjanse og han holdt farten oppe, hestene tålte det godt men de ville trenge mye hvile når de nådde frem.

Dolric hadde gjort som han sa, han hadde vendt tilbake til avtalt tid og ble sjokkert over hva han fant. Slottet var forlatt, det var ikke en levende sjel der noe sted og i seremoni rommet lå restene av Ingolemo og stinket grusomt allerede. Så magikeren hadde virkelig bitt over mer enn han kunne svelget denne gangen. Dolric følte ingen sorg over Ingolemos ende, det eneste han følte var irritasjon over at han ikke fikk demonen han var lovet. Og jenta var borte også, det gjorde ham enda mer rasende. Han hadde allerede opparbeidet seg en følelse av å eie henne, hun var hans og bare hans og han alene skulle få gleden av å temme henne og nyte skjønnheten hennes. Hun skulle være hans kjæledyr, eksotisk som en panter i bur og han holdt sinnet i sjakk med en anstrengelse. Skulle han finne henne igjen måtte han bruke hodet og ikke bare rase rundt. Han beordret noen menn ned til landsbyen for å høre hva de der nede visste og karene kom tilbake etter et par timer og kunne fortelle at folket der var så skremt at de ikke hadde vågd å vende tilbake. Bare en viss Bilan hadde gått opp dit men ikke kommet tilbake.

Dolric visste hvem som hadde henne nå, og det manglet hester i stallen også. Konklusjonen var enkel å trekke og han sendte ut fem av karene sine for å finne jenta og bringe henne til ham. De fikk streng beskjed om og ikke skade henne men denne Bilan var det ikke så farlig med. Det var best om de kverket karen. De fem var utpregete råskinn og de frydet seg over oppdraget. Dolric hadde stor tiltro til at de ville klare dette med glans. Han gav mennene ordre om å ta med seg alt av verdi der, dyr, møbler og alt. Han mente at han fortjente såpass og Ingolemo hadde jo ingen arvinger. Det eneste han ikke tok med seg var boka Ingolemo hadde brukt. Dolric var livredd for og bare være nær den og en av mennene hans hev den i peisen med en grimase av avsky. Den ville ikke brenne men det hadde de vel mer eller mindre forventet seg.

Dolric red ut og de fem red i sirkler for å se om de fant sporet etter Bilan og jenta. De fant det fort og la seg etter med iver. De lå et par døgn etter men det kom de sikkert til å kunne ta igjen fort. Dolric var skuffet over og ikke få en demon, han hadde trengt å bruke den til å drepe de som sto i veien for ham men det fantes andre magikere også, og det burde være mulig å presse en av dem til å gjøre jobben for ham. Dolric hadde fått smaken for magi nå, det var virkelig nyttig og han var like lite i stand til å innse konsekvensene som Ingolemo hadde vært.

Hovedporten i Shabuch hadde akkurat stengt seg for kvelden da en rytter kom dundrende mot den. Han hadde en ekstra hest bak seg i leie tom og både den og hesten han red rant av svette og kunne snaut stå på beina. Mannen var fattigslig kledd men virket ikke for å være en løsarbeider eller vandrer og vakten som sto der så at fyren åpenbart hadde et viktig ærend.

Han stanset mannen myndig og fyren holdt igjen den gispende hesten og vaklet nesten i salen. "Hva ærend har du i denne byen fremmede? Er det ikke viktig må du vente til i morgen for vi åpner ikke portene igjen for hva som helst."

Mannen gispet lavt og tok frem et brev fra under vesten. "Jeg bringer bud fra helbredersken i landsby nede ved Tåkesjø, til den kongelige medikus. Det har brutt ut en slags merkelig pest i området, og hun ber om hjelp!"

Vakten så bestyrtet på mannen. "Pest? Det har ikke vært pest rundt her på flere årtier?!"

Rytteren nikket. "Jeg vet det, men det kom rett etter at bakken skalv og himmelen lyste. Og alle er redde, ingen har sett slikt noen gang før."

Vakten trakk seg i skjegget. "Vi følte det her også, greit mann, du får passere."

Han åpnet den vesle sideporten som var såpass stor at en kunne ri gjennom men bare så vidt. "Ri opp til det kongelige palass, det ligger ved siden av det store tempelet med hvit kuppel. Be om å få snakke med medikus, og ikke la deg bli avspist. Noen av de folka der er jævla kjepphøye"

Rytteren trakk et lettelsens sukk. "Velsigne deg min gode mann, måtte gudene strø gull i din vei. Jeg var redd jeg ikke ville klare det, hestene jeg har igjen stuper snart, jeg har ridd livet av to stykker allerede."

Vakten svelget hardt. Det måtte virkelig være alvor ja. Han lot mannen gjennom og stengte porten nøye. At det var brutt ut pest i et slik avsides område var ille, folk på slike steder har som regel lite kunnskap om medisin og enda mindre om hvordan de bør te seg for og ikke spre det. Og overtroen kunne få mange til å gjøre skrekkelige ting.

Rytteren tvang de utslitte hestene videre, gatene var temmelig rolige nå men det var ennå mange folk ute og han måtte brøyte seg vei. Han var en vanlig bonde og hadde snaut vært utenfor sin egen landsby. Shabuch var et sjokk for ham men han tvang seg til å fokusere på oppgaven. Han kunne stirre på undrene der etterpå. Det var enkelt å finne slottet og det lamslo ham nesten, han følte at han slettes ikke hadde noe der å gjøre men han måtte bare finne riktig person. Han red gjennom porten og inn på borggården og siden det var sent var det lite folk der. Noen vakter sto der og ble synlig mer på vakt da de så at det kom noen men de slappet av igjen da de så at det kun var en enkelt mann og at han var ubevæpnet. Rytteren steg av den skjelvende hesten og en pasje kom bort til ham, stirret vantro på de pesende hestene og mannen som var dekket med søle og svette og var dyvåt etter regnet. "Ved alle guder menneske, hvordan er det du ser ut? Og du har jo nesten ridd livet av disse to arme hestene?"

Rytteren lente seg nesten på tjoringsbommen. "Ikke uten grunn. Jeg er Nuram av Tåkesjøen, jeg har ridd fra en landsby der med alvorlige nyheter. Det har brutt ut en merkelig form for pest og vi trenger hjelp. Jeg har med et brev til den kongelige medikus."

Pasjen rykket til og øynene hans ble enorme et øyeblikk, alle fryktet pesten og han samlet seg og ble effektiv. Han vinket på et par tjenere som sto ved brønnen og lempet opp vann. "Dere to, vekk stallmesteren og be han ta seg av disse hestene. De er nesten ridd i hjel men det kan være at han kan berge dem. "

De to så litt vantro ut men raste avgårde for å utføre ordren. Pasjen snudde seg mot Nuram. "Følg meg, jeg skal ta deg med til medikus."

Nuram fulgte etter pasjen som formelig raste gjennom ganger og opp trapper. Den kongelige medikus var leder for alle de organiserte legene i landet og hadde oversikt over alt som skjedde når det gjaldt sykdomsutbrudd og medisinsk praksis. Han var en mann godt opp i årene men han var forbausende ungdommelig og alle kjente ham som et genuint hjertevarmt og omtenksomt menneske som aldri lot sin høytstående stilling komme i veien for hans daglige arbeide for å gjøre folks liv bedre.

Pasjen stanset til slutt foran en ganske imponerende dør i enden av en lang korridor. Medikus hadde en egen fløy der og flere medhjelpere og lærlinger. Shabuch hadde blitt en langt tryggere by å bo i etter at han fikk orden på vann og sanitet etter by brannen. Og han hadde sett til at det ble opprettet flere hospital der folk fikk reell pleie. Før hadde igler og slike gammeldagse metoder vært alt mange

hadde å støtte seg på. Pasjen banket på rimelig høyt, han ventet litt
og så kunne de høre lyden av løpende føtter. Når noen banket på der
så sent på dagen var det som regel noe som hastet og lærlingen som
åpnet døra så ut som om han ventet seg det aller verste. Han så litt
forbauset på den skitne mannen som sto ved siden av en av slottets
pasjer. "Denne mannen må snakke med din herre med en gang, det
har brutt pest i området han er fra!"

Lærlingen gispet og rygget bakover og pasjen brøytet seg frem med
Nuram på slep. Medikus sto og gikk gjennom noen bøker da de kom
inn, han så opp lett irritert men ansiktet ble alvorlig og interessert da
han så tilstanden til karen som ble halt inn. Nuram bukket så dypt
han greide før han fortalte alt igjen og rakte medikus brevet.

Medikus var dypt rystet, pest var hva alle fryktet og han hadde alt
en følelse av at dette ble en prøvelse. Brevet fra Emba fikk ham til å
sette seg rett ned og tørke seg over den blanke skallen. "Ved alle
guder!"

Han hadde aldri hørt om en pest med slike symptomer men bare
pest spredde seg så fort og var så dødelig. Han så på pasjen. "Gi
denne mannen et godt måltid, et bad og et sted å sove til i morgen.
Jeg vil snakke mer med ham da, nå må jeg konferere med bøkene
mine."

Pasjen bukket dypt og trakk med seg Nuram ut. Nuram var lettet til
margen, han hadde gjort hva han kunne og nå var ansvaret over på
andres hender, hender som kanskje faktisk kunne gjøre noe. Han
ønsket å reise hjem igjen men visste ikke om han vågde det, han
hadde hørt om epidemier som etterlot hele bygder uten en levende
sjel.

Medikus ringte i en bjelle og etter litt sto alle de andre der foran
ham, lærlinger og lærde. Han så alvorlig på dem. "Jeg trenger hjelp,
gå gjennom alle bøkene her å se om dere finner noe om en pest som
gir sterk svette, opphovninger, utslett og til slutt død. Og det i løpet
av et snaut døgn!"

Flere ble bleke men hev seg over oppgaven og medikus selv tok seg
av de eldste bøkene som var vanskelige å lese. Han kom på at han
burde varsle også Naragh, mannen var ingen lege men dyktig som

få andre når det gjelder kroppens funksjoner og han var smartere enn en skulle tro. Medikus eide flere bøker og de fleste var svært verdifulle, han måtte bare finne de riktige. Dette kunne være svært sjeldne greier og om det noen gang hadde vært omtalt burde han kunne finne det ut. Alt de kunne finne av informasjon ville være viktig nå.

Og i landsbyen hadde ting endret seg mye siden Nuram dro, bare på et par døgn hadde det gått fra ille til verre og nå var det nesten ingen friske personer tilbake. Emba var en av de som ennå var på beina, om det var fordi gudene beskyttet henne eller fordi hun på et eller annet vis var immun var ikke godt å si men hun prøvde så godt hun kunne å lindre smertene og gjøre det lettere for de syke. Nabolandsbyene var rammet, det spredte seg utover som ringer i vann og flere ble syke hver time. Det var som i begynnelsen, de voksne døde men av barna greide kanskje halvparten seg. Men Emba hadde oppdaget noe skrekkelig som gjorde henne mer fortvilet enn selv de døde pasientene. De barna som overlevde var i live men de virket ikke for å være normale lenger. De lå der og pustet og spiste om de ble matet men blikkene var tomme. Det var som om de ikke lenger var til stede og hun fryktet at feberen hadde skylda. Hun hadde sett hva for høye temperaturer gjorde med folk, heteslag hadde hun behandlet mange ganger og at en skulle beskytte hodet var noe alle visste. Hun ante ikke hva den grå grøten der inne var for noe eller hva den gjorde men ble det for varmt ble den tilsynelatende skadd og da kunne folk bli gale, apatiske eller miste syn tale eller hørsel. Hun forsto at hun måtte kjøle dem ned og hun beordret de syke barna lagt i tønner med kaldt vann. Ingen protesterte, folk var for vettskremt nå og ethvert håp var et de grep begjærlig, enda så tynt det måtte være.

Hva som enn hadde skjedd den natten jorda skalv og himmelen lyste, det hadde løst ut pesten. Emba trodde ikke på tilfeldigheter og i hvert fall ikke tilfeldigheter av dette slaget. Hun kunne bare be gudene om å være nådige for dette var hinsides hennes arme forstand. Medikus måtte ha et botemiddel av noe slag. Ellers var katastrofen et fakta.

Lengre inne i landet lå ei bygd som var viden kjent for å avle utmerket kveg. Det var dyr som ble brukt til alt fra trekkdyr til kjøtt og bøndene der hadde stor stolthet over dyrene og avlsarbeidet som var gjort. Flere hadde våknet svært tidlig den morgenen av at hundene bjeffet på et merkelig vis, det var mer som om de skrek. Gårdene hadde store hunder, enorme mastiffer som voktet flokkene mot ulv og bjørn og rovdyr på to bein også. Mennene kom seg opp og i klærne, stengte dørene nøye bak seg og samlet seg. Hundene var hysteriske og synlig vettskremt for noe og de sørget for å bevæpne seg og se til at kvinner og barn var innendørs.

Det lå en merkelig lukt i vinden, underlig rå og ubehagelig og flere av karene hadde gåsehud og følte seg svært lite høye i hatten. Det hadde vært jordskjelv for noen dager siden og noen mente å ha sett underlige lys på himmelen. Om det stemte eller ei var ikke godt å si men de merket tydelig at noe var galt.

De fant det tydelige beviset på det temmelig fort, de holdt noen dyr i en innhegning like ved husene og samtlige stanset sjokkert og vantro. Samtlige dyr var døde, og de lemlestede restene lå slengt utover som om det som drepte dem hadde moret seg med å spre restene så mye som mulig.

Landsbyens leder så målløst på ødeleggelsene. Det var flere gode okser som var drept og tapet ville merkes. Han kjente at sinnet og sorgen rev i ham men mest av alt ble han redd. Ingen dyr han kjente til kunne drepe på dette viset. Ingen bjørn ville ha kunnet slite sju store okser i fillebiter slik.

En av de yngre mennene så nøyere på kadavrene. "Det har blitt spist av dem, se her!"

Han løftet opp en bit av et hoftebein med tydelige gnagemerker. Lederen tok det fra ham, studerte merkene nøye. Tennene som hadde lagd dem var lange og spisse med lik lengde og de satt svært tett. Ingen dyr han kjente til hadde tenner som dette. Det så ut som en rekke sagtenner så jevnt var det. "Ved alle guder, hva kan ha gjort dette?!"

Mennene var redde og lederen prøvde å tenke logisk. "Jeg vet ikke, ta en runde og se om dere finner spor."

Noen yngre karer som var forholdsvis modige gikk sakte rundt beitemarka og vinket på de andre etter litt. "Her, det er spor, av noe slag"

Mennene så forvirret på sporene, de lignet ikke noe de hadde sett noen gang. Lederen svelget og pirket i sporene med en pinne, de var ganske faste så det hadde vært tungt hva det nå var, og det var flere også. En av karene var en dyktig sporfinner og han greide å sortere sporene ganske fort. "Det er minst sju åtte stykker, de går på to bein ser jeg men er ikke særlig raske. "

Lederen gren på nesa og tørket av hendene. "Det ser nesten ut som fuglespor en eller annen har presset en trestokk ned i midten av."

Karene så bare forvirret ut. Han trakk på skuldrene. "Sporene er på vei bort, antagelig er det langt av lei hva det nå er, men jeg misunner ikke den som kommer ut for hva det nå er."

Han gav de andre mennene et raskt blikk. "Vi holder vakt fremover, tenner bål rundt markene og driver dyrene sammen. Og ingen går ut i skogen alene ubevæpnet, ta med hunder hvor dere enn går."

Mennene nikket og så gikk de sakte tilbake mot husene for å fortelle hva som hadde skjedd. Samtlige var rystet til margen og svært skremt. Om noe slikt angrep igjen hadde de ingen sjanse, ingen sjanse i det hele tatt.

De fem karene Dolric hadde sendt ut var dyktige sporfinnere, de fant stort sett akkurat hva de var ute etter og de fulgte sporene etter Bilan og Carmariel lett. Det ble vanskeligere da de nådde veien for der var det mange andre som hadde ferdes før dem men smeden som skodde hester i Ingolemos område hadde en liten vane som gjorde det mulig å følge sporene allikevel. Han pleide alltid å lage sine egne hestesko og sømhullene ble plassert litt annerledes enn vanlig. Det var synlig for den som var vant med å legge merke til slikt og de fem red hardt og sparte ikke hestene sine. De skulle finne dette kvinnfolket og få henne tilbake til sin herre og mester og han kom sikkert til å belønne dem godt for det.

Akisha og Ali holdt på å beregne hvordan de skulle legge opp neste forestilling. De skulle ha et veddeløp men en av kjørerne var syk og de kunne ikke la noen som var utrent gjøre den farlige jobben. Det å kjøre firspann på så liten plass var livsfarlig og med fire fem vogner var det lite å gå på skulle noe skje. Ali mente at de kunne kjøre løpet med kun tre vogner men Akisha mente at folk ville bli skuffet, de ble stående å småkrangle litt vennskapelig da Erinius kom spankulerende på sin vante nonsjalante måte. Han vinket på Akisha. "Det har kommet et bud, fra en eller annen magiker, Aldur."
Akisha stivnet et øyeblikk til og lukket øynene, hun visste det, hun bare visste det. Det gikk ikke å ignorere det i lengden, det hadde så avgjort vært noe i hva Elywen sa. Hun ba Ali tenke over forslagene og så sprintet hun etter
Det sto virkelig et bud der, en yngre kar med et litt dradd fjes og lange fletter. Han var skitten og tydelig sliten og hadde tydeligvis ridd langt. Han rakte henne et brev og Akisha takket og ba mannen gå i spisesalen og få seg et bedre måltid mens hesten hans ble tatt hånd om. Hun åpnet brevet med en følelse av grim forventning.
Aldur presenterte seg først, hun visste at en god del vismenn og lærde hadde sitt eget forbund der i landet og Aldur var en del av det. Hun mente at hun hadde hørt navnet hans en gang men husket ikke i hvilken sammenheng. Hun satte seg ned, leste igjennom den tettskrevne håndskriften og bet seg i underleppa. Så Aldur mente at jordskjelvet og det andre skyldtes magi? Og at det var noe som hadde gått galt? Og det kunne medføre alskens farer?
Hun bannet lavt og tok en brå beslutning. Hun gikk til kjelleren og fant Jirhg, den vesle alkymikeren var travelt opptatt med et av sine mer eller mindre horrible eksperimenter og fyren var dekket med illeluktende støv og så ut som en gruvearbeider så svart var han. Akisha så forferdet på ham og Jirhg bare gliste og slo ut med handa. "Ikke vær redd min vakre, det er ingen fare. Det var bare en reaksjon som var litt mer…følsom… enn jeg ventet."

Akisha svelget fort. "Hva er det du driver med nå?"

Jirhg gliste og viftet med en slags sylinder av noe slag. "Jeg tenkte jeg skulle lage et filter som kan brukes til å skaffe rent vann overalt men jeg får det ikke til å funke helt."

Akisha ristet på hodet. Jirhgs ideer var ofte storslagne og svært nyttige men som regel endte det opp som noe som var direkte farlig. Han så fort på henne. "Og hvordan kan jeg hjelpe den skjønne i dag da?"

Akisha samlet seg, hun følte seg temmelig usikker for magi var ikke hennes sterke side. Som prestinne hadde hun en viss innsikt men det var naturmagi, ikke det slaget trollmenn gjerne bedriver. "Jeg har fått et brev fra en magiker eller vismann eller hva en nå skal kalle ham. Aldur, har du hørt om ham?"

Jirhg lysnet opp. "Aldur, så visst. Jeg har truffet ham en gang, svært stille og fornuftig mann. "

Akisha trakk pusten. "Han tror at jordskjelvene og det rare lyset var magi en eller annen prøvde seg på, noe farlig som kan ha gått veldig galt. "

Jirhg så rakt på henne. "I så fall kan det være alt mulig. Men jeg ville startet med å finne ut hvor dette skjedde. Det kan lønne seg å starte med utgangspunktet."

Akisha nikket. "Jeg får finne et kart og sammenligne det han skriver og det vi så her. Det er mulig vi kan triangulere oss frem til hvor det var. Han skriver at en annen vismann besøkte ham i uro og at han så mer. Og han skriver hvor det skjedde også. "

Jirhg nikket. "Gjør det, og så reiser dere dit og ser hva dere kan finne ut. Men vær varsomme, vær ved gudene varsomme. Løpsk magi kan være mye verre enn det verste jeg kan koke sammen bare så det er sagt."

Akisha gyste nedover ryggen. "Det var jo så fantastisk oppløftende!"

Jirhg trakk på skuldrene så støvet gov av ham og Akisha måtte nyse. "Bedre at dere stiller godt forberedt."

Hun nikket bare og gikk opp til det rommet som tjente som en slags stue og bibliotek. Der fant hun et kart over landet og sirklet inn

stedet Aldur bodde, Shabuch og stedet denne Amaras kom fra.
Sakte tegnet hun på siktelinjer, og de møttes faktisk et sted lengre
sørøst i landet, et stykke innenfor Tåkesjøen. Hun hadde aldri vært i
det området, det var viden kjent for å være værhardt, fattigslig og
generelt lite annet enn villmark med en og annen liten landsby og
noen få gårder.

Hun sukket og bet tennene sammen, det ville ta flere dager å ri dit
og hun hadde allerede en følelse av at det de kunne møte der var alt
annet enn bra.

Naragh jobbet med å stelle et par småsår på en av de som spilte i
forestillingene. Selv om gladiatorene sloss med sløve våpen og det
hele var skuespill hendte det allikevel at noen ble skadet. Han
bannet for seg selv mens han gav mannen et par sting og klinte salve
på såret. Han satte hele sin stolthet inn i det å holde alle der friske
og flotte og se på og selv om mange likte arr syns han det var
unødvendig.

Naragh kjente alderen godt nå, han var ikke så sterk som før og
hadde overlatt jobben med massasje og slikt til lærlingene sine. De
var dyktige og han var stolt av dem, men han foretrakk å ha
oversikten ennå. Han vasket hendene og forberedte seg på å lage
noe mer salve da det banket på døra. Han åpnet og ble forskrekket
over å se den kongelige medikus der. Han hadde den største respekt
for mannens kunnskap og de hadde samarbeidet før. Medikus så
nervøs ut og Naragh slapp mannen inn. Han svettet og det var noe
mørkt i blikket hans. Naragh så forskende på ham. "Ja min gode
venn, hva kan jeg hjelpe deg med?"

Medikus sukket, han trakk av seg hatten og tørket av skallen med
lommetørkleet sitt. "Naragh, jeg har oppdaget noe helt forferdelig!"
Naragh så forbauset på medikus som satte seg ned på en stol, han så
brått svært sliten ut. "I natt kom en budrytter til meg, med det verst
tenkelige bud. Det har brutt ut pest i bygdene rundt Tåkesjøen. Og
det sprer seg som ild i tørt gras!"

Naragh rykket til, han så vantro på medikus. "Det har ikke vært pest
på svært lenge? Er det lunge pest? Byller?"

Medikus støttet hodet i hendene. "Nei min kjære venn, det er mye verre. Jeg har aldri hørt om noe med slike symptomer så jeg måtte konferere bøkene mine og jeg fant et hint om hva det er for bare noen timer siden. I en bok så gammel at jeg snaut klarte lese den." Naragh grep en vinflaske, trakk ut korken med tennene og helte i en dryg slurk i et beger som sto der. Han rakte det til medikus som drakk det som om det var vann. Mannen hostet litt men tok seg pent inn igjen. "Så hva fant du ut?"

Medikus lukket øynene et øyeblikk. "At det kan være noe som ble kaldt svartblod. Sykdommen gjør at blodet til de som er smittet blir svart på farge og tykner. Og de syke får svært høy feber også."

Naragh gyste. "Det høres ille ut, men hvordan er forløpet?"

Medikus trakk på skuldrene. "Det dreper i løpet av maks et par døgn etter det jeg fikk vite. Og noen barn kan overleve det, men de voksne dør."

Naragh svelget hardt og kjente seg dypt rystet. "Så hvordan smitter det? Vann, luft?"

Medikus tok en slurk til med vin, han skalv på hendene. "Det vet ingen Naragh, men jeg fant ut en ting fra boka. Det har bare vært et kjent utbrudd av denne sykdommen før og det var i et område der det bodde en magiker som gjorde en gedigen tabbe. Og om jeg ikke tar skrekkelig feil var det i retning Tåkesjøen mange så et merkelig lysskjær for en stund siden? "

Naragh nikket matt. "Hva slags tabbe var det den magikeren gjorde?"

Medikus vred seg og så ned. "Han prøvde visstnok å finne opp en måte å gro enorme grønnsaker på men rev hull i selve verdensveven. "

Naragh rynket pannen. "Hvorfor ble det sykdom av det?"

Medikus sukket og la nevene på bordet. "Jeg er sikker på at du er klar over hva som kan skje om en tar med en sykdom til et sted der de ikke er vant med den?"

Naragh lyste opp. "Ja, jeg har lest om hva som skjedde da de første sjøfolkene kom til øyene utenfor Dhonkrari. Alle beboerne døde av forkjølelser som ble lungebetennelse."

Medikus nikket sindig. "Ja, de var ikke vant med den sykdommen, de eide ingen motstandskraft. Og dette er det samme prinsippet. Sykdommen kommer fra et sted der den sikkert er harmløs men for folk her er den dødelig."

Naragh sukket. "Alle guder, men er det noe vi kan gjøre?"

Medikus trakk på skuldrene. "Be om at det aldri sprer seg hit?" Han reiste seg igjen. "Jeg skal selvsagt gjøre alt jeg kan, jeg skal sende medisiner og folk dit men jeg er redd det er til ingen nytte. Jeg tror jeg vil bli nødt til å bruke kongens fulle makt og beordre all reising forbudt til det glir over og alle byporter stengt. Det eneste som hjelper mot slikt er karantene hvor hjerteløst og hardt det enn må virke."

Naragh bare nikket og medikus klappet ham på armen. "Så derfor trenger jeg din hjelp, du kjenner til mange urter som senker feber og sikkert også noen som holder blodet flytende."

Naragh nikket sakte. "Jeg har hatt pasienter med for tykt blod, jeg ber dem drikke mye vin og sprit. Det hjelper som regel."

Medikus gliste. "Da blir i hvert fall folk glade for å ta medisinen sin. Jeg vil sende ut folk for å holde oppsyn med situasjonen. Kommer den ut av kontroll blir det ille."

Naragh bare gyste. "Det trenger ingen å fortelle meg. Pest vekker kun det aller verste i folk."

Medikus nikket sørgmodig. "Evig sant min venn, be alle guder om at vi kan holde det under kontroll. "

Naragh bet seg i underleppa, han også håpet det men han følte på seg at det neppe gikk så bra.

De to gikk opp og medikus bukket høflig for Akisha som så ut som en tordensky der hun kom spaserende. Medikus så forskende på henne. "Den skjønne ser ikke særlig lykkelig ut?"

Akisha stønnet og fortalte om budet hun hadde fått og de to mennene så raskt på hverandre. "Det er området med pest, det henger sammen!"

Akisha slo handa for munnen. "Pest?! Gudinne vær nådig!"

Naragh ristet på hodet og medikus sukket tungt. "Det henger sammen, antagelig har det samme skjedd igjen. En eller annen idiot har greid å forrykke selve naturens lover og gjort det forbudte." Akisha knurret nesten. "Om vedkommende er i live skal vedkommende få svi! Det sverger jeg på. Den slags er uansvarlig og tankeløst."

Naragh nikket og trakk kappen sin tettere rundt seg. "Først og fremst Akisha, få denne Aldur hit. Han kan være til stor hjelp med sin kunnskap. Og jeg vil foreslå at de vises råd samles, vi trenger all den kunnskapen vi kan få tak i. "

Medikus nikket og så svært bestemt ut. "Du har rett. Vi bør samle rådet. Jeg skal sende ut duer til alle jeg vet om med en gang."

Akisha trakk pusten dypt. "Godt, da gjør vi i det minste noe. Og jeg skal se om jeg kan finne ut mer via gudinnen om det blir nødvendig, det kan hende hun vil hjelpe oss"

De to mennene skyndte seg videre og Akisha lente seg mot veggen. Pest, bare ordet sendte iskalde frysninger nedover ryggen på henne. Ingenting var fryktet mer enn pest, den var en usynlig dødens tjener som slo til nådeløst og uten varsel og ingen kunne føle seg trygge. Hun ble kald innvendig, kunne de regne med gudinnens beskyttelse i dette? Kunne noen av hennes bli syke? Hun bestemte seg for at hun ville oppsøke tempelet så fort hun fikk en ledig anledning, var hun heldig kunne gudinnen gi henne svaret. Hun skulle ønske at alle var til stede men forhåpentligvis var det ikke lenge før Rhylja og Rheynek og de to nykommerne vendte hjem. Hun kunne bare be om at de slapp å komme ut for trøbbel.

Rhylja og Rheynek hadde hatt med seg de to karene for å lære dem mer om hvordan de skulle te seg blant folk for å gå i ett med mengden. Det var ganske lett for Janrem, han var vant med folkemengder og byer og han hadde bare de merkelige blå øynene å skjule. Og han så normalt ut ellers, faktisk hadde han noe litt troskyldig ved seg som fikk folk til å stole på ham. De så en kjekk ung mann og han fikk lett innpass overalt. Rheynek mente at Janrem hadde en fordel i den fortiden han hadde. Han var godt trent og visste hvordan verden fungerer, han var klar over at alt ikke var hvitt eller svart. Janrem kunne være litt kynisk til tider og han hadde tross alt drept. Han var blitt merket av også det og han følte seg til stadighet som en verre person enn han egentlig var. Han trengte å se at det var den personen han nå ble som telte, ikke hvem han hadde vært før eller under krigen ved Catendhar.

Arjhed var en annen sak, han var på mange måter svært lik Rheynek men det som hadde forandret ham hadde skjedd så fort og uventet at gutten ikke hadde fått tatt seg inn. Han prøvde ennå å finne ut hvem han skulle være og Rhylja prøvde å gi ham noe balanse og kunnskap. Han følte så avgjort jegergudens makt, skogene og dens skapninger var hans domene og Arjhed hadde en merkelig evne til å føle alt rundt seg. Det var som om trærne talte til ham, hvisket til ham med stille tunger om deres langsomme forsiktige tanker. Og han visste hvor dyrene holdt til, og hvordan de levde. Alt satt i ham nå og han hadde fått en slags selvtillit som følge av det men når han var i byen var han en kløne ennå. Det var for mye der, for mange inntrykk på en gang og han ble rastløs og grinete av det.

Rhylja mente at han ville ha godt av å komme seg vekk en stund så de hadde ridd rundt i over en uke og Rheynek hadde lært de to ganske mye en våpenmester normalt skal kunne. Rhylja lærte villig fra seg også og en så forskjellen på de to når de var ute. Janrem var en by person, han var vant til vertshus og slikt. Arjhed var vant med skogen og å overnatte ute og noen ganger kunne det resultere i merkelige situasjoner. Men de to fungerte godt sammen og var gode venner. Janrem var til tider som en litt mer erfaren storebror for Arjhed som tross alt bare hadde vært en atten nitten da jegerguden krevde ham. Janrem var i slutten av tjueåra et sted og mye mer erfaren på mange områder.

De siste dagene hadde Arjhed endret seg en del, han hadde blitt nervøs og virket direkte uvel og han mente at han følte noe et sted, noe mørkt og farlig. Rhylja hadde også fått en pussig fornemmelse og hun likte den ikke. Jegerguden prøvde å fortelle dem noe og hun fikk en følelse av at dette var noe som flere merket. Antagelig hadde både Akisha, Frostfugl og Elywen sanset det også. Arjhed snakket om et merkelig mørkt hull med lys rundt, han hadde sett det i en drøm sa han, og Rhylja likte ikke lukta i området. Hun mente at hun sanset noe merkelig unaturlig der. Rheynek hadde blitt nervøs av det også, han hadde valgt en kurs som ville ta dem tilbake mot Shabuch på noen dager. Han mente at de ville bli savnet der om de ikke dukket opp igjen til avtalt tid. Arjhed bare satt der på Tordenfot og så mer og mer nervøs ut og blikket flakket konstant, det var helt tydelig at han ikke var seg selv.

Bilan og Carmariel hadde kommet seg ganske langt avgårde. De hadde slått leir ved et lite tjern og overnattet der og han hadde lært henne en god del nye ord. Hun lærte fort og språket hennes bedret seg betydelig. Hun var forståelig nå og han prøvde å lære henne små morsomheter og slikt. Hun tinte liksom opp og smilte og han var glad for det. Men av og til virket hun tungsindig og han forsto det også. Hun visste tross alt ikke engang hvem hun var, og hvor hun var fra. Noen ganger hvisket hun om en uendelig tomhet i sjelen og han forsto henne, hun var totalt rotløs og forvirret og han skulle så gjerne ha hjulpet henne men hvordan? Han kunne bare håpe at den gamle vismannen kunne hjelpe henne å få minnet tilbake i det minste.

De red langs veien nå på vei mot et vertshus Bilan visste om, hestene var sårbeinte og trengte en hvil og de kunne kanskje slappe av en natt der. Det var elendig vær så det ble ikke så merkelig at Carmariel skjulte hodet i hetta og folk på vertshus er som regel flinke til å overse gjestenes større eller mindre merkeligheter. Carmariel var nervøs ved tanke på å treffe på fremmede mennesker, men hun skjønte at hun måtte.

De hadde en halv fjerding igjen til vertshuset da noe brått skjedde, noe totalt uventet. To ryttere kom brasende inn på veien foran dem og stengte veien og bak dem dukket tre andre opp. Bilan visste det med en gang, dette var Dolrics menn. Han så kun en utvei, skrek til Carmariel at hun skulle følge ham. Han sporet hesten hardt og dyret bykset fremover og presset seg forbi den ene av de to rytterne. Bilan så at merra fulgte på og hadde et lite håp. Deres hester var ikke så slitne som dyrene til de fem, de kunne løpe fra dem. Han snudde seg for å spore hesten igjen da han kjente et voldsomt slag i overkroppen, han forsto med en gang hva det var. En av mennene hadde en armbrøst og hadde skutt ham. Pila satt i ryggen på ham og han visste at han antagelig ikke hadde store sjansen. Han skrek til Carmariel. "Ri på jente, husk hva jeg sa!"

Carmariel forsto at dette var onde mennesker, instinktet hennes fortalte henne det. Hun så at noe traff Bilan og at han blødde og vaklet i salen og hun gispet og prøvde å få hesten til å løpe enda fortere. Bilans hest skar ut og inn i skogen og hun ante ikke om han styrte den eller om dyret var så skremt at den løp som den selv ville. Hun kjente at hjertet hamret i henne av skrekk, hun var tørr i munnen og klamret seg til salen. Hun var totalt uforberedt da hesten hennes rykket til og brått stupte. Hun ble kastet bortover veien og bare det at hun var så smidig reddet henne fra skade. Hun så at hesten hadde fått et eller annet surret rundt bakbeina, det lignet tau med flere kuler på og hun forsto at de hadde kastet det etter den. Hun rullet seg opp for å løpe men tau ramlet ned over henne og hun ble stoppet av et brutalt rykk. Hun vred seg for å vri seg løs men hun var omringet og sterke never grep tak i henne og surret henne inn med tau så hun ikke kunne bevege seg. En skitten fille ble dyttet inn i munnen på henne så hun ikke fikk skrike og så ble hun heist opp på ryggen av en hest som en annen tomsekk. De fem karene spøkte og lo og virket fornøyde og hun følte at hun snart besvimte av sinnsbevegelse. Bilan var skadet, hun måtte hjelpe ham! Hun sprellet og hesten ble urolig av det, en av dem red bort til henne og noe hardt traff henne i hodet, alt ble svart og de fem satte farten opp. De måtte vekk fra veien før noen oppdaget dette.

Bilan kjente at det svartnet for ham, de hadde ikke engang giddet å forfølge ham og han visste at de hadde fanget henne. Han bet tennene sammen, det brant i brystet på ham og han visste at det var en svært alvorlig skade han hadde fått. Han hadde ikke vært soldat og ikke lært noe av det. Vertshuset var den eneste sjansen han hadde og han snudde hesten i retningen og jaget på den. Om mulig kunne han få hjelp der, og kanskje gi Carmariel et håp og en sjanse.

Heldigvis var vallaken en rolig og veldressert hest som gikk villig selv om ikke rytteren var frisk, han travet på og økte farten da den fikk ferten av de andre hestene ved vertshuset. Den løp vrinskende inn på gårdsplassen foran det vesle stedet og stanset brått foran brønnen. Det sto en liten flokk ridehester der og Bilan kjente at det svimlet for ham. Et par av dem var hester han aldri hadde sett maken til, dyr som gjorde ham lamslått. Det var en enorm borket hoppe som så ut som om den kunne løpe livet av hva som helst og en vakker svart hingst med hvit man og hale og blå øyne samt en svær svart hingst med hvite sokker som så ut som et dyr som kunne løpe i dagesvis.

En stallkar fikk øye på ham og gjorde anskrik, flere kom styrtende og hjalp ham ned fra salen og Bilan kjempet mot mørket som truet med å svelge ham. Det surklet når han pustet og han var så kraftløs. Han hørte noen rope noe om helbreder og hjelp og så ble det helt svart. Han kunne bare be om at han våknet igjen og fikk fortalt om Carmariel.

Mennene red hardt nå, de svingte av fra veien og satte kursen innover i terrenget. De hadde kommet over en fraflyttet gård på veien dit og hadde kommet til at det var et ypperlig sted å hvile på før de reiste tilbake. Hestene var utslitte og de selv trengte også en god hvil så hvorfor ikke hvile på et sted der de kunne holde seg tørre og varme. Det gikk en god stund før de var fremme, det mørknet og vinden var tiltagende så det knaket og brakte i skogen overalt. Carmariel hadde kommet til seg selv igjen men vågde ikke røre seg. Hodet verket noe intenst og hun var kvalm. Hun følte at hun snart ikke greide mer, fortvilelsen rev i henne og hun forsto ikke hva galt hun hadde gjort for å fortjene dette.

Fremme ved gårdshusene ble hun røsket ned av hesten og båret inn, bygget var preget av å ha stått tomt men fremdeles brukbart og taket var tett. Karene tente opp i peisen etter å ha sjekket den for fuglerei og slikt og de plasserte Carmariel i et lite siderom uten vinduer og med bare en dør. Hun var bastet og bundet og burde ikke gi dem noen flere problemer.

Hun var glad for en ting i det minste, det var mørkt der og øynene hennes hadde bare godt av det. Hun så seg rundt, skimtet ilden gjennom sprekker i veggen, luktet gammelt treverk og sopp. Det var lenge siden noen hadde bodd der, hun skjønte det. Hun satte seg opp, prøvde å finne en behagelig stilling men det var ikke lett. Hun tok seg sammen, skulle hun ha noen sjanse måtte hun vite så mye som mulig, Hun tvang seg til å puste rolig, til å lytte nøye til hva som ble sagt der ute. Ørene hennes var like følsomme som øynene og hun hørte godt. Alt forsto hun ikke men hun skjønte at de skulle ta henne med tilbake til denne Dolric som anså henne som sin. Ingolemo hadde mant henne frem for Dolric men han hadde ønsket seg noe annet, en demon. Carmariel gliste skarpt for seg selv, så det var det som hadde drept denne Ingolemo. Hun følte på seg at mannen hadde gjort en real blunder der.

Hun måtte finne en måte å rømme på, der ute i natten kunne hun unnslippe uten problemer og hun prøvde varsomt å trekke i tauene. De var for sterke, hun stønnet frustrert og så seg rundt. Det var rester av en seng der i hjørnet, en slik som var festet i veggen. Bare noen planker sto igjen men det kunne kanskje være noe der hun kunne bruke.

Hun ålte seg bort, kjente på plankene. Det var en skarp metallbit på den ene og den stakk litt ut, hun fikk ta til takke med den. Hun snudde seg og begynte å trekke hendene over den, opp og ned. Det var ikke mange fibre hun greide å kappe på det viset men det gikk noen for hver bevegelse, hun fikk bare være tålmodig.

Rheynek hadde bestemt at de skulle tilbringe natten på et vertshus og de hadde funnet et lite og trivelig et utpå dagen. Rhylja lenget etter et bad og karene etter litt øl og hvile så de nølte ikke med å gå inn og bestille rom. De hadde akkurat spist og skulle til å be om å få et varmt bad da de hørte oppstyr utenfor. Det var en hest som vrinsket og så hørte de forskrekkede stemmer og rop. Rheynek reiste seg og gikk bort til døra, han hadde handa på sverdskjeftet og vinket på de andre. Rhylja så at folk stimlet sammen om en mann som ble løftet ned av en hest. Han var blodig og hun gispet da hun så årsaken, en armbrøstbolt stakk ut av skulderen hans.

Rheynek gikk ut, folk så storøyd på ham men han viste dem ringen han bar og de bøyde hodene ærbødig. Janrem og Arjhed så storøyd på den sårede som virket for å ha besvimt.

Rhylja så seg rundt. "Har dere noen gode helbredere her?"

En av stallkarene nikket. "Ja, en eldre dame, vi har sendt bud etter henne. Hun er her snart!"

Rheynek så fort på den sårede, mannen var kanskje i førti årene et sted, kraftig og velnært og han så velstelt ut. Klærne var pene men ikke prangende og det var ikke hesten heller. "Er det landeveisrøvere i området?"

Alle ristet på hodet. "Nei, ingenting slikt her herre, det er et fredelig område"

Noen bar mannen inn og det gikk rakt til et lite rom der det sto en seng og en benk. De la mannen varsomt på senga og noen skrek ordre om varmt vann, bandasjer og slikt. Rhylja så smalt på Rheynek, hun hadde en følelse av at dette var noe de burde komme til bunns i og han virket for å være enig. Det gikk noen minutter, så dukket det opp en gammel kvinne iført enkedrakt og kappe, hun virket stri men dyktig og de trådte til side for å la henne gjøre jobben sin. Rhylja merket at denne kvinnen var dyktig, hun gikk rett på sak, skar vekk mannens klær og betraktet pila med granskende blikk.

Rheynek var temmelig dyster der han sto men hun lot seg ikke merke med utseendet hans, hun gjorde jobben sin uansett. Hun helte noen dråper med en væske i munnen på mannen før hun vasket området rundt pila med en annen brunaktig som luktet ille. Rhylja nøs og damen så bare strengt på henne før hun fortsatte. Rheynek kremtet kort. "Har han noen sjanse?"

Kvinnen nikket rolig. "Ja, om jeg får pila ut. Den sitter stygt men ikke så stygt at det i seg selv er dødelig. Den har truffet for mye bein til det."

Hun trakk frem noen instrumenter fra en sekk hun hadde båret med seg og førte dem gjennom ilden i en lampe flere ganger. Naragh gjorde også det og Rhylja fikk tiltro til denne kvinnen. Deretter grep damen pilskaftet og kjente på det, beveget det litt og beregnet hvordan den hadde gått inn. Hun helte på mer væske og så tok hun tak med en slags tang og trakk hardt til. Pila gled ut med en ekkel surklelyd som fikk Rhylja til å krympe seg. Det kom mye blod med en gang og kvinnen presset noe ned i såret før hun helte over en slags tyktflytende salve og klemte såret sammen med noen klyper. "Jeg tror han vil klare seg, men han vil være svak lenge. Mistet mye blod har han, men pila har bommet på større årer og har ikke punktert lungen, merkelig nok. "

Rheynek så lettet ut. "Vil han våkne igjen snart?"

Kvinnen slo ut med armene. "Aner ikke, han er en sterk kar, det ser jeg godt. Det er mulig han våkner så fort medisinen jeg gav ham slutter å virke. Dere kan snakke med ham da."

Rheynek smilte takknemlig og la to gullmynter i kvinnens hand. Hun så himmelfallen ut. "Det er utmerket gode kvinne, og si ifra til oss så fort han våkner. Vi må finne ut hvem som skjøt ham, og hvorfor"

Kvinnen neide og nikket overveldet og Rheynek smilte til de andre. "Da får vi beskjed når han våkner, nå vasker vi oss og hviler og så får vi se hva som skjer."

Rhylja trakk et lettelsens sukk, hun hadde sett for seg at det varme badet forsvant for henne som et fata morgana av noe slag. Før det var gått så veldig lenge var de alle i ferd med å bli kvitt svette og skitt og følte seg mye bedre og klare til å takle det aller meste.

Carmaricl hadde greid å slite igjennom det meste av tauet da hun hørte at mennene der ute begynte å røre på seg igjen, det virket for at de skulle gå til ro for kvelden så hun ålte seg tilbake dit de hadde plassert henne og lot som om hun sov. Hun var så sulten at det ulte i magen og armer og bein verket men hun tvang seg til å holde ut. Det kunne være at hun fikk en sjanse nå. Det ble stille der ute, hun hørte at de rørte litt på seg, snorket og gryntet og hun holdt pusten. Hun måtte være sikker på at de sov alle sammen, hva om en av dem satt vakt? Golvet knirket noe infernalsk borte ved døra, det hadde hun merket da hun ble slept inn dit og hun trodde ikke hun kunne greie å bryte seg gjennom golvet heller.

Hun måtte bare vente og prøve å være tålmodig. Hun vred på hendene og tauet var så slakt nå at hun fikk hendene fri og begynte å jobbe på tauene om beina. De satt utrolig hardt men hun fikk dem løs. Hun ble sittende litt til, lyttet til snork og andre lyder og prøvde å bedømme om det var alle fem. Carmariel skulle til å ta sjansen og snike seg mot døra da hun rykket til og nesten skrek. Utenfra kom det et skrekkelig leven, hestene deres vrinsket og hylte og hun hørte av diverse knakelyder og brak at de slet seg.

Innenfor ble det liv og røre, hun hørte at karene hev seg på beina og fort la hun seg til så det så ut som om hun var bundet igjen. Hva var det som skjedde? Hun hørte hester som galopperte vekk i all hast og karene bannet og svor. Det hørtes ut som om fire av dem løp ut for å finne hestene og en ble igjen. Carmariel gyste nedover ryggen, alene med bare en mann til å vokte henne? Kunne hun greie å lure ham eller slå ham ned så hun fikk rømt? Hva hadde skremt hestene slik? Hun holdt pusten, karene forsvant bannende etter hestene hørte hun og så hørte hun skritt mot døra. Hun holdt pusten, døra gikk opp og et svakt lysskinn kunne synes.

En svær kar med en velvoksen vom og skittent fett hår vagget inn i rommet og kikket ned på henne med et frekt blikk. "Gutta måtte stikke, de fordømte gampene stakk av. Men da har jeg deg for meg sjøl."

Han kom nærmere og løsnet beltet og Carmariel så den lange kniven som hang i det, hun svelget hardt. Fyren gikk ned på kne ved siden av henne og la ikke merke til at tauene som holdt beina var løse, han trakk vekk hetten hennes og gliste. "Samma faen hvor svart du er, eller om du er fra helvete selv. Sjefen har alt hatt deg en gang så hvorfor skal ikke vi også få ta del i moroa?"

Han prøvde å trekke i tunikaen hennes for å få den ut av veien og hun kjente at panikken gav henne ekstra krefter, og et mot hun ikke var klar over at hun hadde. Hun vred seg litt som for å unnslippe men egentlig gjorde hun det for å få fri bane. Mannen peste nesten av iver og hun kjente de digre nevene mot huden men fingrene hennes nådde kniven og trakk den. Hun visste brått hva hun måtte gjøre og hvordan. Dette svinet ville utnytte henne og når de andre kom tilbake ville det skje igjen, hun døde heller enn å la flere få seg uten hennes tillatelse.

Fyren greide å få neven nedi så langt at han klemte rundt ene brystet hennes og dermed slo hun til. Hun stakk kniven inn i halsen på fyren så den gikk inn bak adamseplet og punkterte begge halspulsårene. Da hun trakk bladet tilbake presset hun ut og skar over selve luftrøret også og stemmebåndene så han ikke kunne skrike. Fyren ramlet bakover, grep seg til strupen men greide ikke lage en lyd og han gurglet desperat og kravlet bortover golvet som et skadet dyr. Carmariel var på beina, hun hadde en følelse av at hun hadde gjort dette før, at det var velkjent for henne. Mannen sprutet blod utover hele golvet, hun var på beina i løpet av et sekund og kjørte kniven ned gjennom toppen på skallen, kroppen ble slapp med en gang og ble liggende der og hun så seg rundt, lot sansene få flyte fritt.

Brått hørte hun skrik ute fra skogen, vettskremte skrik fra mennesker og forsto at det var mennene, de måtte ha kommet ut for hva det nå var som skremte hestene.

Hun hev seg ut døra, så at skogen sto tett rundt husene med unntak av en liten eng skogen ikke hadde rukket å kreve tilbake ennå. Hun satte kurs inn i skogen, løp det hun greide på tross av at føttene kjentes ut som om de hadde sovet i et år minst. Hun hørte en lyd og bråvendte, de lysfølsomme øynene hennes så hva det var. Det var en av mennene, han vaklet og flyktet tydeligvis og han var hinsides vettskremt. Hun kjente lukta av urin og mannen gurglet og snublet og var på vettløs ferd gjennom nattemørket. Han blødde sterkt fra en stor flenge i siden, det så ut som om noe hadde prøvd og buksprette ham og Carmariel grep kniven og samlet seg.

Han løp nesten på henne og hun gjorde kort prosess, kylte knivbladet inn i brystet på ham nedenfra og opp så hun traff hjertet under brystbeinet. Mannen lagde en merkelig hveselyd, beina ble slappe under ham og han gikk overende på graset. Blodlukta var intens og hun gyste. Mannen hadde et sverd og hun tok det fort. Spente på seg beltet med vante bevegelser og hun forsto at hun var vant med det, å bære våpen og å drepe. Hun begynte å bli usikker på hva og hvem hun egentlig var.

Og hva hadde skremt hestene og nesten drept denne karen? Hun var sikker på at de andre var døde nå, hun hørte ikke mer og snek seg frem gjennom skogen. Hjertet hamret i henne og hun var tørr i munnen.

Brått hørte hun en hest som skrek et stykke unna og hun la på sprang, om det var noe som jaktet der i nattemørket måtte hun i det minste finne ut hva det var. Hun braste frem over en skrent og så at en av hestene hadde satt seg fast i en rot, grimetauet hadde surret seg og dyret skrek og slo og rullet med øynene i panikk. Carmariel så hvorfor og brått strømmet en merkelig følelse gjennom henne. Hun visste hva dette var, hadde møtt det før. Og hun visste at det var farlig, dødsens farlig. Det som nærmet seg hesten var et dyr nesten like stort som den, men det var nesten gjennomsiktig, en kunne ane skjelettet gjennom kroppen. For Carmariel var det derimot svært synlig, det lyste opp for hennes øyne som det rene fyrtårnet i merkelige bisarre mønstre og hun reagerte før hun rakk og egentlig tenke. Fort som en vind raste hun frem og hev seg opp på ryggen av den paniske hesten, kappet grimetauet med sverdet i samme bevegelse og hesten illskrek og dundret avgårde gjennom nattemørket. Den løp i panikk og kunne fort ha styrtet men hun styrte den elegant. Hun så alt og undret seg ikke engang over hvor lett det var.

Hesten løp i noe som virket som flere timer. Da den omsider stanset var de langt vekk fra de merkelige dyrene. Hun visste at de jaktet i flokk, at de antagelig var svært desperate og at de slettes ikke hørte hjemme der. Den som hadde brakt henne til denne verdenen hadde også fått disse ubeistene dit og hun visste at de ville drepe alt levende de kom ut for. Hun skalv og hikstet, hvordan skulle hun få advart folk? Hun ante ikke hvor hun var og hvordan ville vel fremmede reagere når de så henne? Hesten var utslitt og hun steg av den, leide den med seg bort til et tre.

Carmariel var sliten og sulten og fortvilet og hun visste at hun trengte å hvile. Men så lenge spøkelseshundene var der ute kunne hun ikke hvile på bakken. Hun klatret opp i den digre eika og fant en grov grein nær toppen der hun bant seg fast. Det var ennå en stund til soloppgang men hun måtte sove nå. Hun måtte advare folk om hva som var løs der i skogen, og hun hadde en ekkel følelse av at de ville følge henne. De ville sanse at det var noe der fra deres egen verden og søke seg mot det og hun var brått livredd. Noe sa henne at hun visste mer om disse udyra enn som så, men hun husket det bare ikke. Hun prøvde å tvinge frem minner men det gikk ikke. Hun tvang seg til å slappe av og etter litt sovnet hun på tross av alt.

Rheynek og de andre hadde gått til ro og sovet godt hele natta, de hadde overnattet ute i det siste og særlig Janrem syntes det var skjønt med en ordentlig seng igjen. Rhylja hadde sluknet som et lys og rørte seg ikke hele natta men Arjhed greide snaut sove. Det var som om han hørte noe hele tiden, en slags uling langt vekk som gav ham frysninger nedover ryggen. Og han hadde en følelse av fare, svært nær og svært sterk.

Rheynek ble vekket av at det banket på døra, han trakk på seg et par bukser og åpnet og det var den gamle kvinnen. "Den sårede er våken herre, skynd dere for jeg tror ikke han orker snakke særlig mye ennå."

Rheynek nikket ivrig og fikk på seg resten av klærne, ba Janrem vekke Rhylja og Arjhed. Han raste ned trappene og kom inn i rommet da helbredersken sjekket temperaturen til den sårede mannen. Han var plassert så han mer eller mindre satt i senga og var blek og sliten i fjeset men våken. Han sperret opp øynene da han så Rheynek og Rheynek viste ham ringen sin fort for og ikke skremme karen for mye.

"Jeg er her for å hjelpe, vær ikke redd. Hvorfor dukket du opp på vertshuset her med en armbrøstbolt i ryggen?"

Bilan gispet lettet, en våpenmester, av alle personer i denne verden var det et gudenes hell at han møtte en slik. De har som oppgave å hjelpe andre og han svelget hardt og begynte å fortelle. Han utelot ikke noe, verken om Ingolemo eller Dolric eller Carmariel og

Rheynek ble temmelig storøyd av alt sammen. "Så disse mennene stakk av med henne?"

Bilan nikket sakte. "Ja, uten tvil. Jeg vet ikke noe om henne ærede herre, om hun kan å slåss eller ei. Men jeg vet at svartalver har et temmelig frynsete rykte for å være farlige skapninger. Jeg er redd at de kan finne ut akkurat hvor farlige om de presser henne for langt."

Rheynek nikket sakte, han hadde aldri hørt om svartalver før men han trodde mannen på hans ord. "Så de vil ta henne tilbake til Dolric, som vil ha henne som et eksotisk leketøy."

Bilan lukket øynene. "Ja, jeg er sikker på det. Han vil ikke gi seg så lett heller det svinet. Er det noe han vil ha tar han det, uten noe mere om og men."

Rheynek sukket og klappet Bilan varsomt på armen. "Men det skal vi sette en stopper for. Vi finner henne Bilan, vær ikke redd for det. Bare bli her du og slapp av og bli frisk igjen."

Bilan sukket oppgitt. "Jeg har vel ikke noe valg men ved gudene, jeg skulle ha vært med dere. Hun kjenner og stoler på meg."

Rheynek nikket og skar en grimase. "Vi får tro at hun kjenner igjen navnet ditt. Og så får vi tro at gudene holder sin hånd over henne inntil vi finner henne. Om hun virkelig er fra en annen verden må alt være helt forferdelig annerledes for henne."

Bilan nikket sakte og svelget. "Det er det, så husk at hun antagelig er veldig redd. Ikke døm henne for ting hun kan komme til å gjøre i redsel og forvirring."

Rheynek bare smilte. "Ikke vær redd for det, vi skal ta hensyn til det som har skjedd med henne."

Kapittel 3:Sorg og håp

Legg ei din lit til styrke
Bær aldri ditt håp uten frykt
Den som vender ryggen til mørket
Kan aldri se hva det rommer

Carmariel våknet med et rykk, hun hadde greid å sovne der hun satt men hun var langt fra uthvilt. Og kroppen verket av den uvante posisjonen hun satt i. Hun kom seg løs og klatret ned, lyset fra morgensola brant øynene hennes og de rant så hun trakk på seg hetta igjen og prøvde å dekke ansiktet. Hesten sto der ennå men hun så med en gang at dyret hadde fått nok, den orket ikke bære henne lenger og hun trakk av den grima med visse vansker og lot den gå. Hvor var hun nå, og hvordan skulle hun klare seg? Hun ante ikke noe om hva slags vilt hun kunne jakte på, om det fantes spiselige urter der og hva farer som lurte i villmarka. Hun visste at spøkelseshundene var der ute et sted men de gjemte seg for lyset, hun bare visste det. Hun var trygg så lenge det var dagslys men ved alle guder, hun ante ikke hvordan hun skulle klare seg. Magen skrek av sult og hun gikk bort til en bekk og drakk litt vann. Det smakte surt og var ikke rent men det hjalp litt. Hun prøvde å bruke logikk for å finne retningen hun burde gå i men det nyttet ikke heller. Hun husket ikke hvordan sola sto på himmelen da de ble overfalt. Terrenget var svært ujevnt med små åser og urer med digre steiner og myrhull mellom. Det var vrient å finne en retning og holde den og hun hikstet motløst og prøvde å holde seg i gang. Bilan var sikkert død og det var ingen som kunne hjelpe henne. Hun bare gikk på og til slutt oppdaget hun at hun hadde gått seg fast. Hun var ute på en halvøy og kom ikke lenger i den retningen, et ganske stort vann sperret veien for henne.

Hun ble sittende ved vannkanten å stirre på skogen og landskapet. Det var vakkert på et vis men hun ante ikke hva trærne het eller hva slags planter det var hun så. Det plasket i vannet og noe spratt opp av det et øyeblikk, hun bikket på hodet. Det levde ting i vann der og det ante hun at det gjorde der hun kom fra også. Og de tingene kunne spises.

Hun fikk et lite håp, var på beina og fant en lang sterk kvist. Deretter spisset hun den og plasserte seg i skyggen så hun så bevegelser nede i vannet.

Et aller annet fortalte henne at hun hadde gjort dette før, at det var noe hun var vant med. Hun så bevegelse og stivnet til, ventet til det der nede var på nært nok hold til at hun kunne slå til. Hun kylte det primitive spydet ned i en vinkel hun fant naturlig og da hun halte det opp hang det noe på det. En avlang blank skapning med bred hale og gjeller. Hun gliste til seg selv og løsnet den fra spydet. Om den var spiselig var den nok til et måltid for henne.

Hun hadde ikke ild eller noe så hun bare rensket fisken på et vis og åt den rå. Det smakte merkelig men fylte magen og hun følte seg mye bedre med en gang. Det burde gå an å klare seg der, men hva slags mål hadde hun? Bilan hadde sagt at den trollmannen bodde i nord, hun trodde hun visste hvor nord var. Så hun fikk bare holde den retningen og prøve å finne vedkommende. Bilan ville nok ikke at hun skulle gi opp.

Hun gikk tilbake og prøvde å stake seg ut en rute gjennom landskapet. Hun måtte prøve å finne et trygt sted før natten kom, men hvor kunne hun virkelig være trygg for de ubeistene?

Rheynek og de andre hadde spist og salet opp og de red i den retningen Bilan indikerte da de hadde gjort opp for seg og tatt avskjed med ham. De så fort hvor angrepet hadde skjedd, Rhylja fant sporene etter hestene til de fem og så fulgte de sporene innover. Arjhed virket for å sitte med nervene på utsiden av kroppen og Janrem ble nervøs av det. Rhylja likte det heller ikke, hun sanset også at et eller annet der var aldeles galt. De hadde ridd en god stund da Rheynek pekte fremover. "Ser dere? Ravn og kråker!"

Arjhed trakk pusten fort mellom tennene, det hørtes ut som et hves fra et dyr av noe slag. "Noe er dødt der"

Rhylja hyppet på hesten og merket at den var anspent, dyrene sanset også at det var fare i terrenget.

De red sakte og forsiktig fremover, det åpnet seg litt opp og det var tydelig at dette en gang hadde vært dyrket mark. Rhylja så at en ravn lettet fra noe i et kratt og drev Månesanger bort til det, kikket fort på det som lå der. "Det var en mann, eller rettere sagt, det er det som er igjen av en mann"

Rheynek nikket og pekte. "Er en til der borte, hengende over ei grein."

Janrem følte seg usikker, han var ikke vant til å måtte slåss i skog og den var fremmed for ham. Han holdt seg nær de andre og holdt nevene nær sverdene sine. De var merkelig tause nå, vanligvis var det som om han hørte dem når det var fare på ferde, de hvisket om kamp og blod og hungret etter å brukes. Men ikke nå, det var merkelig.

Arjhed pekte enda en gang. "Er en død mann til der borte, og jeg tror det er en død hest også."

Rhylja svelget hardt, likene var revet i småbiter virket det for, av noe med en enorm kraft og råskap. Det var lite igjen av dem.

Rheynek red bort til den mannen Arjhed hadde pekt ut. "Denne er død av noe annet, han har fått et blad gjennom hjertet i et oppover rettet hugg. Veldig profesjonelt gjort. Dyret her har blitt drept etter ham ser jeg."

Rhylja nikket. "Det er et hus lenger fremme, antagelig en gammel gård. Skal vi se etter?"

Rheynek nikket. "Vi sjekker det ja, vær varsomme."

De red opp til det gamle bygget og så at det ennå røk svakt av pipa. Rheynek spratt av Stjernevind og gikk inn med Nadharn klart, han så at det hadde vært folk der og at de hadde prøvd å overnatte. Det lå tepper på golvet og noe som måtte være enkle oppakninger. Det var et siderom og han kikket fort inn. Det lå en død mann der og han var drept med kniv. Det lå avrevne tau der og Rheynek skar en grimase. Hun var løs og hadde nok rømt, men hvor var hun nå? Han studerte liket, mannen var drept av en person som visste hvordan en dreper. Det var bekymringsfullt og han håpet bare at hun ikke var farlig for seg selv.

Han gikk ut og så fort på de andre. "Hun har rømt fra dem, antagelig drepte hun den mannen vi så der borte i krattet, hun har også drept en her inne. Se om dere kan finne sporet hennes videre"

Rhylja og Arjhed nikket og begynte å ri i sirkler og de så et svakt spor av en person til fots. Og brått kom de over sporet av en hest som hadde sparket og tråkket rundt og et merkelig spor av et eller annet slags dyr ingen av dem kunne identifisere. Hestesporet ledet bort fra stedet og var blitt dypere, hun red antagelig. Arjhed så på de underlige dyresporene. "De ligner ikke noe jeg har sett noen gang, men jeg vet at de spår trøbbel. Det er ondskap der ute venner, ren ondskap. Jegerguden er vred, noe vanhelliger hans balanse"

Rhylja bet seg i underleppa, hun følte det samme. Det var virkelig noe der ute, noe kaldt og farlig og unaturlig. Janrem skuttet seg og klappet den røde merra si beroligende, dyret trippet nesten på stedet. Rheynek hadde noe dystert i blikket. "Det dyret eller dyrene har slaktet de karene uten vansker, og jeg er redd for de folkene som bor i området. Om det er slike uhyrer i skogen kan de ta hvem som helst. "

Rhylja svelget og brukte øynene for alt de var verdt. "Men hva kan de være?"

Rheynek lukket øynene et øyeblikk, søkte ut med de forlengede sansene sine. Som gudinnens jeger var han skapt for å jage skapninger fra mørket, og han syntes han hørte gudinnens stemme hviske til ham. Hun var vred og ønsket dette fjernet. "Jeg tror den trollmannen som mante Carmariel hit fikk mer enn han ba om, antagelig kommer de fra en eller annen fremmed verden, via den riften han skapte uten å være klar over det."

Arjhed skar en grimase. "Det høres riktig ut, men hvordan bekjemper vi det?"

Rheynek trakk på skuldrene. "Vi finner Carmariel, så tar vi det problemet etterpå. Hun er et sted der ute og sikkert livredd og fortvilet."

Janrem pekte på bakken. "Hun har ridd hardt"

Rheynek gren på det. "Hesten har hatt panikk tror jeg heller, bare løpt. Og hun har bare hengt på. Vi får følge sporene og håpe at dyret ikke har styrtet med henne."

De red på og terrenget ble mer åpent men mer kronglete, og mer vått. Men sporene var tydelige og de kunne lett følge dem. Dagen gikk og de skjønte at hun hadde prøvd å få mest mulig avstand mellom seg og hva det nå var som drepte de mennene.

De red ned mot en liten myr da de hørte vrinsk og en enslig hest kom travende mot dem. Den virket sliten og hadde rifter etter kvister og greiner langs flankene.

Rheynek sukket og klappet den varsomt, det var uten tvil Carmariels hest. "Hun var her i dag tidlig, satt antagelig i det treet."

Arjhed så smalt på det. "Klokt gjort, om det er noe du er redd for på bakken. Hun vet hva som har jagd henne"

Rhylja så fort på ham og forsto at han hadde rett. Carmariel måtte vite hva som hadde drept de mennene og handlet deretter. Hun svelget. "Da vet vi at det ikke kan klatre hva det enn er"

Rheynek steg av Stjernevind. "Det er for kronglete her til å ri, vi går videre. Jeg ser sporene hennes. Vi får holde på til vi finner henne, hun kan være i fare alene der ute med lite våpen."

Arjhed skulte litt truende. "Er det mer enn et dyr vil jeg si at vi også er i fare."

Rhylja klappet på våpnene sine. "Det kan være men vi kan bite fra oss."

De satte farten opp og småløp bortover sporet. Janrem slet litt med terrenget og ble liggende bakerst, han savnet byen med sine brosteinsbelagte gater og velkjente farer. Dette skremte ham ganske grundig og det var faktisk ikke så veldig beroligende å tenke på at han var udødelig. For hva var det de kom til å møte?

Carmariel hadde gått til beina føltes som blylodd, hun var våt til skinnet og kjente at hun skulle hatt mer mat. Terrenget var så merkelig likt alle steder og hun prøvde å holde retningen men grep seg stadig i å være på villspor. Det mørknet fort og hun følte at hun ble tørr i halsen av frykt. De kom til å være på sporet av henne så fort sola var borte og hun stirret rundt seg med desperasjon i blikket. Det måtte være et sted der hvor hun kunne holde seg trygg.

Hun plasket over en bekk og fikk se en klippe som stakk opp av myra et stykke unna. Den virket for å være svært bratt og noen forkrøplede furuer vokste på toppen av den. Det var et sted det gikk an å forsvare i det minste og hun skyndte seg bort til den. Det gikk å klatre opp på baksida og hun kom seg opp temmelig gispende og våt av svette. Hun valgte seg det største treet og festet beltet sitt i ei grein. Hun kunne forflytte seg i mørket men ikke med de udyra i terrenget.

Hun var mer sliten enn hun var klar over, beina verket av den uvanlige anstrengelsen det var å gå i slikt bløtt terreng og hun var små kvalm. Sola sank sakte i skyene og gjorde lyset vakkert og rødlig for en stund men hun nøt ikke skjønnheten. Hun følte at mørket brakte dom og kunne bare håpe at beistene ikke fant henne. Myra burde skjule mye av lukta men hun tvilte på at de jaktet kun ved lukt. Hun ble sittende der å halvsove men greide ikke virkelig slappe av og finne god hvile.

Det var blitt helt mørkt da hun brått våknet igjen, hun hadde sovnet litt og var iskald og skalv til margen. Hendene var aldeles numne og hun ble redd for å fryse i hjel, Hun var våt og kunne ikke tenne opp ild, ikke hadde hun noe å skifte til heller. Men det som hadde vekket henne var en lyd i det fjerne, et merkelig klagende ul og hun kjente at det gikk rundt for henne av skrekk.

Hun satte seg opp, prøvde å få varme i hendene og armene og bare håpet at treet var så høyt at de ikke nådde henne. Så vidt hun visste klatret disse beistene ikke. Hun satt der nesten uten å puste og det svake månelyset avslørte det hun så avgjort ikke ville se. Det var flere spøkelseshunder på vei over myra, minst sju stykker og de hadde stø kurs mot henne. De primitive hjernene sanset noe velkjent, noe de kunne forholde seg til. De ville hjem og det velkjente sammen med forvirringen de følte gjorde dem svært ustabile og irritert.

De hadde drept og spist flere skapninger men kjøttet deres tilfredsstilte ikke hungeren i det hele tatt. De ble bare enda mer frustrert av det og nå knurret de forventningsfullt og siktet seg inn etter den svake lukta de kjente. De sirklet klippen et par ganger, usikre på hva det var. De var forsiktige av natur og det gikk litt tid før den første vågde å springe opp. Den bykset opp med et par kraftige sprang og knurret illevarslende.

Flere fulgte og de så at byttet var i et tre. De prøvde å klatre men det nyttet ikke, kroppene var ikke skapt for det så kraftige og merkelige som de var.

Siden de stort sett gikk på bakbeina var de lange og kraftige og forbeina var ikke så sterke men desto mer smidige. Og klørne var fenomenale og kunne skremt hva som helst. Hodene lignet litt på hodene på en stor hund på form men var flatere og bredere, og kjeften var enorm og spekket med flere rekker sylkvasse tenner. De lignet nesten litt på vandrende haier i så måte. Carmariel klamret seg til greinene og jamret seg dempet av skrekk, Hun kunne ikke skrike, det ville bare tirre dyrene enda mer. Hun visste at det var lite som skremte slike beist, de var virkelig farlige, skrekkelige beist som ikke etterlot noe i live der de for.

De sirklet treet litt, så skiftet de taktikk. De var ikke spesielt smarte men helt dumme var de heller ikke og to av dem gjøv på trestammen med tennene. Det gikk så flisene føyk og Carmariel forsto at de ville felle treet. Og de ville greie det også, uten tvil. De skarpe tennene skar gjennom treverket som en skarp kniv gjennom myk ost og kjevene var så sterke at de rev store biter ut av treet med hvert hogg. Treet skalv og hun visste at dette var slutten, hun kom ikke til å klare dette. Selv med et sverd var hun sjanseløs. Det var andre våpen en trengte mot noe slikt og hun ønsket at hun hadde frosset i hjel i stedet. De kom til å rive henne i biter, kanskje ete henne mens hun ennå levde og hun løftet kniven sin og la den mot brystet, handa skalv så kraftig at hun snaut greide holde den.

Hun burde gjøre det, ta livet av seg selv men hun greide det ikke. Det knaket stygt i treet og det begynte å bikke på seg. Beistene knurret forventningsfylt og begynte å dytte på det og stammen gav fra seg en lang jamrende knasing og så bikket hele treet utover. Det var et stort tre, og dyrene hadde neppe regnet med at det skulle være så høyt at det falt ned av klippen. Carmariel lukket øynene, hun greide ikke stanse et skrik i det hun falt. Hun håpet bare at gudene var nådige mot henne og lot henne dø fort.

Hun traff myra med et plask og prøvde å ta seg for men det gikk ikke, hun var låst fast av trestammen og greinene. Hun lå under et virvar av knekte greiner og bar og vekten var så stor at hun snaut greide å trekke pusten. Vann prøvde å trenge inn i munnen og nesen på henne og hun forsto at hun druknet om hun sank litt dypere. Men det var neppe hennes største bekymring, beistene hadde kommet over forskrekkelsen og var på vei ned fra klippen igjen. De merkelige hvitaktige øynene glødet svakt og siktet seg inn på henne. Carmariel skrek en gang til i det en av dem steg ut på stokken, vekten presset henne ned og hun kjente at noe måtte ha blitt knekt i fallet. Det gjorde vanvittig vondt og hun følte at tårer stakk i øynene på henne. Hun fortjente vel ikke annet, Bilan hadde dødd for hennes skyld, hun brakte død.

Hun gjorde seg klar til å føle de skrekkelige tennene i kjøttet da hun hørte et håst brøl og så et uvirkelig syn. Ut av mørket var det som om en figur formelig fløy gjennom lufta og et sverd glødet nesten grønnaktig i det bladet boret seg rett inn i brystet på utysket. Dyret skrek håst og prøvde å forsvare seg men mannen ropte et eller annet og beistet begynte å brenne. Carmariel kunne bare se på med store øyne og total forvirring. Mannen som reddet henne var svært høy og hadde mørk hud men ikke så mørk som hennes. Håret var nesten hvitt så det ut som om og øynene glødet som katteøyne i mørket. Hva i alle guders navn var dette?

De hadde vært på vei over ei myr da de hørte et skrik, de hadde sett mange av de merkelige sporene og de var helt ferske så hva det enn var som jaktet der var det nære. Det lå en svakt emmen stank på luften og Arjhed så ut som om han var like ved å eksplodere. Fjeset var blekt og øynene enorme og mørke, han peste nesten og skalv over det hele. Skriket kom fra en klippe lengre fremme og de la på sprang. Det de så fikk dem nesten til å nøle. Det var sju beist, enorme fordreide skapninger som var nesten usynlige i nattemørket. Det virket for at de var gjennomsiktige nesten, en kunne se skjelettet i dem forholdsvis godt men resten var bare et spøkelsesaktig omriss av noe som var grotesk nok til å gi en ork mareritt. Rheynek så at beistene veltet et tre ned fra klippen og at det var noen i det. Han bjeffet noen korte ordre til de andre, så trådte han i aksjon. Rheynek hadde en viss kunnskap om magi og han slengte opp en lyskule som kastet et grelt lysskinn ned fra oven. Beistene skrek til og krympet seg og han gikk rett for det som var på stø kurs mot det falne treet. Carmariel måtte ha havnet under trestammen og var forsvarsløs. Han var raskere og sterkere enn noe menneske og Nadharn var av gudenes eget metall, det ødela alle onde skapninger. Bladet sank dypt og beistet slo etter ham men han skrek en besvergelse og det begynte å brenne. Rheynek gliste djevelsk og snudde seg mot de andre. Rhylja og Arjhed hadde buer og pilene var lagd av det samme metallet som Nadharn. Janrem hadde Bit og Hoggtann og de to sverdene hveste gjennom lufta der han formelig danset mellom beistene og kappet bein og skar dype flenger. Sverdene likte ikke dette, de reagerte på energien til disse vesenene, den var ond og gav ikke noe liv. Men han brukte dem som en mester like fullt og selv om han ble truffet av de stygge klørne flere steder stanset det ham overhodet ikke.

Beistene stakk av, fire av dem var døde og de tre som var igjen såret og de forsvant i mørket med skrekkelige ul. Rheynek så bare smalt etter dem. De ville bli nødt til å finne dem og avlive dem. Disse skapningene måtte utraderes totalt, ellers kunne andre også være i fare.

Carmariel så vantro på det som skjedde, hun så at en yngre ganske pen mann sloss mot beistene med to sverd og hun så at han ble såret men det virket for at sårene bare ble borte med en gang. Og en høy lyshåret kvinne og en svær mørkhåret mann med underlige tatoveringer skjøt flere piler i udyra. Carmariel kjempet mot vannet, hun kunne snaut puste og brystet verket intenst. Rheynek så at beistene var borte og de som lå igjen var så avgjort døde. Han hadde aldri engang hørt om noe slikt og så nøyere på den merkelige nesten geleaktige substansen de var lagd av. Men de var sterke, svært sterke tross alt.

Rheynek og Arjhed bøyde seg ned, trakk unna greiner og granbar og så at jenta lå fastklemt under selve trestammen. Den lå over henne på en ganske stygg måte og Rheynek så at Bilan ikke hadde løyet. Hun var virkelig en merkelig skapning. Like svart som en stjerneløs natt og allikevel utrolig vakker. Og livredd, øynene som stirret tilbake på ham var vide av angst og smerte og han så at hun skalv kraftig.

Han nikket til Arjhed. "Vi løfter på tre, Rhylja, trekk henne frem!" De to grep tak og Carmariel så vantro at de løftet hele trestammen. Kvinnen grep henne i armene og halte henne frem og Carmariel måtte skrike igjen, det gjorde så vondt at det svimlet for henne. Rhylja så bekymret ned på jenta, hun var hardt skadet og de var ikke helbredere. Hun så vettskremt på dem og Janrem bøyde seg, klappet henne varsomt på kinnet. Det var en vennlig gest for å uttrykke medfølelse men hun reagerte svært uventet. Hun kjente at mannens hånd var like kald som nattelufta og hun så ingen puls på halsen hans, hørte ikke noe hjerte som slo, luktet ikke det som vanligvis henger sammen med levende liv.

Brått var hun så livredd at hun trosset smertene og prøvde å krype bort fra ham, hun hylte vilt av ren angst og visste at hun hadde hørt om noe slikt før, noe aldeles forferdelig som heller ikke var i live men beveget seg som om det var det. Og dette noe var mer skrekkelig enn selv beistene.

Janrem rygget bort fra henne da han så hvor redd hun ble, han følte seg et øyeblikk skremt og ikke så rent lite sår. Han hadde bare prøvd å trøste henne, var han så skremmende? Carmariel skrek igjen og prøvde å krølle seg sammen, hun hadde tisset på seg av skrekk og tårene rant nedover de kullsvarte kinnene.

Rheynek stønnet oppgitt og satte seg på kne ved siden av henne. "Ta det med ro jente, vi er ikke farlige. Vi er sendt for å finne deg, Bilan fortalte at du hadde blitt kidnappet. Vi tjener gudene, kun det gode." Hun kjente igjen navnet, ante ikke om hun skulle stole på det de sa. Det kunne være at de prøvde å lure henne?

Rheynek tok handa hennes, hun prøvde å trekke den til seg igjen men greide det ikke, det gjorde for vondt. Handa hans var varm og fast og full av træler og arr og den var virkelig og ikke en illusjon. Han så rolig på henne og hun roet seg litt ned. Rheynek smilte vennlig til henne. "Bilan er i live, han rakk å komme seg til vertshuset i tide og fikk hjelp. Han fortalte oss om deg Carmariel." Hun slappet av, de kjente navnet hennes. Uansett var hun forsvarsløs og måtte bare finne seg i hva de enn gjorde med henne. Rhylja knelte ned og presenterte seg, kjente fort på Carmariels kropp. "Du er skadd, jeg tror du har brukket skulderen og flere ribbein. Og jeg er redd du har slått hofta av ledd."

Carmariel lukket øynene sakte. Nå som skrekken sakte seg bort merket hun smertene og de var lammende. Hun stønnet og kjente hvor våt og kald hun var. Og sulten ikke minst, og stinkende. Hun hadde gjort på seg, tanken var forferdelig flau og Rhylja så medlidende på henne. "Såda, du var redd. Ikke vær nervøs, vi skal få deg varm igjen, og vi har litt mat også."

Janrem og Arjhed sanket ved og Rheynek fant et sted på klippen der de kunne slå leir. De fikk fyr på et stort bål og Rhylja hentet hestene deres og bant dem opp. Carmariel kunne ikke tro det, hun var reddet og hun følte at tårene ennå rant, nå av takknemlighet. Men Janrem skremte henne ennå og hun følte merkelige krefter i de andre tre. Det var nesten som om de glødet og hun forsto at de var svært mektige.

Rhylja så til at hun lå godt, så begynte hun å kle av henne og Carmariel følte seg merkelig brydd. Hun ønsket liksom ikke at noen skulle se henne så forsvarsløs men hun måtte ut av de våte klærne, det var selvsagt. Rhylja var svært varsom men det gjorde vondt allikevel, særlig da buksene skulle av. Hun greide ikke stanse et skrik og ble redd for at hun ikke skulle bli frisk igjen.

Rhylja varmet litt vann over bålet og fant en fille i oppakningen. Hun vætet den og vasket varsomt av skrubb og småsår, ble kvitt sporene av skrekk og gjørme. Carmariel kunne ikke annet enn å nyte det. Hun lå like ved bålet og varmen var så velsignet at det ikke gjorde noe at hun lå der naken. De hengte opp klærne hennes til tørk og hun følte at varmen seg inn i henne igjen. Det var himmelsk. Rhylja kokte en enkel suppe og gav Carmariel en stor porsjon. Rheynek stirret på svartalven med merkelig fjernt blikk. Hun kunne slåss og hadde drept men han merket ingen ondskap i henne. Stor villskap kan hende men hun drepte ikke for nytelsens skyld. Hun var virkelig eksotisk og annerledes og han syntes synd på henne. Å bli utsatt for det som hadde skjedd henne var utrolig, og sikkert forferdelig forvirrende.

Janrem stirret også, mer eller mindre i skjul. Hun lå der naken ved bålet mens Rhylja vasket henne og han hadde aldri sett noe slikt som henne noen gang. Hun var så utrolig spesiell, helt annerledes enn noe annet han hadde sett. Og så vakker, så vanvittig nesten smertefullt vakker. Hun så ut som om en kunstner skulle ha skapt henne. Hver detalj var perfekt, fra de lange elegante beina med vakre velformede føtter til de runde hoftene og det smale livet. Hun hadde sterke armer med fine muskler og en lang svaneaktig hals. Og brystet hennes, hun var like velskapt der. Janrem skammet seg men kunne ikke la være å glo. Selv om huden var kullsvart så en tydelig at hun hadde nydelige bryster med tydelige vorter og han måtte trekke øynene sine til seg før de havnet nede mellom beina på henne. Han hadde ikke noe med å glane slik på en så utsøkt skapning, men hun var så lokkende. Det tykke lokkede svarte håret så ut som om det var like mykt som edderdun og han ville så gjerne trøste henne.

Rhylja kjente varsomt på skulderen og skar en grimase. "Vi må sette bruddene dine Carmariel, og det må skje nå. Før skaden blir for stor. Det vil gjøre veldig vondt, jeg skal ikke lyve. Og hofta di må tilbake i ledd også. Det blir enda verre"

Carmariel ble tørr i munnen, hun hikstet og kjente at hun begynte å skjelve igjen. Rhylja strøk henne over håret. "Vi har noen urter som kan dempe smertene litt, og noe vin også. Det kan gjøre det litt lettere."

Carmariel bare nikket, hun følte seg ikke så trygg på språket ennå at hun turte snakke mye. Rheynek fant en flaske vin i saltaskene og Rhylja kokte litt vann igjen og hadde i det de hadde av urter. De ble nødt til å få henne til en helbreder ganske fort i tilfelle hun hadde indre skader. Carmariel var livredd igjen, hun forsto hvor vondt dette kom til å bli og skulle ønske hun kunne besvime først.

Rheynek så på henne med medynk, han klappet henne på hodet. "Vær tapper Carmariel, ikke vær redd. Det vil bli bedre når vi får alt på plass igjen."

Hun svelget hardt og drakk urtene selv om det smakte aldeles grusomt. Vinen var fremmed for henne men hun likte smaken. Den litt varme følelsen av alkohol forvirret henne og de forsto at hun ikke var vant med slike væsker fra før. Hun følte seg svakt susete og så bedende på Rhylja. "Mer"

Rhylja bare smilte og lot henne få litt til og Carmariel ble merkelig lett i hodet og alt bare fløt. Rheynek så litt forvirret ut. Carmariel var så avgjort en alv, men vanlige alver reagerer ikke på alkohol som mennesker. Kanskje svartalvene var forskjellige fra de vanlige på flere måter også.

Rhylja satte seg ved siden av henne og kommanderte Janrem til å sette seg ved hodet hennes og holde den friske skulderen hennes. Janrem rødmet og stammet og virket svært brydd og Carmariel så redd på ham. Han svelget hardt. "Ikke vær redd meg Carmariel, jeg er ikke farlig. Jeg lover, Jeg er bare litt uvanlig på noen måter."

Hun så forvirret på ham. "Ikke død, ikke liv?"

Janrem tok handa hennes og hun gyste av berøringen, det fikk ham til å krympe seg innvendig. "Det stemmer, jeg er midt i mellom kan du si. Men tro meg, jeg vil deg ikke noe vondt. Det var magi som gjorde meg slik, noen som ville redde meg og samtidig få hevn over noen tvilsomme mennesker."

Carmariel samlet det motet hun hadde og løftet handa, strøk den over kinnet hans og merket at han snakket sant. Han var midt i mellom på et eller annet vis men ikke ond, ikke farlig for henne.

Hun nikket og han tok varsomt tak i henne, prøvde å ikke stirre på den fantastiske kroppen hennes.

Rheynek grep den skadede skulderen og Arjhed satte seg ved siden av ham for å hjelpe til om det krevdes. Han var fascinert men også litt skremt av henne. Hun var et rovdyr, han sanset det med alle fiber i kroppen. Carmariel stålsatte seg, bet tennene sammen og prøvde å tenke seg vekk fra stedet og situasjonen men det gikk ikke. Da Rheynek begynte å trekke og få bruddet tilbake på plass trodde hun at hun skulle dø så vondt var det. Hun jamret seg som en unge og var dypt skamfull men hadde ingen krefter i kroppen. Hun var hjelpeløs, kunne ikke kjempe i mot kroppens reaksjon.

Rheynek bandasjerte og stabiliserte skulderen fort. Ribbeina var verre og han måtte føle seg frem før han fant ut hvordan de kunne ordnes. Han kjente at han aller helst ville ha latt Rhylja gjøre det, han var nødt til å røre brystene hennes og Carmariel så fort på ham og svelget synlig. Det føltes som om han utnyttet henne på et vis. Carmariel merket berøringene og selv om det kun var for å finne skadene hennes var det noe merkelig behagelig ved det. Han var så varsom og huden hans var ru og samtidig myk og varm. Det gikk lett å sette ribbeina, de hadde ikke forskjøvet seg så de trengte bare å stabiliseres. Men så var det hoften og det var en verre oppgave. Rheynek visste at hun burde ligget på siden men det gikk ikke siden det da ble siden med den brukne skulderen og ribbeina. Han ville bli nødt til å trekke beinet tilbake på plass mens hun lå på ryggen og skar en grimase.

Det gjorde ikke ham noe å se henne slik, udekket fra topp til tå. Men han så at Janrem allerede var påvirket av nærværet hennes og håpet at gutten ikke falt for henne. Og det var garantert ubehagelig for henne å tenke på at flere voksne mannfolk så absolutt alt på en slik måte. Han tok frem en pussefille han brukte på sverdet sitt fra saltaskene og la det forsiktig over skrittet hennes. Carmariel så litt forvirret på ham, så lagde hun en merkelig lyd og la den friske armen over ansiktet. Hun ble tydelig brydd og Rheynek følte seg rimelig usikker, han ante ikke hva slags skikker og moral hun var vant med. Det kunne være at det å være naken med fremmede var helt naturlig der hun kom fra, eller så kunne det også være at hun var såpass i sjokk ennå at hun ikke tenkte over det.

Rheynek kremtet kort. "Carmariel, dette blir vanskelig både for deg og for oss. Vi blir nødt til å ta på deg på måter som sikkert føles som ubehagelige men det er nødvendig. Går det greit?"

Hun svelget hardt, nikket og lukket øynene. Rheynek nikket til Janrem. "Trekk henne forsiktig opp mot deg og legg beina rundt henne. Du må holde igjen når vi trekker"

Janrem gulpet nesten men gjorde som han fikk beskjed om. Han trakk henne opp så hun lå mot brystet hans og så la han beina rundt livet på henne og låste armene om brystkassen hennes. Han følte den myke varmen fra kroppen og kjente at hun pustet fort og skremt. Stakkars, hun måtte være forferdelig redd og alene.

Rhylja grep tak i hofta for å kjenne når det gled tilbake i ledd igjen og Rheynek og Arjhed grep beinet hennes og gjorde seg klare. Carmariel klynket, hun skalv som et ospeløv og Janrem lente seg frem, lente kinnet sitt mot hennes. "Ikke vær redd Carmariel, det er snart unnagjort. Bare skrik om du må, det er bedre enn at du ødelegger tennene dine eller noe."

Carmariel ble helt satt ut av den myke stemmen hans, han syntes virkelig synd på henne og kinnet hans var så mykt mot hennes. Det rørte henne virkelig at noen brydde seg slik om henne og hun bestemte seg for at hun ikke skulle være redd ham lenger. Det hun fryktet hjemmefra hadde ikke følelser, hun visste det bare. Rheynek brummet kort og vred litt på beinet, Carmariel hikstet og ble stiv som en stokk. Hun hev etter pusten og Janrem strøk henne fort over hårct mcd cne handa. Det var like silkemykt som han hadde trodd. "Pust jente, ikke glem å puste!"

Rhylja festet grepet og Rheynek og Arjhed hev seg på, de trakk bakover av alle krefter og Carmariel skrek. Hun skrek så hun trodde at lungene skulle briste, til det danset stjerner for øynene på henne. Smerten var mer enn hun greide, mer enn hun trodde hjertet hennes kunne tåle. Rheynek bannet og endret vinkelen, trakk igjen og Janrem og Rhylja krympet seg over lydene jenta lagde. Og så ble det brått en bevegelse, Rhylja tok tak og skjøv av alle krefter mens de to mennene trakk og de hørte et knepp som gav alle sammen gåsehud der og da. Carmariel satte i et skrik som skar i ørene på dem og kroppen spente seg som en stålfjær men hofta var tilbake i ledd og hun ble liggende å pese mens svetten rant av henne.

Rheynek trakk et lettelsens sukk, nå kunne de frakte henne uten alt for mye ubehag og smerte.

Arjhed ristet på seg, han følte seg uvel selv ved tanken på hvor vondt det måtte ha vært. Rhylja smilte og klappet Carmariel på kinnet. "Du var tapper var du. Nå skal du få hvile og spise og komme deg igjen før vi flytter oss herfra."

Carmariel hikstet. "Beistene, spøkelseshundene"

Rheynek skakket på hodet. "Er det hva ditt folk kaller dem?"

Carmariel så tankefull ut, nikket sakte. "Jeg tror det, husker ingenting"

Stemmen hennes var ynkelig og Rheynek smilte oppmuntrende. "Du vil sikkert huske etter hvert. Ikke bekymre deg. Jeg og Arjhed tar en runde og ser om vi finner de siste tre. De bør knertes før de rekker å drepe noen."

Carmariel svelget. "Svært farlige!"

Rheynek gliste fort. "Det vet vi, men vær ikke nervøs for oss. Vi kan slåss mot det meste."

Rhylja trakk frem et teppe og rullet det rundt Carmariel, hun trengte den ekstra varmen nå. Janrem så nesten skuffet ut over og ikke kunne nyte synet av henne lenger. Rhylja bikket på hodet til ham. "Det er massevis av kratthøns og harer i slikt terreng, gå og finn noen. Vi trenger mat alle sammen."

Janrem sukket og reiste seg, han smilte fort til Carmariel før han tok en bue og et kogger piler og gikk for å jakte.

Rheynek og Arjhed gikk for å følge sporene etter de tre beistene og Rhylja la på bålet og så til at Carmariel lå godt.

Hun følte på seg at svartalven trengte en god del omsorg fremover, hun hadde fått et stort sjokk og måtte få støtte og forståelse skulle hun greie å samle seg etter det.

Carmariel svelget og følte seg søvnig. Smertene var nesten helt borte og hun slappet av. Rhylja smilte til henne. "Når du blir litt bedre skal vi reise dit vi kommer fra. Der er det gode leger som kan sjekke at du er helt frisk. Og mange vise personer som kanskje kan finne ut hva som har skjedd med deg og gi deg hukommelsen tilbake."

Carmariel smilte vagt. "Det er bra"

Hun orket ikke tenke mer nå, hodet var tungt som bly og i vissheten om at hun var trygg lot hun seg gli ned i søvnen uten å prøve å stritte i mot.

I Shabuch pågikk det travel aktivitet nå. De vises råd var trommet sammen og ble innlosjert hos medikus og til og med Aldur var påkalt og ville komme. Det var ikke mange der i landet som var medlemmer av rådet men noen var det og Akisha ble overrasket over at det faktisk var et par kvinner. En hadde vært prestinne i gudinnens tempel lenge før hun selv kom til byen og den andre var en forhenværende helbrederske som hadde arbeidet ved et hospital i en av kystbyene. Begge var gamle og svært lærde og Akisha var glad de fikk respekt fra mennene.

Medikus hadde sendt ut ryttere på gode hester og de kom tilbake med dystre nyheter. Det virket for at pesten bare spredte seg mer og mer og i noen landsbyer var det ikke et eneste menneske igjen. Men helbredersken som først meldte om sykdommen hadde oppdaget at det å kjøle ned ofrene av og til virket for å hjelpe. Hun hadde ikke blitt syk selv og arbeidet utrettelig med å prøve å redde folk. Medikus mente at om hun overlevde burde kongen belønne henne stort for motet og oppofrelsen.

Akisha beordret med en gang at frakteskutene i havna som fraktet lett bedervelige varer overgav all isen sin til medikus. Mange protesterte siden is var vanskelig å få tak i og dyrebart men når folk med kongens eget segl kom og slo i bordet var det ikke enkelt å nekte. Isen ble lagt på kjellerlagre der den ville holde seg og kongen sendte ut folk for å hente mer. Det fantes isbreer i fjellene i nord og siden det gikk elver like inn dit burde det gå an å få fraktet ut en god del.

Akisha var bekymret, hun følte at dette var noe som det lå utenfor hennes kompetanse å stanse og hun la sin lit til de vise. Aldur kom etter et par dager og hadde reist temmelig raskt og han fortalte at han ennå ikke hadde hørt noe fra Amaras. Det tok lang tid å reise til hvitbukta og om Ulthario var i sitt dårlige hjørne var det ikke sikkert at det gikk an å få noe fornuftig ut av ham.

De vises råd ble samlet på ettermiddagen i et av rommene medikus rådet over og både Naragh og Jirhg var bedt om å møte sammen med Akisha Frostfugl og Elywen. Elywen hadde virket svært urolig i noen dager og Akisha forsto hvorfor. Alven merket at gudinnen var vred, at det var noe alvorlig galt der ute. Og Enez var ved å gå på veggen, Rheynek og de andre var ikke kommet tilbake ennå og hun var livredd for at det skulle ha skjedd dem noe. Ingen av dem var alver så det gikk ikke å kontakte dem telepatisk heller. Men Rheynek og Rhylja var erfarne krigere og de to mennene kunne også slå fra seg. Akisha engstet seg ikke så mye for dem.

De møtte opp og ble plassert ved siden av Naragh og Jirhg. De to eldre kvinnene satt på andre siden av bordet og de så alvorlige ut. Aldur hadde blitt plassert ved siden av dem igjen og så var det hoff astronomen, en astrolog, to eldre trollmenn og en prest samt et par vitenskapsmenn. Ingen var under seksti somre og Akisha syntes de lignet litt på en samling støvete museumsgjenstander. Det var en uærbødig tanke når en visste hvor mye viten som var samlet der men de så liksom litt loslitt ut.

Medikus var møte styrer og så veldig viktig ut, han hadde trukket i den respektinngytende svarte drakten sin og hadde også skaffet seg en ordfører klubbe. Hva han mente at han trengte den for var ikke godt å vite for Akisha tvilte på at det kom til ordkløveri og krangel i denne forsamlingen. Aldur startet med å fortelle hva han og Amaras hadde kommet frem til og medikus fortalte om pesten og det de hadde lært om den. Akisha måtte også si litt om forstyrrelsene hun hadde sanset fra gudinnen. Hun hadde planlagt å gå til tempelet og be om råd men ting hadde skjedd så fort at hun ikke rakk det. Hun ville bli nødt til å gjøre det senere.

De to eldre kvinnene var de første som tok til ordet. Begge var erfarne innen sykepleie og helse og bet seg merke i det Meba hadde videreformidlet. Det at sykdommen ble bremset eller kurert når pasienten ble kjølt ned kunne fortelle dem en del om pesten sin natur. En slik sykdom vil aldri kunne finnes i en kald verden, den vil være avhengig av varme for å spre seg. Og antagelig også til en viss grad fuktighet. Så en burde unngå våt varme for å stanse spredningen.

Medikus var enig i den konklusjonen. Det hadde vært en uvanlig våt og varm høst og det hang ennå i mange steder. Særlig i lavlandet var det varmere enn vanlig for årstiden. Aldur var mer opptatt av å finne ut mer om hvem som hadde startet problemet i utgangspunktet. De kjente ikke til noen trollmenn som var sterke nok til å åpne dimensjonale porter men da de studerte kartet fikk en av de eldre karene en bekymret rynke i pannen. Akisha visste at han het Ursad og han virket for å være en særdeles vennlig og søt gamling med mangelfull tanngard og lange tynne hvite barter.

Ursad mente at han hadde hørt noe om en mann i fra Tåkesjø området, at han eide en gammel magibok mange gjerne skulle ha likt å eie og at han leflet med forbudte kunster uten å være trent for det.

Akisha så bekymret på Ursad som sto med armene i kors og tankefullt blikk. "Det stemmer egentlig litt vel godt, er neppe flere i det området som kan finne på å gjøre noe slikt."

Ursad smilte litt forsiktig. "Den skjønne har rett i det. Det er nok denne personen som er ansvarlig for hele elendigheten."

Akisha så tungt på forsamlingen. "Men om denne pesten stammer fra en annen verden, på grunn av denne åpningen dere snakker om, så må det vel være en måte å stanse den på? "

Medikus trakk på skuldrene. "Det er mulig den er vanlig i den verdenen den kommer fra, at de som lever der har botemidler for den. Eller så er den utelukkende magisk av natur og da nytter ikke noenting, annet enn å fjerne magien som har skapt den, det er det verst tenkelige utfallet og ikke et vi bør konsentrere oss om ennå i hvert fall. Vi må gå ut ifra at dette er en normal sykdom fra en annen verden før vi begynner å tenke magi."

Akisha trakk på skuldrene. "Det hjelper ikke oss, om vi ikke vet hvilken verden den er fra. Og vi kan ikke reise dit heller vil jeg anta?"

Aldur ristet heftig på hodet. "Nei, så avgjort nei. Det er livsfarlig. At noen har prøvd å hente noe til seg er galskap i seg selv. Nei, om denne trollmannen eller hva han nå var er i live kan det hende at han vet det. Men jeg vil ikke satse for mye på akkurat det heller. De ukyndige ender som regel opp med lite trivelige skjebner er jeg redd. Og å åpne en slik dør mellom verdenene er bortimot selvmord om en ikke er meget meget dyktig."

Ursad sukket. "Det jeg har hørt om den mannen tilsier ikke at han tilhører den kategorien. Så mye taler for at han er død!"

Naragh så smalt på forsamlingen. "Jeg foreslår at de av oss som har medisinsk bakgrunn forbereder byen på en epidemi. Resten tar seg av årsaken til den."

Jirhg trippet nesten av iver. "Jeg har en oppfinnelse som kanskje kan hjelpe, om det å kjøle folk kan redde dem tror jeg den kan bli nyttig"

Akisha gyste nedover ryggen ved tanken på at Jirhg skulle hjelpe til og Elywen slo ene neven i bordet. "Da foreslår jeg at vi prestinner reiser dit denne trollmannen var og ser om vi finner ut noe. Frostfugl kan frakte oss dit"

Den sølvhårete alven nikket bare og Akisha trakk pusten dypt. "Den ideen støtter jeg, vi kan kanskje finne ut noe nyttig."

Aldur kremtet kort. "Jeg blir med i så fall. Er det magi som har løpt løpsk trenger dere en som er kyndig. "

Ursad rakte også opp handa. "Jeg blir også med, det er lenge siden jeg var aktiv men jeg husker da det meste ennå. Dere trenger meg og."

Akisha sukket og trakk pusten dypt. "Greit, fint, men dere må finne dere i å ri. Vi kan ikke frakte en vogn slik. Vi tar med mennene våre og noen krigere fra sirkus også. Det kan hende at vi vil trenge noen som kan svinge sverd like mye som en tryllestav."

Aldur bukket fornøyd. "Det er bra tenkt. Når reiser vi?"

Akisha bet tennene sammen, hun følte at tanken på å finne og eventuelt avhøre en trollmann var mer fristende enn alternativet. "I ettermiddag. Jeg skal se til at vi får med det vi trenger av proviant og utstyr. Har dere hester mine herrer?"

Aldur smilte fort. "Jeg får låne en her i slottet om jeg vil."

Ursad bare bukket. "Jeg har et svært rolig og adstadig muldyr som passer meg helt utmerket."

Akisha nikket bestemt. "Utmerket, da kommer vi hit når vi er klare. Kle dere godt og vær forberedt på hva som helst."

Aldur så dyster ut. "Hva som helst skal bli!"

Janrem kom tilbake til leiren etter litt med tre kratthøner og et par kaniner. Han hadde også tatt med en del sopp han fant som han visste var trygge og han hadde fylt opp lommene sine med bær og nøtter. Rhylja gliste fornøyd da hun så fangsten og fant frem det de hadde av kokekar og slikt. Janrem fant en flat stein de kunne bruke å steke på og gikk og hentet mer ved. Rhylja gjorde opp fuglene og harene med vante hender, hun var dyktig til dette og hadde også en viss stolthet i at hun var god til å lage mat. Leiren var riktig trivelig nå og Janrem hjalp henne med å reise noen enkle telt for resten av natta.

Rheynek og Arjhed hadde løpt etter sporene med øynene åpne. Dyrene var såret og kunne være svært uforutsigbare nå og de ante ikke hvor langt av lei de hadde greid å komme. Arjhed syntes han kjente lukta av dem og Rheynek lot ham gå etter nesa. Arjhed var litt stolt over at Rheynek lot ham finne veien og gjorde sitt aller beste. Og det gikk ikke så veldig lenge før de hørte skapningene, de lagde noen merkelige lyder som sikkert var en slags kommunikasjon og de to jegerne snek seg sakte frem. Dyrene hadde slått seg ned i en liten forsenkning i terrenget. De lå der og slikket sårene sine og Arjhed rynket på nesa. De stinket ille på nært hold og var motbydelige. Han hadde aldri sett noe mer unaturlig noen gang og Rheynek grep buen sin og la til en pil.

Arjhed forsto planen med en gang. Dyrene lå i ro så det burde gå greit å treffe dem i hodene. De ville ta de to ytterste først og så den i midten. Rheynek hadde løsnet Nadharn for å være på den sikre siden, det var ikke sikkert at pilene ville drepe så fort som de håpet på. Arjhed ålte seg i posisjon og de to lot pilene fly samtidig. Det ble treff, begge pilene boret seg inn i hodene og endte opp i hjernen og dyrene bare ramlet slapt sammen. Det tredje dyret bykset på beina, forvirret over hva som skjedde med de andre to og Arjhed tok det med et skudd gjennom øyet.

Rheynek var imponert over skuddet og roste ham og Arjhed var svært kry av seg selv. De hadde drept tre ubeist som kunne ha gjort stor skade og det var en god følelse. Rheynek var litt usikker på om dette var alle, han håpet det og ba Arjhed holde alle sanser han hadde skjerpet. De to karene gikk tilbake til leiren og kom akkurat tidsnok til Rhyljas kokte kratthøns med urter og bær. Rhylja vekket Carmariel som ble temmelig forvirret men som ble svært glad over utsiktene til mer mat. Rhylja hadde lagd mye med vilje, hun ante at Carmariel var svært sulten og de måtte be henne roe seg så hun ikke åt på seg mageknip på toppen av alt.

Rheynek fortalte henne at de siste tre dyrene var døde og hun var glad for det men uttrykte en viss uro. Det var ikke sikkert at denne flokken hadde vært den eneste. Hun hadde en følelse av at disse beistene gjerne delte seg i flere mindre flokker. Det føltes utrolig irriterende og ikke huske noe med sikkerhet, alt ble liksom antagelser og det var ubehagelig for henne.

Rheynek ble sittende vakt mens de andre sov, han trengte ikke søvn ennå og han ble sittende å stirre på stjernene og undre seg over den merkelige svartalven. Han var svært spent på hva de eventuelt kunne finne ut om henne. Hun hadde forsvart seg vel mot de mennene, og kunne bruke våpen men hun hadde ikke vært så veldig effektiv mot de beistene, heller livredd. Og hun hadde dette nesten naive ved seg som fortalte ham at hun uansett neppe var særlig gammel slik alver teller tida. Rheynek ante ikke hva slags fremtid hun kunne regne med å møte, han tvilte på at det var mulig å sende henne hjem igjen og med det utseendet ville hun bli lagt merke til. I sirkus kunne hun være noenlunde trygg men ville hun ønske å være der? Bare tiden fikk vise det.

For øyeblikket sov hun som et barn og kom med små klynkelyder når hun beveget seg. Hun var tøff og stri men også merkelig sårbar og han undret seg litt på hvordan de andre alvene ville reagere på henne. Han håpet at det møtet ville foregå i all vennskapelighet. Antagelig kom både Frostfugl og Elywen til og øyeblikkelig godta henne og innlemme henne i fellesskapet og kanskje var akkurat det hva denne skadeskutte sjelen trengte.

Akisha hadde jobbet som en gal med å få alt klart, hun raste rundt som en tornado og beordret alt fra pakking til stell av hestene. Raigh prøvde å få henne til å roe seg litt men det gikk ikke. Hun var for ivrig, dette var noe hun følte at hun kunne og hun så frem til å gjøre seg nyttig.

Folk raste rundt og hele sirkus var litt av et kaos i en periode til alt var unnagjort. Whaly klagde over bråket men egentlig var hun engstelig igjen. Hun likte ikke at de reiste ut på oppdrag og Akisha hadde merket at den tendensen ble sterkere jo eldre Whaly ble. Men det var ingen vei utenom. Wilbwyn og Arnulf og Elda ble med og Akisha tok også med seg tre av mennene som spilte gladiatorer i kampene. De var forhenværende soldater alle tre og svært dyktige. Hun hadde en følelse av at de trengte styrke nå.

Alle stilte opp ved stallen og steg til hest og Akisha så at Frostfugl virket litt innbitt. Alven tilbød seg ikke å frakte folk på denne måten om det ikke var absolutt nødvendig og det slet på henne men det virket ikke for at det var den problemstillingen hun engstet seg for. Khir satt og små hutret og de hørte på de irriterte brølene at de hadde stengt Chyun inne i kjelleren. De kunne ikke ha med seg verken den eller Frerk, det var ikke vits i å skremme folk mer enn høyst nødvendig. Aldur og Ursad hadde stilt opp og Aldur satt og så svært så respektinngytende ut på en stor grå vallak som måtte være halvt kjørehest på den kraftige kroppen å dømme. Ursad så derimot heller stakkarslig ut der han satt plassert på muldyret sitt. Det var et stort muldyr som hang med de lange ørene og så begredelig ut. Det var langpelset og så uflidd ut og Ursad så også ut som en fillefrans. Han var kledd i en skitten lang kappe og klær i en ubestemmelig farge som nok var varme men neppe hadde vært elegante på minst tre tiår. Akisha ristet bare oppgitt på hodet og avholdt seg fra å kommentere ridedyrene.

De red ut porten i makelig fart, Våk hadde problemer med å holde Trollknuser inne. Hingsten hadde stått for lenge inne og hadde energi i mengder og slet mot bittet og skrek. Noen folk skyndte seg ut av veien rimelig kjapt og kastet nervøse blikk på de massive hestene. Frostfugl samlet alle rundt seg da de var kommet ut i skogen, det var en åpen glenne der som var utmerket for formålet og Frostfugl konsentrerte seg grundig. Hun visste hvor de skulle, de hadde pekt ut et punkt på kartet og hun brukte sine spesielle evner til å se for seg terrenget slik det virkelig var og forflytte dem dit. Akisha lukket øynene og kjente at det ble kaldt og så kom det etter hvert velkjente rykket og følelsen av å falle. Hun åpnet øynene igjen og så at de nå sto på en åpen kolle, Ursads muldyr sto og rullet med øynene og hestene til soldatene trippet nervøst men de andre dyrene var rolige. Elywen reiste seg i salen og stirret mot horisonten. De så sjøen et stykke lenger frem og det hang røyk tykt fra flere bosetninger. Antagelig brente de likene av de som pesten hadde drept. Aldur og Ursad grep kartet og begynte å sammenligne det med terrenget de så. Kartet var ikke særlig godt, det viste bare de største trekkene i landskapet men sjøen var ganske godt inntegnet og de pekte på et punkt lengre innover på østsiden.

"Etter våre beregninger er det i det området der kilden befinner seg. Det er dit vi skal."

Akisha nikket og hyppet på Stålhauk, hun så at det ble en dryg etappe men en de burde greie. De ville holde seg borte fra bosetningene siden folk antagelig ville reagere med hysteri om de så en større gruppe væpnede folk nå. Og dessuten kunne ikke Akisha og de andre hjelpe dem nå, de måtte finne kilden til pesten og så se om de kunne gjøre noe med problemet på den måten. Det var grått vær og tåka hang tungt mange steder, det var rimelig dystert og

Elywen hadde en grimase på det vakre ansiktet som fortalte at hun ikke likte seg det aller minste.

Wilbwyn hadde trukket øksa si og red med den over skulderen, han så temmelig truende ut og Arnulf mente at han kunne skremt fanden på flatmark. Elda gliste og småertet begge karene og prøvde å heve stemningen men det gikk heller dårlig. De hadde ridd et par timer gjennom ganske åpen skog da de brått kom til en liten landsby, det var helt stille der og Akisha fikk en ekkel følelse i magen av det. Det røyk ikke av noen piper og det var ikke engang lyder fra dyr. Våk stanset Trollknuser og snuste i lufta. "Jeg liker ikke dette, det stinker fare overalt her"

Akisha nikket til Raigh og han og Våk steg av hestene og forsvant mellom husene. De to visste å ta seg frem ubemerket og Akisha holdt nesten pusten mens de gjennomsøkte stedet. Wilbwyn pekte på ei smie som sto der, det var noe mørkt på ene veggen og han nikket vitende. "Blod, og mye av det"

Hestene klirret med bittene og tråkket nervøst og Akisha løsnet Elthear i fra sliret for sikkerhetsskyld.

Raigh dukket brått opp bak en vegg, han så litt rystet ut. "Dette er det verste jeg noen gang har sett!"

Akisha så spørrende på ham og han plasserte sverdet sitt i sliren over ryggen igjen. "Alle her er døde, men det er ikke pesten som står bak."

Våk kom også gående og han virket lett grønn. "Noe har revet folk i småbiter, er ikke en levende sjel her. Til og med dyra er døde."

Akisha svelget hardt. "Hva kan ha gjort det?"

Våk gren på nesa, ansiktet var svært skremmende nå. "Noe stort, og raskt. Det har vært flere om det kan vi se. "

Raigh skulle til å svare ham da de alle rykket til, de hørte et merkelig skrik fra skogen bak husene og samtlige trakk våpen og var klare til strid på noen sekunder. Wilbwyn og Arnulf presset hestene sine frem foran Aldur og Ursad og de to vismennene så lite selvsikre ut nå. Heller vettskremt.

Akisha holdt Elthear klart men det som dukket opp under trærne var ingen fare. Det var et barn, en liten jente som kom vaklende frem.

Hun var dekket med blod og tydelig skadet og Frostfugl lagde et merkelig rop og var nede av hesten sin på noen sekunder. Hun grep barnet og løftet henne og jenta jamret seg og skalv synlig.

Akisha spratt ned også og alle samlet seg om barnet som virket for å være aldeles i sjokk. Frostfugl strøk henne over hodet, det var en pen liten jente på kanskje fem seks år og hun var hardt skadet, hun hadde et grusomt sår som gikk fra mellom ryggbladene og i en bue nedover og fremover og endte opp like over navlen hennes. At hun var i live var egentlig et under. Frostfugl nynnet lavt og mykt og barnet virket for å roe seg, hun så forvirret og skremt på alven men var til stede, ikke i sjokk lenger. Frostfugl strøk henne over pannen med en øm bevegelse. "Hvem gjorde dette mot deg vesla?"

Jenta hulket og Akisha så hvor blek hun var. Hun var døende, ingen kunne overleve slike skader over tid. Hun hadde holdt seg gående på adrenalinet, ikke noe annet. Jenta svelget og så litt nervøst på alle som var samlet der men hun virket for å være en fornuftig liten sjel. "Det var uhyrer, digre uhyrer."

Våk bet tennene sammen. "Hvor store da lille jente, og hvordan så de ut?"

Jenta skalv svakt. "De var store som en hest, og de var nesten usynlige i mørket. En kunne liksom se gjennom dem på et vis men de var virkelige, ikke skrømt."

Hun hulket. "De kom da det ble mørkt, og jeg gjemte meg under golvet men en klorte meg, og så løp jeg og klatret opp i et tre. Far sier alltid at en skal klatre opp i et tre om en ser farlige dyr"

Akisha smilte svakt. "Det er veldig klokt vennen. Så de ut som bjørner kanskje?"

Jenta hikstet, øynene ble litt sløret og Frostfugl så advarende på Akisha. Jenta var i ferd med å gli bort nå. "De gikk på to, men kunne gå på fire også, og de hadde skrekkelige klør og masse masse tenner, stygge tenner. Og de stinket. Er alle døde?"

Frostfugl nikket og vugget jenta i armene, det var så ufattelig tragisk. Elywen skar en grimase og så seg rundt. "Slike dyr finnes ikke, da vet vi at noe har kommet gjennom som så avgjort neppe var verken ventet eller ønsket."

Våk steg til hest igjen. "Jeg tar en runde og ser etter spor. Vi må finne ut hvor mange det er, og om mulig hvor de har tatt kursen. Folk har ved gudene nok å slite med nå om de ikke skal få uhyrer på nakken også."

Raigh gliste fort. "Jeg blir med!"

Khir sporet også hesten sin og ble med på sporingen og Akisha så at den vesle jenta ble svakere for hvert øyeblikk som gikk. Frostfugl ble ved å stryke henne over hodet. "Om du vil sove lille venn så bare gjør det, du har vært veldig flink jente for nå vet vi hva som er farlig."

Jenta bare så sløvt på Frostfugl og øynene seg igjen. Alven ble sittende der med barnet i armene til pusten sakte stanset i henne og hun gled bort. Aldur hadde tårer i øynene og Elda slet med å styre seg, hun hadde snudd hesten så hun så bort. Akisha sukket tungt. "Alle, stig av og prøv å samle alle de døde i et av husene. Vi bør gi dem en slags begravelse i det minste. Elywen, du kan brenne et bygg?"

Elywen bare nikket og de begynte på den groteske oppgaven. Det lå rester av folk i alle husene, det var som regel ikke mulig å se hva som tilhørte hvem og Akisha kjempet mot en følelse av kvalme og håpløshet. Aldur og Ursad hjalp også til og de to mennene var synlig preget av det som hadde skjedd. Aldur stanset litt i arbeidet og tørket svetten av pannen. "Dette er så definitivt gjort av vesen fra en annen verden, og jeg er redd for at de har drept flere enn bare disse arme sjelene. "

Akisha så skarpt på vismannen. "Kan du noe om slike beist, hva slags type det eventuelt er?"

Aldur så hjelpeløst på Ursad som sukket og bet tennene sammen. "Jeg har hørt om et lignende tilfelle, for flere tusen år siden. Det var også noe som drepte folk ved å slite dem i småbiter men det er det eneste jeg vet."

Aldur brummet. "La oss håpe at den trollmannen som sto bak kan gi oss mer informasjon."

Da de hadde fullført den groteske oppgaven tente Elywen på bygget de hadde valgt, det lå litt unna de andre så brannen ikke spredte seg og ilden brant høyt og vilt. Akisha fikk en følelse av at dette ikke ble det siste likbålet de ville se nå. Raigh og de to andre kom tilbake etter en liten time, hestene var svette og karene hadde noen underlige miner i fjeset. Raigh ristet håret ut av ansiktet og gren. "Jeg har aldri sett slike spor før, de er merkelige. Men det har vært mange av dem. Vi tok baksporet og flokken har delt seg før de kom hit. En sju åtte dreide nordvest over av en eller annen årsak, Resten passerte her og har fortsatt vestover, mulig de vil dreie av når de når sjøen."

Akisha svelget fort. "Ok, da vet vi at vi ikke er alene i terrenget. Hvor mange tror dere det er?"

Våk klappet sverdet sitt nesten lengselsfylt. "Jeg vil si rundt tjue pluss minus et par. Jeg tror ikke vi skal undervurdere disse skapningene, mørk magi sier jeg bare!"

Akisha bare nikket og beordret alle tilbake på hesteryggen. De hadde ennå en dryg ferd foran seg og måtte ikke kaste bort mer tid. De red i stridsformasjon nå, med de ikke stridende i midten og alle var på vakt. Akisha kunne se røyk der fremme og hun så at det var røyk fra piper og ikke fra bål. Våk nikket. "Det er et slags bygg der fremme ser jeg, en liten borg nesten."

Aldur satte opp en bestemt mine. "Da er det dit vi skal, og finne svarene på det vi vil vite."

Dolric hadde ventet på at de fem skulle vende tilbake med jenta, men de hadde ikke dukket opp igjen. Han hadde blitt utålmodig men så hadde nyheten om pesten som spredte seg gitt ham noe annet å tenke på. Han var livredd for å bli syk selv, var det folk sa sant var det en pest nesten ingen overlevde og han så gjerne at fiendene hans kreperte men han ville slippe unna selv. Hvordan ved alle guder skulle han klare å unngå pesten?

Det fantes mange kjerringråd mot den slags epidemier, alt fra å koppsettes under nymånen til og bare spise mat som inneholdt blod. Han var smart nok til å vite at ikke noe av dette fungerte. Det var bare overtro og han tok en brå beslutning. Det kunne være at Ingolemo hadde eid remedier som kunne ha hjulpet og han samlet noen av sine menn og gjorde seg klar til å ri tilbake til borgen. Det var risikabelt men om han fant et botemiddel var det verdt det. Han var ikke så vant med magi og slikt at han forsto sammenhengen mellom det Ingolemo hadde gjort og pesten, pest oppsto jo rett som det var og han kunne ikke se at dette var noe annerledes enn de vanlige epidemiene.

Dolric var nok herre over sitt område men sykdom var noe ikke engang han kunne styre og den bleke slåttekaren krevde dem han ville når han ville. Han gav ordre om at godset hans skulle stenges av og holdes isolert til han kom tilbake, og han sørget for å dekke nese og munn med noen fint vevde silketørklær. Det kunne være at det kunne redde ham fra smitten. Han bare håpet at Ingolemo hadde hatt bøker og slikt som kunne brukes.

Følget red ned mot godset og de så at det bare var noen få personer der, de holdt på utenfor portene og virket for å grave og Akisha kjente at noe kaldt samlet seg i brystet hennes. Det kunne ikke være så ufattelig uflaks at den ansvarlige alt var død? Folkene så skremt på rytterfølget, de løp ikke bort for de forsto vel at om disse folkene hadde vondt i sinne hadde de uansett ingen sjanse. Akisha så at det var et par menn over sin beste alder og en aldrende kvinne som virket svært sliten. Hun fikk de andre til å senke farten og red opp fremst. De to mennene så nervøst på henne og hun trakk av seg hanskene og viste dem ringen hun bar. Begge to rygget bakover og så himmelfalne ut. Kvinnen bøyde seg dypt og gjorde tegnet for gudinnen foran brystet og Akisha forsto at dette var en troende. Hun smilte så vennlig hun kunne til dem. "Vi er fra Shabuch, vi har kommet for å se om vi kan finne årsaken til pesten, og til udyr som herjer og dreper folk."

Den eldste av de to mennene spyttet i bakken. "Årsaken er ikke langt vekk ærede frue. Det er det svinet vi kalte herre! Han er årsaken!"

Akisha så spørrende på mannen som hadde en mine av avsky i fjeset. "Vi visste at han leflet med de skjulte kunster og at han har gjort en del tvilsomme ting for å få makt og rikdom. Men vi trodde nesten at han skulle bringe verdens undergang slik det lyste og buldret her, og så kom pesten."

Akisha steg av Stålhauk og så smal øyd på bygget. Det var nok et jaktslott med murer og slikt men ikke særlig stort eller prangende. "Vet dere akkurat hva han prøvde å gjøre?"

Kvinnen steg frem, ansiktet hennes var hardt. "Ja, en av tjenestejentene overhørte en samtale han hadde med en kunde. Han skulle mane frem en demon."

Akisha så vantro på dem og Aldur red frem og stirret storøyd på de tre. "En demon?! Alle guder, ingen trollmann bør noen gang prøve noe slikt. De er aldeles livsfarlige!"

Mannen spyttet igjen i forakt. "Du tuller ikke, det i sekken der er hva som er igjen av ham!"

Akisha svelget tungt. "Så det gikk svært galt?"

Kvinnen smilte litt skjevt. "Både og, han prøvde to ganger ser dere. Ingolemo trodde ikke at vi tjenere ante hva han drev med men vi følger jo med på det som skjer må vite. Det var andre gangen det gikk rett vest med ham"

Aldur så spent på henne. "Fikk han tak i en demon første gangen?"

Kvinnen ristet på hodet. "Nei, men vi vet ikke hva det var. Bare at mannen som ba om demonen ville ha den også. Og vi tror det var en kvinne av noe slag for Dolric, kunden altså, kom ut igjen fra herrens rom og så veldig fornøyd ut om dere skjønner hva jeg mener?"

Hun gjorde en talende bevegelse med armen og Akisha kjente at hun ble litt rød i kinnene. "Men hva skjedde så?"

Den nest eldste karen tok ordet, han tørket nesa og så litt svakelig ut egentlig. "Ingolemo prøvde igjen, og det gikk gæernt til de grader. Var ikke stort igjen av ham. Vi sendte en kar opp hit for å se etter, Bilan, dugelig mann. Han ble borte vekk og det samme ble det kvinnfolket eller hva det nå var. Han tok henne bare og red bort og Dolric ble rasende, sendte fem menn etter dem."

Akisha bet tennene sammen. "Denne Dolric, hvem er det?"

Kvinnen sukket lavt. "En torn i vårt kjød. Han har et gods like over grensa til naboriket, noen fjerdinger herifra. Diger brande av en kar som bare regner seg selv som noe verdt. Han prøver å bli kvitt slekta og kongen der borte så han selv kan ta makten. Er adelig ser dere men utstøtt fra familien. Skrekkelig type."

Akisha la seg det på minnet. "Så han ville ha en demon, antagelig som våpen. Det forteller meg mye om mannen."

Kvinnen snøt seg i forkleet. "Og han plyndret stedet her også, tok alt av verdi. Er lite igjen her nå og i landsbyen dør folk som fluer. Er det rettferdighet i verden håper jeg at det krapylet får pest tusen ganger"

Akisha sukket litt oppgitt. "Hadde deres herre noen bøker? Noe som kanskje kan hjelpe oss med å forstå hva han egentlig gjorde?"

Den eldste karen slo ut med handa. "Jøss da, flere. De er i huset ennå for ingen tør røre dem. Ikke engang Dolric vågde å ta de bøkene. Og særlig ikke den store røde, vi tror det var den han brukte for å mane frem den demonen."

Aldur og Ursad så brått meget ivrige ut og følget satte fart igjen og red inn i borggården. Den var enkel og tom og kvinnen løp foran og viste dem vei inn i bygget. Det var lite men herrens rom var tydelig luksuriøse selv om de var plyndret av denne Dolric sine menn. Boka lå fremdeles på stativet sitt etter at de tre reddet den ut av peisen og Aldur nærmet seg gjenstanden med stor varsomhet og respekt. "Ved alle ånder, det er et eksemplar av Olanthars skrifter." Akisha så spørrende på ham og Aldur smilte litt blekt. "Et eldgammelt verk om magi og slikt, meget mektig og utrolig farlig om en ikke vet hva en driver med. Så avgjort ikke hva en novise bør komme nær engang. "

Ursad hadde undersøkt skapene der og halte frem flere andre bøker. De så også svært gamle og ærverdige ut og han gliste som en unge. "Her kan det være at vi har en sjanse."

Akisha tok en fort gjennomgang av stedet, så rommet der Ingolemo hadde møtt sitt endelikt og fangehullet. Det var helt tydelig at noen hadde blitt holdt der nede men ikke særlig lenge og hun undret seg på hva slags skapning det var og hva denne Bilan hadde ment med å stikke av med den. Og Dolric hadde sendt menn etter de to, det hørtes ikke bra ut. Det var potensielt en svært farlig skapning Ingolemo hadde skaffet og Akisha hadde bange anelser om hva

Dolric hadde villet oppnå med å kreve den. Det den gamle kvinnen hadde antydet hadde gitt henne en stygg anelse, om skapningen var av hunnkjønn kunne det være at Dolric ville beholde den som et eller annet slags eksotisk leketøy. Akisha unnet ingen levende skapning den skjebnen, i hvert fall ikke om Dolric var slikt et svin. Ursad og Aldur hev seg over verkene og prøvde å finne ut hvilke besvergelser Ingolemo hadde brukt. Heldigvis hadde Ingolemo vært en slubbert og sølt både blekk og mat på de sidene han var oftest innom og de to begynte å forstå hva han hadde prøvd.

De så også i de andre bøkene for å finne ut om de kunne være nyttige og Akisha ante at de antagelig måtte ta bøkene med seg tilbake. De fant ikke hele sannheten der uansett, de trengte tid til å studere skriftene. Godset var tømt for det aller meste men det var ennå mat der og siden følget hadde med seg proviant og slikt kunne de godt være der noen dager.

Akisha gikk ut igjen, det regnet svakt nå og hun så at de tre hadde fullført graven. Hun forsto bitterheten deres, deres herre hadde brakt dette over dem. Den eldste mannen bukket igjen og pekte nordover. "Du nevnte udyr, en bosetning rett øst for her fikk drept en hel flokk okser for noen netter siden. Kan det være en sammenheng?"

Akisha nikket stramt. "Så avgjort, vi fant en landsby der alt og alle var drept. Det er uhyrer fra en annen verden, noe Ingolemo slapp inn i vår virkelighet uten å være klar over at han gjorde det. Han var ingen virkelig magiker og forsto vel ikke at det er visse regler en bør overholde også innen magiens verden"

Mannen bannet og ristet på hodet. "Forbannede idiot, det er alt han var. Maktgal og forfengelig. Jeg skal ikke klage på måten han behandlet folk på for han var aldri for krevende eller brutal, mer likegyldig tror jeg at jeg kan si. "

Akisha nikket. "Opphengt i egne mål og blind for verden, jeg har opplevd slike før. Det ender aldri bra."

Hun så seg rundt, det mørknet og hun så at det brant lite lys nede i landsbyen. "Er det mange i live der nede?"

Mannen sukket og så ned i bakken. "Noen få, kanskje en sju åtte sjeler."

Akisha rynket pannen. "Kan de komme hit, jeg vil tro dette er et tryggere sted enn landsbyen om de ubeistene kommer hitover?" Mannen trakk på skuldrene. "De er smittet og syke, vil ikke forlate stedet. Vi tre her har ikke blitt syke ennå så vi bestemte oss for å gå hit opp. Vi tenkte å gå tilbake og brenne kroppene når alle er døde" Akisha gyste, folk der i utkantene var svært pragmatiske men dette var nesten litt for mye av det gode. Men når en lever på en knivsegg blir døden en velkjent gjest og ikke en man frykter. Hun smilte sørgmodig. "La oss be om at våre vise finner en kur mot pesten." Hun pekte på porten. "Steng den godt og lås den. Slipp ikke inn noenting, og la faklene brenne på muren."

Mannen bare nikket og gikk for å utføre ordren. Akisha gikk inn, den eldre kvinnen prøvde å lage litt mat av det som var tilbake i lagrene der og det var fyrt i peisen så alle fikk varmet seg. Våk travet rundt som en slags dyster dødsengel, han fiklet med sverdet sitt hele tiden og Elywen hvisket ting til ham på alvisk hele tiden men det roet ham ikke ned. Akisha forsto ham, antagelig ble uskyldige drept der ute nå og de kunne ikke gjøre noe med det. Det tæret på ham og Wilbwyn satt og skjerpet øksa til eggen på den var så skarp at den splittet et fallende hår.

De to vismennene jobbet intenst, de stanset bare for å spise og drikke og skrev så blekket rant. De utvekslet av og til korte fyndige kommentarer og prøvde å samkjøre det de fant ut. Ingolemo hadde vært overmodig som få andre de hadde hørt om. Ut i fra besvergelsene og seremoniene han hadde brukt hadde han siktet seg inn på en dimensjon selv ikke mørkets egne trollmenn vågde røre. Aldur kunne ikke tro arrogansen og mangelen på viten som preget den mannens handlinger.

Det begynte å regne hardt da det nærmet seg midnatt og Akisha sendte en og en ut for å holde vakt på murene. Hun så til at vakten fikk en vanntett kappe og håpet at ingen ble forkjølet av det.

Dolric og hans menn hadde ridd ut forholdsvis tidlig på dagen, det tok normalt bare noen korte timer å ri til Ingolemos borg men regnet hadde fått elvene til å svelle opp og gå over sine bredder. Dermed måtte de ta en lang omvei og det ble fort mørkt nå på denne tiden av året. Dolric var våt og irritert, humøret hans var på null. Han dasket til hesten hver gang den vågde å trå feil og bannet grovt når en av karene prøvde å foreslå at de burde snu tilbake.

De var på vei ned en slak skråning da det brått hørte en underlig lyd. Det var en slags uling som ikke lignet noe de hadde hørt før. Dolric holdt hesten inne med et brutalt grep men dyret rullet med øynene og nektet å stå. Hestene til de andre begynte også å vrinske og kjempe mot rytteren sin, Dolric så seg om en smule forvirret. Bjørn kunne skremme hester slik men det hadde ikke vært bjørn i området på over hundre år.

Han skulle til å be karene presse hestene videre da noe brått braste inn i de to bakerste karene så de og hestene gikk overende med skrik og brak. Dolric så bare at noe enormt stort beveget seg over de falne og at det var mulig å skjelne konturene av dette noe men ikke mer. De hørte motbydelige knekke og flerre lyder og nå brøt panikken ut. Samtlige sporet de vettskremte hestene sine bort fra dette noe og Dolric var ikke noe unntak. Brått så han bevegelse flere steder rundt dem, øyne som glødet melkeaktig i nattemørket og visste at de var i fare. Han hørte skrik og vrinsk bak seg og visste at flere av hans menn hadde blitt tatt igjen av hva det nå var. Han løsnet øksa si og var fast bestemt på å selge seg så dyrt som mulig.

Hesten løp aldeles løpsk men han prøvde ikke styre den nå, han bare hang på og håpet at farten kunne redde ham.

Snart var han alene, bak ham døde skrikene og hylene ut og han visste at alle mennene var døde. Svetten rant av ham av ren angst og han hørte at noe løp etter ham. Brått dukket noe opp av mørket på siden av ham, et enormt grotesk hode der han skimtet skjelettet i dyret gjennom hud og vev. Den var like høy som hesten og løp fort på kraftige bakbein og den siktet seg inn på halsen på hesten hans. Dolric var kanskje ikke en god person, han var mer av en tyrann en noe annet men han kunne slåss. Han var grundig trent og treningen tok over i ham. Han slo til med øksa og den boret seg ned i skallen på skapningen som lagde en skrekkelig hes hveselyd og falt tilbake. Han forsto at de var dyr, de kunne drepes men ikke lett. Han så at han hadde flere i hælene nå, hesten løp alt den orket og han var redd den skulle styrte før han rakk å komme i sikkerhet.

Dolric hadde en bue med seg og et kogger med piler men de var vanlige jaktpiler, ikke sterke nok til å drepe noe så stort. Noen av pilene hadde derimot hoder lagd for å brenne og han tok fort frem glohornet i beltet og la an en pil. De var dekket med knusk og tente fort og han siktet og fyrte av i en elegant bevegelse. Pila boret seg inn i flanken på et av beistene og skapningen skrek, et forferdelig høyfrekvent hvin som skar i ørene. De andre vek unna den og han forsto at de fryktet ild. Han fyrte av brannpil etter brannpil, holdt dem vekk på det viset. Han kjente igjen hvor han var, det var ikke langt igjen til borgen og han kunne bare håpe at det var noen der. Han sendte den siste brannpila og brått traff noe ham i overkroppen med brutal kraft. Han hadde glemt å vokte begge sider og et av beistene hadde bykset til og prøvde å rive ham ned av hesten. Dolric brølte av smerte i det lange kvasse tenner sank inn i ham men han hadde vært smart nok til å ta på et kyrass og det gjorde at beistet ikke fikk tak til å bite ordentlig til. Dolric trev dolken sin og kylte den inn i øyet på skapningen, kjente med tilfredshet at han trengte gjennom bein og inn i hjernen på uvesenet. Beistet ble slapt og falt og Dolric kjente at blodet rant nedover kroppen på ham, hesten skjente vilt og han forsto at også den var blitt såret men det var så mørkt at det var umulig å se.

Et annet beist kom rett på fra venstre i et lynraskt angrep og han brølte en utfordring og trev sverdet sitt, det var et godt sverd som hadde tjent ham vel mange ganger og da udyret kom innpå med det skrekkelige gapet vidt åpent stakk han våpenet rett ned i kjeften på det. Skapningen vrælte og falt og han svingte sverdet igjen, kappet av underkjeven på et som kom fra andre kanten. Hesten vaklet nå, greide snaut å holde seg oppe og han tvang den frem, han kunne skimte murene nå og det var lys på dem.

Et beist fikk tak i ene beinet hans og bet til, han kjente ikke smerten men stakk sverdet gjennom skalletaket på dyret med et brøl. Beinet var nesten bitt helt av og hang bare i litt hud og restene av skinnbuksa. Han syntes det var merkelig at det ikke gjorde mer vondt. Dolric begynte å bli svimmel og merkelig lett i hodet, han skjønte hvorfor men han nektet å bare legge seg ned å dø. Han skulle dø kjempende, som en mann!

Murene tårnet seg opp foran ham og han skrek desperat etter hjelp. Det var ennå flere beist etter ham og de virket for og bare vente på at han skulle falle.

På muren hadde Wilbwyn holdt vakt og han så forskrekket at det kom en rytter ut av mørket, skrikende etter hjelp. Hesten sto nesten ikke og bak mannen kunne øksesvingeren skimte noe som nesten kunne fått selv ham til å pisse i buksa. Han raste ned av muren, selve porten greide han ikke åpne alene men det var en luke i den stor nok til at en mann kunne komme seg gjennom. Han slo den opp og rytteren der ute gled ned av hesten som sank sammen i samme øyeblikk og var død. Det var ikke vanskelig å se hvorfor, det var bitt ut et digert hull av både ene låret og buken på ene siden, innvoller hang ut av såret og dyret ville uansett aldri ha greid seg.

Wilbwyn grep mannen og halte ham med seg inn luka, stengte den med et smell akkurat i det et av beistene prøvde og presset seg inn. Wilbwyn brølte på de andre og la mannen varsomt ned på bakken. Det var en diger kar som garantert kunne slå fra seg men han hadde nok kjempet sin siste kamp. Han var stygt såret og sto neppe noen sjanse. Flere kom løpende og Wilbwyn pekte ut. "Om dere vil se de beistene som drepte alle i den landsbyen så kikk ut!"

Akisha gløttet gjennom den vesle nettingluka i porten og gispet, dyrene drev og rev den døde hesten i småbiter med sal og alt og hun hadde aldri sett noe så grotesk noen gang. Mannen som lå der på bakken hikstet svakt. "Ild, de frykter ild!"

Akisha trådte i aksjon, våpenmesteren i henne tenkte logisk og hun skrek på Elywen. Alven kom løpende vill i blikket og Akisha pekte på gangveien langs muren. "Opp dit nå, svi dem!"

Elywen forsto hva hun mente og løp fort opp trappen og sendte noen velinnsiktede ildkuler ned over udyra. Tre stupte brennende og resten stakk av med ville skrik. Det var helt klart at ild var noe de ikke kunne fordra. Akisha snudde seg mot mannen igjen, han hadde ikke lenge igjen og hun så at han var en person med innflytelse på klærne. Og størrelsen på ham gav henne et hint om hvem dette var.

"Dolric antar jeg?"

Mannen nikket og hev etter pusten. "Ja, guder, jeg flyktet unna pesten men beist tok meg i stedet. I det minste dør jeg etter en skikkelig kamp"

Akisha så hardt på ham. "Dette har du på din egen kappe Dolric, hadde du ikke hyrt en imbesil av en trollmann til å fange en demon til deg ville det aldri ha skjedd. Verken pesten eller disse udyra!"

Dolric stønnet og Wilbwyn dekket over det groteske beinet, blodtapet var så stort at mannen neppe hadde mer enn minutter igjen. "Den jævelen, han lovte meg et våpen, noe som kunne knerte de idiotene jeg har av noen slektninger. Jeg burde skjønt at han ikke dugde"

Akisha hørte en definitiv mangel på anger i mannens stemme, han klandret Ingolemo, ikke seg selv "Vel, uansett bør du gjøre opp fred med dine guder Dolric, du dør nå og vil stå foran deres dom."

Dolric bare gliste og hostet blod. "Jeg trenger ingen guder kvinne, kun et sverd og mot. Forbannet også, jeg var så nær å kunne lykkes."

Raigh så kaldt på ham. "Jeg har sett menn som deg, menn uten ære og heder. Tro ikke at du vil bli æret etter din bortgang. Ditt navn blir borte som sand for vinden."

Dolric så brått sint ut og Akisha knep øynene sakte sammen.

"Ingolemo mante frem en skapning før han ble drept, før demonen. Hva slags skapning var det og hvorfor sendte du menn etter den og Bilan?"

Dolric gurglet og gliste rått. "Aner ikke hva hun var for noe, men hun var svart som arvesynden sjøl og like lekker som den rødhåra spissøra godbiten der borte. Antagelig noe av samme røkla, jeg fikk prøveri den merra også, beste lille fitta jeg har hatt gleden av å knulle. Jeg ville ha henne tilbake, hun var faen meg deilig selv om a var bundet fast og ikke bevisst."

Akisha freste nesten av sinne og brått ble det iskaldt der, hun følte en brå strime av triumf og hørte at gudinnens ulver kom travende.

Hun tok et steg tilbake og de ble synlige, store som en liten hest. Begge stirret sultent på den døende mannen og siklet synlig. "Dette er gudinnens ulver, de eter sjelene til de fordømte, de som har krenket gudene. Jeg tror du blir en godbit for dem."

Dolric stirret vantro på de to enorme skapningene som stirret kaldt på ham med glødende øyne. Akisha spyttet på ham. "Du utnyttet en hjelpeløs skapning på det verste viset, jeg håper de jager deg riktig lenge før de tar deg igjen. "

Hun nikket til Raigh som trakk sverdet sitt. "Om du har noen siste ord så si dem nå, for vi er gudinnens hender. Du har alt dette blodet på dine hender og vi deler ut dom og straff etter hennes bud."

Dolric bare bannet grovt og prøvde å gjøre en temmelig obskøn gest med handa. Raigh knurret nesten og kjørte sverdet ned gjennom brystet på Dolric som sprutet blod fra kjeften, rykket til noen ganger og ble slapp. Raigh trakk løs bladet igjen og ristet blodet av det. Han så rasende ut. "For et arrogant svin, jeg skulle gjerne ha gjort dette flere ganger om det hadde vært mulig!"

Elywen så sint ut også, hun trakk kappen sin tettere om seg. "Han voldtok den kvinnen, snakker om gris."

Akisha sukket og ristet på deg, prøvde å samle seg. "Han sa at hun var svart? Kjenner dere til noen slike skapninger?"

Frostfugl hadde et litt merkelig uttrykk i ansiktet. "Jeg gjør, jeg har hørt om dem. Det har vært slike her i vår verden også men det er uendelig lenge siden. De ble fordrevet av oss vanlige alver."

Akisha så forbauset på Frostfugl. "Så hun er en alv?"

Frostfugl nikket. "En svartalv, et barn av natten. De er utrolig sjeldne selv i sin egen verden og en vet lite om dem egentlig. Men de var ikke til å spøke med på noe vis og jeg vet at de ble fordrevet på grunn av en slags maktkamp av noe slag."

Raigh satte sverdet i slira igjen. "Er hun god eller ond?"

Frostfugl heiste skuldrene. "Umulig å si, de kunne være begge deler så vidt jeg vet. Og uansett er hun nok svært forvirret og skremt."

Akisha nikket sakte. "Jeg tror denne Bilan har prøvd å hjelpe henne, få henne unna Dolric."

Elywen bet tennene sammen. "Da får vi bare be om at de er på et trygt sted, for uten beskyttelse er en hjelpeløs mot de beistene."

Rhylja var den første som våknet, hun ristet på hodet og prøvde å orientere seg. Rheynek satt på vakt ennå og smilte fort til henne før han reiste seg og forsvant ut i buskene for å lette seg. Rhylja kjente at hun trengte å gjøre det samme og skar en liten grimase. Mannfolkene hadde det så mye enklere enn damene slik, hun gyste over hvor rått og kaldt det var og gruet seg. Arjhed og Janrem begynte å våkne også med diverse gjespe og kremte lyder og Rhylja fant noen busker som fungerte flott som dekke.
Da hun var tilbake hadde de allerede fått fyr på bålet igjen og Arjhed hadde gått for å hente vann. Det var en bekk et stykke unna og vannet der var drikkelig, myrvannet var ikke særlig fristende. Carmariel sov ennå og de lot henne bare sove til hun våknet av seg selv litt utpå formiddagen. Hun rykket liksom til med et klynk og så var hun våken. Rhylja satte seg ned ved siden av henne med en kopp oppvarmet urtete med litt vin i, svartalven tok den takknemlig og drakk fort. Hun var tydelig tørst og jamret seg litt mens hun prøvde å sette seg ordentlig opp. Rhylja hjalp henne og hun sukket lettet.
De varmet opp igjen litt mat fra dagen før og spiste med relativ ro. Rheynek hadde vondt av at de burde skynde seg tilbake til Shabuch siden folk garantert var engstelige for dem nå men de kunne ikke flytte seg før Carmariel tålte det. Selv mente hun at hun godt kunne flyttes men Rhylja nektet. Hun trengte i hvert fall et døgn der så de var sikre på at hun ikke hadde skadet noe innvendig som kunne bli verre om hun red. Rheynek var oppriktig nysgjerrig og da de var ferdige med å spise satte han seg på teppet ved siden av henne og betraktet henne inngående. Hun var så avgjort en alv, ørene og øynene og selve ansiktstrekkene var så avgjort som på Elywen eller Våk, men hun virket for å ha mer delikate trekk. Nesen var svært smal og elegant, halsen lang og slank og ansiktet nesten ovalt med høye kinnbein og vakre fulle lepper.

Carmariel merket at han stirret og følte seg brydd, hun trakk håret frem over skulderen og så at det var temmelig ugredd og vilt nå. Hun gren på nesa og prøvde å kjemme det med fingrene. Rheynek bikket på hodet, hun var så definitivt forfengelig som alle kvinner og svært klar over hvordan hun så ut. Igjen noe som indikerte at hun var ung. Han kremtet kort. "Husker du noe i det hele tatt, annet enn navnet ditt?"

Hun så ned, ristet på hodet. De svarte øynene var egentlig svært talende på et vis og han sanset at hun følte seg rimelig motløs. "Ikke bekymre deg, det er mange som kan hjelpe deg."

Carmariel sukket og trakk klærne tettere om seg med den friske armen, hun håpet at han hadde rett men vågde ikke tro det, ikke helt. Hun hadde en følelse av at hun var gått seg vill i tett tåke, alt rundt henne virket velkjent men allikevel fremmed og hun følte hvordan hun skilte seg ut. Hun så ned i bakken. "Andre som…som meg?"

Rheynek ristet på hodet. "Nei, det er ingen akkurat som deg. Du er den eneste av ditt slag vi har sett noen gang, men det er andre alver der."

Hun så opp, visste liksom ikke om den nyheten gjorde henne glad eller mer bekymret. Rheynek betraktet hendene hennes, de var sterke og trælet, huden var herdet og vant med arbeid. "Du tok livet av to av de mennene som kidnappet deg."

Det var en tørr konstatering av fakta og hun rykket til, så et øyeblikk skrekkelig ung og sårbar ut. "Ja, ville…ville gjøre meg vondt"

Rheynek sukket lavt. "Vi vet det, du gjorde det du måtte for å unnslippe dem, men er du en kriger? Er du vant til å slåss?"

Hun svelget igjen. "Jeg vet ikke!"

Rheynek klappet henne lett på skulderen. "Det er greit Carmariel, det vil sikkert komme tilbake til deg etter hvert. Slapp av nå og kom til krefter igjen."

Hun bare så ned og nikket taust, hun virket svært sørgmodig der hun satt.

Rhylja benyttet roen til å ordne på seletøyet sitt og Arjhed og Rheynek ble sittende å diskutere de ubeistene de hadde drept.

Janrem satt der og følte seg til overs så han gikk bort til Carmariel og slo seg ned. Hun så litt nervøst på ham men ble sittende. Han visste liksom ikke hva han skulle si, hvordan han skulle bryte isen. Hun så bare ned og prøvde å gre seg og han fikk en ide. Han fisket opp kammen sin fra ei lomme og rakte den til henne. "Her, det går lettere med enn ordentlig kam"

Hun lysnet opp og smilte, tennene var utrolig hvite mot den svarte huden og han ble sjokkert igjen over hvor vakker hun var. Det var blitt noen reale floker og han tok over kammen og begynte å gre gjennom håret hennes bak. Det satt barnåler og rester av myrvekster i det og hun bet seg i underleppa og lagde ikke en lyd når det lugget som verst. Men til slutt var flokene og det andre vekk og han flettet det fort for henne.

Carmariel så takknemlig på ham og kjente seg mye bedre, hun så i det minste sivilisert ut og ikke som et eller annet vilt dyr. Janrem kremtet, grov med støvel tåa i bakken. "Jeg pleide å være en tyv, før jeg ble kjent med denne gjengen her og flere til. Vet du hva du gjør, jeg mener, hva slags yrke du har?"

Hun ristet på hodet og så forvirret ut. "Tyv?"

Janrem smilte litt brydd. "Ja, ikke at jeg er stolt av det, men jeg var veldig dyktig. Og jeg stjal bare fra folk som tålte det altså."

Hun blunket, bikket på hodet. "og nå?"

Janrem svelget hardt. "Nå prøver jeg å lære så mye jeg kan av disse folkene så jeg kan beskytte byen jeg er fra når jeg reiser hjem igjen"

Hun sukket, la armene rundt seg med visse vansker. "Du har hjem, jeg har…ingenting"

Janrem svelget fortvilet. "Ikke si det, du er da i live i det minste. Og de er smarte der borte i byen, de kan gjøre virkelig utrolige ting. Stol på meg, de vil hjelpe deg å huske"

Hun bare vred seg og Janrem hatet å se at hun var så usikker. Han prøvde desperat å lede tankene hennes bort fra det dystre. "Vet du, jeg har vært nødt til å lære alt fra bunnen av igjen, for jeg måtte bli kvitt uvaner og slikt."

Hun så forskende på ham, det svarte blikket var både gjennom trengende og merkelig mildt på samme tid. "Som hva da?"

Janrem gliste. "Jeg har lært å ri ordentlig, hadde ikke råd til en hest før så jeg red sjelden og da som en tomsekk regner jeg med."

Hun fniste litt og han ble varm i trøya. "Og jeg måtte lære å oppføre meg høflig, ikke spytte på golvet og slikt. Han som driver badet ville ha strupt meg om jeg gjorde slikt i hans bad."

Carmariel så litt undrende ut. "Bad?"

Janrem smilte. "Ja, det er et bad der, med mange bassenger. Og alle får stellet sitt der, blir massert og slikt. Jeg syntes det var merkelig til å begynne med men nå liker jeg det. Naragh har gode hender selv om han begynner å bli gammel."

Hun så litt vantro ut. "Massasje? For alle?"

Janrem gliste og nikket. "Alle ja, alle ved sirkus som vil ha stell får det. Han er veldig flink til å gjøre så folk ikke blir støle eller skjeve i kroppen"

Hun så litt fjern ut et øyeblikk. "Må være fint"

Han kunne ikke benekte det. "Det er ordentlig greit ja, å bli skikkelig ren og pleid. Du får sikkert bruke badet også, jeg vil tro Naragh vil behandle deg som en ren juvel."

Hun så litt forskrekket på ham. "Naragh mann?"

Janrem svelget sakte. "Vel, ikke egentlig, han er evnukk. Han masserer både kvinner og menn og gjør ikke noe av det. Han har sett oss alle nakne, tro meg, du har ingenting å skjule eller skamme deg over,"

Hun gjemte ansiktet litt i handa, fniste lavt. Men tanken på et varmt bad var himmelsk, det hørtes ut som et glimt av paradiset.

Janrem visste liksom ikke hva mer han skulle si og ble sittende der og fikle med noen grasstrå. Carmariel svelget nervøst og plukket opp en stein fra bakken. Hun holdt den opp. "Ord?"

Janrem så litt forvirret ut. "Ord?"

Carmariel så inntrengende på ham. "Ord!"

Janrem klasket seg for pannen. "Selvsagt, du vil vite hva ting heter på vårt språk. Det er en stein"

Carmariel nikket og gjentok og snart var Janrem i ferd med å lære henne alle de ordene han kunne komme på.

Akisha og de andre begrov Dolrics lik så fort det ble morgen, de orket ikke å ha det liggende der å stinke. Aldur og Ursad jobbet videre med skriftene de hadde funnet og Akisha sto på murene og stirret ned mot landsbyen. Det røk ikke fra pipene lenger og hun ante at årsaken var at ingen lenger var i live der. Dette kunne bli en total katastrofe om ingen fant et botemiddel som faktisk virket. Raigh mente at de ble nødt til å finne de gjenværende udyra og drepe dem og hun var enig. De beistene kom garantert til å fortsette å herje og når det ikke var flere igjen i live i et område ville de flytte seg til det neste. Hun brukte dagen med kartene Ingolemo hadde hatt og prøvde å gjette seg til hvor udyra kunne ha gjort av seg. Det var lite trolig at de likte dagslys siden de var så redde for ild. Elywen sa seg villig til å hjelpe til og de brukte dagen på å forberede seg.

Frostfugl kunne også bli nyttig og da det begynte å gå mot kveld forlot de godset og fulgte sporene. De hadde tatt med seg mye fakler, en god del brannpiler og annet utstyr og visste at de var nødt til å få livet av beistene den natten. De gikk i stedet for å ri, hestene var for utsatt og samtlige hadde våpnene klare. Akisha kjente et stikk av spenning, hun skulle få gjøre noe hun følte hun behersket og det var da også noe som måtte gjøres. Våk og Khir ledet an, de to alvene var mestre i å tyde spor og sporgaten ledet mot noen klipper nede mot sjøen. Det var antagelig huler der og Raigh gliste stygt. De hadde tatt med seg et par krukker Jirhg hadde gjort i stand, de var proppet med en væske som begynte å brenne når den kom i kontakt med luft og burde kunne jage hva som helst. Akisha hadde Elthear klart, dette var noe de kunne slåss mot, noe de kunne se og ta på og forstå. Pesten var usynlig og umulig å bekjempe på noe vis hun kjente til.

De kom ned til klippene like før det siste sollyset forsvant bak horisonten, Khir var i stand til å spore selv i mørket og de så snart at beistene hadde trukket ned i en hule med en ganske bred men lav åpning. Antagelig var den så dyp at ikke noe lys kom helt ned i den. Elywen stirret på åpningen med noe som lignet hat, hun følte at disse udyra var noe gudinnen slettes ikke ønsket velkommen. Hun ville bli kvitt dem og det en gang for alle. Elywen konsentrerte seg og alle stilte seg opp. Beistene var livsfarlige og de var mange, de måtte ikke gjøre noen tabber nå. Akisha hadde stilt de tre mennene fra sirkus ytterst på flankene og Arnulf og Wilbwyn samt Elda sto også der som ekstra støtte. Elda hadde flere piler klare og et glohorn satt i bakken foran seg. Hun kunne tenne pilene på noen sekunders varsel.

Raigh så at Våk og Khir var klare og Elywen var brått nesten selvlysende. Det var som om ilden i henne syntes tvers igjennom kjøtt og bein og hun glødet gyllent. Akisha kastet et ærbødig og overveldet blikk på henne før hun trakk Elthear og gjorde seg klar. De hørte lyder fra hulen, sola hadde gått ned og beistene var nok på vei til å våkne og trekke opp i frisk luft igjen. Raigh tok den første krukken og veide den i handa før han lente seg bakover og kylte den fremover og ned i hulen med et brøl.

Det lød et smell og flakkende flammer spredte seg der nede, han kylte den andre krukken etter og de hørte høye hves og rasende knurring. Raigh holdt sverdet sitt klart. "Vær klare, gå for buken eller strupen, og pass dere for forbeina på dem."

Det første beistet kom styrtende opp, det var så vettskremt for ilden at det ikke så seg for i det hele tatt og Våk trådte i aksjon med et rop. Han var så lynende rask at Akisha snaut fattet hva hun så, han spant formelig forbi beistet rett under brystet på det og det lange smale alvesverdet hans kappet det nesten i to rett under brystkassen. Beistet klappet sammen med et merkelig klynk og så kom det flere og det var bare å kjempe. Akisha hylte for å sette mot i seg selv og Elthear kløvet nesten hodet på et digert udyr. Blodet i beistene var klart som vann og utrolig varmt og Raigh brølte en advarsel.

Elywen hadde ventet men nå trådte hun i aksjon. Hun lot lange flammer slynge seg om de merkelige dyra, ilden brant nesten hvitt så varm var den og hun hadde et uttrykk i ansiktet som fortalte at hun både nøt det og hatet det på samme tid. Hun fikk livsenergien til det hun drepte med ilden sin men denne energien føltes rett og slett feil. Det var som om den var tilsølt på noe vis og Frostfugl sto litt bak og frøs ned de som kom seg forbi. Wilbwyn kappet forbeina av

et beist med en sving med øksa, så tok han hodet av det på neste hugget og Elda pepret dyra med brennende piler. Det hele lignet en scene fra et merkelig mareritt, med brennende beist og ild overalt. Våk og Khir var de mest effektive, de var så raske at beistene ikke hadde noen sjanse til å treffe dem, de drepte flere beist hver og etter litt var det ikke flere igjen. Elywen gikk ned i hulen for å se om noen hadde gjemt seg der nede men det var tomt. Det eneste som var igjen var en haug med kadaver som stinket helt forferdelig. Akisha hadde drept et par stykker og ristet den blanke væsken av Elthear. Hun gyste over lukta og utseendet på vesenene. De lignet ikke noe hun hadde sett før og Våk studerte noen eksemplarer grundig. "De er nok fra en verden der det er lite lys. Da er det fornuftig å være nesten gjennomsiktig, en kan ikke se en da." Akisha nikket bare. "Det er sikkert flott, men jeg er glad vi kverket dem."
Elywen tente fyr på kadavrene og snart strakte flammene seg mot himmelen og svart røyk skygget ut stjernene. Akisha skulle ønske de kunne blitt kvitt pesten like lett. De var i godt humør da de gikk tilbake til det vesle godset men i hjertet følte de alle tvil og frykt. Hva om de ikke fant noen måte å stanse pesten på.

Amaras var lettet, så lettet at han nesten kunne grått. Omsider lå Kvitbukta foran ham og han håpet at han fant denne Ulthario og fikk adgang til skriftene hans. Reisen hadde vært lang og tung og svært strabasiøs, han lengtet etter litt sivilisasjon og hvile. Hvitbukta var en liten landsby med få ordentlige hus men noen var det og det var tydelig at fisket brakte med seg en viss rikdom.
Han fant fort en person som var villig til å vise veien til den gamle vismannen, det viste seg at Ulthario bodde et stykke utenfor selve landsbyen i noe som hadde vært et fyr en gang i tida. Fyret var blitt erstattet med et mye bedre et på et annet sted og nå var det blitt et sted folk skydde. Ulthario var ikke skremmende i seg selv, men det ble sagt at en av de gamle fyrbøterne gikk igjen der og de fleste der var skrekkelig overtroiske.

Amaras tok den siste biten opp mot det gamle fyret alene, han bar med seg det vesle han hadde av bagasje og håpet at Ulthario hadde fått beskjed fra Aldur om at han var på vei. Bygget var forbausende stort, en avlang ganske lav steinbygning med et stort tårn midt på. Det så velholdt ut og var svært majestetisk. Det lyste svakt i noen vindus glugger og Amaras samlet motet sitt og banket på den tykke frontdøra. Han husket hva Aldur hadde sagt om Ulthario, han fikk passe seg for å fornærme mannen på noe vis.

Døra åpnet seg og Amaras stirret rett på en mann som lignet et juletre, godt pyntet sådan. Han bar en kjortel som var dekket med fargerike lapper i de mest utenkelige valører, flere titalls kjeder med diverse smykkesteiner hang om halsen hans og glitret på lang avstand og han hadde minst ti øreringer i hvert øre. Håret var langt og løst og svært tynt og snøhvitt, det så mer ut som et tynt slør enn noe annet. Ulthario hadde brukt sminke også, og den var så skrikende at Amaras hadde sett lite like skrekkelig. Han tvang seg til å holde ansiktet høflig og i ro men det kostet ham all hans konsentrasjon.

Ulthario så skarpt på ham, øynene var grønne og litt sløret og Amaras begynte å tro at mannen var høy på et eller annet. "Ja? Åh, det er deg. Jeg fikk en due fra Aldur den gamle tørrpinnen."

Ulthario kikket på Amaras med noe som lignet avsmak. "Han kunne sendt noen som så litt mer…velstelt ut, i det minste!"

Amaras forsto brått hvorfor Ulthario så ut som han gjorde, han var antagelig homofil og meget feminin sådan. Han prøvde å se ut som en kvinne men hadde bommet grovt på det forsøket. Og det var minst femti år for sent også. Amaras var brått glad for at han ikke var særlig tiltrekkende av utseende.

Amaras tvang seg til å smile vennlig og bukket dypt. "Ærede herre, du er vårt håp."

Ulthario skjøt brystet litt ut, han så brått umåtelig stolt ut. "Det er jeg ja, jeg har fått en due fra de vises råd. Det har brutt ut pest, antagelig på grunn av det du så. Noen har åpnet en port og sykdommen har fulgt med gjennom, sammen med hva som nå ble manet frem."

Amaras ble tørr i munnen. "Guder, jeg ante ikke noe om det!"
Ulthario nikket stolt. "Jeg vet det, Aldur og noen til er kalt til
Shabuch for å hjelpe til med å bekjempe det. Brevet fortalte alt de
visste. Vi må jobbe raskt unge mann, det er ingen tid å miste"
Amaras svelget hardt, pest? Bare ordet sendte kalde gys nedover
ryggen på ham og han kunne bare krysse fingre for at Ulthario
kunne hjelpe. Ulthario så litt nedlatende på ham. "Guder, du ser ut
som om noe har trukket deg gjennom en rennestein men vi får ta oss
av det senere. Følg meg!"
Ulthario trippet bortover en steinlagt korridor mot et opplyst rom og
Amaras sto brått i første etasje av tårnet. Veggene var dekket med
bøker og skrifter og det var også flere bokhyller ute på golvet. Midt
i rommet sto et stort rundt bord og det var dekket med bøker.
Ulthario så glisende på ham. "Jeg har samlet de bøkene her som
kanskje kan gi oss informasjon. Jeg skal finne litt mat og så får vi
sette i gang. Det haster!"
Amaras så på haugen og jamret seg innvendig, han var sliten og
trengte hvile men den gamle hadde rett. Det hastet, de fikk bare
prøve å jobbe på tross av alt. Ulthario forsvant bortover en annen
korridor og etter litt kom han tilbake med et brett med brød, smør
ost og en stor mugge med noe som måtte være vin. Amaras takket
høflig og prøvde å spise dannet selv om han var så sulten at det ulte
av ham. Ulthario gikk rundt ham og stirret misbilligende på ham.
"Håret ditt ligner et rottereir, du har mer skitt i huden enn en
skorsteinsfeier og holdningen din? Elendig! Men jeg kan nok få
skikk på deg!"
Amaras prøvde å bare smile til det men gyste nedover ryggen.
Ulthario var garantert temmelig forvirret og småsenil, han fikk bare
jatte med til han fant det han trengte.
Da Amaras hadde fått i seg maten slengte den gamle en gedigen bok
ned på bordet foran ham. Den var eldgammel og Amaras så på den
med ærefrykt. "Du kan begynne med denne, jeg tar en annen"
Amaras bare trakk pusten dypt og åpnet boka varsomt, den hadde
tykke blader av pergament og de var vakkert illustrert med
tegninger i glade farger. Han måtte konsentrere seg, det var ikke

enkelt for Ulthario drev og mumlet for seg selv mens han bladde gjennom boka han jobbet med og mumlingen var av et slikt slag at Amaras nesten fikk hikke av sjokk. At en ærverdig gammel mann kunne bruke et slikt språk?

Skriften i boka var svært lett å lese men språket var det ikke og Amaras forberedte seg på en svært lang natt.

I Shabuch jobbet medikus i sitt ansikts sved med å forberede byen på et pest utbrudd. Ryktene sa at det spredte seg med vanvittig fart og det var ikke langt igjen til byen nå. Det virket for at knepet den gamle helbrederksen hadde funnet fungerte. Å kjøle folk ned berget en del men ikke alle. Han sendte ut ryttere til landsbyer og byer og gårder med beskjed om at de syke skulle senkes i kaldt vann, så kaldt som mulig. Det var alt de kunne gjøre der ute. Og landsbyer og byer måtte stenges av og ingen fikk reise noe sted. De fleste adlød men menneskets natur kan ikke kontrolleres, panikk og paranoia spredte seg og byen ble snart fylt med flyktninger de rett og slett ikke kunne holde ute.

Medikus vred sine hender i fortvilelse men det var til liten nytte, all verdens informasjon hjalp ikke når folk ikke ville tro på den. Det var nok av religiøse tullinger som la skylden på synder, på kongen, på hva som helst som passet dem. Og det skjedde flere stygge tilfeller av lynsjinger og desslike, noen jenter ble brent for å være hekser og et par menn slått i hjel i den tro at de prøvde å spre pesten med vilje.

Kongen kommanderte ut alt han hadde av folk tilgjengelig, det var vakter overalt nå og de var beordret til å ta enhver som prøvde å hisse opp folk hardt. Fangehullene ble fort fylt opp og der nede var panikken total siden de trodde at de som ble syke ble plassert der nede for å dø og gjemmes bort. Medikus kunne bare riste på hodet over alle de merkelige konspirasjonsteoriene som dukket opp.

Sirkus ble stengt, de hadde ingen forestillinger og Whaly stengte av stedet helt, kun helt nødvendige ærender ble tillatt og Dern var fortvilet siden ingen lenger besøkte kroa hans. Han hadde penger i massevis så han gikk neppe konk men for den sosiale mannen var en kveld uten fest der merkelig tom. Og ennå hadde ikke pesten komme til byen engang. Kongen beordret at havna ble stengt av, de hevet de enorme kjettingene som lå på bunnen av innseilingen og gjorde det umulig for skuter å legge til. Og ingen fikk reise heller, noen kapteiner var rødglødende av sinne over det men kongens ordrer var svært spesifikke. Ingen ut, ingen inn!

Whaly var fra seg av bekymring, det var ingen av de utvalgte tilbake i sirkus, kun Enez var der og hun var fra seg av engstelse for Rheynek. Den spede unge kvinnen hadde begynt å klatre opp på toppen av bygget for å kunne se om han dukket opp på veien til hovedporten. Byen var i en kritisk situasjon nå, det kom ikke varer dit og med en befolkning som var nesten fordoblet ble matmangel snart et problem. Kongen hadde derfor annektert alle forsyninger og slikt og delte det ut på utvalgte steder i byen. Ingen fikk mer enn de hadde rett på og ingen skulle få tjene seg rike på andres ulykke og frykt.

Rheynek og de andre ble ved myra til dagen etter, da kunne de ikke vente lenger og Carmariel ble plassert foran Janrem på hesten hans. Merra var godt trent og kunne bære to personer uten problemer. Han og Arjhed fikk bytte på å ha henne oppe hos seg for hesten hun kom med var halt så den greide ikke bære noen. Carmariel var skrekkelig støl og hun ble sittende på tvers av hesten for hun hadde for vondt i hofta til å ri på tvers. Janrem var ikke vant til å ha folk foran seg i salen og det var ukomfortabelt men også underlig behagelig. Hun satt tvers over lårene hans og lente seg mot ham og varmen og berøringen var god.

Hun halvsov der hun satt og Janrem så på ansiktet hennes som lå mot skulderen hans. Trekkene hennes var så delikate, så elegante. De lange øyenvippene hennes var utrolig tykke og leppene fulle og velformet. Han fikk lyst til å kysse henne men holdt seg tilbake. Hun var en alv for farao, mye mer enn han noen gang kunne bli. Men interessert var han blitt, det kunne han ikke benekte for seg selv. Hun var så nydelig selv om hun var uvanlig og han betraktet kontrasten mellom dem der huden deres møttes. Hennes svart som mørket selv og han selv svakt solbrun men lys under.

De red ganske fort, de fant fort veien og Rheynek jaget på tempoet. Han hadde en følelse av at ting hastet og han lengtet etter Enez. Han visste hvor ute av seg hun antagelig var nå og hjertet hans verket av anger og skyldfølelse. Han måtte virkelig gjøre sitt beste for å roe henne når han kom hjem igjen nå. De red innom vertshuset der Bilan ennå lå og kom seg, han var overlykkelig over at Carmariel var reddet men kunne ikke følge med dem ennå. Han fikk bli der og bli pleiet til han var frisk, da kunne han reise til sirkus eller hjem igjen om han heller ønsket det. Rheynek betalte folkene på vertshuset en svært generøs sum for mannens videre stell og så red de videre.

Det var mye folk på veien nå, og mange var nervøse og raske til å gripe til våpen men synet av de bevæpnede rytterne stanset dem fra å prøve noe dumt. Det var tydelig at de var på vei til Shabuch og Rheynek hadde bange anelser om hva de ville finne når de kom dit. De overnattet et par netter ute, fant leirplass langt unna veien og Carmariel prøvde å være så lite til bry som mulig men det var vrient. Hun var svært hjelpeløs og hadde mye vondt. Særlig hoften verket forferdelig etter en lang dag på hesteryggen og hun bet smerten i seg og led i stillhet. Arjhed bar henne like varsomt som Janrem men hun merket en slags avstand i ham. Han prøvde ikke å snakke så mye med henne og hun trodde hun forsto også. Han forsto henne ikke og ante ikke hva hun var, og han var en usikker person. Janrem var mer selvsikker og utadvendt og hun hadde begynt å merke seg ved ham på en ny måte. Han prøvde ennå å lære henne ord og vendinger og hun snakket ganske bra nå, hun lærte fort og bare aksenten avslørte at hun ikke var vant med deres språk. Janrem var kanskje skremmende for henne men hun hadde glemt det nå, han var liksom så trygg og vennlig og hun likte det litt guttaktige glimtet i de merkelig blå øynene. Han var så munter, så raskt til å smile og le og hun begynte å glede seg til hun skulle ri med ham.

Han fikk henne til å glemme det som hadde skjedd med henne, hun følte seg fornøyd og glad med ham rundt seg og når hun satt der med armene hans rundt seg var hun trygg. Hun stolte på ham, hun måtte bare vedgå det. Og det føltes godt å lene seg mot ham, han var ofte kald men hun likte å tenke på at hun varmet ham, og han var så virkelig og så til stede. Hun likte å leke med de lange mørkblonde lokkene hans og se at han rødmet svakt, likte å se hvordan han så på henne når han trodde hun ikke la merke til det.

Men det gjorde henne betenkt også, han likte henne, slik en mann liker en kvinne. Han ville sikkert røre ved henne, elske henne men kunne hun tillate det? Hun husket ikke hva Dolric hadde gjort med henne siden hun tross alt ikke hadde vært bevisst men hun visste at det hadde skjedd. Og hun følte seg ikke ren lenger, følte seg ikke verdig interessen hans. Han ville sikkert være god mot henne, prøve å glede henne av hele sitt hjerte men hun hadde en merkelig følelse av at hun ville skitne ham til. Og allikevel begynte hun å tenke på ham når hun hadde lagt seg for natten og var blitt varm under teppene. Det hendte at han la seg ved siden av henne og holdt handa hennes til hun sovnet og det var så merkelig godt.

Hva om hun lot ham? Tanken fikk henne til å bli varm innvendig og fikk brystvortene hennes til å knoppe seg. Hun ante ikke om hun hadde noen der hun kom fra men hun trodde det ikke. Hun trodde at Dolric hadde fått uskylden hennes og tanken var til å bli kvalm av. Hun ville gjerne gitt den til noen hun brydde seg om og hun begynte å tro at hun brydde seg om Janrem, nok til å la ham dele kroppens gleder med henne.

Men hun visste ikke om det var riktig, hun var litt redd også. Hva om hun skuffet ham? Hva om hun ikke greide at han gjorde det? Dolric hadde gjort henne vondt, hun husket hvor vondt hun hadde hatt da hun våknet og hun fryktet noe slikt igjen men instinktet og hjertet fortalte henne at Janrem ville være øm og forsiktig med henne. Og hun begynte å lengte, hun måtte innrømme det for selv. Hun kom til at hun fikk la ting skje som de ville, skjebnen kan av og til være sin egen herre på alle måter.

De nådde Shabuch og da de red opp hovedveien mot portene skjønte Rheynek at hans verste mistanker ble virkeliggjort. Det krydde med folk rundt murene. Det var blitt en ren flyktningleir der og med tanke på hva folk på vertshuset hadde fortalt om pesten og det han selv kunne resonere seg frem til skjønte han at det var en kritisk situasjon. Han presset Stjernevind frem gjennom mengden og hesten vrinsket og skjøv seg gjennom folkehavet. De andre fulgte hakk i hel og vaktene ved porten kjente dem igjen og slapp dem gjennom. Mange skrek og ropte og krevde å få komme inn også men vaktene skjøv dem tilbake med spydspissene.

Rheynek drev hoppa hardt gjennom de tettpakkede gatene. Det de hadde fått høre underveis var tydeligvis bare toppen av isberget og han hadde en anelse om at de andre utvalgte var der ute et sted nå. Han red mot sirkus og i porten ble han nesten overrent, brått hadde han en overlykkelig Enez hengende om halsen og han måtte virkelig jobbe for å roe ned en temmelig skremt hest. Enez var på gråten og Rheynek kysset henne og vugget henne i armene sine og hun var nesten hysterisk av lettelse. Hun fortalte ham at de andre var reist for å finne ut hvem som hadde skapt pesten og Rheynek forsto hele situasjonen med en gang. Ingolemo hadde sluppet gjennom både pesten og udyra da han hentet Carmariel til seg.

Han var glad de var tilbake i sirkus men også nervøs. Hva om noen av dem ble syke? Han ville ikke orke å se noen av sine nære og kjære bli syke og dø. Han regnet med at de utvalgte var trygge siden de hadde gudinnens krefter i seg, men hva med de av dem som ikke var berørt av hennes hånd? Tanken var iskald og han presset ansiktet mot Enez igjen og hvisket inderlige ord mens han bare holdt henne og priset gudinnen for at de var sammen igjen.

Carmariel så hvordan den hvithårete ble møtt av sin kvinne og rødmet svakt, det var umulig å se men hun følte det. Det var tydelig at de to var inderlig glad i hverandre og hun lengtet etter noe lignende, en slik sjelelig enhet og helhet. Hun ble hjulpet ned av hesten og Janrem smilte og pekte på bygget og forklarte ting for henne. Hun kunne knapt tro hvor stort det var, hun følte seg brått veldig liten og usikker og Janrem så det og tok henne i handa, det var brått noe veldig beskyttende i kroppsspråket hans.

Rhylja så det og gliste for seg selv, Janrem hadde falt for Carmariel, hun så det godt. Og hun unte ham litt lykke også men var samtidig betenkt. De ante egentlig ingenting om Carmariel, var hun verdig en slik manns oppmerksomhet? Det var ikke noe vondt i Janrem, joda han hadde gjort temmelig horrible ting men det var i en situasjon som kalte for det. Han var egentlig god på bunnen men så avgjort i stand til å være særdeles voldelig og farlig om han ønsket det. Hun håpet at dette ikke gikk ille for dem, men samtidig, Janrem var en svært fornuftig kar og slettes ikke fremmed for kjærligheten. Han var populær blant damene og antagelig meget erfaren. Kanskje det var en fordel med tanke på det som hadde skjedd med Carmariel. Han burde ha tålmodighet til å hjelpe henne med å overkomme det traumet hun hadde vært igjennom.

Stallkarene kom etter hestene og Whaly kom løpende som et pisket skinn, fra seg av lettelse over at i hvert fall noen av hennes var trygt tilbake igjen. Rheynek introduserte Carmariel og Whaly slo hendene sammen og ble øyeblikkelig betatt av hvor eksotisk og vakker den smekre svartalven var.

Carmariel var merkelig blyg nå, hun så så mange mennesker og følte seg som et merkelig dyr på utstilling. Men Janrems hånd var der og gav henne mot og styrke til å smile og hilse og være høflig. De ble geleidet ned til spisesalen og hun turte ikke å slippe handa hans et eneste øyeblikk. Jalisa var også overlykkelig over å se dem igjen og hun sørget for at alle fikk hver sin kongelige porsjon med mat enda de hadde blitt nødt til å kutte ned på maten nå på grunn av rasjoneringen.

Carmariel så vantro på tallerkenen sin, den var proppet med kjøtt, rotfrukter og saus og grønnsaker og hun greide med et nødskrik å dytte alt i seg. Vinen hun fikk til den smakte himmelsk og hun var brått svært lettet over at de var kommet seg dit. Hun var trygg der, ingenting vondt kunne skje henne når Janrem var der og passet på henne og det var så mange sterke krigere der.

Rhylja og Rheynek ble med Whaly for å fortelle om hva som hadde skjedd og for å bli satt bedre inn i situasjonen og Arjhed gikk for å hvile. Han var sliten og ville sove først og fremst. Janrem prøvde å presentere henne for de ulike der nede men navnene bare fløt forbi. Hun var blitt så søvnig av maten og Janrem hjalp henne opp. "Du trenger et varmt bad og så trenger du ei seng."

Carmariel nikket sløvt, stedet var så overveldende at hun ikke greide fordøye alle inntrykkene, hun bare så og konsentrerte seg om det viktigste. Janrem trakk henne etter seg til badet, hun så storøyd på bassengene og han smilte til henne. "Naragh kan få orden på deg fort."

Hun svelget nervøst og satte seg ned på en benk, hoften hennes var ennå vond og hun hadde ikke vært uten bandasjene om skulderen og brystet siden de ble plassert der. Naragh kom spaserende da han hørte at det var folk der og han så litt vantro på Carmariel. Hun følte seg ekstremt nervøs og skalv svakt, Janrem la handa på skulderen hennes for å berolige henne. Naragh smilte beroligende. "Ved alle guder, for en sjelden juvel."

Han strøk henne varsomt over hodet og Carmariel slappet litt av, denne gamle mannen var ikke farlig, ikke i det hele tatt. Naragh hørte på mens Janrem forklarte skadene hennes og så fikk de henne bort til et behandlingsbord. Naragh tok av henne klærne og Janrem snudde seg brydd og høflig. Carmariel kjente at kinnene brant mens Naragh kyndig undersøkte henne. Han kjente på skulderen og hoften hennes og mumlet for seg selv mens han gjorde det.

Carmariel ynket seg ikke engang og Naragh smilte til henne. "Du er svært tapper unge dame, hoften må ha gjort vanvittig vondt men den blir fin igjen. Du er bare støl, og bruddet i skulderen og ribbeina gror også fantastisk godt. Du har godt grokjøtt"

Carmariel kjente seg lettet og Naragh begynte å finne frem flasker og krukker. Han pekte på det nærmeste bassenget. "Ta et varmt bad du, Janrem, hjelp henne."

Janrem svelget og stotret, han visste ikke om han burde snu seg, han hadde sett henne naken før men nå føltes det som å være påtrengende. Naragh gliste. "Jeg ser hva du tenker på gutt, vær ikke så blyg. Av med fillene og hjelp henne."

Han svelget hardt igjen og kjente seg litt småsvimmel, han fikk fort av seg klærne og prøvde og ikke å se på henne. Det var ikke enkelt, han lot henne støtte seg på ham og bare berøringen av de faste varme hendene hennes var nok til at han reagerte svært så synlig. Janrem følte seg mer brydd enn noen gang før og samtidig var han engstelig for at hun skulle bli skremt av ham. Han ante ikke om hun hadde sett noe slikt før.

Carmariel på sin side så frem til et bad, hun hadde en følelse av at huden rykket av ubehag og hun var seig av svette. Janrem virket så utrolig brydd og hun måtte fnise av det. Hun ante at hun var vant med nakenhet, at det ikke var noe hun i seg selv ble brydd over. Han trakk av seg klærne og hun så forbauset på ham. Han var så annerledes enn hun hadde ventet, mer muskuløs og definert og hun bet seg i underleppa mens hun lot blikket gli nedover ham. Janrem så det og tvang seg til å stå i ro og ikke dekke seg med hendene. Om han skulle ha noen sjanse så fikk han bare finne seg i at hun så ham naken, og kanskje hun ville like det hun så også. Han hadde en god kropp, det var han i det minste stolt av.

Hun fniste lavt, han hadde mer hår på kroppen enn hun var vant med men hun syntes ikke at det var stygt, det var bare merkelig maskulint, en stripe strakte seg opp mot navlen og han hadde også hår på brystet. Og hun så at hun hadde påvirket ham, synet fikk hjertet hennes til å slå litt hardere og hun kjente en merkelig blanding av nervøsitet og iver.

Naragh klasket Janrem på skulderen. "I badet nå unger, få av dere møkka før dere blir amorøse her"

Janrem støttet henne ned trappa og hun gispet over varmen men den var god. Det var seter hugget inn i bassengkanten og hun satte seg varsomt ned. Hun ble sittende med vann til under haken og det føltes utrolig godt. Naragh knelte på en pute bak henne og helte vann over håret hennes, gned såpe i det og vasket det grundig og hun kjente de sterke hendene som masserte hodet hennes. Det var så godt at hun nesten sovnet. Janrem vasket seg selv, han nøt å bli kvitt skitten men samtidig led han. Synet av henne brant på netthinnen hans og med det fantasier om hva han kunne gjøre med henne, han bannet innvendig og prøvde å tenke på alt annet men det gikk ikke. Naragh helte såpe over skuldrene hennes og fikk henne til å gni seg med den og så skylte han det av henne med mer varmt vann. Hun protesterte ikke da hun ble hjulpet ut av bassenget igjen og plassert på benken. Naragh kjente varsomt på musklene hennes, masserte ut knuter og hardheter og det gjorde vondt men på en god måte.

Til slutt tok han hofta hennes og det var virkelig ille når han trakk i beinet og vred på det, hun klynket og bet tennene sammen men det løsnet liksom etterpå. Det føltes bra. Janrem hørte at hun jamret seg og snudde hodet, så medlidende på henne men måtte trekke blikket tilbake. Slik hun lå på benken så han absolutt alt og fikk et glimt av hennes mest private deler på en slik måte at han i hvert fall ikke ble mindre tent.

Naragh masserte henne ferdig og smurte henne med kremer som gav myk hud og avsluttet med litt parfyme. Hun følte seg brått nesten uanstendig fin og det var så deilig å være ren igjen, hun følte seg som født på ny.

Naragh humret og trakk på henne en lett badekåpe. "Jeg har gitt ordre om at du får et rom, det ved siden av Janrem er ledig. Jeg antar at det er greit for dere?"

Janrem bare nikket og Carmariel følte kinnene brenne igjen. Den gamle mannen var svært observant uten tvil og hun likte ham allerede. Det var noe merkelig trygt og faderlig ved ham og hun visste at han bare ville det beste for alle. Janrem fikk på seg en kåpe også og så gikk de sakte til rommene de hadde. Janrem visste at rommet hun hadde fått var et godt et og han så at hun stanset i døra og nølte litt før hun gikk inn. Han klemte handa hennes fort. "God natt Carmariel. Jeg er bak neste dør om det er noe"

Hun nikket og så ned, det var noe merkelig i blikket hennes i det hun stengte døra og han ante ikke hva det var. Janrem gikk inn på sitt eget rom, det var varmet opp og senga var redd opp og klar. Han sukket og satte seg på sengekanten, tok av seg kåpa og hengte den på stolen ved siden av den. Han svelget og svingte beina inn på senga, strakte seg på den velkjente madrassen. Han hadde aldri forestilt seg at noe slikt skulle skje ham da han ble med de andre ut. Men det hadde skjedd og han visste dypt i sjelen at han allerede var sterkt knyttet til henne. Det var mer enn bare en kortvarig interesse eller simpelt kroppslig begjær.

Han vred seg og så nedover seg selv, ting hadde ikke roet seg ned og han sukket igjen og visste at det ikke ble noen fred på ham før han ble kvitt den verste lengselen. Han ville bare bli liggende å vri seg om han ikke ble kvitt den desperate trangen til tilfredsstillelse. Han lukket øynene og så henne for seg igjen, så for seg at de hadde vært alene i badet uten Naragh der, at han hadde henne på fanget der i vannet. Han kvalte ropene av ren lidenskap mens det steg i ham, det gnistret for øynene hans og han vred seg rundt, grep en pute og fikk den under seg, gned seg mot den til det eksploderte i ham og han stønnet navnet hennes igjen og igjen helt til det stilnet og han sank sammen pesende og en smule skamfull. Etter det som skjedde med ham produserte ikke kroppen hans de normale væskene lenger, men alt føltes mye sterkere enn før og orgasmen lam slo ham nesten. Men i det minste var han så totalt tappet for energi at han sovnet øyeblikkelig.

Aldur og Ursad hadde jobbet som gale med Ingolemos bøker, han hadde hatt en god samling og de hadde funnet mye interessant men lite som fortalte dem noe om hvilken verden den mislykkede magikeren hadde siktet seg inn på. De hadde samlet bøkene i kasser og kom til å ta dem med seg tilbake til Shabuch for de var for farlige til å bli liggende der. Flere var fylt med besvergelser av det riktig så ufyselige slaget og temmelig farlige for den som ikke vet hva en driver med.

Det eneste de fant av nyttig informasjon var en del plansjer og slikt Ingolemo hadde tegnet på. Det virket for at det var visse stjernekonstellasjoner han var ute etter og de kunne være knyttet opp til den verdenen han var ute etter. Akisha var skuffet over at de ikke hadde funnet ut mer men Aldur mente at hans venn Amaras kunne ha bedre hell hos Ulthario.

De begynte å forberede seg på å reise tilbake til Shabuch. De hadde ikke sett noe mer til slike beist så antagelig var alle døde nå. Og pesten hadde drept alle i landsbyen, de tre overlevende hadde brent alt der nede nå og de visste at det samme skjedde flere steder nå. Det var ikke en tanke de likte i det hele tatt.

Kapittel 4: Ved mørkets dør

Det hviler et mørke i alle
Enhver sjel skjuler et juv
Stå ved kanten og møt dets dragning
Har du styrken til å stå imot?

Janrem bråvåknet av at det knaket i døra hans, han var på vakt i løpet av et sekund men slappet av da han så skikkelsen som avtegnet seg mot lyset i gangen i noen skunder. I stedet ble han merkelig usikker og nervøs. "Carmariel?"
Hun hikstet og han hørte føttene hennes mot golvet, øynene hennes glødet rødt i mørket og han forsto at hun så i mørket. Hun virket skremt og han følte en bølge av medfølelse, hun luktet faktisk redsel. Hun hev seg nesten opp i senga, skjelvende og kald og han gispet og slengte teppene sine over henne, hun presset seg mot ham og hikstet. Hun minnet ham om et skremt barn og han omfavnet henne og strøk henne over det lange silkemyke håret. "Carmariel, hva er det?"
Hun svelget og gjemte ansiktet mot halsen hans, følte at hjertet roet seg, at hun ikke skalv så hardt lenger. "Jeg…drømte"
Janrem kjente at skjelvingene hennes gav seg litt etter litt. "Du hadde et mareritt?"
Hun nikket, prøvde å presse seg enda nærmere som for å bli ett med ham, trengte nærheten og tryggheten så inderlig. "Så kaldt, og mørkt"
Janrem strøk henne over håret igjen. "Fortell Carmariel, det vil føles bedre da"
Hun hikstet og samlet all styrken hun hadde, fant det motet hun hadde for å våge å møte det igjen, om så bare i form av et minne.

Hun hadde drømt at hun vandret langs en vei, men det var en annen verden. Dette var der hun hørte hjemme og det var mørkt og kaldt og stjernene der oppe var fremmede. Og noe jaget henne, noe nådeløst som ville drepe henne eller noe enda verre. Hun visste at hun måtte komme seg vekk og løp, løp så lungene brant i brystet og hjertet hamret som en tromme. Hun var så redd og fortvilet og visste at noe kom til å skje, noe grusomt. Hun måtte stanse det men hvordan? Og brått snudde hele verden seg på hodet for henne, lys og gnister hadde fløyet for blikket hennes og hun hadde sett ansikter stirre på seg, kalde likegyldige ansikter som lignet litt på hennes eget. Ansikter som anså henne som lite mer enn en gjenstand til nytte. Et nytt lys hadde oppstått og hun ble trukket vekk og rakk å se at ansiktene var forbauset før det ble svart og hun våknet med et skrik.

Janrem hørte på henne og han begynte å forstå at hun hadde husket noe, noe viktig. Og det hadde vært skremmende og forferdelig men et minne like fullt. Hun hulket lavt. "Hva om alt jeg kan huske er slik, fælt?"

Han la armen rundt henne. "Jeg tror ikke det, ikke vær redd for å begynne å huske Carmariel. Det kan hende at minnene dine er til hjelp for oss også."

Hun nikket bare, sukket mot halsen hans. "Kan jeg bli her, vær så snill? Jeg vil ikke være alene"

Han trakk pusten men greide ikke nekte henne det, selv om han visste hvordan han kom til å reagere på henne etter hvert. "Selvsagt, bare sov her du."

Hun sukket lavmælt og fornøyd og slappet av, ble myk og varm mot ham og han følte noe som lignet et snev av ærbødighet. Han var beæret, hun stolte så totalt på ham og det var med en liten stolthet i hjertet at han lukket øynene og prøvde å sovne. Det kom til å bli en trang natt for senga var ikke særlig bred men han ville gladelig tåle det for hennes skyld.

Janrem våknet brått med en underlig følelse av forvirring, han kjente bevegelse ved siden av seg i senga og så toppen av hodet til

Carmariel mellom teppene. Hadde de? Nei, han ville så avgjort husket det men han husket fantasiene han hadde hatt og krympet seg. Hun lå tett inntil ham og sov trygt og hun luktet så fantastisk godt. Han strøk en finger langs skulderen hennes og hun lagde en liten lyd i søvnen og han måtte smile av henne. Hun var så søt slik, fremmedartet så avgjort men like nydelig som enhver annen alv. Han lente seg tilbake mot putene igjen og prøvde å sove mer men det gikk ikke. Det begynte å bli lyst ute og han kjente seg rastløs på et vis.

Hun var så god å ligge inntil og han skar en grimase, hun var for god å ligge inntil. Han var like hard som kvelden før og trakk hoftene varsomt vekk fra henne, hun hadde bare på seg en slags tynn nattkjole og den bare fremhevet ting. Carmariel gryntet og strakte seg og var brått våken, hun blunket litt før hun greide å orientere seg og så snudde hun hodet og trakk luggen ut av øynene før hun smilte til ham. Han kunne ha dødd for det smilet.

"Har du sovet godt? "Stemmen hans var rusten og hun gjespet og strakte seg igjen, det var noe utpreget sensuelt over bevegelsen. "Ja, så trygt"

Janrem svelget plaget, hun var ved gudene ikke trygg særlig mye lenger. Å ha henne så nær slik var tortur og han kjente at han snart kokte over. Han burde få henne tilbake til hennes eget rom og så fikk han ty til neven igjen, et par ganger minst!

Carmariel merket at han var anspent og så på fjeset hans, så på blikket som flakket og minen hans. Hun fikk noe merkelig fremmed i ansiktet, noe som minnet om nysgjerrighet men også målrettethet. Hun presset kroppen mot hans igjen og kjente at han var som han hadde vært i badet. Janrem gispet og lukket øynene, et øyeblikk gjengjeldte han presset og hun hev etter pusten av følelsen det gav henne. "Carmariel, vær så snill, ikke…"

Hun så på ham, det danset en slags flamme i det svarte blikket hennes. "Ikke?"

Han ristet på hodet og peste nesten. "Om du ikke vil at jeg skal…skal ta deg må du gå nå!"

Hun gispet av ordene hans og visste at han snakket sant, han greide ikke holde seg tilbake stort lenger. Hun luktet det, så det i øynene hans. Et øyeblikk nølte hun så tok hun et valg og trakk pusten dypt, lot ene handa gli nedover ham til den nådde den varme hardheten hans. Janrem gispet høyt, han dirret og hun kjente fascinert hvor hard og samtidig silkeaktig myk han var, som stål pakket i silke. Hun slikket seg nervøst over leppene før hun varsomt beveget handa og Janrem lagde en merkelig lyd dypt i brystet og begynte å bevege hoftene mot henne. Han hadde lukket øynene og det var en mine på fjeset hans som fikk varme stråler til å gå gjennom henne og de endte alle sammen der lårene hennes møttes. Det føltes så merkelig følsomt og vått der og hun trakk opp nattkjolen, la seg bedre til rette. Hun slapp ham ikke men brukte andre handa til å trekke frem armen hans og la handa hans på det nærmeste brystet sitt. Det var ubehagelig å vri seg slik med skulderen og ribbeina men hun brydde seg ikke om det.

Janrem stønnet navnet hennes rustent og handa hans begynte å kjærtegne henne, gled over huden hennes og fikk den til å gløde. Han skjøv seg opp på albuene, lente seg over henne og begynte å kysse og slikke brystene hennes og hun kvinket forskrekket over hvor voldsom følelsen var. Brått brant hun formelig og ville legge beina rundt ham og trekke ham inntil seg. Janrem stønnet og kjempet mot sitt eget begjær, han ville gjøre dette godt for dem begge, ikke bare gyve på og ta henne som et annet styrløst dyr. Carmariel hvisket navnet hans lengtende og han visste at hun ville dette, at hun ville ha ham. Det gjorde ham umåtelig stolt men også betenkt, var hun virkelig klar over hva hun gjorde? Hun strakte seg og kysset ham på halsen og han besvarte det med å kysse henne på munnen. Leppene hennes var utrolig myke og hun besvarte det ivrig og om ikke særlig kyndig så med lidenskap. Han begynte å la leppene gli over huden hennes, utforsket halsen og skuldrene, nøt å høre at hun kvinket og hikstet og vred seg under ham i iver. Dette gikk bare en vei og han visste det utmerket godt nå men han ville være sikker på at han bare gav henne gode minner. Om han ikke var den første så var det ikke langt ifra og han var redd for å gjøre henne vondt eller gi henne ubehag så han forbannet seg på at han skulle få henne helt frem før han tok henne på alvor. Da var hun i det minste avslappet og våt nok for ham.

Han skjøv seg nedover henne, plasserte varsomme kyss på alle de følsomme stedene han fant og hun peste og dirret. Øynene glødet formelig og huden skinte av et fint lag med svette, det var ingen tvil om at hun var tent og klar og han plantet varsomme kyss på innsiden av de silkemyke lårene hennes. Carmariel greide nesten ikke puste, det føltes så deilig og samtidig var det som en smerte, en hun ikke ønsket skulle gi seg. Hun trengte så desperat noe hun ikke visste hva var og hver gang han rørte henne visste hun at hun kom nærmere å lære hva det var.

Janrem lot tunga gli henne i møte, utforsket de hemmeligste stedene hennes med langsom og metodisk nøyaktighet og Carmariel stivnet til og begynte å skjelve ukontrollert. Han sugde varsomt på den lille knoppen han visste var selve senteret for hennes nytelse og Carmariel stivnet til, hele kroppen dirret som en spent bue og hun så bare stjerner, det steg voldsomt i henne og brått ble presset utløst og hun skrek håst og presset hoftene mot ham mens det fløy bølge etter bølge gjennom henne av total nytelse.

Janrem stønnet plaget, la hendene på hoftene hennes for å holde henne i ro mens hun vred seg i spasmene og skrek det ut. Det var så opphissende at han snaut greide å holde seg tilbake og samtidig var han så inderlig beæret som noen kunne bli. Han trodde ikke at hun hadde hatt en orgasme noen gang før og var så utrolig glad for at han hadde greid å gi henne en slik opplevelse.

Carmariel ristet ennå og så at øynene hans var mørke og at han nå dirret av iver. Hun ok seg til under ham, løftet beina og gjorde seg klar. Hun var ikke redd ham, ikke i det hele tatt enda størrelsen hans burde skremt henne. Men hun greide ikke føle noen frykt sammen med ham, hun visste med hjertet at han aldri ville gjøre henne noe vondt med vilje. "Janrem, nå, gjør det nå"

Han lente pannen mot hennes, støttet seg på armene. "Er du sikker? Vil du ha meg?"

Det var en svak dirring av tvil i stemmen hans og det rørte henne på et vis. Hun hadde valgt ham, hun sto ved det valget uansett. Hun kysset ham ømt og nikket. "Gjør det kjære, gjør meg din"

Janrem svelget hardt og så henne dypt inn i øynene i det han varsomt lette seg frem og fant veien til selve kjernen hennes. Hun møtte blikket hans uten å blunke men øynene hennes ble et øyeblikk enorme av sjokk i det han lot seg gli inn i den trange varme passasjen. Hun lagde en underlig lyd og han var et øyeblikk redd det gjorde vondt for henne, men hun hadde et uttrykk av total overgivenhet i ansiktet og så hev hun etter pusten og stønnet navnet hans. Janrem måtte stønne også, ingenting hadde noen gang føltes så godt og han måtte tvinge seg til å ligge rolig så hun rakk å bli vant med ham.

Carmariel gispet og dirret, hun følte seg fylt hinsides noe hun kunne ha forestilt seg og det sprengte intenst men det var ikke smertefullt, det fikk henne bare til å hungre intenst etter mer. Hun kjente at musklene hennes hadde noe å spenne seg i mot nå og presset seg mot ham i en ren refleksbevegelse. Hun hadde lagt armene rundt ham og presset fingrene hardt mot huden hans, kvinket av iver. Janrem begynte å bevege seg, det tok all selvkontrollen han hadde å gjøre det sakte, alt han var skrek etter å få støte hardt og fort så han kom med en gang. Carmariel la hodet bakover, hun lagde noen jamrende lyder og så begynte hun å støte i mot med hoftene og følelsen var for mye, det var for godt. Janrem hikstet navnet hennes og falt inn i en mye raskere rytme med mye dypere bevegelser og Carmariel skrek. Hun skrek for hvert støt han gjorde og kroppen var helt utenfor hennes kontroll, det gnistret for øynene på henne igjen, hun greide snaut å puste og det var så overveldende og nært og riktig at ikke noe hun hadde kjent til kunne sammenlignes med dette. Det raste gjennom henne igjen og denne gangen var det enda sterkere og hun følte at noe varmt og vått rant ut av henne i takt med sammentrekningene men hun brydde seg ikke om det, hun bare hylte av nytelse og klorte ham sikkert kraftig i ekstasen. Janrem kjente at hun kom voldsomt og så svartnet det nesten for ham i det han raste over kanten og fulgte henne. Han brølte navnet hennes og støtte i mot de varme bølgene han følte og hun bet ham i skulderen i ren lidenskap. Da det roet seg lå de der og peste begge to og ingen av dem greide røre seg en tomme. Janrem var aldeles tom for energi og Carmariel hadde en merkelig følelse av at alt hadde endret seg, at hun hadde endret seg på et eller annet fundamentalt vis.

Hun ble bare liggende der under ham og riste i etterskjelvene og hun kunne ha grått så lykkelig følte hun seg. Janrem sukket lavt og lot seg gli ut av henne, hun rykket til i det hun følte det og et øyeblikk følte hun seg tom og ukomplett. Han la seg tett inntil henne og hun kroet seg inntil ham og lukket øynene. Janrem skuttet seg, slik de hadde skreket og ropt hadde halve sirkus hørt dem, det måtte de ha gjort. Men helvete heller, han brydde seg ikke om det. Hun var hans og han var hennes og ville aldri ha noen andre, aldri. Hun var livet hans nå, alt han var. Han hadde brått fått en mening med tilværelsen og før han sovnet takket han stille gudinnen for at hun hadde brakt ham denne gaven og latt ham se hva livet burde være igjen.

Siden de nå visste hvor de var kunne Frostfugl frakte dem hjem igjen direkte, Aldur og Ursad hadde pakket opp alle bøkene på pakkhestene og var ivrige etter å snakke med resten av rådet. De håpet inderlig at de sammen kunne finne en løsning på problemet. Frostfugl gruet seg til kraftanstrengelsen men visste at hun ville får hvile ut når de kom til sirkus, hun samlet alle rundt seg og Akisha hadde etterlatt en pose med mynt til de overlevende der, som en slags støtte. Hun mente at de burde få i det minste noe kompensasjon for hva deres herre hadde gjort. Det vante glimtet med hvitt lys var like kaldt som alltid og da de slo øynene opp sto de på en kolle et stykke unna byen. Raigh skygget for øynene og hadde et himmelfallent uttrykk i øynene. "Ser dere det jeg ser?" Akisha reiste seg i stigbøylene, byen var bortimot omringet av en slags slum, telter og enkle skur av tilfeldig sammenraskede materialer dekket engene og foran portene sto køene utover. De hørte levenet helt dit. Elywen stønnet av synet og Våk ristet oppgitt på hodet. "Hvorfor er folk så korka i kriser? Å samle seg i byer er jo bare å gi pesten fritt spillerom"

Akisha nikket stumt og Wilbwyn skar en stygg grimase. "De tror at murene kan beskytte dem, at det er folk der som kan helbrede dem." Raigh rynket på nesen og smattet på hesten. "Jeg får ved gudene tro at pesten ikke har nådd hit ennå, jeg er redd det kan bli en katastrofe!"

De red i full far ned til veien og folk gikk til side for dem men mange skrek etter dem og ba om å bli sluppet inn, eller at de skulle ta med seg barna deres eller andre familiemedlemmer. Raigh brølte at de bare spredte pesten ved å trekke seg sammen i slike forsamlinger og det virket ikke som om en kjeft hørte på ham. Byene hadde vært hva folk trakk til for trygghet i kriser før så da gjorde de det igjen.

De ble sluppet gjennom portene og red hardt til sirkus, Akisha var dypt lettet over å være hjemme igjen og Stålhauk reiste ørene og humret da han så Dheg. Akisha så at en stallkar sto og pusset på Stjernevind og trakk et lettelsens sukk. "Rheynek og de andre er tilbake?"

Dheg nikket gledesstrålende. "Ja, de kom i går ettermiddag. Og de hadde med seg en høyst spesiell ung dame."

Akisha så forbauset på Dheg som gliste bredt. "Hun var visst manet hit fra sin egen verden. Svart som arvesynden selv men så vakker som en engel."

Akisha gispet, ved gudinnen for et sammentreff. Så Rheynek og Rhylja og de to mennene hadde møtt på Bilan og svartalv jenta. Men hva hadde skjedd med Bilan? Hun svelget fort. "Så du har sett henne, hvordan er hun?"

Dheg så forbauset på henne. "Hvordan hun er? Hva mener du?"

Akisha kjente seg litt brydd. "Jeg mener, trivelig?"

Dheg trakk på skuldrene. "Jøss da, en vennlig sjel tror jeg, men veldig forsagt og nervøs. Janrem har visst blitt hennes beskytter har jeg skjønt, om de ikke løy de som fortalte om støynivået i soveavdelingen i går kveld"

Akisha rødmet men ble litt sjokkert også, Janrem og en svartalv? Hun håpet ved gudene at han mente alvor og ikke bare brukte henne for gjorde han det ja da skulle hun så inderlig gjelle ham! De gikk til spisesalen for å få i seg litt mat, de to vismennene red rett til palasset med bøkene og Akisha lovte å komme dit senere. Hun gikk inn døra og ble møtt av en Enez som var så blid som en sol og riktig strålte av glede over at Rheynek var hjemme igjen. Han satt og så riktig så fornøyd ut over en stor bolle med stuing og Rhylja og Arjhed satt og diskuterte visst et eller annet alvorlig. Akisha lot blikket gli videre. Hun så Janrems mørkblonde lugg og på andre siden av bordet…

Hun hev etter pusten, visst var denne jenta uvanlig. Hun satt der og øynene var store og skremt ved synet av de fremmede, hun krøp liksom sammen og Janrem tok handa hennes både kjærlig og beskyttende. Nå, det var ingenting å være redd for der, han mente visst så avgjort alvor med det. Akisha trengte ikke gi mannen en reprimande for det var klart som blekk at han elsket henne, måten han øyeblikkelig gikk i forsvarsposisjon avslørte det. Han ville gjøre alt for henne og Akisha forsto ham, Ikke bare var denne svartalven vakker, hun var også merkelig sårbar, det lå formelig om henne som en usynlig kappe. Hun var en såret sjel som trengte all den støtte hun kunne få og Akisha ble nysgjerrig på hennes historie.

Frostfugl, Elywen og deres to maker kom inn bak Akisha og Raigh og de stanset perpleks og stirret på jenta som lagde noen kvinkelyder og prøvde å gjemme seg bak Janrem. Hun var åpenbart livredd og Akisha kjente at hjertet svulmet av medfølelse.

Elywen gikk sakte frem og jenta stirret på henne med øyne som tallerkener, Janrem holdt henne i handa og hvisket noe mykt og ømt til henne og hun prøvde å neie høflig. Beina gav visst nesten etter for henne og Akisha så at hun hadde en bandasje over ene skulderen og brystkassen. Hun hadde blitt skadd, hvordan? Elywen strakte ut handa langsomt, gjorde ingen raske bevegelser og Akisha kunne se hvor fascinert hun var av denne uvanlige skapningen. Jenta tok handa hennes sakte og nølende, hun så ut som om hun ventet å bli slått ned når som helst og bare Janrem gav henne mot til å bli der. Frostfugl Khir og Våk gikk også nærmere og jenta skrek da hun så Våk og gjemte ansiktet mot Janrems bryst, hun skalv så de så det og Akisha gikk bort til dem.

Hun var høy og smekker og elegant, faktisk utrolig vakkert formet og Raigh så anerkjennende på henne. Janrem smilte litt stivt og strøk henne over ryggen. "Dette er Carmariel, hun er det som ble manet frem. Hun har tapt minnet sitt."

Elywen gispet av medfølelse og Akisha tenkte i sitt stille sinn at skjebnen av og til danser en merkelig dans. Rheynek kom frem og de satte seg ned og begynte å fortelle hva de hadde opplevd. Akisha holdt et øye på Carmariel hele tiden, det var noe merkelig forstyrrende ved henne. Akisha hadde sett svarte mennesker men aldri en svart alv og hun visste at rasen hadde et høyst blandet rykte. Raigh var imponert over at Rheynek og Arjhed hadde greid å ta livet av flere slike beist og Akisha var glad Bilan var trygg. En mann som tar slike sjanser som han hadde tatt for å berge andre er en person med et godt hjerte, det var ikke alt for mange av dem å finne.

Da de fikk samordnet informasjonen de hadde gjensto bare Carmariel og der var det et stort problem at hun ikke husket noe. Hun virket svært nervøs fremdeles og Frostfugl mente at hun var svært ung, hun kunne ikke ha sett så mye over en sytten atten somre totalt og Akisha hadde en sterk følelse av at Frostfugl hadde rett. Men hun hadde visstnok kunnet slå fra seg, Rheynek og de andre hadde fortalt om de mennene hun hadde drept og Akisha ante at jenta kunne være farlig om hun måtte. Hun hadde fått trening en gang, hvor mye var ikke lett å si.

Janrem holdt henne i handa hele tiden og Akisha fikk en slags følelse av at dette var ment å skje. At det var en dypere mening i alt. Frostfugl mente at hun kanskje kunne hjelpe Carmariel med å få tilbake minnet og svartalven så heller betenkt ut. Det virket for at det ikke fristet henne noe særlig og Janrem fortalte om marerittet hun hadde hatt. Hun var redd for at minnene hun ville oppdage skulle være vonde å håndtere. Frostfugl presset ikke på men etter litt varsom lokking gikk Carmariel med på å la Frostfugl prøve, det kunne være at hun fikk det bedre etterpå. Akisha så at jenta hadde mot, og vilje også. Men hun var bortimot knekket og det var forståelig at hun var redd siden dette var en helt fremmed verden for henne.

De ble enige om å prøve dagen etter. Frostfugl trengte å hvile litt først og forberede seg og Carmariel måtte også samle seg og roe seg ned. Janrem ville være der for henne og alle ville hjelpe henne på de måtene de kunne. Carmariel virket for og nesten å være på gråten så rørt var hun over at noen virkelig brydde seg så mye om henne.

Ute i byen ble det jobbet på spreng for å forberede et eventuelt utbrudd av pest. Medikus sine folk var overalt og jobbet døgnet rundt med å forberede hospitalene og rekruttere folk til å hjelpe til. Aldur og Ursad hadde gått gjennom Ingolemos bøker og de avslørte pinlig lite om hva den mislykkede magikeren hadde tenkt. Det var tydelig at hans første forsøk hadde gått helt galt og at Carmariel var et tilfeldig offer for besvergelsene han hadde brukt. Antagelig hadde pesten kommet med hennes frem maning og beistene med den andre som ble Ingolemos siste. Medikus og de andre ventet på å høre fra Amaras men foreløpig hadde de ikke sett snurten av verken duer eller budbringere.

Det var klart at pesten spredte seg utrolig fort, selv ikke forsøkene på karantene fungerte i alle tilfellene. Det så ut som om vindretningen betydde mye og dessverre sto vinden på denne årstida i retning kysten og Shabuch. Medikus ble derfor ikke overrasket da han fikk høre om det første tilfellet av noe som kunne være pesten. Han og noen til skyndte seg til hospitalet der den syke befant seg og han sukket og ristet på hodet da han så personen. Det var en kraftig kar, en bonde i sin beste alder og han var allerede meget syk enda han hadde vært frisk for bare noen få timer siden. Svetten silte og ansiktet hadde blitt nesten blått på farge, det spredte seg uhyggelig fort i kroppen. Folkene på hospitalet var forberedt og senket den syke i isvann, det senket feberen og noe av utslettet ble borte også. Det kunne hende at det kunne berge liv men det var flere titalls tusen bare i Shabuch. De hadde ikke isvann eller badekar nok til alle sammen.

De som jobbet på hospitalet prøvde å holde nyheten hemmelig, de ønsket ikke at folk skulle få høre om dette men det gikk ikke særlig lenge før ryktene begynte å fly. Og med dem begynte menneskenes styggeste sider å dukke opp. Medikus hadde forutsett det, han hadde fått kongen til å sette ut ekstra vakter ved hospitalene og de hadde fått ordre om at de fikk lov til å bruke vold om de ble nødt til det. Det gikk ikke lenge før noen prøvde å få vite sannheten, de ble sendt bort temmelig prompte med heller intetsigende beskjeder. Men de neste som kom var ikke fornøyd med det, de prøvde å sette fyr på hospitalet i den tro at de da kunne stanse pesten fra å spre seg. Vaktene tok hånd om dem men ikke før tre personer var alvorlig skadet og en drept. Panikk i denne byen kunne bli uvanlig stygt siden det var så mange samlet og kongen hadde sendt ut folk fra sin egen etterretning for å spore opp ryktespredere og diverse religiøse tomskaller som hauset opp folket og prøvde å overbevise dem om at pesten skyldtes deres syndefulle liv. Noen prøvde også å snike til seg rikdom ved å love frelse for de som bare ofret litt til dem så de kunne gå i forbønn for synderne. Vaktene plasserte etter hvert temmelig mange i slottets fangekjellere og der kunne de jo sitte og prøve å omvende hverandre.

Carmariel var svært nervøs etter at hun snakket med Frostfugl, Janrem sanset det i henne og prøvde å roe henne og la henne skjønne at han var der for henne. Hun var stille og innesluttet den kvelden og han sanset angsten i henne. Hun fryktet det hun eventuelt kunne komme til å huske. Janrem kunne bare holde henne tett og prøve å trøste som best han kunne. Hun krøp inntil ham for trygghet akkurat som et tillitsfullt barn og Janrem visste at også han var litt nervøs. Han var redd hun hadde vonde minner og ønsket ikke at hun skulle bli plaget av dem. Det gikk lenge før de sovnet den kvelden og da de slo øynene opp hadde Janrem en følelse av at han ikke hadde sovet stort i det hele tatt. Han var fremdeles sliten og hodet føltes som et blylodd. Han så at Carmariel nå var enda mer nervøs enn før og hun skalv svakt på hendene mens hun vasket seg

og kledde seg. Janrem tok hendene hennes varsomt. "Jeg kommer til
å være der kjære deg, du trenger ikke være redd"
Hun sukket lavt og lot den tette gardinen av svart hår gli foran
ansiktet. "Jeg vet det, men jeg er redd uansett. Hva om jeg er en
forferdelig person?"
Janrem omfavnet henne varmt. "Hvordan kan noen så skjønn som
deg være noe annet enn fantastisk? "
Hun fniste og han kysset henne på pannen. "Se der, det er den
riktige holdningen. Nå spiser vi og så møter vi Frostfugl. Og så vil
du vite hvem du er om gudene er med oss."
Hun nikket og tok seg synlig sammen, satte opp et modig ansikt
men han ante at hun fremdeles hadde sine tvil. Hun fulgte ham sakte
ned til spisesalen og hun spiste men med svært dårlig appetitt.
Janrem prøvde å trykke i seg litt mat bare for syns skyld og Jalisa
svinset rundt dem og virket halvt forstyrret på grunn av den dårlige
matlysten de viste. Hun var vant med at folk hev i seg maten hennes
som sultne ulver og med en gang noen vek fra dette vante mønsteret
var hun der som en hauk og prøvde å finne årsaken.
De hadde avtalt å møte Frostfugl i et rom som sjelden ble brukt, det
lå i kjelleren og var ment som et gjesterom. Det lå et stykke unna
andre rom og var stille, og det var svært luksuriøst møblert.
Carmariel hadde aldri vært der og Janrem så at hun ble forbauset
over det vakre rommet med flotte møbler og vevde tepper som viste
scener fra den lokale mytologien. Hun beundret de utsøkte broderte
forhengene på sengen som sto der og Janrem forklarte at dette var
hvor de plasserte gjester som var av betydning. Frostfugl ankom rett
etter dem og hun smilte beroligende og virket avslappet nok. Hun
hadde tatt med seg litt vin blandet med urteavkok og forklarte at det
ville gjøre det enklere å få kontakt med Carmariels hukommelse.
Carmariel nølte, Janrem kunne sanse hvor nervøs hun var, hvor dypt
tvilen hennes strakk seg. Hun var redd for sannheten for hun fryktet
at den var noe hun ikke ville ønske å ha kunnskap om. Frostfugl
sukket la en hånd på skulderen hennes. "Ta det med ro Carmariel,
dette blir som å trekke ut en torn, det kan gjøre vondt men om en
venter for lenge blir det mye verre."

Carmariel nikket og Janrem ble sjokkert av å se at det var et glimt av tårer i øynene hennes. Frostfugl rakte henne begeret og smilte deltagende. "Drikk alt sammen, og så skal jeg love deg at dette snart er over."

Carmariel adlød og Frostfugl vinket henne med seg over til senga. Den var svært bred og dekket med et tykt sengeteppe i fløyel og Frostfugl fikk svartalven til å legge seg på ryggen midt i senga. Janrem satte seg ved siden av henne, tok handa hennes. Frostfugl nikket til ham. "Du kan holde taket til jeg sier fra, da må du slippe så du ikke forstyrrer oss, og ikke rør henne igjen før jeg sier at det er ok. Det er svært viktig."

Janrem bare nikket og Carmariel bet seg i underleppa og klynket svakt. "Jeg er svimmel"

Frostfugl sendte henne et beroligende smil og satte seg ved hodet hennes, la ene handa på pannen til den svært nervøse jenta. "Det er riktig, urtene virker. Nå, lukk øynene og lytt til stemmen min, tenk bare på den."

Carmariel adlød, hun trakk pusten dypt og holdt Janrems hånd hardt i sin egen som for å bruke ham som et anker. Frostfugl begynte å nynne, sakte ble nynningen ord og Janrem forsto ikke en eneste stavelse av det, det måtte være Frostfugls eget alviske språk og selv ikke Carmariel forsto det men den hypnotiske rytmen og klangen i det var svært tydelig og samtidig var det bløtt og beroligende. Janrem følte seg søvnig selv ved å lytte til det. Frostfugl hadde lukket øynene og hun konsentrerte seg om sine egne krefter. Siden Carmariel var en alv var det mye enklere å komme i kontakt med tankene hennes enn om hun hadde vært et menneske.

Carmariel hadde en følelse av at hun var i ferd med å falle i søvn, hun følte seg tung og avslappet og sakte gled verden bort fra henne. Hun greide ikke engang stritte i mot, hun følte seg underlig trygg og Frostfugls rolige sang var så merkelig betryggende. Det var mørkt rundt henne og Frostfugl nikket til Janrem som sakte slapp Carmariels hånd. Den sølvhårede alven smilte sakte og åpnet øynene, de var merkelig hvite og rommet hadde blitt en god del kaldere enn før. Sakte og metodisk søkte hun tilbake gjennom

Carmariels minner, på jakt etter det som ville gi henne adgang til sin fortid.

Hun så hvordan den unge svartalven kjempet mot beistene ved myra, hvordan hun prøvde å unnslippe fra mennene som kidnappet henne, hvordan hun våknet i cellen i Ingolemos slott. Frostfugl kunne føle forvirringen og angsten og tok et dypt åndedrag før hun begynte å søke dypere, lot tidens egen elv sakte flyte i revers og tvang seg frem gjennom den svarte muren som hindret Carmariel å se sin egen fortid og sine egne minner. Og brått var hun gjennom, brått var det ingen motstand og Frostfugl begynte å synge igjen, høyere og i en mer befalende tone. Carmariels kropp ble totalt stiv og hun ristet kraftig et par ganger før hun brått ble slapp og skrek ut i noe som neppe kunne være noe annet enn total angst.

Amaras hadde tidenes hodepine, han gned seg i pannen og prøvde å konsentrere seg men det var vanskelig. Han hadde gått gjennom så mange bøker nå at han hadde mistet tellingen og bokstavene seilte mer eller mindre foran øynene hans. Ulthario bladde også gjennom bøker med en skremmende hastighet, Amaras hadde ingen anelse om hvordan den gamle greide å se hva teksten dreide seg om i den farta.

Ulthario bannet for seg selv så å si hele tiden og med jevne mellomrom kastet han det lange pistrete håret bakover i en meget feminin bevegelse. Amaras var blitt temmelig irritert på grunn av den gamle vismannens underlige væremåte flere ganger nå. Boka Amaras for øyeblikket slet med var så gammel at sidene nesten ikke lot seg åpne uten at de smuldret opp, han måtte være utrolig varsom og tenkte grum i hu at flere av disse uvurderlige skattene av noen bøker burde vært kopiert før de gikk tapt for all fremtid.

Boka handlet om historien til et rike som en gang hadde eksistert langt sørover langs kysten, nesten så langt vekk som de øyene folk kalte Solens vugge. Riket var for lengst borte og Amaras måtte vedgå for seg selv at han ikke engang hadde hørt om det, og det var han skamfull over. Men det hadde tydeligvis vært svært rikt og mektig og det var mange legender knyttet til det. Boka ville vært svært underholdende om han hadde lest kun for moro skyld, faktisk ville den vært fabelaktig på mange måter, godt skrevet og med mye fakta iblandet morsomme anekdoter. Men slik situasjonen var hadde han ikke tid til å lese om diverse eskapader med tvilsomt resultat og om hvor mange slag diverse konger deltok i og vant.

Ulthario bannet og svor og helte i seg et helt beger med rødvin, den gamle hadde en stor samling med særdeles gammel vin som sikkert en gang i tida hadde vært utrolig god og også svært verdifull og vanskelig å få tak i. For tida var det dessverre et fakta at mye av den hadde blitt eddik og de få tønnene som var drikkelige var alt annet enn gode. Amaras hadde for syns skyld trykket i seg et par glass men han hadde en følelse av at strupen hans var forvandlet til et åpent sår. Uheldigvis var den gamle vant til denne giften og Amaras hadde sett at den merkelige gamle mannen hadde begynt å kaste noen blikk mot ham som nok kunne betegnes som smektende, og de skremte nesten vannet av Amaras som absolutt ikke fant den gamle tiltrekkende.

Amaras prøvde å konsentrere seg om arbeidet, han hadde så vondt i hodet at han aller helst burde ha lagt seg men det nyttet ikke nå. Det hastet med å se om dette biblioteket kunne tilby noen løsning på problemet med pesten. Han bladde om, noen sider var rikt illustrert og tegningene var vakre om enn svært stilistiske og merkelige sett i forhold til dagens teknikker. Han stivnet til, ene tegningen var underlig kjent. Det var noe ved den som fanget blikket hans med en gang og han stirret på den med vide øyne. Det var en slik sirkel han hadde sett på himmelen og under den et merkelig vesen som absolutt ikke lignet noe han hadde sett før. Han hev etter pusten og begynt å lese teksten igjen med hamrende hjerte. Ordene var merkelig gammeldags men han forsto, selv om det tok tid å stave seg gjennom de merkelige bokstavene. Han vinket Ulthario over og den gamle så forbauset ut men også ivrig.

"Hør her, dette kan være noe vi kan bruke?; I det fjerde året i kong Mhuldars regjeringstid vekket et medlem av magienes råd til live en eldgammel forbannelse og over landet sveipet en dødens hånd og krevde liv, både unge og gamle."

Ulthario rynket pannen. "Det kan være noe der, les videre!"

Amaras svelget og stavet seg gjennom teksten. "I mange landsbyer og byer var ingen levende tilbake, kun noen få velsignede overlevde denne forferdelige plagen som fikk folk til å svette, svulme og dø." Ulthario gliste, det var et vilt glimt i blikket hans. "Det er riktig, det er den pesten som plager oss nå. Står det mer?"

Amaras nikket. "Magienes råd sporet kilden til en relikvie en gang stjålet fra et tempel viet til de forvistes guder, og de tok relikviet, det forbannede, og sendte det med stor møye og stor vanske tilbake til de forvistes land. Og med det forsvant også pesten og folket takket magienes råd og deres heltemot. Men mange var døde og landene bar byrden i mange lange år."

Ulthario sukket. "De brukte nok noen tiår på å få opp folketallet igjen ja. Men det høres faktisk ut som om det relikviet hadde noe med pesten å gjøre."

Amaras nikket ivrig. "Så avgjort! Men hva betyr det andre, de forviste?"

Ulthario spant rundt seg selv og kjortelen hans hektet seg nesten i en utstikkende detalj på pulten hans så han nesten gikk på nesa. Han tok seg fint inn igjen og raste bort til bokhylla. "Jeg har lest om det, jeg er sikker på det. Jeg har en bok om det her et sted."

Den gamle begynte å rase gjennom boktitler med en vanvittig hastighet og Amaras sto bare der, en smule slått ut av energien den gamle fremviste. Han visste at Ulthario en gang hadde tjent ved en konges hoff og vært den fremste rådgiveren til den nå for lengst utdødde slekten, han misunte dem slettes ikke. Kanskje det var en årsak til at de var utdødd. Omsider grep Ulthario en bok og rev den ut av hylla med grådige never, han slengte den på pulten og gren på nesa i iver. Boka var ikke spesielt gammel og kledd med svart lær og den var temmelig tykk og virket ekstremt tettskrevet. Ulthario åpnet den med tunga ut av munnviken og begynte å bla, nesten desperat. "De forviste, jeg vet jeg har sett det uttrykket her i denne boka."

Amaras rynket pannen. "Hvilken bok er dette?"

Ulthario bladde nesten desperat. "En sjeldenhet, skrevet av Lord Uthbert av Algalia, han var meget fascinert av de skjulte folkeslagene og dette er hva han fant ut om deres historie. Jeg vet at det står en god del her om alvene og deres opprinnelse og deres historie her i vår verden."

Ulthario leste videre med smale øyne og Amaras kunne bare stå der og vente, det var ikke annet å gjøre for det var helt klart at denne oppdagelsen skulle være Ulthario sin om det var noe i det. Amaras visste at den gamle nok var meget ærekjær og han ville uten tvil glemme at Amaras hadde vært der og hjulpet ham men skit au, om pesten ble stanset spilte det liten rolle for Amaras. Han hadde aldri ønsket seg berømmelse uansett. Ulthario bladde og myste på arkene etter som han leste seg gjennom den tettskrevne teksten, han mumlet et eller annet uavbrutt og Amaras så iveren i den gamle svært tydelig.

Ulthario kom med et særdeles saftig bannord som fikk Amaras til å rødme intenst, så gliste han bredt. "Her, her står det noe brukbart." Amaras lente seg fremover og Ulthario lot fingeren følge teksten mens han leste. "I årene etter Mhaldaret's fall fantes det ennå folk av de nattfødtes blod i Inthane, men deres veier og deres hjerter var mørke og de lysfødte forviste dem fra denne verden og dette lys. De ble sendt til sin egen verden og de tok sin tro og sine onde dåder med seg og ble ikke mer nevnt blant verdens frie folk"

Amaras så spørrende på Ulthario som rynket pannen og lignet faretruende på en liten rynket sviske i fjeset. "Så hva menes med dette? Hvem er disse forviste?"

Ulthario gren på det, ansiktet hadde noen temmelig skarpe rynker nå og øynene var svært harde, Amaras følte på seg at dette var noe farlig, noe han kanskje ikke ønsket å vite noe særlig om. Ulthario lukket boka med et smell, han trakk pusten dypt. "Svartalver Amaras, barn av natt og mørke. Det er ikke mye vi vet om den rasen men de var fra gammelt av en stor fare og trussel mot de fleste av rasene her i vår verden. At de ble forvist var rett og slett en velsignelse og et stort hell. Tro meg, hadde de ennå herjet rundt ville ting vært svært kaotiske og meget mer…interessante enn de er nå"

Amaras rynket pannen. "Så det relikviet brakte pesten, men det må jo bety at det kanskje er tilbake? Eller noe tilsvarende?"

Ulthario nikket og bet seg i underleppa. "En magiker startet dette vet du, ved å prøve å mane frem et eller annet. Jeg tror han fikk mer enn han ba om for å si det pent. Men jeg tror jeg kan skrive under på at denne pesten kan være kjent for det mørke folket."

Han satte seg ned og så for første gang ut som en gammel mann. "Jeg skal gå gjennom det jeg har av materiale, kanskje det er mer informasjon der vi kan bruke. Hvil deg nå Amaras, du trenger det. Jeg skal fortsette å lese og i morgen sender vi bud til Shabuch med det vi eventuelt finner ut."

Amaras så litt forbauset på den gamle som brått virket forbausende vennlig og normal, kanskje dette sjokket hadde ristet ham ut av galskapen for en kort tid. Amaras bare bukket. "Takk for det, jeg ser frem til å hvile litt ja."

Ulthario så smalt på at den yngre vismannen gikk ut og han hørte at fottrinnene hans forsvant bortover korridoren. Amaras var kanskje vis og lærd på sine måter men hans kunnskap var ingenting sammenlignet med Ultharios. Ulthario hadde sett det hele, hadde sett hvordan magi og manglende vett og kunnskap kunne skape det totale kaos og han visste at dette forviste folket først og fremst hadde tilbed akkurat det, kaos. Dette kunne så avgjort være et triks fra deres side, men på den andre siden, det kunne også være en ren tilfeldighet. Han fikk undersøke bøkene sine og prøve å skrive en slags rapport, resten av de vises råd trengte all den viten de kunne få om dette skulle stanses. Ulthario visste så alt for vel hvor galt det kan gå om pest får tid til å spre seg. En av de historiene han hadde merket seg mest med da han en gang for lenge siden var novise i magikernes skole langt nord for fjellene vest for Cathendar var legenden om byen kjent som Ardere's pryd. Han hadde elsket den historien og leste den ganske ofte, som ung mann uten særlig ballast fant han den spennende og han var litt tiltrukket av det makabre og bisarre som mange er før de får nok livsvisdom og kunnskap til å skjønne hva det egentlig er de leser.

Landet som en gang var kjent som Ardere var nå svelget opp av andre nyere nasjoner og byen var for lengst borte vekk, ingen var engang sikre på hvor den hadde vært. En gang hadde han drømt om å reise til dette området å se om han kunne finne ruinene etter det som hadde vært den vakreste byen kjent for menneskeheten tilbake for årtusener siden. Men han hadde aldri hatt muligheten og alderen hadde smått om senn også satt stopper for slike vidløftige planer. Han tok en gedigen slurk av vinglasset sitt og skar en grimase. Den smakte hestepiss men slik var det med det meste han hadde av den slags nå. Han eide ikke lenger stor rikdom og makt men hans kunnskap var mer verdifull enn noen juvel. Nei selv en konges skattkammer rommet ikke like mye som hans bibliotek.

Han tenkte over historien mens han lettet gjennom skrifter og bøker som var ti ganger så gamle som ham selv og vel så det. Byen hadde vært eldgammel og viden kjent for sin enestående arkitektur, det ble sagt at den ble bygd i fellesskap av mennesker, dverger og alver før de tre rasene røk uklare og gikk hvert til sitt og han hadde en gang sett en eldgammel tegning av noen bygg fra dette stedet. Om tegningen var ekte måtte byen ha vært et syn for guder og han husket ennå noen linjer fra et vers noen en gang hadde skrevet om den. Han mumlet på dem ubevisst mens han eliminerte den ene tittelen etter den andre. "Som perler i solen var hennes tårn, som elver av blod hennes røde tak. I sommerens varme gav hun skygge, i vinterens kulde ly, i hennes armer var alle trygge"

Han husket første gangen han hørte historien, hvordan han hadde gyst av skrekkblandet fryd over historielærerens tørre stemme som monotont manet frem bilder som for en gutt var storslagne og spennende. Pesten som angrep stedet var av det slaget som gir folk byller og hoste om hverandre, og den spredte seg skremmende fort. Han husket hvordan han fikk beskrevet de desperate mottiltakene som ble brukt, hvordan innbyggerne snudde seg mot hverandre i desperasjon og skrekk, hvordan galskap og anarki rådet. Den byen som hadde vært et trygt tilholdssted ble fort det stikk motsatte, og de døde hopet seg opp i gater og i hus.

Ulthario husket at mange hadde hatt vansker med å tro på det hele, de hadde ikke fattet at noe slikt kunne skje! Nabobyene hadde gått til aksjon, livredde for at pesten skulle komme også til deres hjem. De hadde blokkert portene, og så hadde de beskutt byen ved hjelp av brennende oljesekker og blider. Hele byen brant ned, med folk og fe og han husket at beskrivelsene av lidelsene hadde gitt ham mareritt i lang tid etterpå. Men Shabuch var like utsatt, folk ville trekke dit som maur til en sukkerskål og der mange er samlet under elendige sanitære forhold sprer pest seg fortere enn ild i tørt gras. Det måtte være en måte å stanse dette på, han ville ikke hvile før han greide å finne en løsning.

Ulthario tenkte fort på Amaras, det var liten tvil om at mannen var en einstøing og antagelig var han like tørr som en gammal rot. Ikke for det, Ulthario foretrakk alltid yngre og langt mer spenstige menn men hadde Amaras vært villig hadde han ikke sagt nei, i hans alder kunne en ikke lenger tillate seg å være kresen.. Høyst sannsynlig var Amaras av det slaget som ikke eier lidenskap i det hele tatt og Ulthario ristet på hodet, han var en gang av den meningen selv, at kunnskap og lærdom var alt en trengte i livet men han hadde forandret mening. Livet hadde lært ham mange leksjoner og alle hadde ikke vært like morsomme eller behagelige men de hadde vært svært nyttige.

Carmariel hadde brått vært som kastet tilbake i tid, tilbake til en situasjon hun for alt i verden hadde prøvd å unngå. Hun hadde faktisk blitt revet ut fra asken og rett inn i ilden da Ingolemo manet henne til sin verden. Hennes skjebne ville antagelig vært temmelig lik den hun led hos den gale trollmannen om hun hadde blitt der hun var også. Hun husket det klart, og minnet fikk henne til å vri seg og skrike i sorg og fortvilelse. Det hadde vært fånyttes, alt hadde vært fånyttes. De hadde tapt, hennes slekt hadde ikke hatt store sjansen til tross for all deres styrke og sluhet.

Hun hadde sittet der, lenket til en benk av stein og mørket rundt henne hadde vært kaldt og ventende, det var ingen varme der så hun så absolutt ingenting og hun hadde vært så bunnløst redd. Hun visste ikke hva som hadde skjedd med resten av familien og hun fryktet det verste. Deres fiender var sterke, og hensynsløse. Det verste var at de på en eller annen måte visste, hun hadde ikke trodd at det var mulig. Hemmeligheten hadde vært så godt bevart av hennes slekt i lang tid selv slik de telte tiden og ingen ville noen gang våget å være illojale og fortalt andre om dette. Hun kunne ikke forstå det, ikke noe av det.

Hun hadde kjent at lenkene var utrolig sterke og de formelig glødet av magi, det var umulig å bryte seg løs. Hun ante ikke hva som kom til å skje med henne nå, antagelig hadde de mest bruk for henne i live, det var lite sannsynlig at de ville drepe henne, i det minste ikke med en gang. Hun hadde drept mange av dem opp gjennom årene, spioner og folk som åpenlyst dyrket de mørke gudene, frafalne. Hun var et våpen for balansens gudinne og hun var forberedt på at hun kunne bli tatt til fange, bli torturert enda til. Men hun hadde ikke ventet at det virkelig skulle skje.

Hun prøvde å holde seg rolig, tvang seg til å puste jevnt. Hun hadde vært godt trent, hun kunne motstå selv tortur. De skulle få se hvor sterk hun virkelig var, hun var en ætling av det eldste huset blant de edle og om hun skulle møte forfedrene denne dagen aktet hun å gjøre det med hevet hode. Hun frøs men tvang kroppen inn under total kontroll, det var enkelt for henne, hun hadde tilbrakt mesteparten av livet med trening av alskens slag og selvkontroll var det viktigste av alt.

Carmariel husket nå, hun var snaut hundre somre slik mennesker teller tiden og blant sitt folk var hun snaut mer enn et barn men hun hadde blitt formet for sin rolle allerede som svært liten. Hun var den siste, den eneste. Det hadde ikke vært noen annen skjebnefødt på flere hundre år og hennes slekt hadde ikke tillat noen feil eller mangler ved hennes utdannelse. Hun hadde lært alt fra å skrive poesi til å slåss med alskens våpen og hun visste at de alle la alt sitt håp i henne. Og nå var det håpet i ferd med å bli knust.

Hun var svimmel, hodet hennes verket og hun visste at de hadde slått henne ut. Hun hadde ikke engang merket at hun ikke var alene i tempelet og hun forsto at de hadde brukt sterk magi for å skjule seg. Noe som lignet skam våknet i henne, hun burde ha visst bedre, men det var for sent nå. Hennes oppgave var avbrutt, hun hadde feilet. Hun kvalte et stønn og prøvde å tvinge de negative tankene bort, hvordan kunne det ha skjedd? Hvordan hadde de visst at hun var der, at hun voktet det? Noen måtte ha fortalt dem om det eller hadde de brukt magi for å spionere? Det forbauset henne ikke det aller minste, de var troende til å bryte alle regler. Og om de fikk tak i den ja da kom alt til å bli ødelagt og kaos ville bli resultatet, og få ville klare seg som ikke var deres allierte.

Hun trakk pusten dypt, husket stemmene som alltid hadde vært der, hviskende og myke. De hadde alltid gjort henne sterk, gitt henne selvtillit men nå hadde de blitt borte. Hun ante ikke hvorfor men hun ante at dette stedet rommet så sterk magi at selv ikke de legemsløse kunne vandre inn i det ubemerket. Hun savnet dem, de gode rådene, kunnskapen. Hun var den eneste som hadde hatt evnen til å høre dem og hun hadde vært så stolt av det. Kanskje hun hadde vært for stolt og dette gudenes straff for hennes overmot.

Rommet var stort, hun følte det tydelig og hun ante ikke hvor hun var, men hun antok at dette var et av deres skjulte tilholdssteder. De hadde mange og selv om hennes slekt kjente til de fleste var det mange ingen hadde greid å finne. Hun kjente at hun var tørr i halsen av frykt, de var troende til å gjøre hva som helst og hun fryktet at dette virkelig var slutten. Stilheten var øredøvende, hun hadde aldri følt slik stillhet før og den var i seg selv skremmende. Hun hørte blodet suse i sine egne ører og sitt eget hjerte slå, hun prøvde nesten desperat å høre noe annet men det var ingen lyd der. Hun begynte å lure på om de hadde plassert henne i en dimensjonal lomme, da var det i hvert fall ingen mulighet for å rømme. Bare magikeren som skapte lommen ville kunne hente henne ut fra den.

Hvordan kunne de være så hensynsløse? Så rå?

Hennes slekt hadde kjempet mot dem i århundrer, i det skjulte men også åpent og hun kjente selvsagt til alle de storslagne hendelsene som hadde skjedd i glemte århundrer og alt som hadde gått tapt i årenes løp. Hun hadde fått det inn med morsmelken.

Hun hadde ikke noe begrep om tid der hun satt, det kunne ha gått bare noe timer eller flere døgn og hun svelget hardt og holdt øynene lukket, hva hadde skjedd? Hun var ikke lenger sikker, hun begynte å tvile på sine egne minner.

Men hun hadde vært så sikker på at tiden snart var inne, på at hun endelig skulle bli den som oppfylte den eldgamle profetien. Hadde deres fiender fått tak i det mørke relikviet? Hadde de ventet og spunnet planer hun ikke hadde greid å finne ut av? Hun ante ikke, hun husket ikke i det hele tatt og bare tanken var til å bli kvalm av. De kunne ikke ha funnet det mørke relikviet, da kunne alt være tapt, hun måtte finne en måte å oppfylle profetien på, bringe balansen tilbake.

Brått var det lys rundt henne, et svært mildt lys som ikke brant de følsomme øynene hennes og hun blunket nervøst og så seg rundt. Hun var i en enorm hule av noe slag, taket var formet som en kuppel med vakre utskjæringer og hun satt ganske riktig på en steinbenk midt på en forhøyning som var rund akkurat som rommet. Rommet gnistret av magi og hun følte seg lett uvel på grunn av det. Var de virkelig så sterke? Hvor var den styrken kommet fra? De hadde aldri vært sterke magikere, det lå ikke i den slekten i det hele tatt.

Brått sto noen foran henne, kledd i en lang blå kappe av utsøkt fløyel med en dyp hette som dekket ansiktet helt. Hun trakk pusten dypt og stålsatte seg. Personen der fremme lo, en lav kaklende latter som ikke var det aller minste behagelig. En slank hånd trakk hetten bakover og Carmariel freste. "Du!"

Han nikket og tok et par steg nærmere. "Ja, meg. Ikke se så forskrekket ut jente, du har alltid visst at du er min."

Hun spyttet på golvet. "Bare i de syke drømmene dine Cothrion, du har aldri hatt noe krav på meg og du vet det!"

Han gliste bare og knelte sakte foran henne, stirret rett i ansiktet på henne. "Å men jeg har krav på deg, de gamle avtalene tar ikke feil vet du. Vi kan ikke gå hen og bryte de eder forfedrene lovte kan vi vel?"

Carmariel knurret nesten, hun var hinsides rasende. "Og det sier du? Som har kidnappet meg, en av gudinnens tjenere? Som har avbrutt en hellig seremoni?"

Cothrion bare ristet på hodet og det lyste formelig hån fra de rødgylne øynene. "Gudinnens tjener? Du tjener kun et skinnbilde Carmariel, kun svakhet."

Han bøyde seg nærmere henne og betraktet ansiktet hennes med en granskende mine. "Du er fremdeles gitt muligheten til å snu Carmariel, til å se sannheten. Bli min og jeg vil slippe din slekt fri, de skal få gå alle sammen, uskadet. Jeg vet hva du har gjort Carmariel, jeg kjenner til de du har drept, du har vært en torn i vårt kjød i årevis min vakre, en plage. Men jeg er villig til å tilgi deg dette, alt sammen. Vi er jo tross alt fornuftige er vi ikke?"

Hun knep øynene sammen. "Hva får deg til å tro at jeg vil tro på deg din niding? Jeg tror ikke at du har mine slektninger, det er bare noe du sier for å knekke meg!"

Han humret og reiste seg opp, det lange rødbrune håret gled som silke over kappen og hun undret seg igjen over hvordan det kunne være at den vakreste av slektene også var den med størst potensiale for rendyrket ondskap. "Se selv Carmariel."

Luften foran dem skimret og danset og hun så bilder, så hvordan hennes slekts boliger ble angrepet og alle halt ut, lamslått av magi og brutal makt. Hun gispet lavt og visste at det var sant, dette hadde skjedd mens hun var i tempelet for å forberede seremonien for å avsløre hvor relikviet var skjult, hun hadde ikke merket noe til det så de måtte ha skjermet alt med magi. De hadde angrepet helt uten forvarsel, noen måtte ha gitt dem informasjon om hennes hus sine beskyttende formularer.

Cothrion bikket på hodet. "Du lurer på hvordan dette er mulig? På hvordan vi kunne ta deg til fange, og resten av ditt hus med deg?" Han vinket med handa og to vakter av Cothrions hus kom halende med noen, vedkommende var bastet og bundet og en sekk trukket ned over hodet hans. Cothrion trakk sekken vekk med et rykk og Carmariel stirret vantro på det ansiktet som ble avdekket, blodig og hovent og forslått men gjenkjennelig allikevel. "Failarion?!"

Den unge hann alven hostet og hun skjønte at han var skadd, antagelig hadde han brukne ribbein. Cothrion grep tak i det lange mørkebrune håret og tvang hodet hans opp, øynene var nesten ikke til å åpne på grunn av hevelser men han kunne se og hun så at tårer rant nedover kinnene hans. Hun trodde ikke det hun så. Cothrion nikket nesten vennlig. "Du vet, dere er så utrolig godt beskyttet mot ondskap, dere er så på vakt at ikke engang en mus kan snike seg forbi. Og å få en av våre inn i deres festninger? Ikke før det snør på et visst sted. "

Han lente seg forover igjen, fanget blikket hennes. "Men dere er ikke beskyttet mot kjærlighetens krefter er dere vel? Se bare på stakkars Failarion her, se hvor dypt han har falt bare på grunn av at du har nektet å anerkjenne det han føler for deg. Det er din skyld Carmariel, om du hadde vært litt mindre prippen og åpnet beina for ham så kanskje han ikke hadde latt seg lure til å forråde dere alle sammen!"

Hun stirret på Failarion, ansiktet hans var grotesk men hun så skyldfølelsen og sorgen i ham, fortvilelsen over hva han hadde gjort. "Å gudinne…"

Cothrion bare gliste og trakk enda hardere i Failarions lange mørke hår. "Å det var underholdende å knekke ham, virkelig morsomt. Jeg har ikke moret meg slik på svært lenge. Men han knakk til slutt, dere blir jo så godt trent alle sammen, synd dere glemmer at tjenerne deres vet nesten like mye som dere gjør."

Carmariel lukket øynene i fortvilelse, Failarion hadde vært forelsket i henne i mange år allerede og hun var klar over det men han var ikke på langt nær på samme sosiale nivå som henne selv. Hans far var bestyrer for slektens vinkjellere og snaut mer enn en vanlig borger av allmuen. Hun hadde snakket med ham, og hun hadde faktisk likt ham godt men det kunne aldri bli noe mellom de to, og hun hadde visst at han også var klar over dette.

Cothrion grep Failarions hake, holdt ansiktet hans i lyset. "Det er merkelig hvor langt en mann er villig til å strekke seg om han blir lovet en tittel, han trodde faktisk at han kunne få en sjanse på deg. Det er nesten søtt må jeg si. Men dessverre, han får nok aldri gleden av å hvile mellom lårene på deg Carmariel, du er milevis over ham uansett. Og jeg har egentlig ikke bruk for ham lenger!"

Carmariel hev etter pusten, hun hørte det i Cothrions stemme, hva han tenkte på. "Ved gudene, du kan ikke…"

Cothrion bikket på hodet igjen, det glødet farlig i de vakre men kalde øynene. "Ikke? Åh men du kjenner meg Carmariel, det er få ting jeg ikke kan. Men selvsagt, for en viss pris vil jeg la ham leve, i det minste litt lenger"

Hun holdt pusten, selvsagt. Han var slu nok til å trekke dette spillet helt ut. Han ville presse henne med Failarion og hun kjente at hjertet hamret vilt i brystet på henne. Hun kunne ikke gi etter, hun syntes ennå hun hørte sin fars stemme som rolig og med stor myndighet fortalte dem alle at de alle kunne ofres om det ble nødvendig. Ingen liv var like verdifulle som hemmeligheten, de måtte alle være forberedt på å dø eller på å la andre dø, det var bare slik det var.

Hun stirret rett inn i Cothrions øyne. "Og den prisen er at jeg forråder vår sak ikke sant? At jeg overleverer det vår slekt har voktet i tusener av år?"

Cothrion snerret og hun så at Failarion forsto, at han visste at han snart kom til å gå til forfedrene. Han skalv synlig og Carmariel skulle så inderlig gjerne ha tryglet ham om tilgivelse, bedt ham forstå hvorfor hun nå ikke prøvde å berge ham. Failarion hadde valgt sin skjebne da han lot seg friste, det var bare slik det var.

Cothrion så på henne, øynene smale. Hun ble kvalm ved å tenke på at hun i følge de gamle skikkene skulle blitt trolovet til ham så fort hun ble fysisk moden, at hans slekt hadde snudd ryggen til den nye veien og gått tilbake til gamle tiders ondskap var det eneste som hadde hindret det. Det var slik det var, regler bestemte hvordan de høye ættene ble giftet inn i hverandre, det hindret at noen fikk for mye makt og innflytelse og sikret at selv svake hus hadde en viss innflytelse. "Så, du gir ikke etter, jeg kunne ha ventet meg det."

Cothrion grep Failarion om haken med ene handa og om nakken med den andre, gjorde en brå bevegelse og hun hørte en knakende lyd, Failarions øyne rullet bakover i hodet og kroppen ristet i krampetrekninger, det så motbydelig ut. Cothrion slapp kroppen rett ned og Carmariel kjempet intenst mot seg selv og sitt eget raseri. Hun kunne ikke la følelsene løpe av med seg nå, nå mindre enn noen gang før. Hun måtte være like iskald som en isbres hjerte, like kalkulerende som sin fiende. Hun kunne ikke svikte dem, aldri. Cothrion så granskende på henne, så flammen i det svarte blikket og han smilte nesten lekent. "Du er godt trent Carmariel, ja jeg tror ingen noen gang har vært så talentfull som deg. En skjebnefødt, jeg trodde ikke at den dagen skulle komme at jeg fikk se en av dere. Men nå har jeg deg her, som min fange. Og jeg må si at det gleder meg."

Hun så bare hardt på ham og tvang seg til å puste normalt, tvang seg til å beholde roen. Han ville prøve å vippe henne ut av balanse på alle tenkelige måter, lure henne til å avsløre noe han kunne bruke. Cothrion slapp kappen av seg, begynte å vandre rundt steinbenken med langsomme avslappede steg. "Du vet, jeg er ikke min far Carmariel. Det eneste han tenkte på var makt, på å gjenopplive det som en gang var. Han var så korttenkt og så begrenset, han stirret bare bakover og kunne ikke se fremtiden for hva den er. Jeg bryr meg lite om det som var Carmariel, virkelig."

Han var bak henne men hun nektet å snu hodet, nektet å vise frykt eller forvirring. "Jeg er mer interessert i her og nå min skjønne, i det jeg kan oppnå i vår egen verden. Far trodde vi kunne vende tilbake og kreve det som en gang var vårt men vi vet jo begge at det ikke ville latt seg gjøre. Jeg vil tro at du er så klok Carmariel."

Hun nektet å svare, nektet å tilkjennegi at han i det hele tatt var der. Cothrion var brått ved siden av henne, lot en hånd gli nesten kjærtegnende gjennom det lange silkeaktige håret hennes. "Du trenger ikke avsløre noe for meg Carmariel, jeg har ingen interesse i gamle relikvier og forsvunnen magi. Det jeg vil ha er deg!"

Hun så fort på ham, forvirret og skremt men hun skjulte de følelsene fort. "Og hvorfor skulle en som deg ønske noe slikt? Jeg trodde at kvinnene i din ætt villig åpner beina for hvem som helst!"

Cothrion bare gliste av fornærmelsen. "Åh om det bare var en villig tøs jeg ønsket for noen minutters nytelse ville jeg hatt mer enn nok å velge mellom, men vi vet begge to at det ikke er derfor."

Han lente seg enda nærmere henne og hun tvang seg til å sitte stille, til og ikke rygge tilbake for ham i det hele tatt. Hun lot ikke dette krypet få noe overtak. Hun bare skulte på ham og han grep tak i en lokk av håret hennes og rykket til så hun ble sittende å stirre nesten rett i taket. Men hun lagde ikke noen lyd i det hele tatt. "Med deg som min hustru må den forbaskede slekta di bare bøye seg for mine ønsker, jeg vil lede gjennom deg og tro meg Carmariel, det er ikke noe du kan gjøre med det!"

Hun visste at han hadde rett. Ble de gift i følge de gamle reglene måtte folket følge ham, slik var lovene. Hun var en skjebnefødt, unik og velsignet, hennes make ville automatisk bli regnet som hennes jevnbyrdige og folket måtte adlyde ham like mye som henne. Hun svelget hardt og kjente at alt hun var formelig krøp av ubehag og avsky. Cothrion slapp taket i håret hennes. "Tro meg du vakre, det vil ikke bli lenge før du er min. Jeg har tilkalt de hellige for å gjennomføre seremonien og etterpå ser jeg frem til å ha deg under meg og høre deg skrike navnet mitt, om det blir i smerte eller nytelse er helt opp til deg!"

Carmariel ville ha spyttet ham i ansiktet hadde ikke strupen hennes vært så tørr. "De vil aldri gå med på å gå gjennom en bindings seremoni uten at begge er villige!"

Cothrion steg vekk fra henne, det glødet svakt av triumf i blikket hans. "Åh men det vil de, det er nok at du er til stede min skjønne, du trenger ikke si noe. Den øverste er jo så skrøpelig nå, så svak og forvirret. Det ville jo være for galt om noe skulle skje med hans hellighet!"

Carmariel kjente at det svimlet for henne, så Cothrions forbannede ætt hadde fått noen innenfor også der, blant de hellige. Og den øverste var antagelig et gissel, selvsagt ville de adlyde og Carmariel visste at hun neppe kunne unnslippe denne gangen. Cothrion kom til å tvinge det gjennom og så fort de hellige hadde ytret ordene var hun i følge lovene og folkets skikker Cothrions make. Hun kunne ikke gå i mot ham uten å svikte alt hun selv sto for.

Cothrion så glimtet i øynene hennes. "Jeg ser hva du tenker Carmariel, men glem det. Det er ingen vei ut herfra, og jeg kjenner formularene for dette stedet og ingen andre. Du har ingen steder å rømme til, din ætt er knekt og alt deres er nå mitt. Og snart er også du min, og jeg skal vise deg frem som den utsøkte juvelen du er men ingen andre skal få røre deg, og du skal lyde meg i alt. Jeg skal la deg være i fred nå i noen timer, la deg forberede deg på å stå foran de hellige som brud. Jeg vil sende noen til å gjøre deg klar, jeg tror at en rød kjole vil gjøre seg aldeles ypperlig på deg."

Carmariel knurret bare til ham og han sendte henne et lekent slengkyss før han vandret ned trappene fra forhøyningen. Carmariel ventet til han var ute av syne, så lot hun hodet falle fremover med et stønn. Det måtte være en vei bort fra dette, det bare måtte! Hun kunne ikke la det skje, hun tok heller sitt eget liv enn å forråde alle på en slik måte. Det måtte være noe hun kunne gjøre? De hellige var altså i hans hender men han hadde ikke funnet relikviet hennes ætt voktet, makten hans ville ikke være absolutt uten det. Om hun sa fra seg alt kunne folket ennå reise seg mot ham, hun trengte ikke være gudinnens utvalgte om hun ikke ønsket det eller måtte hun? Hun ante ikke, hun hadde aldri vært fristet til å si fra seg sin arv og identitet før men nå innså hun at det kanskje var den eneste muligheten hun hadde. Og om han virkelig hadde hele hennes familie fanget var det lite hun kunne gjøre ellers, det ble neppe noen redningsaksjon. Og om han hadde det mørke relikviet hadde han virkelig en skrekkelig makt i hende, en hun neppe kunne håpe på å greie å overvinne, med mindre hun fikk tak i deres eget relikvie, absorberte dets kraft.

Hun lukket øynene, prøvde å tvinge seg selv til å tenke logisk. Den jevne befolkning ville aldri i livet våge å gjøre noe, de var likegyldige til hvem som styrte og rådet og hun visste at de fleste av de høye ættene allerede var hans vasaller.

De få som ennå var lojale mot hennes ætt og deres veier var ikke mange og slettes ikke så sterke som de burde vært men de var sta og slu og brukte den velkjente nidkjærheten og innsikten til deres rase på den beste måten. Det burde gå an å få hjelp der men snart ville det være for sent. Ingen ville komme til hennes unnsetning etter at han hadde krevd henne. Lovene var slike, og brøt hun dem mistet hun all respekt og lojalitet.

Hun hadde en mulighet, en hun ellers aldri ville tenkt på men som var hennes eneste sjanse. Hun kunne drepe ham, tanken var nok til å få henne til å fryse nedover ryggen men det kunne være eneste sjansen hun fikk. Hun tvang kroppen tilbake under sin egen kontroll, pustet dypt. Han ville kreve henne så fort de hellige hadde sagt ordene, slik var skikken og hun var sterk nok til å drepe. Faktisk var det noe hun hadde vært trent til fra barnsben, hun ville ikke nøle men antagelig var han klar over hennes potensiale i så måte og ville bruke magi for å gjøre henne harmløs. Hun knurret for seg selv, kunne hun lure ham? Var det mulig å få ham til å tro at han hadde vunnet? Hun kunne selvsagt gjøre noen halvhjertede forsøk men han ville gjennomskue det. Hun ville bli nødt til å vente, hun ville bli nødt til å være tålmodig og slu for folkets skyld.

Hun svelget hardt og kjente at hun skalv. Hun ville bli nødt til å la ham gjøre det, la ham binde seg til henne og kreve henne. Bare tanken gjorde henne kvalm og hun kjente at kaldsvetten rant av henne. Han kom ikke til å være verken varsom eller kjærlig, hun visste det godt. For ham var hun et bytte og han ville nyte og knekke henne, å ydmyke henne. Hun hadde hørt ryktene om Cothrion, om smaken hans når det gjaldt amorøse aktiviteter. Han likte å være brutal, å være dominerende og sadistisk. Nei, hun kunne ikke vente seg noen behagelig bryllupsnatt om det gikk så langt.

Carmariel bet seg i underleppa, var hun modig nok? Var det verdt offeret hun ville bli nødt til å gjøre? Han ville ikke drepe henne, da hadde han forspilt selve trumfkortet sitt. Men han kunne torturere henne og hun bare tryglet gudinnen om at hun skulle klare å holde ut, spille ydmyket og knekt lenge nok til at han godtok det og avslørte svakheter hun kunne bruke. Ingen var uten feil og hun visste at Cothrion var stolt, det var en egenskap som kunne snus mot ham. Hun måtte bare holde ut lenge nok til at hun fikk sin sjanse. Rommet ble sakte mørkt igjen og denne gangen var hun glad for det, ilden i blikket hennes var ikke så synlig da. Hun aktet ikke å la den avsløre hvor sterk hun egentlig var, hvor dypt hatet hennes brant. Hun var dets herre og mester, ikke dets slave. Cothrion og hans sammensvorne hadde gått i den fella for mange århundrer siden og det var en svakhet, ikke en styrke. Carmariel hadde blitt trent godt, hun mestret sine følelser godt og hun var i stand til å analysere dem og bruke dem som et våpen. Visste Cothrion egentlig hvor mye en skjebnefødt kunne? Hun hadde sin egen makt, ikke bare den hun fikk som utvalgt, hun hadde en viss mengde magi. Ikke spesielt sterk men den var der.

Hun trakk pusten, prøvde varsomt å strekke seg ut, se om det fantes en svakhet i den magien som holdt henne der. Det var bare solide magiske vegger rundt henne, harde som diamant og uten en eneste feil. Cothrion var ikke så sterk, han hadde en magiker i sin tjeneste ellers kunne de kalle henne et nek, eller hadde de virkelig det mørke relikviet? Hun søkte sakte rundt, prøvde å se om det fantes noe slikt som en sprekk i muren men det var glatt som is og hun stønnet frustrert. Fant hun en svakhet kunne hun kanskje få varslet noen om hvor hun var men det var umulig. Magien var feilfri, faktisk bortimot perfekt. Hun måtte vedgå at hun var motvillig imponert, han hadde virkelig dyktige folk, eller så hadde han fått stor makt selv på et eller annet vis og det var neppe på en god eller fredelig måte.

Hun hadde fått en viss opplæring også i magi men hun hadde ikke sin styrke der, hennes talenter var på andre områder og hun visste at med sverd i hånden var det lite som kunne stå seg mot henne. Hun var en mester med alle våpen og like farlig uten også. Hadde hun vært en vanlig jente ville hun aldri fått kommet nær våpen, kvinner var ikke velkomne på treningsbanene men en skjebnefødt var en annen sak. Hun ville alltid skille seg ut og hun hadde vent seg til det allerede tidlig i livet. I henne levde blodet fra de første av deres folk ennå og det syntes også. Hun hadde deres svarte hud og svarte hår mens resten av folket gjennom tiden hadde bleknet og lignet mer på vanlige alver. De var mørkere enn de fleste fremdeles med rødgylne øyne i mørket men kun i de skjebnefødte var den gamle arven helt tydelig. Kun de skjebnefødte kunne bruke mørket som et våpen og bryte og bende det etter sin vilje. Kun de skjebnefødte kunne føle gudinnens hånd og hennes kraft, hun hadde vært så stolt av det lenge.

De siste av hennes slag hadde alle tilhørt hennes slekt og hun visste at hun var svaret på gamle bønner og profetier, om en som skulle samle de gamles krefter igjen. Den ene som skulle forene relikviene, bringe balanse, redde dem fra mørket.

De svarte øynene var tegnet på det, og hun hadde vært så dypt respektert og sett opp til. Om Cothrion fikk det som han ville ble hun en nikkedukke, et leketøy, en marionett som måtte danse når han gav ordren. Hun døde heller tusen ganger. Og han kunne bare glemme å få tak i det lyse relikviet, gjennom det ville han få del i gudinnens krefter og alt og alle ville måte bøye seg for ham. Åh hun gjennomskuet løgnen hans, hun var ikke nok, ikke på langt nær. Han ønsket total makt, ikke bare den verdslige han ville få gjennom et giftermål med en av edelt blod. Hun var like slu som ham, like mye i stand til å se bedrageri og intriger som en av de fordømte. Den som kun er god er ute av stand til å se mørket for hva det er, ute av stand til å gjenkjenne det i andre. Bare ved og fullt ut godkjenne og akseptere hvem og hva hun var kunne hun bli i stand til å kontrollere det de alle bar i sine hjerter.

Hun kjente at magien hennes var for begrenset, den hadde ingen sjanse der. Hun begynte å trekke den tilbake men brått følte hun noe fremmed, en underlig famlende kraft hun ikke kjente igjen i det hele tatt. Det var magi men ikke som den hennes folk brukte, denne var underlig vag og uten substans eller fokus. Den var som tåke som løser seg opp på for morgensola og hun ble nysgjerrig. Hun strakte seg mot den underlige fremmede makten og grep tak i den med sin egen magi. Brått kjente hun at kraften slettes ikke var svak, den grep tak i henne til gjengjeld og hun skrek til i det verden snudde seg på hodet for henne og kulde og mørke omfavnet henne med en kraft hun ikke kunne motstå. Alt ble borte for henne og det siste hun rakk å føle var en følelse av total panikk, så ble alt totalt svart.

Kapittel 5: Ut av natten

Glem det som en gang var
Gjør det beste ut av det du har
Øyeblikket er det eneste du har
Fortiden har ikke lenger noen makt

Frostfugl stirret skremt ned på Carmariels fordreide ansikt, svartalven peste rent og kroppen skalv som i dødskramper. Det var skremmende å se på og Janrem sto der og så komplett vettskremt ut. "Gjør noe!"
Stemmen hans var tynn og Frostfugl åpnet munnen for å si noe men ingen lyd kom frem. Carmariel stønnet, hendene skalv et par ganger og så åpnet hun øynene igjen med et hyl som skar gjennom rommet. Janrem så vantro på henne, øynene glødet nesten rødt og Frostfugl sanset en sann malstrøm av følelser i henne. Hun hadde ikke greid å se noe av Carmariels fortid, hun hadde vært fanget av sin egen magi i øyeblikket men det var ingen tvil om at Carmariel nå husket, hun svettet så det rant av henne og hun grep Janrem nesten desperat og klynget seg til ham, klynkende.
Janrem grep henne til gjengjeld, holdt henne hardt. "Carmariel? Kjære? Svar meg, er du ok?"
Hun hulket og ristet og så åpnet hun øynene igjen, hun så bunnløst trist ut. "Ja, nå. Eller kanskje ikke, men jeg husker nå. Og jeg skulle ved gudene ønske at jeg ikke gjorde det!"
Janrem vugget henne i armene og hun gjemte ansiktet mot halsen hans, hun visste nå hva hun hadde vunnet i ham og hun visste at hun hadde gått fra asken til ilden da Ingolemo rev henne bort fra Cothrions hule. På et vis burde hun nesten være takknemlig overfor den avdøde trollmannen men nå var hennes folk uten forkjemper, og

hun var fanget i en fremmed verden, Hun klynket og kjente at tårer rant nedover kinnene. Hennes familie, hva hadde skjedd med dem? Var de i det hele tatt i live? Hadde Cothrion drept dem alle sammen? Det skulle ikke forundre henne, han var rå nok til det. Og uten henne hadde han ingen mulighet til å lede, på en måte var folket reddet men hun ante at han nok brøt lovene om han måtte. Han ville tvinge igjennom forandringer, få alle til å lyde kaosgudene, hans mørke guder. Snart ville alle ættene blir forblindet av løftene om makt og storhet og de ville ikke lenger være i stand til å se at nettopp de løftene en gang hadde ledet dem til fall. Kun de som var lojale mot gudinnen og søkte balanse var i stand til å se det. Frostfugl lente seg ned, så spørrende på Carmariel som sukket dypt og gjemte ansiktet mot Janrem fremdeles. "Orker du å fortelle?" Carmariel svelget hardt og Frostfugl reiste seg igjen fra senga, gikk bort til et bord og hentet en flaske vin og et glass. Det var vanlig vin uten noe tilsatt og Carmariel tok i mot glasset med en takknemlig hånd. Vinen var sterk og hun svelget den ned med et gys. Janrem satt fremdeles der og stirret på henne og hun håpet ved alle guder at hun aldri ville måtte møte dagen uten ham ved sin side, det ville gjøre henne halvgal. Hun roet seg litt ned, fikk orden på tankene igjen og visste at hun måtte forklare. Det var ingen vei utenom, de måtte vite hvem og hva hun var og hun var på en måte glad for at hun neppe kunne vende tilbake noen gang. Hennes hjemverden ville ikke romme noe godt, den ville kun bringe henne sorg og muligens også død men hun skulle så inderlig gjerne visst. Og ikke vite hva som hadde skjedd med hennes slekt var forferdelig.

Janrem tok handa hennes og hun stålsatte seg og forberedte seg på å fortelle alt, hun ville bli nødt til å legge ut om hele sin livshistorie, om alt hennes folk hadde gjennomgått gjennom årene og det ville bli litt av en historie. Hun gyste nesten og ante at denne kvelden og natta nok kom til å bli en sjelelig renselse og ransakelse på mange måter. Janrem smilte mot henne med noe merkelig vemodig i blikket og Frostfugl sendte henne et oppmuntrende blikk fra de merkelige blågrønne øynene. Carmariel trakk pusten dypt, så begynte hun på historien om sitt folk og om hvordan det hadde seg at hun hadde endt opp der hun hadde.

Ulthario hadde tilbrakt mye av natten med å lese, han pløyde gjennom de eldgamle tekstene med en hastighet som var lite annet enn imponerende og heldigvis kjente han sitt eget bibliotek så godt at han visste hvilke bøker han burde undersøke nærmere. Han hadde skrevet litt på rapporten innimellom men han følte at han trengte noe mer substansielt enn bare vage hentydninger om glemte tider. Det reliktet hadde altså brakt pesten men fantes det mer informasjon om denne situasjonen? Var det skrevet mer om det, kanskje fra andre sitt ståsted? Om den hellige gjenstanden hadde blitt stjålet var det godt mulig at de forviste hadde manet frem pesten som hevn, antagelig hadde det ennå vært noen igjen av dem i området rundt tempelet på den tiden. Men Magienes råd hadde nok utradert dem før de sendte reliktet tilbake til der disse vesenene hørte til.

Han bladde til fingrene verket og øynene rant, han helte innpå mer av den tvilsomme vinen og takket gudene for at han i sin alderdom ikke lenger trengte så mye søvn. I en skriftrull skrevet på en eldgammel dialekt fant han omsider noe brukbart. Det var en rapport skrevet av en magiker som nok var en etterlevning av dette rådet. Mannen hadde hatt en meget vakker håndskrift men den var så utydelig nå at Ulthario hadde vansker med å se bokstavene. Han måtte hente seg en lupe for å bedre kunne lese teksten. Først ble han skuffet for det sto lite av interesse annet enn at tempelet viet til de forvistes mørke guder var blitt jevnet med jorden noen hundre år etter at pesten hadde blitt stanset av rådet. Det sto at de hadde strødd bakken med salt og svovel og at ingen hadde lov til å bygge noe nytt på stedet. Det var vanhellig og skulle brukes som rettersted og søppelfylling.

Han var like ved å legge rullen til side da han så et ord som fanget oppmerksomheten hans, han løftet lupen og leste sakte gjennom de falmede ordene fra en person som hadde vært støv i en grav i mange hundre år allerede. Og fremdeles var hans ord levende, så lenge det fantes noen der som kunne lese dem. Ulthario hadde for lengst bestemt seg for at kunsten å lese og skrive var den ypperste som noen gang var oppfunnet, ikke noe kunne måle seg med det. Ingen vakre malerier eller skjønne juveler kunne måle seg med skjønnheten i en godt skrevet bok. Den for lengst avdøde magikeren fortalte at magienes råd hadde fanget en av de forviste, skapningen var sterk skrev han, og nektet å snakke men de øverste hadde formularer som kunne løsne selv den aller strieste tunge. De hadde greid å få mye informasjon ut av fangen før han strøk med.

Ulthario gyste, han visste at tidene hadde vært ganske annerledes den gangen, mye hardere og tøffere. Grensene mellom de gode og de onde hadde vært mer eller mindre flytende til tider og metodene begge sider brukte var ofte både umoralske, inhumane og tvilsomme. Han tvilte ikke på at fangen hadde lidd mye før sjelen slapp taket og fløy. Han svelget avskyen og leste videre. Mye av det som sto der var ting som ikke hadde noen betydning for situasjonen de var i, det var kanskje historisk interessant men ikke mer enn det. Det som fanget oppmerksomheten hans var noen korte setninger som fortalte at dette relikviet hadde hatt en motpart, en som opphevet dets magi. De to gjenstandene var et par, de utlignet hverandre. Det ene skapte kaos det andre roet det ned og brakte orden. Men begge to var i de forvistes verden nå og magikeren som skrev rapporten mente at det var en ren velsignelse.

Ulthario klødde seg usjenert i skrittet og trakk i kjortelen, han la fra seg skriftet og så med smale øyne ut på soloppgangen som var begynt å farge himmelen igjen. Det var så avgjort informasjon som kunne være interessant for de vises råd men ikke noe de kunne bruke rent praktisk. Det eneste det fortalte dem var at det antagelig faktisk var mulig å bruke magiske motmidler mot pesten. Det var ikke bare en vanlig sykdom, men hvordan hadde den ankommet til deres verden og hvorfor?

Ulthario satte seg ned ved skrivebordet sitt og begynte å forfatte et brev, han måtte få sendt det allerede så fort sola var oppe. De vises råd burde få det i løpet av noen dager om han betalte et bud for å ri alt remmer og tøy kunne holde til Shabuch. Ulthario rynket pannen og strøk fingrene gjennom håret. Han visste at Shabuch snart kom til å bli et vepsebol, pest fikk alltid folk til å trekke mot byene og det var naturlig nok det dummeste de kunne gjøre men slik er nå engang menneskets natur. Han var tilkalt til rådet, han var nå en gang den øverste i sin orden av vismenn og han kunne ikke like godt nekte nå som Amaras var der og kunne eskortere ham. Vel var han skrøpelig nå men han tålte da litt og han var svært nysgjerrig, han måtte innrømme det. Amaras ble neppe særlig begeistret for ideen men hva brydde det vel ham? Amaras var i hans øyne lite mer enn en jypling og han hadde meget godt av å adlyde og lære litt om ydmykhet. Nå var Amaras eldre enn de fleste menn kunne håpe og bli men i forhold til Ulthario var han ennå ihvertfall i Ultharios øyne i sin spede ungdom.

Ulthario plystret falsk i det han jogget opp trappene til soverommene for å vekke Amaras og fortelle ham at han skulle få æren av å eskortere ham til Shabuch så fort de fikk leid en presentabel vogn og en god kusk.

Carmariel visste ikke hvor hun skulle begynne, for henne var det å skulle fortelle svært vanskelig siden hun ikke ante hva Frostfugl og Janrem visste om hennes folk. Frostfugl fikk en tjener til å hente de andre også, i tilfelle Elywen eller Akisha ante noe som kunne hjelpe dem og Carmariel var glad for å få trekke pusten og komme seg først.

Akisha og Elywen kom kjapt til og det samme gjaldt Rheynek, gudinnens utvalgte burde være der for å høre dette og flere andre trakk også til rommet men holdt seg i bakgrunnen. Carmariel hadde fått samlet tankene og hun prøvde å se for seg en slags plan for det hun skulle fortelle, noe som gjorde det enklere for de andre å forstå. Frostfugl hadde satt seg ved siden av henne og Elywen tok plass foran henne på en liten puff, de to alvene gjorde henne litt roligere men hun merket en underlig mørk utstråling fra Våk, det virket for at han visste mer enn de andre om hennes folks historie.

Carmariel rensket strupen og de andre ble stille. Rommet var faktisk merkelig stille akkurat da, og stemningen ladet. Hun forsto at dette kunne være meget viktig men ikke helt hvorfor, i det minste ikke ennå. Hun så fort rundt seg. "Hva vet dere om mitt folk?"

Flere trakk på skuldrene men Våk stirret rett på henne, de svarte øynene var like uutgrunnelige som alltid. "At de ble fordrevet for årtusener siden, og at de ble fryktet av alle og det med rette."

Carmariel nikket sørgmodig og Frostfugl og Elywen skar små grimaser. "Det oppsummerte vel egentlig hva vi alle vet."

Akisha hadde rynket pannen sakte. "Jeg husker noe jeg leste da jeg studerte til å bli prestinne for gudinnen, det var noe med tilbedelse var det ikke? "

Carmariel trakk pusten og kjente at hun følte seg merkelig nervøs fremdeles. Hva ville de tro om henne etter dette? "Det stemmer Akisha, det første folket, for det er hva vi referer til dem som, tilba guddommer som var utrolig dualistiske av natur. De trodde på balanse gjennom kaos og det gjennomsyret hele deres vesen er jeg redd."

Våk snerret nesten. "Jeg hørte fortellinger om dem som barn, de var ondskapens tjenere uten tvil."

Carmariel nikket trist. "Ja, mange av det første folket lot seg lede til å tilbe mørket, dessverre ble ikke den fraksjonen av folket så utradert som mange håpet."

Akisha tiltet på hodet. "Dere ble forvist fra denne verden ikke sant?"

Carmariel nikket. "Ja, det stemmer. Lysalvene og magienes råd samarbeidet og folket ble tvunget til å forlate denne dimensjonen, de bosatte seg i sin egen verden, der vi stammer fra opprinnelig."

Akisha rynket pannen igjen, hun tenkte hardt. "Det er svært lenge siden ja, hva har forandret seg?"

Carmariel så litt forbauset på Akisha. "Hva mener du?"

Krigerprestinnen hadde noe kaldt i blikket, det stålblå i øynene var tydeligere enn vanlig. "Du blir trukket inn i vår verden på grunn av en tabbe gjort av en idiot av en trollmann, det kunne vært tilfeldig men jeg tror ikke på tilfeldigheter. Og at pesten oppsto slik i det området der du ankom? "

Carmariel svelget tungt. "Jeg var omgitt av magi da jeg ble tatt fra min verden, det må ha vært det som gjorde at jeg ble fanget."

Elywen smilte vennlig. "Begynn med begynnelsen kjære deg, ta den tiden du trenger."

Carmariel lukket øynene et øyeblikk, hun så ansikter danse forbi, ansikt hun slettes ikke trodde hun ville få se igjen. Hun stålsatte seg. "Etter at folket ble forvist tilbake til Kharlead har ting endret seg mye, og særlig i de første århundrene. De som tilba mørket ble bekjempet og guddommene endret karakter. Vi tilber en gudinne nå, og jeg er av hennes utvalgte."

Akisha lente seg forover, haken lent i handa og blikket skarpt som en barberkniv. "Fortell meg om henne."

Det var ikke et spørsmål men en ordre og Carmariel svelget og nikket. "Hun representerer balanse og stabilitet, via prinsippet om at en må både gi og ta. Hun er lys og mørke i ett og står for alt de gamle gudene ikke var. "

Akisha bare stirret og Carmariel følte at hun var tvunget til å fortsette. "Jeg var som sagt en utvalgt, en skjebnefødt. En ser det på fargene mine, de andre er ikke så mørke lenger, mer som vanlige alver. Jeg er skapt til å følge gudinnens bud og ble trent for det fra jeg var et barn."

Rheynek bikket på hodet. "Hvordan da? Hva slags trening?"

Carmariel svelget hardt. "Jeg ble trent som prestinne men også som kriger. Vanligvis får ikke kvinner lære noe om våpenbruk men de utvalgte er et unntak. Jeg var meget dyktig."

Akisha smilte skjevt. "Jeg tviler ikke."

Carmariel sukket og lukket øynene. "Det er mange sterke hus i vårt folk, ætlinger av de som vendte tilbake. Makten sitter hos dem, mitt hus var blant de sterkeste lenge og lojale tilhengere av gudinnen. Alle de siste utvalgte har vært av mitt hus, vi var stolte over det. Kanskje for stolte, men ikke naive, aldri det."

Frostfugl strøk henne over håret. "Noe gikk galt?"

Carmariel måtte smile, et smil fylt med bitterhet. "Ja, maktkampen mellom husene har vært hard gjennom århundrene, vi har vært fiender av et annet hus lenge, de tilber de gamle gudene og ønsker makt mer enn noe annet. Vi har ennå sterke tilhengere men vår fiende er sterkere og mer samvittighetsløs."

Hun husket Failarion og svelget hardt, hun så det ennå for seg, hvordan Cothrion knakk nakken på ham. "Vi ble forrådt, jeg ble tatt til fange og resten av min slekt også vil jeg tro. De vil ha all makt og til og med de øverste i presteskapet er nødt til å adlyde dem. Men jeg ville ikke gi etter, våre hemmeligheter kunne jeg ikke røpe, uansett."

Rheynek sperret øynene opp. "Ble du torturert?!"

Carmariel tok et dypt åndedrag. "Nei, ikke direkte. Men han ville ha funnet en måte å tvinge ting ut av meg på, uansett. På en måte reddet den trollmannen meg, min fiende har ikke lenger noe å bruke om han ikke greier å knekke de andre i min familie men de vet ikke hva jeg vet."

Akisha lente seg forover. "Og hva er det du vet som er så viktig?"

Carmariel så ned, hun husket det kalde blikket til Cothrion og hva han ønsket. Bare tanken var til å gyse av. "Det bare de utvalgte kjenner til, voktet gjennom årtusener. Det er en hellig relikvie, et av to. Sammen kan de forandre alt, de representerer kaos og orden og vi har voktet relikviet for orden med våre liv."

Elywen tiltet hodet til siden, drageøynene skinte. "Så din fiende ville ha det relikviet?"

Carmariel nikket kort. "Ja, med det vil ikke folket ha noe annet valg enn å adlyde, og jeg var en del av planen hans."

Akisha smilte smalt. "Forklar."

Carmariel la armene rundt seg selv. "I de tidligste dagene ble noen av de adelige husene svært mektige på bekostning av de andre, for å hindre det ble det laget regler, regler som skulle sikre at husene ble tilstrekkelig blandet til at ingen kunne løsrive seg og stå alene. I følge reglene skulle jeg ha blitt giftet bort til arvingen av det huset som ble vår fiende, og det var hva han håpet på å oppnå ved å ta meg til fange. Han ville tvinge meg til å bli hans hustru for da ville han sikre seg folkets lojalitet, alle må adlyde den utvalgte og som min make ville han hatt en ekstrem makt."

Janrem svelget hardt. "Er det mulig? Kan en bli gift mot sin vilje der du er fra?"

Carmariel ristet på hodet. "Nei, normalt ikke. De hellige vil ikke godta løftene fra noen som ikke mener dem fra hjertet men han hadde alle i sin hule hånd og ville ha tvunget det gjennom uansett. Den øverste av de hellige er svakelig og jeg og de andre i min ætt har mistenkt at Cothrions hus har hatt en finger med i spillet der, de er ikke fremmede for å bruke gift. De har fått mye større makt enn vi var klar over, i det skjulte og over tid."

Akisha så alvorlig ut. "Så hva er det de ønsker å oppnå?"

Carmariel sukket og følte seg merkelig sliten, som om hun ble dratt i to på et vis. "All makt i landet, å returnere til de gamle skikkene, til anarki og galskap, til mørket. Cothrions far Arthian ville returnere til denne dimensjonen, gjenerobre den makten vi en gang hadde men jeg tror ikke Cothrion er så gal. Det er det mest skremmende ved ham."

Akisha så skarpt på henne. "Så denne Cothrion er overhodet for det huset?"

Carmariel nikket nervøst. "Ja, og for alle de husene som har vendt tilbake til de fordømtes veier, jeg er redd han styrer mer enn vi har vært klar over. At de angrep vårt palass og greide å slå ned all motstand forteller meg det."

Elywen skar en grimase. "Noe forteller meg at faren hans ikke er blant de levende lenger?"

Carmariel gliste kort. "Det stemmer, Arthian døde etter et fall fra en hest, han var på jakt og dyret snublet i noe og havnet over ham. Noen mener at Cothrion selv spente opp snora mellom trærne."

Akisha sukket. "Og det forteller meg mye om denne Cothrion figuren, fadermord er altså ikke noe han skyr."

Carmariel fnøs, hun skar en grimase. "Fadermord? Hadde han bare holdt seg til det. Han hadde tre yngre brødre som alle døde svært mistenkelig, en druknet i et badekar, en ble funnet hengt, etter sigende etter en litt kinky lek som gikk galt og den tredje drakk seg i hjel. Og hans eneste søster forsvant sporløst og ingen har sett noe til henne."

Janrem plystret. "Så det er usunt å være i familie med den karen."

Carmariel gliste litt. "Særdeles. Hans mor lever men hun er et sky og forsagt vesen han ikke har råd til å kvitte seg med, han er avhengig av støtten han kan få fra hennes far. Han eier mange av de største smiene i landet og har de beste smedene og vil Cothrion gå til krig trenger han dem."

Frostfugl sukket. "Høres ut som rene vepsebolet av intriger og maktspill."

Carmariel nikket. "Ja, og det har bare blitt verre og verre. Mitt hus har hatt spioner både høyt og lavt og det murrer i befolkningen, så lenge de er misfornøyd er det lett å piske opp stemningen og legge skylden på hvem det skal være. Jeg vet at Cothrion har greid å spre rykter om mitt hus, og de har nok slått rot hos mange."

Akisha knep øynene sammen. "Hva slags rykter da?"

Carmariel sukket og lente seg forover, hun var tung i hodet og Janrem masserte nakken hennes kjærlig. "Om at vi som liksom skal være av de øverste og helligste har vanæret gudinnen. At vi bedriver avskyelige aktiviteter og at gudinnen har snudd ryggen til oss. At vi bare tenker på å utføre alskens ritualer og har glemt vårt ansvar overfor folket. At jeg kun er en leiemorder, at jeg elsker å drepe. Jeg har drept, mange ganger men aldri uskyldige, alltid slike som har prøvd å ødelegge, undergrave selve samfunnet vårt. Løgner alt sammen men hører en den samme løgnen mange nok ganger vil den til slutt høres ut som en sannhet."

Janrem svelget. "Det stemmer nok, jeg har sett mange eksempler på det. Hva slags anklager var det?"

Carmariel skar en stygg grimase. "At jeg skulle ha vært elskerinnen til alle mennene av huset, fra mine egne slektninger til vaktene i porten. At vi har brukt hellige gjenstander som alt fra nattpotter til kjøkkenredskap."

Elywen fnyste og lo og Carmariel svelget hardt. "Men om Cothrion hadde greid å tvinge meg inn i et ekteskap ville det ikke spilt noen rolle, han ville ha styrt alt gjennom meg. Å kjempe mot det ville vært å slåss mot de hellige lovene og dermed å bekrefte alt han hadde spredd av rykter."

Akisha ristet på hodet. "Du satt mellom barken og veden med andre ord. Hva ville du ha gjort?"

Carmariel svelget hardt. "Jeg hadde vel egentlig kun et valg. Å la ham tro han hadde vunnet, la ham ekte meg og senere slå til og drepe ham når han trodde han hadde vunnet."

Akisha så skarpt på henne. "Kunne du ha gjort det Carmariel? Drept en annen alv på en slik måte?"

Carmariel så ned, de svarte øynene blanke. "Normalt sett svært motvillig og jeg prøver å unngå det i lengden og angrer alltid, men i hans tilfelle? Ja med glede for å redde folket. Om vi vender tilbake til de gamle veiene vil få overleve, kun de sterkeste og mest samvittighetsløse var regnet som verdige til å leve."

Våk hadde ikke sagt noe på en stund, han hadde bare lyttet. "De dyrene vi kjempet mot, de kom fra din verden ikke sant?"

Hun nikket fort. "Ja, de holder til i et fjellområde, det er svært uveisomt der og de er ikke noe problem der siden de aldri forlater det. De jakter på vilt og er naturlige rovdyr i vår verden. "

Hun så fort på Janrem. "Jeg reagerte veldig hardt på Janrem da jeg først så ham, jeg beklager det men i vår verden fantes det en tid de som skapte noe nesten som ham, uten liv og også uten sjel. Det var tilhengere av de gamle veiene og de tok svakere individer og forvandlet dem til noe skrekkelig, noe som bare brakte død og fortapelse. Og disse skapningene var nesten umulige å ødelegge også. "

Janrem skar en grimase. "Da skjønner jeg reaksjonen din min kjære, men du kjenner meg nå"

Hun nikket og strøk han kjærlig over håret. "Ja, jeg vet at du ikke er en Nattvandrer. "

Akisha så nysgjerrig ut. "Er det navnet på dem?"

Carmariel nikket fort. "Ja, det er hva de kalles. Det har ikke vært noen på århundrer men vi er livredde dem ennå, barna skremmes med dem og det er forferdelige historier om dem."

Våk kremtet. "Men pesten kom samtidig med deg? Kjenner du noe til den?"

Carmariel trakk på skuldrene. "Nei? Vi er alver, det er ikke mennesker i vår verden i det hele tatt. Pest er ikke noe problem for oss. Så der aner jeg ikke noe for å være ærlig."

Akisha bet seg i underleppa, hun så tankefull ut. "Naragh sa noe til meg, om at sykdommer kan ramme ekstra hardt i områder der de ikke har eksistert før. Folket er ikke vant med dem."

Elywen nikket. "Jeg vet, jeg døde nesten av Skålde feber, men de sier at de som har hatt kopper og overlevd aldri får skålde feber."

Rheynek smilte skjevt. "Immunitet ja. Så sykdommen kan være noe som eksisterer naturlig i din verden Carmariel uten å gjøre noen skade."

Hun sukket. "Ja, men gudene vet hva vi skal gjøre med det? Og hva skal jeg gjøre? Jeg…jeg har forlatt mine egne slektninger og kanskje sørget for at de lider en grusom skjebne."

Akisha sukket. "Der har vi også et dilemma ja, men jeg er redd det må vente. Pesten kommer først dessverre."

Carmariel sukket og lente seg inn i armene til Janrem. "Jeg forstår, noen få kan ofres for å berge de mange."

Akisha nikket trist og Carmariel svelget hardt. "Jeg ble trent godt, å kontrollere mine egne følelser var en stor del av det. Jeg vet å tenke strategisk men det gjør det ikke noe enklere. "

Akisha klappet henne på skulderen. "Selvsagt ikke, du er tapper Carmariel. Og jeg tror det vil få en løsning til slutt, Gudinnen vil se på deg med vennlige øyne."

Carmariel bare svelget tungt. "La oss håpe du har rett."

Ulthario fikk tak i et bud som kunne ri til Shabuch fort, det kostet flesk men den gamle vismannen hadde penger nok. Han var faktisk noenlunde formuende ennå selv om en ikke skulle tro det. Brevet han hadde skrevet burde nå frem i løpet av et par dager og han fikk tak i en vogn og en kusk rimelig fort også. Amaras var langt fra begeistret over å måtte eskortere Ulthario til Shabuch men det var ikke noe valg. Han måtte dit, det han visste kunne bli avgjørende og han ønsket å sammenligne sin kunnskap med de andres.

Det å pakke tok sin tid, Ulthario hadde kanskje stålkontroll over alle bøkene sine men på det personlige planet var han en vimsepave av de største. Han hadde ikke oversikt over hvor noe var og Amaras måtte påta seg den tvilsomme oppgaven å finne klær og utstyr til reisen. Det var tydelig at den gamle fikk vasket klær hos en vaskekone i landsbyen men han var neppe den som besøkte henne spesielt ofte og vismannens personlige rom var overfylt av alt mulig tenkelig søppel samt at det stinket uvasket der inne, en slik vammel gammelmannslukt som fikk Amaras til å velsigne det fakta at han var overdrevet pirkete av seg. Hans salige mor hadde lært ham at støv var å frykte som pesten selv så i hans hus ble det holdt pertentlig orden til enhver tid.

Ulthario hadde hauger av uvaskede klær liggende overalt og Amaras slet for å finne ting som var såpass rene at det gikk å møte andre i dem. Han skulle ønske at gamlingen kunne gjort dette selv men det ville tatt tid. Da han omsider hadde ordnet alt og skaffet det som trengtes til turen var Ulthario for lengst ferdig med å pakke de bøkene som skulle være med og han sto der og så utrolig utålmodig ut. Amaras kjente at det kokte i ham av irritasjon.

Den gamle hadde tydeligvis bestemt seg for at han skulle gjøre inntrykk for han hadde hengt på seg noe som måtte betegnes som en kjole, antagelig noe ment for en litt fyldig finere frue for den passet absolutt ikke. Den var glorete gyselig rød med broderier i gull og irrgrønt og Amaras fryktet at netthinnene hans ville ta permanent skade om han skulle bli nødt til å oppholde seg ved siden av dette i flere dager. I verste fall ville han være klar for galehuset når han kom frem. Ulthario hadde flettet det lange tynne håret og festet alskens dingeldangel i det, mesteparten så totalt malplassert ut og han hadde sminket seg også. Amaras hadde en sterk følelse av at resultatet ville blitt penere om en hadde fått en ape til å kaste maling på mannen fra fem meter unna.

Men de kom seg avgårde og Amaras var glad for at vogna var av det solide slaget. Det var en enkel to hjuls sak med to hester foran og kuskebukk bak passasjerene og den muliggjorde rask reising men det ble en humpet affære uansett. Amaras var ikke glad for at det bare var et sete i vogna, det var godt polstret og temmelig nytt og behagelig å sitte på men det betydde at han måtte sitte ved siden av Ulthario og den gamle hadde begynt å flørte og det på en svært lite diskret måte. Han hadde måttet fjerne en temmelig nærgående hånd fra låret sitt flere ganger og en gang prøvde Ulthario å kysse ham. Det var tydelig at spenningen ved å reise gav den gamle fornyede krefter og energi og Amaras gruet seg til å tilbringe mange dager sammen med dette vesenet.

Men de oppdaget fort noe som var mer urovekkende enn Ultharios gjenoppståtte libido, det var folk på veiene og det var ikke den vanlige trafikken mellom landsbyer og byer. Normalt var det alltid noen der ute, tjenestefolk på vei for å skaffe tjeneste nye steder, handelsmenn, tiggere og pilgrimer, alle med legitime årsaker til å være på veien. Men nå var det endret, det var hele familier og de hadde brakt med seg nesten alt de eide og hadde, veien formelig vrimlet av husdyr, vogner og unger og noen steder var det kaos. Og en merkelig stemning virket for å ha spredd seg også, folk var mistenksomme og lite hjelpsomme overfor hverandre, temperamentene var farlig skarpe og det var temmelig mye rop og skrik blandet med krasse anklager.

Ulthario rynket pannen og ba kusken bruke den lange pisken for å sikre dem fri ferdsel, han aktet ikke å bli stoppet av noen og han så at mange var på nippet til å gjøre akkurat det. Vogna var fin og det var hestene også og om det var fint folk på reisefot kunne det jo være at det kunne vanke en mynt eller flere. Amaras hadde skjønt at pesten hadde spredd seg øst og sørfra og var på vei nordover mot Shabuch men de var jo nord og vest for byen ennå, hadde ryktene allerede spredd seg helt ut dit? Det virket for å bli verre jo lenger de kom og Ulthario greide å få en rytter i tale. Mannen var ganske pent kledd og red en dyr halvblodshest og virket for å være lavadelig. Han var svært vennlig da han skjønte at det var to lærde som var på reise og svarte villig på spørsmål.

Det var som Amaras fryktet, ryktene om pesten hadde spredd seg nordover også og alle tenkte på samme måte, de burde være trygge i hovedstaden ikke sant? Ulthario bannet over opplysningene og mannen innrømmet at han ikke reiste for å unnslippe noen pest men fordi han skulle besøke en slektning angående en tviste angående rettighetene til noen gamle smykker. Ulthario ønsket ham lykke til, de hadde en stygg følelse av å vite hva de kunne komme til å møte ved byen.

Carmariel og Janrem hadde gått til spisesalen for å være litt alene sammen etter samtalen med Akisha og de andre, Carmariel var urolig, og fortvilet også. Hvordan skulle hun kunne hjelpe familien sin nå? Cothrion var truende til å drepe dem alle sammen bare for å lufte raseriet han sikkert følte over at hun var blitt borte slik. Janrem satt og holdt rundt henne, han følte seg fortvilet også siden hun led og han hatet det. Det måtte være noe han kunne gjøre for å lette stemningen? Carmariel sukket tungt og lente seg mot ham. "I det minste vet jeg at Cothrion sikkert fikk sitt livs sjokk da han oppdaget at jeg var borte, og det unner jeg ham virkelig. Jeg skulle så inderlig gjerne ha sett fjeset hans!"

Janrem bet tennene sammen. "Det tror jeg så gjerne, hvordan ser han ut? Er alle like svarte i øynene som deg?"

Carmariel ristet på hodet. "Nei, kun de skjebnefødte, de andre er nok litt mørkere i huden enn vanlige alver, kanskje å sammenligne med Våk men ikke svarte som meg. Og de har gjerne brunaktig eller rødlig hår. Cothrion er rødbrun og slekten hans regnes som den vakreste blant oss. Ironisk ikke sant? Ondskapen bruker gjerne skjønnhet som skalkeskjul. "

Janrem nikket sakte. "For folk stoler på det vakre, av instinkt. Men det instinktet kan være farlig til tider."

Carmariel svelget hardt og gjemte ansiktet mot halsen hans. "Jeg er farlig Janrem, trenet som en snikmorder. Gjør det deg ikke betenkt?"

Han ristet på hodet. "Nei, det gjør ikke det, jeg har sett hvem du er Carmariel og du er ikke ond på noe vis. Du er en god person, en jeg vet jeg kan stole på."

Hun tok handa hans og holdt den hardt, de ble sittende der lenge før Jalisa husjet dem ut siden bordene skulle ryddes og vaskes før middagen.

Akisha og de andre arbeidet hardt nå med å begrense kaoset som spredte seg. De vise jobbet så fort de kunne med skrivene de fant hos Ingolemo men de sa dem lite egentlig. Den store røde boka hadde avslørt at den mislykkede trollmannen hadde vært ute etter en demon fra en av kaos dimensjonene og antagelig hadde den avdøde gjort en liten tabbe da han prøvde seg på en frem maning nummer to. Alt de hadde tatt med tilbake var verdifullt i seg selv men det gav svært lite hva pesten angikk. Akisha og Naragh og medikus gikk runder i byen og så til at byvakten fikk flere folk og at rundene ble tatt hyppigere. Byen var overfylt allerede og det medførte en del problemer av det praktiske slaget. For det første hadde mange med seg alle dyrene sine og de trengte mat og vann og dessuten etterlot de seg mye dritt.

Våpenmestrene måtte bruke sin myndighet til å stanse flommen av geiter kyr griser og sauer inn i byen og siden stallene også var proppfulle fikk de ordnet det så store områder rundt byen ble gjerdet av og gjort om til beiter for hester og andre dyr. Mange nektet å gi slipp på dyrene sine men Akisha foretok det geniale trekket å legge en skatt på alle dyr og da ble det mye enklere å gjennomføre. De færreste hadde råd til å betale to sølvmynter for ei ku eller tre for en hest og det var gratis å bruke beitene.

Men folk skaper også mye søppel, kloakksystemet var overbelastet og stanken spredte seg og med den frykten for andre epidemier. Pesten var hva de hadde flyktet fra men det er flere typer sykdom og Akisha ble ikke forbauset da hoffmedikus med trett stemme kunne meddele at det var brutt ut alvorlig magesyke i noen bydeler. Brønnene var gode og vannet godt men med så mange personer trykket sammen på så små arealer var det ikke til å unngå at forurensninger skjedde. De vise måtte begynne å lage planer for enda flere hospitaler, nå for folk som led av mere alminnelige plager og de sørget for å legge de byggene til bydeler langt vekk fra pest hospitalene. De rekvirerte noen villaer ingen brukte for øyeblikket og gjorde dem om til gode sykehus og Elywen og Frostfugl gikk til templene og fikk tak i prestinner og noviser som kunne jobbe som sykepleiere.

Akisha var forbauset over motet mange av disse kvinnene viste, særlig de som ble sendt til pest hospitalene. Sjansen for å bli smittet var stor men de la sine liv i gudinnens hender og gikk til arbeid med liv og lyst. Jirhg hadde utviklet en slags sinnrik anordning som han brukte til å kjøle ned vann men den var skrekkelig ineffektiv og krevde en hel hærskare av folk for å fungere. Sirkus hadde en av de merkelige greiene og alle håpet at det ikke ble nødvendig med flere. Men den vesle alkymisten jobbet iherdig med å blande medisiner og medikus og Naragh var takknemlige for hjelpen, Jirhg var svært effektiv når han først begynte å jobbe med noe og de trengte mye medisiner nå.

De første pesttilfellene hadde blitt flere og medikus oppdaget at den gamle helbrederesken fra Tåkesjøen hadde hatt rett. Barn som overlevde ble ofte redusert til en vegetativ tilstand etterpå men ble de kjølt ned med en gang feberen meldte seg kunne de klare seg og bli helt normale igjen. Men da måtte det skje med en gang og det ble bestemt at isen og det kalde vannet skulle brukes til barna først og fremst. Voksne mennesker ble nedprioritert, ganske enkelt fordi det ikke virket så bra på dem og fordi de hadde begrensede ressurser. Det gikk fortere å kjøle ned et barn uansett, og sjansen for at pasienten overlevde uskadet var større.

Det tok ikke lang tid før de første klagene ble hørt, noen personer trodde tydeligvis at sosial status eller rikdom kunne sørge for at de fikk særbehandling men der tok de grundig feil. Prestinnene var grundig instruert og vek ikke fra reglene uansett. Akisha begynte så smått å fortvile, hospitalene fylte seg opp og ikke bare med pestofre. Dem var det foreløpig få av men magesyke, lungebetennelser og infiserte sår begynte å bli et problem. Og smittsomme sykdommer som vanligvis ikke spredte seg særlig godt på bygdene ble brått et større problem siden mange trodde det var pest og forlangte at de syke ble lagt inn. Mange barn fikk meslinger eller kikhoste og andre barnesykdommer og med matrasjoneringen ble det vanskelig å opprettholde et godt kosthold for alle. Mange av de som hadde ankommet til byen var fattige og svekket fra før og dette gjorde ikke situasjonen for dem noe bedre.

Akisha fikk prestinnene til å vie et jorde på nordsiden av byen, det lå ganske nær søppelfyllingen men det var dårlig jord der så bonden som eide det var villig til å selge det billig. Det var ypperlig for en ny gravplass og mange menn ble satt til å grave ut massegraver og gjøre dem klare, Akisha håpet at de ikke ville bli nødt til å bruke dem men i en slik situasjon er det kritisk at likene blir begravd fort og ordentlig.

I sirkus var stemningen dyster nå, alle var der og hjalp til men uten forestillinger og særlig med trening og med restriksjoner på hva Jalisa kunne skaffe av mat ble det lite annet å gjøre enn å sture. Carmariel følte seg som verdens verste person og hun skulle ønske at hun visste hva meningen var med alt dette. Hun kunne bare håpet at gudinnen ville vise henne veien hun skulle gå videre. Arjhed og Rhylja og skogalvene følte seg innestengt og de utnyttet mulighetene til å ri ut og jakte så fort de kunne. Rhylja tok med Thoran som regel, han var blitt en utrolig dyktig rytter og hun prøvde å tilbringe så mye tid sammen med ham som hun bare kunne. Han var ikke en kriger som henne, han var kun en vanlig person og det gjorde ham så uendelig verdifull for henne. Han gjorde henne komplett og alt de hadde vært gjennom sammen gjorde dem begge til bedre personer. De brakte hjem en god del vilt men det bunnet ikke, og for de som forlot byen jevnlig var galskapen bare så utrolig synlig.

Leirene var flyktninger ble større for hver dag og det gikk ikke lenge mellom hver gang det ble voldelige sammenstøt og årsakene kunne være latterlig prosaiske.

Medikus og rådet var samlet da budet fra Ulthario ankom, rytteren hadde nesten sprengt hesten sin men han hadde ridd dit på rekordtid på tross av de tilstoppede veiene. Aldur og medikus satt og diskuterte om det på noe vis var mulig å tømme byen for folk da rytteren ble brakt inn og han bukket og slo nesten nesa i bordet siden han var så sliten at han nesten ikke greide holde øynene åpne. Han overrakte brevet fra Ulthario og ble ført bort for å få et bad, et måltid og sårt tiltrengt hvile og medikus brøt seglet med skjelvende hender. Han leste fort gjennom det og satte seg ned, han stirret rett på Akisha med smale øyne. "Ærede, du har rett. Det er ingen tilfeldighet at pesten kom samtidig med den svartalven, noe lignende har skjedd før!"

Akisha måpte og snappet brevet, leste gjennom det Ulthario hadde skrevet. "Ved Gudinnen, du har funnet en ledetråd."

Alle stimlet sammen og Akisha kjente at tankene gikk i høygir. Om det relikviet som var stjålet og ble sendt tilbake hadde noe med pesten å gjøre burde det virkelig være mulig å bruke magi for å stanse den. Det var mulig at Carmariel kunne forstå seg på dette, at hun hadde kunnskap de trengte. Hadde hun ikke vært prestinne? Hun sendte en tjener etter svartalven og hun og Janrem ankom heseblesende og en smule forvirret etter en snau halvtime. Akisha forklarte situasjonen fort og Carmariel tenkte hardt i noen minutter. "Jeg kan bare tenke på en mulig forklaring, og jo mer jeg tenker over det jo mer troverdig blir det. Cothrion og hans sleng av medsammensvorne må ha hatt det mørke reliktet i sin varetekt. Det forklarer all magien jeg var omgitt av, de er ikke sterke i magi normalt sett, ikke noen av dem."

Akisha lente seg forover og Aldur og Ursad så spente ut. "Og det betyr at?"

Carmariel tok et dypt åndedrag. "At noe av magien i reliktet fulgte meg, gjennom den porten Ingolemo åpnet. Og siden det er viet kaos skapte det akkurat det, kaos."

Medikus gryntet kort. "Der sa du i hvert fall et sant ord, kaos er bare starten på det"

Ursad knep øynene igjen, med det rynkete gamle fjeset så han direkte komisk ut. "Men er det noe en kan gjøre for å stanse den magien?"

Carmariel sukket. "Ja, og det innebærer at det reliktet min slekt og de hellige har voktet må brukes. De to opphever hverandre på et vis. Men da må begge to kreves av den utvalgte, bli forenet."
Akisha trakk pusten i et hiss. "Og du vet hvor det ene er gjemt ikke sant?"
Carmariel nikket sakte. "Ja, selvsagt. Og det er meget godt gjemt, bare an skjebnefødt kan finne det. Det er spådommer fra gammelt av som forteller om makten i reliktet og hvordan den kan temmes."
Naragh hadde stått der med armene i kors og han så tankefull ut. "Om det disse relikviene kan stanse pesten vil det skje med en gang eller gradvis tror du?"
Carmariel sukket og så ned. "Sakte, de som er syke blir ikke bare friske igjen, det vil stanse spredningen og reliktet er uansett ikke her men i min verden og Cothrions slekt har det mørke reliktet, de kan skape en katastrofe der bare med det. Det er svært risikabelt å prøve å finne det vi har voktet, de vil merke det."
Akisha så hardt på henne. "Om det var en måte å vende tilbake til din verden på, ville du da ha prøvd å hjelpe oss eller kun ditt eget folk?"
Carmariel så fortvilet på henne. "Jeg…jeg vet ærlig talt ikke, det kommer an på situasjonen tror jeg? Men reliktet kan ikke håndteres av andre enn en skjebnefødt, det er livsfarlig for alle andre."
Aldur sukket. "Og denne skurken ville gifte seg med deg for å kunne styre både reliktene og folket gjennom deg ikke sant?"
Hun nikket. "Den som styrer reliktene styrer folket, så enkelt er det. Han ville ha prøvd å tvinge meg til å finne vårt relikt og så ville han ha krevd makten i det også via mcg.Og han ville tvunget alle til å vende tilbake til de gamle veiene."
Akisha lukket øynene. "Så, om vi skal stanse pesten må vi komme oss til din verden, for den vil ikke stanse av seg selv regner jeg med?"
Carmariel ristet på hodet. "Nei, aldri. Magien virker til den blir stanset, kaos er alt det reliktet er skapt for å skape, og alt det ønsker."

Medikus svelget hardt. "Og da er jeg redd vi står overfor en total katastrofe, magisk smitte lar seg ikke begrense som vanlig smitte. Å isolere folk nytter ikke, vanlige hygieniske råd kan en bare kaste på båten og ingen er trygge."

Akisha så ned, hun var blek. "Og vi kan ikke kjøle ned hele befolkningen kan vi vel?"

Aldur lagde brått en merkelig lyd, et slags pip. Alle snudde på hodet og stirret mot ham, han så rett frem med et pussig uttrykk i ansiktet. "Hva er det?"

Medikus så bekymret ut og Aldur begynte å trippe. "Åh men vi kan, vi kan! Jeg har en ide"

Akisha rynket pannen og Aldur fant en bit papir og et pergament, han begynte å tegne i en rivende fart. "Jeg var ved kysten en gang i min ungdom, i en av byene sør for Sølvbukta. Det var populært å ta sjøbad men folk der er skrekkelig pripne så det gikk ikke å bade i nettoen som folk gjør andre steder."

Han holdt frem en enkel tegning av et lite hus på hjul, trukket av to hester. "De brukte flyttbare badehus, det er ikke noe golv i dem, bare benker å sitte på og de kjørte dem ut i vannet og tilbake igjen når alle hadde badet lenge nok."

Akisha måtte svelge en uærbødig latter, hun så det for seg. "Men hvordan skal vi kunne bruke den teknikken her?"

Aldur gestikulerte som en dirigent med spasmer. "Elva menneske, den er iskald er den ikke? Kommer rett fra fjellene! Og det er flere slake fine sandstrender oppstrøms for byen. Vi kan bruke de mekanismene som trekker prammene inn til land!"

Medikus måpte men det var noe i øynene hans som fortalte at det faktisk kunne virke. "Guder Aldur, det er en mulighet. Elva er virkelig kald nå og bruker vi slike hus er det trygt også. Mange er jo livredde vann men slik blir det mye enklere."

Aldur nikket så hele mannen ristet. "Ja, og vi kan holde mange nedkjølt, flere hundre om vi må. Vi trenger bare hjul, enkle vegger og benker og sterke akslinger"

Akisha rullet med øynene. "Greit, det får smedene ta seg av, byggerlauget har hatt lite å gjøre i det siste så de kan bygge husene og benkene og hjul kan vi saktens skaffe. Ingen kan reise noen steder så vognhjul er det nok å ta av. "

Ursad gliste. "I verste fall kan en bruke tønner som hjul, jeg har sett det bli gjort. "

Alle så litt forbauset på den vesle vismannen som knegget og gned seg i hendene. "Ja, det lar seg gjøre men det er ikke særlig praktisk."

Medikus klappet i hendene. "Greit, alle sammen, nå konsentrerer vi oss om å hjelpe de syke først, skaff så mange slike vogner som mulig og det fort."

En av de to prestinnene tok et steg frem. "Folk vil protestere til å begynne med, tro at det er et triks for å drukne de syke"

Medikus skar en grimase. "Der sa du noe, mange er ikke vant til å bade annet enn til vintersolverv, de vil tro det verste."

Aldur gliste. "Bruk reversert psykologi. La noen av de mest velstående og kjente pasientene få bruke det, hold alle andre unna."

Akisha gliste bredt og kunne ha klemt Aldur. "God ide, det folk ikke får vil de ha automatisk. Sleng inn noen mirakuløse helbredelser på toppen av det så vil de strømme til."

Medikus nikket. "Om noen prestinner velsigner elva med ekstra stor pomp og prakt burde det gjøre mye også. "

Ursad nikket. "Ja, forfrysninger er det minste av folks bekymringer nå er jeg redd."

Medikus sendte ut bud til alle de involverte laugene med ettertrykkelige ordre om hva som måtte gjøres og Akisha sendte brev til templene. De måtte se til å lage til en eller annen veldig storslått seremoni som ville overbevise alle om at elva var blitt hellig nå. Carmaricl satt der med hamrende hjerte, hun var livredd for å vende tilbake til Kharlead men samtidig måtte hun. Det var bare hun som kunne håndtere reliktet og hun visste at det kunne gjøre utrolig stor skade, hun visste at det utmerket godt kunne ta livet av henne om det ikke fant henne verdig. Og fant hun også det andre reliktet og fikk gjort som profetien krevde ville hun aldri bli den samme igjen. Det var godt mulig at hun ikke ville klare påkjenningen og dø men da ville i det minste makten ikke kunne misbrukes igjen.

Før ville den tanken ikke vært særlig skremmende men nå var den nok til å få henne til å skjelve. Hun kunne ikke miste Janrem og alt det hun hadde funnet i ham, her var hun fri, fri til å være seg selv. Det ville hun aldri bli i Kharlead, der var hennes skjebne fastlåst som stjernene på himmelen. Det måtte være en utvei, hun måtte hjelpe men hvordan? Bare det å vende tilbake kunne bli ekstremt vanskelig, om ikke umulig.

Akisha skyndte seg avgårde for å se til at alt ble gjort klart. Menn fra sirkus ble sendt til elvebredden for å gjøre alt klart, heldigvis var det lange slake strender der som var ypperlige til formålet og de fikk tak i noen digre bryggergamper som kunne trekke vindene som trakk opp prammer normalt sett. Folk la merke til oppstyret men ingen fortalte noe om hva det var som skjedde. Noen prester og prestinner fra samtlige tempel i byen hadde samlet seg og tatt på seg de mest skrikende og respektinngytende draktene de kunne finne og nå kom de messende i fin prosesjon bærende på alt de kunne finne av hellige gjenstander. Det var et absurd skue men for den jevne befolkningen var nok synet av alt gullet og glitteret nok til å frembringe nesegrus ærbødighet.

De øverste gjorde en stor sak av å lese bønner og velsigne elva både lenge og vel, og folkemengden ble gradvis større. De første hjulhusene var allerede ferdige, de hadde brukt ferdige understell som skulle bli tømmervogner og satt små skur oppå dem og en vogn med tydelig syke personer ble kjørt frem. Mange av dem var gode skuespillere som lot som om de var døende men noen var også faktisk syke og såpass ved sine fulle sanser og samling at de forsto at dette var deres siste sjanse. De syke ble plassert i vogna som ble kjørt ut i vannet og der sto den i noen timer. Det var iskaldt for de syke men det dempet feberen og hevelsene og da vogna ble trukket opp igjen var de fleste mye bedre.

De som spilte spratt ut av vogna som om de var rent forynget og nå begynte det å koke i ansamlingen av folk. Men de ble holdt vekk av soldater og en ny last med pasienter fikk dukket seg. De var personer med klasse og status og folket begynte å rope skjellsord og anklage de som styrte hospitalene for å prioritere kun de som hadde penger. Det fortsatte slik i noen timer, flere vogner kom til etter hvert og snart kunne de kjøle ned rundt to hundre personer på en gang. Ti vogner var alt i aksjon og de gjorde i stand for å bruke flere steder oppover elva også. Noen hadde funnet vanningstrau og gamle badekar og brukte dem også og en svært respektinngytende mann som egentlig bare var baker men så svært imponerende ut sto der og forkynte med røst som en kanon at alle som ble syke måtte melde seg til hospitalene med en gang de følte seg dårlige. Før hadde folk skydd hospitalene som de så på som en garanti for å stryke med, nå stormet de dit med sine syke familiemedlemmer og medikus visste at de kunne berge mange liv på dette viset. Særlig barna reagerte veldig bra på å bli dynket i elva og Elywen mente at det kunne være noe ved rennende vann som svekket magi. Hun hadde sett det i flere tilfeller.

Det ble ikke noe av planene om å evakuere byen eller flyktningleirene, det var ingen vits siden smitten var forårsaket av magi. Det strømmet ennå folk dit og problemet med dårlig plass og elendige sanitære forhold forverret seg hver dag. De som ble kjølt ned i elva fikk da i det minste vasket seg også men det ble vannmangel i byen siden brønnene gikk tørre nå. Det var like bra for mange av dem var forurenset og de som drakk av vannet uten å koke det kraftig fikk ufyselige mavesykdommer. Flere barn strøk med av det og Akisha og medikus begynte å innse at dette kunne bli minst like ille som pesten. De sendte ut budryttere til bygdene rundt med strenge ordre om at de syke skulle holdes så kalde som mulig og kanskje noen hørte på rådene. De kunne bare håpe på det. Matmangelen var begynt å bli prekær og kongens folk hadde rekvirert alle husdyrene som ikke var absolutt nødvendige for mat. De sørget for at ingen kunne tjene seg rike på andres nød og kornlagre og butikker ble nøye voktet. Akisha var bekymret, det minte henne mer og mer om hvordan byen hadde vært under hvitkappenes jernneve og hun hadde aldri trodd hun skulle se gatene fylt med fortvilede utmagrede mennesker igjen. Whaly gjorde alt hun kunne for å hjelpe folk men det var begrenset hva hun fikk til.

Templene delte ut mat og utstyr men deres reserver var også begrenset og ville gå tomme snart.

Raigh var mer pragmatisk enn henne men også han var nervøs, de lå tett sammen om natten og han gjorde som han pleide når hun var nervøs for noe og holdt henne tett. Akisha sov bare godt når hun kjente ham nær ved og han visste alltid når noe plaget henne for da søkte hun enda nærmere ham enn ellers. I det daglige var hun ikke en særlig hengiven person, hun viste sjelden følelser selv for ham og hun rørte ham sjelden i offentlighet men når de var sammen uten andre til stede kunne hun være like varm og kjælen som noen. Det var et paradoks men slik var hun bare. Det var nesten to personer i henne til tider, den effektive og iskalde krigerprestinnen, den myndige lederen for våpenmestrene og på den andre siden hans kjærlige make, omtenksom og full av ømhet og forståelse og empati: Noen ganger hadde hun nesten litt for mye av det siste, men hun greide utmerket godt å skille mellom sine personlige følelser og sin rolle og jobb.

Men dette gjorde dem alle urolige, antallet smittede økte hver dag nå og selv om de nå kunne redde mange døde fremdeles rundt halvparten. Medikus kunne bare kjøre i dem droger som dempet smertene og gjorde de siste timene deres litt lettere men det slet på ham sjelelig. Naragh hjalp til og det samme gjorde Jirhg, de fleste av dem som var tilknyttet sirkus gjorde hva de kunne nå, det var ingen forestillinger uansett siden det ikke nyttet å samle mange mennesker på et sted slik situasjonen var blitt.

Ulthario og Amaras ankom sent en ettermiddag etter en tur som hadde tatt lengre tid enn de regnet med, ei bru hadde kollapset på grunn av overvekt og det var ingen steder å krysse i nærområdet, de hadde vært nødt til å kjøre i tre dager før de fant et vadested som ikke var for dypt eller stritt. Akisha var glad for det, det betydde færre folk til byen, aldri så galt at det ikke er godt for noe som hun sa. Ulthario forlangte sporenstreks å bli behandlet som om han var kongelig og de andre vise gikk med på det, svakt glisende. De kjente ham godt og Amaras fikk dessverre rom ved siden av det ganske så overdådige rommet den gamle fikk. Underveis hadde

Ulthario av en eller annen grunn begynt å tro at Amaras virkelig var interessert i ham og Amaras hadde virkelig vært nødt til å ty til lett ufine metoder for å få den elskovssyke vismannen bort. Amaras hadde aldri vært populær blant verken kvinner eller menn og han var temmelig uerfaren når det gjaldt å håndtere slike situasjoner men han hadde skjønt at det hjalp om han glemte å stelle seg. Så da han ankom byen så han ut som en fillefrans og luktet like ille som en søppeldynge i sommervarmen.

Det var lite de kunne bidra med nå men de vise kunne i det minste gå gjennom diverse bøker og skrifter og se om de fant noe mer som kunne brukes for å stoppe magien som skapte pesten. Ulthario var sjokkert over tilstanden i byen og akket og oiet seg over lukta men Amaras var mere sjokkert over antallet mennesker. Han hadde aldri sett så mange samlet på et sted før og det gjorde ham svært skremt. Aldur Ursad og Ulthario foreslo å bruke magi, de kunne en god del og sammen med de andre vise kunne de kanskje skjerme byen mot den mørke magien men det ville bare virke i noen korte dager og ingen av dem var som fordums magikere som kunne skape en slike beskyttelse nærmest uten forberedelser.

Kraften var blitt svak og nesten borte nå, ting som før ville vært dagligdags var nå nesten umulig. Akisha forberedte seg på å snakke til gudinnen og be om beskyttelse og hjelp, det måtte være noe de kunne gjøre. Hun ville bli nødt til å oppsøke templet og sove der en natt og gruet seg til det men det var ingen utvei. De tre gamle vismennene og resten av rådet forberedte seg på å kaste en beskyttelses magi over byen selv om det kom til å kreve ekstremt mye av dem og stemningen var ganske trykket. Det kunne gå galt og kanskje gjøre vondt verre for alt de visste. Men brått fikk de alle mer å tenke på for sykdommen slo til igjen og denne gangen nært, blant deres egne. Først ble tre lærlinger syke, to av dem som skulle bli gladiatorer og en av Naraghs lærlinger, så ble en av kjøkkenjentene syk og den neste morgenen kom Rhylja løpende med ville øyne og fortalte at Thoran følte seg dårlig, selv skyldte han på magesjau men alle visste at han ikke ville gjøre henne urolig ved å fortelle sannheten. Naragh kom tilbake fra hospitalet for å stelle de syke i sirkus og senere på dagen da alle var samlet i nervøs frykt kollapset Enez og gikk rett i kramper.

Akisha hadde aldri sett Rheynek så blek noen gang og de forsto der og da at om hun døde kom han til å gå fra vettet og antagelig ta livet av seg selv. For en som ham var det ikke noe liv uten hans sjelemake og nå var alle livredde for å merke symptomer hos seg selv eller på sine kjære. De syke ble båret ned i sirkus eget hospital og Jirhgs merkelige oppfinnelse kom til heder og verdighet. Den kunne kjøle ned vann nok til to personer og begge ble plassert i kar og støttet opp. Det ble innført rene portforbudet nå og alle samlet seg i spisesalen. Rhylja og Rheynek var hos sine naturlig nok og alle var særlig nervøse for Rhylja. Hun hadde vært gjennom så mye i sitt ennå unge liv og om Thoran døde visste ingen hva som ville skje. Hun var jegergudens prestinne og svært bundet til naturen og samtidig hadde hun en villskap i seg som var svært tydelig til tider, som noe som lurte like under overflaten av et stille tjern. Arjhed påtok seg å holde et øye med henne, siden han var enda nærmere knyttet jegerguden enn henne kunne han kanskje greie å berge balansen i henne om det verste skjedde.

Raigh gikk for å snakke med Rheynek, han satt ved siden av karet Enez var plassert i og han skalv synlig og tok ikke øynene fra henne. Hun var ikke våknet igjen og det var temmelig urovekkende i seg selv. Thoran var våken og selv om han var omtåket av feberen og smertene var han da så avgjort til stede. Enez hadde ikke vist noen symptomer før hun kollapset men hun var brennende varm og fikk fort de fryktede hevelsene, det virket for at pesten virket fortere på henne enn på andre av en eller annen grunn.

Raigh satte seg ved siden av Rheynek og for et øyeblikk syntes han at han så et speilbilde av seg selv, et bilde i negativ av da han selv satt slik ved Akishas seng, grepet av frykten for at hun skulle dø. Han la handa på Rheyneks skulder og jegeren snudde snaut på hodet. "Jeg vet hva du føler venn"

Rheynek skar en grimase, det var tårer i øynene hans og Raigh så mørke skygger under øynene hans. "Jeg vet, men det endrer ingenting."

Raigh sukket lavt. "Kanskje ikke, men du vet at vi alle tenker på dere nå og ber for både Enez og Thoran, og de andre syke også." Rheynek lukket øynene og det var pine i ansiktet. "Hun kan ikke dø, gudinnen kan ikke være så grusom mot meg, det...det er umulig" Raigh nølte et kort øyeblikk, så trakk han Rheynek inn i et fast favntak og jegeren gispet men slappet av, lot ham holde ham som en voksen holder et sykt barn. "Ha tro Rheynek, Enez hjalp gudinnen, det er ikke glemt. Hun vil greie seg, og bli den samme gale ville jenta som før."

Rheynek bare hikstet og Raigh ble sittende der å stryke jegeren over håret mens han rugget den skjelvende kroppen frem og tilbake. Alle visste hvor tett de to var knyttet til hverandre, Enez og Rheynek var som erteris, de var utenkelige uten hverandre. Enez sin spontanitet og entusiasme for nær sagt alt tenkelig var slik en frisk kontrast til Rheyneks stoiske ro og pragmatiske sinn og om de var et ulike par på mange måter utfylte de hverandre som få andre gjorde det. Raigh kunne bare håpe og be om at dette endte bra.

Akisha kunne ikke utsette det, hun måtte be gudinnen om råd med en gang og hun gikk til tempelet med temmelig bevende hjerte. Hospitalene ble nesten overrent med folk som hadde begynt å vise symptomer nå og langs elvebreddene var det tjukt med folk som hadde begynt å kjøle seg ned på eget initiativ. Aberet var at de ikke visste når de hadde ligget i vannet lenge nok, noen kom opp igjen for tidlig og ble enda sykere enn de hadde vært mens andre igjen ble for lenge og døde av underkjøling. Skogene rundt byen ble fort temmelig desimert siden folk trengte ved til oppvarming og noen smarte sjeler lagde svettestuer der folk kunne varmes opp fort.

De vise hadde prøvd å reise en magisk mur men den hadde bare vart i noen korte timer og hadde neppe hjulpet noen og hva verre var, den hadde tatt en del av selvtilliten til de vise med seg og nå var de like fortvilet og ute av stand til å se en løsning som alle andre. Akisha måtte nesten kjempe seg vei gjennom folkemengden som omkranset tempelet, de fleste hadde kommet dit for å bli bedt for mens andre kom for å be men felles var en desperasjon som var skremmende. Folkemengder var som en stor flokk lemen, enkeltindividet opphørte å eksistere og gikk opp i helheten. Hun kom seg inn gjennom en port bare prestinner fikk bruke og heldigvis var selve hovedsalen tom bortsett fra noen prestinner og tjenere. Den enorme statuen sto der som alltid, svart og glinsende og respektinngytende og hun gikk bort til den med ærbødighet og la handa på ene poten. Den merkelige følelsen av at noen brått stirret på henne var som vanlig, sterk og gjennomtrengende og hun hvisket fort. "Ærede moder, jeg trenger dine råd og din visdom, mer enn noensinne"

Hun gikk gjennom salen til en mindre en som ble lite brukt, den var kun ment for private samlinger og for stille tilbedelse og hun ga beskjed til de andre der at hun ikke ville forstyrres. De stengte dørene og Akisha gyste og begynte med forberedelsene. Hun kledde helt av seg og drakk innholdet i en feltflaske hun hadde tatt med, deretter tegnet hun diverse symboler på golvet og på kroppen og la seg til rette. Hun ville bli nødt til å forflytte sjelen til gudinnens egen dimensjon og det krevde en del av henne.

Hun ble svimmel og lukket øynene, det gjaldt å holde hodet kaldt nå og huske hva hun skulle si og be om, og først og fremst, hun kunne ikke la noe som ble sagt forvirre seg. Det ble mørkt rundt henne, hun lot det mørket bære seg bort og slappet av, hun var ikke redd men temmelig nervøs for hva hun eventuelt ville få beskjed om å gjøre.

Hun åpnet øynene, sto på en naken ås topp og rundt henne var det kun fjell å se. En forblåst vidde uten trær eller noen større vekster, himmelen var merkelig grå og lyset kom fra alle retninger på en gang, merkelig dimt og fjernt. Hun svelget og snudde seg rundt, den svarte ulvinnen sto rett bak henne, de gylne øynene stirret på henne med uutgrunnelig visdom og villskap. Akisha knelte sakte. "Høye moder, jeg ber om dine råd og din hjelp."

Ulvinnen forvandlet seg, ble en høy blond kvinne kledd som en jeger men øynene var de samme. "Snakk datter, og jeg vil lytte." Akisha samlet seg, gudinnen likte ikke at en gikk som katten rundt den varme grøten, en måtte vise at en mente det en ba om, at en hadde klare tanker og hensikter. "Vi må stanse pesten men vi vet ikke hvordan. Flere av våre er allerede syke og vi frykter for deres liv. Det haster for det er magi som står bak sykdommen og bare magi kan stanse den frykter vi."

Gudinnen tiltet på hodet, hun så skjevt på Akisha. "Dere har allerede vært inne på løsningen, den ligger i Kharlead."

Akisha bannet for seg selv. "Reliktet Carmariels folk vokter?"

Gudinnen nikket vennlig. "Ja, og kun hun kan styre det. Kun det forenet med det mørke reliktet, brakt til balanse, kan kalle tilbake den mørke magien som fulgte henne bort fra hulen hun var fanget i. "

Akisha stønnet. "Og hvordan skal vi komme oss dit? Vi er ikke magikere? Å åpne porter mellom dimensjonene er livsfarlig, vi så jo hva Ingolemo forårsaket av kaos."

Gudinnen smilte men det var et farlig smil, et som bar bud om noe dystert og mørkt. "Det er en annen måte å ferdes mellom dimensjonene på, en få kjenner til. Det finnes skapninger som kan krysse de grensene kun i kraft av hva de er. Det er sjelden den kraften blir brukt men den eksisterer."

Akisha rynket pannen. "Jeg forstår ikke?"

Gudinnen smilte litt skjevt. "Dragene er mektige nok til å krysse grensene men en slik handling krever enormt med krefter selv for en av dem. "

Akisha sukket og lukket øynene. "Ghuad? Vi trenger ham igjen?"

Gudinnen klukklo og det var noe som lignet fryd i blikket hennes. "Han er allerede på vei, jeg har sendt bud på ham."

Akisha rullet nesten med øynene men hun forsto at gudinnen selvsagt visste alt allerede. "Han vil være hos dere snart, men vit dette. Å krysse over er svært vanskelig, og selv en mektig drage som Ghuad kan bare ta med seg noen få personer, tre maksimalt."

Akisha svelget hardt. "Tre? Carmariel må reise og Janrem vil nekte å bli igjen, så godt kjenner jeg ham. Og jeg føler at jeg også må gjøre mitt."

Gudinnen smilte mildt. "Ja, du må gjøre ditt Akisha. Jeg stoler på deg i dette mitt barn, for makten som er sluppet løs ødelegger den balansen jeg søker å opprettholde. Dere har fire dager på dere,

Ghuad kan ikke forbli i den dimensjonen lenger uten å skape alvorlige forstyrrelser"

Akisha prøvde å roe seg ned. "Så han vet allerede hva han har å gjøre?"

Gudinnen nikket sakte. "Ja, og han er selvsagt en skrekkelig fiende for de som går imot dere, men bruk den makten med vett. Det er noe som heter å slå barnet ut med vaskevannet."

Akisha nikket men følte at svetten rant av henne. Ghuad var på deres side og han var en venn men en kunne aldri føle seg for trygg på ham. En svart drage er og blir hva den er og han ville aldri bli tam og snill. Det var som å holde en tiger som husdyr, det kan gå bra men det kan også ende med katastrofe.

Gudinnen smilte sakte. "Gå nå datter, forbered deg. I Carmariels dimensjon hersker natten, og bruk snøtigeren i deg mer enn noen gang før datter. Du vil trenge dens villskap. Bring hva dine venner kan bidra med og tvil aldri på din egen styrke. Den er større enn selv du tror."

Akisha sukket og nikket. "La oss håpe at vi greier det da, for Enez og Thoran har kun en sjanse og det er at vi greier å stoppe sykdommen. "

Gudinnen smilte men det var et trist smil. "De som allerede er syke får lite utbytte av at magien reverseres er jeg redd. Enez er beskyttet til en viss grad siden hun hjalp oss guder mot Ancyleon, men Thoran er kun et menneske. Jeg kan ikke love noe for hans del."

Akisha bet tennene sammen. "Åh guder, det vil knuse Rhylja om han dør."

Gudinnen tiltet på hodet. "Hun tjener jegerguden, og han har sine egne planer for henne. Jeg kjenner dem ikke, men han kan nok være grusom uten å være direkte ond, han ser lenger enn et menneske Akisha, mye lenger. Tvil aldri på vår velvilje."

Akisha så ned. "Jeg tviler ikke ærede moder."

Gudinnen så strengt på henne. "Det er godt, for å tvile er å tape."

Akisha lukket øynene og verden spant for øynene på henne. Da hun åpnet dem igjen lå hun på golvet foran alteret og det røk svakt av henne og alle lysene var blåst ut. Hun kom seg stølt på beina, kroppen verket og hun var iskald til margen. Hun tok noen slurker av en vinflaske hun hadde tatt med for å styrke seg og fikk på seg klærne igjen. Prestinnene ventet bak dørene med store øyne og Akisha nikket beskt til dem. "Hun hørte meg, et botemiddel kan skaffes men det vil bli hardt, det vil bli veldig hardt."

Prestinnene bare bøyde seg dypt for henne og Akisha skyndte seg tilbake til sirkus. Hun så at flere soldater slet med å kontrollere noen mennesker som tydeligvis hadde gjort et eller annet ulovlig og det ble ropt og skreket temmelig hatske ord, hun ristet på hodet. Å som hun skulle ønske at de hadde kunnet stenge byportene før dette brøt løs.

Da hun kom tilbake til sirkus var det tydelig at alle var svært ivrige på å få vite hva hun hadde funnet ut. Raigh kom bort til henne og kysset henne ømt men hardt. Det var noe mørkt i blikket hans. "Akisha, hva sa hun?"

Alle som kunne være der var samlet, Carmariel og Janrem satt sammen ved peisen, de holdt hverandre i hendene og så redde ut. Krigerprestinnen sukket og satte seg ned, hun bet seg i underleppa. "Vi trenger hjelp av Ghuad, han er på vei. Gudinnen kan ikke åpne en portal, det vil forstyrre balansen enda mer enn Ingolemo uforvarende gjorde. Gudene kan ikke forlate sin dimensjon slik uten at selve skapelsen settes i fare. Men en drage kan krysse dimensjonsmurene."

Elywen rynket pannen. "Hvorfor Ghuad? Hvorfor ikke meg?"

Akisha så ned i golvet, det var støvete og det vitnet om at ting ikke var som vanlig der, normalt sett ville golvene vært så rene at en kunne ha spist av dem. "Fordi Ghuad ikke er en skapning av rent lys som du er, han er en av nattens barn Elywen, opprinnelig ond. En som deg vil være som et fyrtårn i de nattfødtes dimensjon, han kan skjule seg. Og han er eldgammel og vis, og meget meget slu."

Våk gren på nesa. "Det siste er så avgjort sant, han er i stand til å lure en hvem som helst trill rundt. "

Raigh svelget hardt. "Så hvem skal dra?"

Akisha trakk pusten dypt, hun visste hva som kom til å skje nå, Raigh kom til å tenne på alle pluggene men det var ingen vei utenom. "Carmariel, Janrem og meg. Ghuad kan bare frakte tre gjennom muren."

Raigh freste nesten som en sint katt. "Du alene uten meg? Kommer ikke på tale! "

Akisha stålsatte seg, hun så frykten i blikket hans og den sårede stoltheten og hun gikk bort og la armene rundt ham. "Jo Raigh, jeg må. Det er ingen vei utenom. Gudinnen ønsket meg, og du vet hvorfor. Jeg er den øverste, den dyktigeste. Jeg har en sjanse til å overleve dette, andre vil ikke klare det."

Raigh skalv og trakk henne inn i et hardt favntak, det knakte nesten i ribbeina hennes. "Åh kjære, gudinnen er hard mot oss, jeg kan knapt tro dette."

Akisha sukket. "Men det må du bare, elskede, ha tro på det vi har. Jeg kommer tilbake til deg."

Han sukket. "Du kom tilbake fra dødens porter en gang før, jeg får stole på at du kan klare det en gang til. Uten deg vil jeg visne bort Akisha, bli rotløs og sjelløs og uten fremtid."

Carmariel så ned i golvet også, hun mumlet noe og virket svært redd. Akisha så smalt på henne. "Du har havnet i et moralsk dilemma Carmariel, jeg vet det. Det må føles skrekkelig for deg men jeg sverger, vi vil hjelpe deg også så godt vi kan."

Carmariel svelget hardt og de så tårer glinse på de mørke kinnene. "Hvordan? Jeg kan vel ikke både hjelpe folket mitt og redde alle her fra pesten?"

Akisha så hardt på henne. "Vi finner en måte, tro meg, når du ser Ghuad vil du forstå hva jeg mener. Jeg tviler på at det er drager i din verden?"

Carmariel ristet på hodet. "Nei, det er ingen drager der, de er kun en legende."

Raigh virket litt forvirret. "Hva tenker du på Akisha?"

Akisha hadde fått noe svært dystert i blikket. "Jeg er en kriger Raigh, en hærfører. Jeg vet at en må ofre noe for å oppnå mye. Carmariel, hvor onde er egentlig disse som følger Cothrions hus?"

Carmariel svelget hardt, hun forsto hva Akisha mente og blikket hennes ble enormt og svartere enn før. "Åh høye gudinne, onde, svært onde."

Akisha så rett på svartalven. "Da vil jeg ikke nøle med å bringe dem dom og død. Jeg og Ghuad vil bli en avledningsmanøver mens du og Janrem finner relikviet og sikrer det."

Carmariel hikstet. "Uskyldige vil også dø!"

Akisha nikket. "Uskyldige dør her også, barn, kvinner, gamle. Pesten skiller ikke mellom skyld og uskyld, den bare dreper. Jeg vil prøve å se om vi kan samle så mange som mulig av fiendene på et sted, det må være noe vi kan gjøre for å gjøre tapene mindre."

Carmariel kjente at en iskald følelse snek seg nedover ryggen hennes. "Det er en ting dere kan gjøre som vil samle dem, alle Cothrions tilhengere."

Janrem ble blek, han la handa foran munnen. "Åh gudinne, ikke si det!"

Akisha så avventende på Carmariel som bare sukket og så ned. "Om Cothrion fanger meg vil han tvinge igjennom en vielse, det vil samle dem alle sammen. I hvert fall de fleste og mektigeste."

Akisha rynket pannen. "Det er risikabelt på det beste?"

Carmariel nikket fort. "Ja, og jeg må befri mine egne slektninger også, og finne relikviet også. Det kan ta tid bare det."

Akisha svor. "Vi har fire døgn på oss, dere må være klar over det. Tida er verdifull!"

Carmariel sukket. "Jeg vet det, så vi må finne noen som er lojale mot meg, som kan hjelpe."

Akisha snudde seg mot Raigh. "Se til at alt utstyret mitt er klart, vi må reise så fort Ghuad ankommer."

Raigh rynket pannen. "Tror du at han vil komme i drageform? Det vil skape total panikk!"

Akisha rullet med øynene. "Selvsagt ikke, han er ikke dum. Jeg syns jeg ser det for meg, en svart drage som går ned for landing her med byen fylt til randen med vettskremte overtroiske idioter? Pesten blir barnemat i forhold, tro meg."

Raigh måtte trekke på smilebåndet. "Ok, greit, han kommer vel trekkende på et gammelt muldyr da som vanlig. Jeg får sende beskjed til vaktene om at han skal få slippe gjennom porten."
Akisha gliste kort. "Ja, og Jalisa får gjøre klar en enorm porsjon av stuingen sin. Han elsker den."
Våk skar en grimase og Elywen fniste. "Ghuad eter da alt også, ikke rart stuingen er slik en favoritt."
Akisha snudde seg igjen, Frostfugl satt ved siden av Khir og de hadde vært stille hele tiden. Frostfugl hjalp ofte til på hospitalet og Akisha kunne se at hun var dyster. "Noe nytt?"
Frostfugl trakk på skuldrene. "Naraghs lærling er allerede død, på tross av nedkjølingen. Den ene av de to gladiatorlærlingene kommer garantert til å stryke med i løpet av denne dagen og kanskje tjenestejenta også. Thoran er blitt mye verre."
Akisha stønnet. "Hvor mye verre?"
Frostfugl svelget og så ned, Khir strøk henne over armen og Akisha skjønte at alven hadde vært der nede og prøvd å bruke helbreder evnen sin på de syke, til liten nytte. "Det har slått seg på lungene hans, Naragh sier det er et spørsmål om et døgn, maks to."
Akisha lukket øynene, hun var forberedt på det men å høre det slik, det var nesten for mye. De var alle så inderlig glade i den blide positive unge mannen og hun visste at Wilbwyn ville sørge inderlig over sin beste lærling noensinne. "Og Enez?"
Stemmen hennes skalv. "Som før, hun kan klare det. Tross alt, hun drakk av det vannet dere fant i den hulen da dere var ved Cathendar. Det gir større motstandskraft. Thoran ville ikke drikke av det."
Akisha visste det, Thoran mente at det var mot naturen å ønske seg evig liv, Rhylja hadde selvsagt tatt vare på den flasken med vann som de hadde fått men han hadde foreløpig ikke latt seg rikke. Og å gi ham av det nå ville være grusomt, det fanget en i den tilstanden en var i når en drakk det, var en syk sto en overfor en evighet av sykdom og lidelse. Vannet beskyttet kanskje mot alderdom men ikke magi og siden denne pesten var magisk av natur var det lite hjelp å finne i det.

Akisha gikk til rommene deres, hun begynte å pakke ned våpnene sine og trakk Elthear av sliren og stirret på bladet med smale øyne. Det ødela enhver ond skapning det kom i kontakt med totalt, fortærte energien og sjelen i kroppen. Hun var temmelig sikker på at hun ville få god bruk for det nå. Carmariel og Janrem gikk også til sitt rom, Carmariel eide lite men Janrem sørget for å skaffe gode klær til henne, noen mindre våpen hun kunne skjule på kroppen og noen gode sverd. Han visste at han var en fordel å ta med, han var udødelig, ingenting kunne drepe ham og det kunne komme godt med. Sverdene hans hvisket til ham, mol formelig ved utsiktene til blodsutgytelse og han sukket og pakket sine egne ting. Det var lite de kunne ta med, bare nok til en liten pakning de kunne bære på ryggen så de måtte være restriktive.

Carmariel gruet seg, og samtidig følte hun at dette var noe hun bare måtte gjøre, at det var den eneste måten hun kunne frelse seg selv på. Hun visste at det var en stor mulighet for at hun kom til å dø, Cothrion kunne drepe henne uten å nøle og hun fryktet ikke døden i seg selv men det å forlate Janrem.

Hun visste at hun elsket ham inderlig og hun visste også hvor sønderknust han ville bli uten henne. Gudinnen måtte holde sine hender over henne, det var ingen annen måte å se det på. Tvilen ville fortære henne ellers.

Den kvelden var svært stille i sirkus, de fleste holdt seg på rommene sine og det var lite folk til stede. Et par til av tjenerstaben var blitt syke og Naragh fortvilte. I byen var situasjonen snart ute av kontroll totalt. De hadde vært nødt til å slå ned noen rene opprør og flere var blitt drept. Folk var desperate og volden florerte, mord og ran var blitt noe dagligdags og selv ikke kongens egne soldater greide å holde ro og orden. Noe måtte skje og det snart, før byen formelig eksploderte i galskap. Heldigvis hadde noen tatt til vettet og forlot stedet, men bakdelen var at de brakte frykten med seg tilbake til hjemmene og dermed startet det hele om igjen. Medikus og de vise prøvde å finne medisiner som kanskje kunne hjelpe men til nå hadde forsøkene bare saknet farten på den uunngåelige enden for mange av de syke.

Akisha var svært stille da hun gikk runden sin den kvelden, hun hadde for vane å besøke stallene og ta en spasertur rundt arenaen før hun gikk til ro og hun skvatt da hun så Raigh stå ved inngangen, han så alvorlig ut og hun stanset nølende. Raigh gikk raskt ut til henne og la armene rundt skuldrene hennes, trykket henne inntil seg i et ganske så voldsomt uttrykk for følelser. Hun la hodet mot skulderen hans og pustet inn lukta hans, kjente at hjertet hans slo fort og tungt, at han luktet uro og frykt. "Du var i stallen?"

Hun nikket. "Jeg så til Stålhauk, om noe skjer så…"

Raigh stivnet til og grepet hans ble enda tettere. "Ikke si det Akisha, ikke engang nevn det. Jeg vil ikke tenke på det."

Hun løftet blikket, så rolig på ham. "Men jeg må tenke på det, jeg må vite at alt her blir som det skal være selv om jeg ikke skulle komme tilbake. Stålhauk blir avlshingst om jeg ikke returnerer, og kun det. Lover du?"

Raigh svelget hardt, øynene skinte svakt i det flakkende lyset fra faklene som brant langs arenaen. "Jeg sverger Akisha min, det vet du. Men jeg vil ikke klare meg her uten deg, og det vet du godt."

Hun sukket, la kinnet mot det harde brystet hans og lyttet til rytmen i hjerteslagene, kjente selve livet i ham. "Du må gå videre Raigh, du må ta vare på de andre for meg. Om Enez dør trenger Rheynek deg, han ser på deg som en eldre bror. Whaly stoler på deg Raigh, og hun er gammel nå. Hun vil ikke klare dette i mange år til."

Raigh mumlet bare, ansiktet var presset ned i det lange svarte håret hennes. "Jeg tar ikke over sirkus hvis det er hva du tror Akisha, aldri. Det passer ikke for meg."

Hun fniste. "Kanskje ikke, men hvorfor er du her nå?"

Han grep henne om livet og brått kysset han henne, hardt og utålmodig. "Om du må reise i morgen har vi denne ene natten først, vi har ikke vært ved stedet vårt på lenge."

Akisha gliste litt skjevt. "Det har du rett i, men det er kaldt nå."

Han kysset henne igjen, ene handa hans var allerede oppe på undersiden av tunikaen hennes og kjælte med varm hud på en måte han visste at hun likte. "Jeg har lagt frem tepper kjære du, frykt ikke. Og der kan ingen høre oss heller."

Akisha følte en svak trang til å protestere, hun var ikke egentlig i stemning for en natt med vill elskov men noe fortalte henne at hun trengte det, og han trengte det i hvert fall. Ikke rent fysisk så mye som en emosjonell bekreftelse på at hun elsket ham og ville vende tilbake.

De snek seg gjennom gjestestallen og fant den skjulte luka opp gjennom taket i høylaet, deretter krøp de opp gjennom den gamle låven og ut stigen til den glemte hagen inneklemt mellom sirkus mektige murer og to nabobygg. Stedet var som det brukte å være, som en bit av en annen og fremmed verden sakset ut av virkeligheten av en eller annen gud med en sær sans for humor. Det enorme eiketreet var som før, ærverdig og stolt sto det der som et relikt fra svunne tider og Akisha nærmet seg det langsomt og med en følelse av ærbødighet.

Hun husket ennå første gangen hun så det, hvordan hun og Raigh hadde oppdaget denne hagen mens de fremdeles kjempet mot hvitkappenes fordervende makt, hvordan Zoleba hadde vært en torn i deres kjød og hvordan den uventede oppdagelsen hadde vært som et friskt pust i livene deres.

Raigh hadde reparert plattingen som lå over de laveste greinene, og da hennes beste venninne giftet seg hadde hun og Raigh ligget med hverandre for første gang der på plattingen. Det glattpolerte treverket hadde fremdeles noen utydelige flekker, blodet fra den natten da hun gav ham uskylden sin og fikk alt han var tilbake. Raigh hadde lagt ut tepper som han hadde lovet og det var hengt noen små lamper i noen av tretoppene, bortsett fra Whaly var det bare de andre utvalgte som visste om dette stedet og de ønsket at det skulle fortsette slik. De høye murene omkranset stedet og gjorde det lunere enn det ellers var i området og Raigh rakte henne en hånd og hjalp henne opp. Hun så begjæret i blikket hans men også frykten for å miste henne og hun visste ennå en gang sikkert at hun var den av dem som måtte være sterk og gjøre det som måtte gjøres uten å la hjertet diktere henne. Raigh kysset henne hardt igjen, og hun besvarte det ivrig. Stedet i seg selv hadde brakt henne over i en ny sinnsstemning og hun lot ene armen ligge over nakken hans mens den andre handa løsnet beltet hans med nennsomme fingre. En god stund senere lå de begge to og dormet under teppene, klissete av svette og andre kroppsvæsker og temmelig skjelvne. Raigh var aldri mer fyrig enn når han av en eller annen grunn uroet seg for noe og etter iveren hans å dømme måtte han ha vært meget nervøs. Han hadde overgått seg selv men det hadde hun også og hun måtte fnise når hun tenkte på reaksjonene han hadde vist på noen av tingene hun hadde gjort. Akisha pleide normalt sett sjelden å bruke munnen på ham for han gav henne ikke tid til noe slikt men denne gangen hadde hun kommet ham i forkjøpet og grimasene hans hadde vært ubetalelige. Elywen hadde fortalt henne om noen gode triks og Frostfugl hadde lært henne noen enda bedre og Enez var rene oppkommet av inspirasjon når det kom til den slags aktiviteter. Ikke så merkelig ved tanke på at hun hadde tilbrakt mye av sine unge år som tyv på et bordell.

Nå bare lå de der og nøt nærheten og tilfredsheten som hadde spredt seg i kroppen og Akisha visste at hun kom til å få noen nydelige blåmerker her og der, de hadde avsluttet med henne på kne og han hadde grepet tak i hoftene hennes så hardt at det nok ble merker etter fingrene hans. Hun tålte det, og hun likte den løsslupne ubundne iveren hans. At han kunne bli litt røff til tider var ikke noe hun hadde noe i mot, hun visste at det bare reflekterte hvor dypt han følte for henne og hun var robust nok til å tåle det aller meste.

Til slutt ble det kjølig der og de fikk på seg klærne igjen og gikk motvillig tilbake til rommet de hadde. Akisha hadde problemer med å få sove nå, selv om hun var sliten som en tømmerhogger. Tvilen og frykten lå der som en kvelende sekk rundt henne og hun visste at de var dårlig forberedt på hva de skulle gjøre. Det var som å kaste seg ut i en kulp fra en høy klippe uten å sjekke dybden først, og alt hun var strittet i mot men det var ikke noe valg. De bare måtte gjøre det slik. Det hastet forferdelig med å få stanset pesten.

Hun visste at Carmariel led så lenge hun visste at hennes slekt og venner var forlatt, at de var fanger av en fiende krigerprestinnen forsto var uvanlig brutal og slu. Så dette ble for hennes skyld også,

hun hadde fått en god del respekt for svartalven nå selv om hun ikke
på noe vis kunne si at hun kjente Carmariel godt. Det var det ingen
av dem som gjorde, unntatt kanskje Janrem. Han virket for å ha
funnet en sjelelig forbindelse med henne som vanligvis bare par
hvorav begge er alv kan oppnå og det var svært merkelig. Akisha
tvilte ikke på at Janrem ville bli en meget god mann å ha med på
laget, han var dyktig og som forhenværende tyv var han en mester
på å finne uventede veier ut av vanskelige situasjoner.
Hun var ennå urolig da hun omsider gled inn i søvnen, Raigh hadde
grepet tak i henne med begge armer og holdt henne hardt selv i
søvne og hun visste at han ville gå på nåler til hun kom tilbake.
Ghuad var antagelig like ved og Akisha undret seg på om de ville
finne en løsning på alle problemene før de fire dagene var omme.
De var alle raske til å omstille seg og finne alternativer, det burde
gå. Carmariel kjente verdenen og stedene og folkene, Ghuad var en
enorm svart drage ved gudinnen, få fiender kunne stå seg mot ham,
om noen. De hadde en sjanse, de kunne ikke tvile på seg selv.
Neste morgen hadde morgenvaktene akkurat tatt plass i porten til
sirkus for å jage bort tiggere og andre uønskede eksistenser da en
meget høy person kledd i tett kappe med høy hette kom vandrende, i
hælene hans trasket et heller møllspist muldyr av det store slaget og
han så ut som om han hadde prøvd å bade i gjørme. Vaktene visste
hvem han var og gyste men slapp ham forbi uten å nøle. Ghuad fant
veien til stallen på egenhånd, Dheg var der og sto og pusset over
Afhira, Whalys vakre lin faks hoppe og han gispet da han så hvem
det var som kom gående. Ghuad trakk ned hetten og gliste, de
skarpe tennene og rødlige øynene avslørte at han verken var
menneske eller alv selv om han lignet mest på det siste når det gjaldt
ansiktstrekk og skjønnhet. "Vær hilset Dheg, dette er Kreket, han er
utgammel og låghalt og mangler de fleste jekslene så gi ham bare
oppbløtt for."
Dheg så kritisk på muldyret, Kreket var et godt navn for maken til
øk hadde han ikke sett på nesten en mannsalder. Ingen ville finne på
å stanse Ghuad på grunn av ridedyret i hvert fall, det var mer
sannsynlig at landeveisrøvere og banditter ville stoppe ham for å

uttrykke sympati og medfølelse med den som måtte ri noe slikt. "Vi skal ta godt vare på ham, tvil ikke."

Ghuad bare klappet Dheg på skulderen og ruslet ut i retning spisesalen men han kom ikke lenger enn over arenaen før han ble oppdaget av Frostfugl som prompte grep tak i ham og geleidet ham over til stedets bibliotek der alle for øyeblikket var samlet. Akisha og Raigh hadde vært de siste som ankom og nyhetene de fikk var dårlige. Thoran var blitt enda dårligere i løpet av natten men han kjempet tappert. Enez hadde ikke våknet i det hele tatt og Rheynek måtte nesten tvinges til å spise så redd var han. Rhylja hadde kollapset av frykt og Arjhed prøvde å gi henne motet tilbake.

Alle stivnet til da Ghuad kom inn døra og Akisha slapp fra seg et lite sukk alle hørte. Elywen gikk bort til den høye mørke og gav ham en varm klem og flere fulgte hennes eksempel. Raigh trykket underarmene hans tett, smilte litt blekt. "De er klare Ghuad, du vet hva du har å gjøre?"

Ghuad satte seg ned ved bordet og nikket sindig, det rødlige blikket gled over forsamlingen. "Det gjør jeg, gudinnen har forklart meg alt i detalj så frykt ikke mine venner."

Akisha lukket øynene i noen sekunder. "Det er bra, vi skal være klare på litt. Spis imens og slapp av."

Ghuad bare gliste og tok i mot den store tallerkenen med stuing og det gedigne staupet med øl som fulgte. "Maten her gjør alt verdt det."

Akisha og de to andre skyndte seg å skifte og hente våpnene sine. De hadde også fått med seg en liten sekk med ting Jirhg hadde lagd og håpet at de slapp å bruke dem. Jirhgs oppfinnelser var ofte av det slaget som var litt vel effektive. Akisha hadde trukket på seg den drakten hennes læremester hadde gitt henne, den var lagd av svart lær og skjulte en meget godt i mørket og den hadde et innsydd lag med tynn brynje som stanset piler og stikk fra mindre bladvåpen. Carmariel hadde fått noe tilsvarende av Janrem og de to var svært stille og alvorlige da de returnerte med sekkene sine.

Ghuad hadde spist ferdig og roste som vanlig kokka så inderlig at hun rødmet helt opp i hårrøttene da hun kom for å hente tallerkenen og staupet. Frostfugl og Elywen klemte Akisha hardt og hvisket velsignelser til henne og hun følte seg rørt men også nervøs som få ganger før. Raigh holdt henne hardt, lenge. Han ville ikke gi slipp på henne men måtte det bare og til og med Frerk skjønte at noe var galt og lå og pistret foran peisen.

Whaly kom for å si adjø også og hun gråt tydelig og alderen hennes var mer åpenbar enn noen gang før. Elda og Arnulf fulgte henne og gav også de tre sine beste ønsker for ferden og Ali og Wilbwyn kom stormende sammen med Rashag og noen av de andre lærerne.

Rommet var heller overfylt en stund til alle hadde uttrykket hva de følte. Ghuad nikket kort og kremtet. "Jeg kan ikke forvandle meg her, ikke nå i dagslys. Vi må ut av byen."

Akisha nikket. "Ja, vi bruker den østlige porten, den er lite brukt og det er lite folk der."

Ghuad nikket. "Det er flott, da prøver vi det, la oss skynde oss for vi har tiden i mot oss og den setter ikke farten ned for noen."

Akisha kysset Raigh en siste gang og han hvisket til henne, ord hun aldri noen gang hadde tvilt på. Hun bare gjentok dem og ble med Ghuad ut døra. Alle ble stående å se etter dem. Carmariel holdt Janrem i handa, hardt. Hun var fast bestemt på å klare dette men samtidig vettskremt. Det var umulig å vite hva hun ville møte når hun vendte tilbake til sin verden. De gikk fort og målbevisst gjennom byen, Akisha sa ikke noe der hun tråkket rett etter Ghuad som hadde trukket opp hetten sin igjen. Hun så svært dyster ut og det lange svarte håret flagret etter henne mens hun lot hendene gli over skjeftet på Elthear. Hun så fryktinngytende ut og Carmariel var glad hun skulle være med dem tilbake. Akisha var den øverste av prestinnene og den øverste av våpenmestrene, ingen overgikk henne når det kalde raseriet besatte henne. Janrem hadde sett henne slåss på arenaen og visste at synet av henne kunne skremme den onde selv når hun slapp seg løs. Med Elthear i hånd ville selv en drage frykte henne og det med rette.

Ghuad sa heller ikke noe, han forberedte seg på å gjøre det vanskeligste han visste om. Han hadde gjort det før men da i det ondes tjeneste og det var mange millennia siden men han hadde kunnskapen ennå. Det var bare nødvendig å friske opp litt og han gledet seg egentlig til å gjøre noe nyttig igjen. De siste månedene hadde han tilbrakt i fjellene der han hadde hjulpet de dvergene han ble venner med å grave ut nye ganger og tuneller og fjerne alskens uønskede vesen fra byene deres. Han hadde også besøkt Cathendar et par ganger for å hjelpe til med å gjenoppbygge byens falne murer og det kjentes godt å kunne gjøre noe bra. Takknemligheten han møtte var noe som rørte ham dypt og inderlig.

Den østre porten ble normalt bare brukt ved spesielle anledninger og var stengt men Akisha hadde nøkler til alle byens porter, det var en liten dør i den de brukte og de lukket den nøye etter seg etterpå. Utenfor var det tett med telt og enkle hytter og folk overalt. Det stinket mildt sagt til himmels for selv om det var blitt gravd latriner var det langt fra alle som orket å bruke dem. Folk gjorde fra seg overalt og selv om dyrene deres var samlet inn gikk det fremdeles flokker med krøtter og småfe rundt og de gjorde sitt for å spre stanken. De ble ikke stoppet av noen, synet av våpnene og påkledningen og ikke minst de dystre ansiktene gjorde sitt til det. Carmariel hadde dekket seg til med en kappe og ingen kunne se fjeset hennes uansett. Akisha kjente til en stor glenne i skogen men den lå en god spasertur unna, det var bare bra på et vis men det betydde at de måtte gå en stund.

Carmariel holdt Janrem i handa ennå, hun kjente hjertet hamre i brystet og han så uttrykket i øynene hennes, når en ble vant med henne var det forbausende enkelt å lese stemningene hennes uansett om øynene var helsvarte eller ei. "Du er nervøs ikke sant?"

Hun nikket, visste ikke riktig hva hun skulle si. "Ja, er det så synlig?"

Han nikket. "Jeg kjenner deg nå Carmariel, men jeg er her kjære, jeg går aldri fra deg, stol på meg."

Hun prøvde å smile, strøk ene handa over armen hans. "Jeg vet det, jeg er bare redd for hva jeg vil finne."

Han nikket. "Jeg forstår det. Tror du at han har drept dine?"

Hun svelget hardt. "Jeg håper ikke det, jeg tror ikke det. Om han myrder så mange vil han få problemer, å være så kald vil gjøre ham til et mål blant hans egne, de vil heller drepe ham enn å risikere sin egen fremtid. Det er et balansespill Janrem, den som spiller høyt kan vinne uendelig mye men også tape stort."

Han sukket og bikket på hodet. "Jeg kjenner slike spill Carmariel, laugene der jeg kommer fra spilte høyt, og de falt desto lengre da de falt. Kan dine folk være nyttige for Cothrion på noe vis?"

Carmariel nikket. "Ja, når han ikke fikk meg kan han kanskje greie å sikre seg folkets oppslutning lenge nok til å ta makten om de tror at min ætt støtter ham. Men det vil holde hardt, ingen vil gi etter for ham frivillig."

Janrem så smalt på henne. "Det skjønner jeg godt, men kan de tvinges? Kan de tortureres til å gi ham sin støtte, har de svakheter han kan utnytte?"

De krysset en bekk og Carmariel sprang over uten å anstrenge seg, hun var forbausende stø og lett på foten slik alle alver er og Janrem undret seg på om han ville få muligheten til å se henne slåss for alvor før dette var over. "Alle har svakheter men våre har voktet sine godt. Jeg er bare redd for at han har hatt flere spioner blant våre og det lenge også. Vi vil ofre alt, også våre egne nære og kjære for saken men enhver har sin grense, det er bare slik det er. "

Janrem strøk en hånd over kinnet hennes. "Jeg vil ikke ofre deg Carmariel, for deg vil jeg kjempe til evig tid om jeg må."

Hun sukket og klemte handa hans tilbake. "Jeg vet det, og jeg stoler på deg Janrem. Vi blir nødt til å utnytte det gudene har gitt oss av talenter maksimalt, også det fakta at du ikke kan dø."

Han så litt stram ut men det var noe i blikket som sa at han forsto. "Du vil la dem tro jeg er en nattvandrer ikke sant?"

Hun nikket. "Ja, om nødvendig. Det er uhellig magi Janrem, forferdelig og forbudt men selv de som følger kaosets guder frykter den. Om de tror at slikt er løst vil det gjøre dem usikre på hvem som har størst ressurser og det må vi utnytte. Vi må være uforutsigbare og slå til på måter de ikke kan vente seg."

Janrem bare sukket lavt. "Vi er fire, tror du vi kan gjøre så veldig mye av det slaget, storslagne redningsaksjoner og desslike?"

Carmariel så fast på ham. "Vi må gjøre hva vi kan, jeg vet at det finnes de som er lojale men de har nok gått i skjul nå. At min families gods er plyndret og angrepet vil være noe alle vet og de som fulgte min slekt vet hva de må gjøre. Alle vil ha gått i dekning."

Janrem svelget fort. "Kan du finne dem?"

Carmariel nikket sindig. "Selvsagt, jeg kjenner til alle skjulestedene, som den eneste."

Janrem bare smilte skjevt. "Det forbauser meg ikke, at du er den eneste altså. Om nå Cothrion finner ut at du er tilbake, hvordan vil han reagere?"

Carmariel så ned i bakken, de nærmet seg glennen i skogen og snart ville hun få se en drage for første gang i sitt liv. Det var noe hun både så frem til og gruet seg for. "Han vil reagere med vantro først, så vil han bli rasende og forvirret og ønske å vite hvordan jeg unnslapp. Og så vil han prøve å få meg tilbake, for enhver pris. "

Janrem bet tennene sammen. "Og du vil la ham gjøre det?"

Hun nikket. "Ja, det vil distrahere ham, og det vil samle hans tilhengere håper jeg. Ghuad burde kunne gjøre resten. Om de ser at balansens gudinne kan kalle til seg en drage vil det ta fra dem alt mot, all vilje til videre kamp. Det vil sikre min side makten for all tid fremover."

Han merket hvor anspent hun var, blikket som flakket. "Du tviler gjør du ikke?"

Hun vred på seg. "Selvsagt tviler jeg, men det er ingen vei utenom. Som Akisha sa, en må tenke som en hærfører nå, ikke som en person."

Glennen var foran dem, den var stor og flat og Ghuad sukket og nikket til de andre. Han gikk ut på midten av den og Akisha smilte fort til de to andre. "Snu dere rundt, lukk øynene."

De gjorde som de fikk beskjed om og brått ristet bakken mens et intenst lysglimt nesten blindet dem alle sammen på tross av at de klemte øynene sammen så det nesten gjorde vondt. Carmariel vågde nesten ikke åpne øynene igjen, hun snudde seg sakte og gispet og rygget to steg. Hun visste at Ghuad var stor men hun hadde aldri forestilt seg noe slikt, noe så enormt. Ryggen på dragen var på høyde med tretoppene, beina var som grove trestammer og hodet lenger enn flere stridslanser plassert etter hverandre, klør som spyd og tenner som var minst like imponerende og de enorme rødgylne øynene strålte av kraft og visdom men også villskap og blodtørst. Hun hadde trodd at svart var bare svart men hun tok feil, skjellene på kroppen glitret og skinte som skjellet på en bille i enhver tenkelig valør fra dypt midnattsvart og matt til skinnende som overflaten av en dam dekket med olje. Dragen var vakker, det var en merkelig erkjennelse å ha men den stemte. Ghuad var virkelig vakker, en skrekkelig skjønnhet men skjønnhet like fullt. En skjønnhet fylt med makt, med krefter for forferdelige til at noen kunne fullt ut fatte det. Hun nølte før hun gikk nærmere, følte varmen fra den gigantiske kroppen og hørte en dyp hamring som hun forsto var Ghuads massive hjerte. Hun ble litt mindre redd og Akisha nikket mildt til henne. "Når dette er over Carmariel, kan du titulere deg selv om dragerytter. Det er det ikke mange som kan."

Carmariel ble blek, en skulle ikke tro det var mulig for en svartalv men hun ble tydelig blekere på farge. "Må vi ri ham!?"

Akisha nikket muntert. "Ja, ingen vei utenom. Skal han kunne bryte veggen mellom dimensjonene trenger han mer fart enn han kan få på bakkenivå."

Janrem rullet med øynene og Carmariel klynket men Akisha tok det tydeligvis med ro så de måtte bare godta det. Ghuad la seg ned på buken og de brukte albuen og vingefestet til å klatre opp. Allikevel var det litt av en klatretur og Akisha viste dem hvordan de skulle presse seg fast mellom de oppstående skjellene på ryggen. De dannet nesten en slags kam langsmed hele drageryggen og langs halsen var skjellene så høye at de nesten lignet litt på en slags man. Det var en svært nervøs Carmariel som klemte seg fast og Ghuad reiste seg varsomt og Akisha smilte fort til dem. "Hold dere godt fast, det blir litt av et rykk når han tar av."

Dragen slo ut de enorme vingene og slo prøvende med dem et par ganger før han reiste seg på bakbeina og husket litt ned før han sparket fra og var i lufta. Carmariel skrek nesten, hun klamret seg fast og nektet å se ned, rykket hadde nesten røsket skuldrene hennes av ledd og de voldsomme bevegelsene under henne skremte henne. Janrem virket for å like det og Akisha var like uutgrunnelig som alltid, det var bare et svakt glimt i blikket som røpet at hun virkelig frydet seg over denne galskapen.

Ghuad steg fort, han brukte vingene maksimalt og snart var landet under dem kun en grøt av farge og tåke. Det var blitt kaldt og tungt og puste og ennå steg dragen fort. Han jobbet hardere nå for å opprettholde stigningen men han greide det merkelig nok. Det var magien i ham som gav ham makten til å fly og den kunne ta en drage så langt ut at den forlot luft og varme totalt.

Ghuad måtte ha fart for å greie dette, og tid. For å få begge deler måtte han så høyt som bare mulig og han visste at det kunne bli svært farlig for rytterne men det var ingen vei utenom. Omsider var han høyt nok, Carmariel skalv av kulde og hadde oppdaget at hun kjempet for å kunne puste og var kvalm og svimmel. De andre to var like påkjent men de var dyktigere på å skjule det. Dragen stillet litt, sto i lufta og siktet seg inn over et havområde der det ikke var trolig at noen så ham, så kremtet han og stemmen var som bulderet av en fjern tordenstorm. "Hold fast, lukk øynene, bli ikke redde." Carmariel adlød og Janrem klemte henne fort, for å gi henne litt oppmuntring. Ghuad begynte å mumle besvergelser kun drager kan klare å uttale, eldgamle ord glemt av alle andre slekter. En blålig glød begynte å omkranse ham og lyn virket for å fly fra dem. Verden der under dem ble enda mer utydelig, det virket for at krumningen de nå så tydelig så ble omvendt, som om de så ned i en dyp bolle i stedet for en kule og så ropte Ghuad et siste ord og rullet over skulderen og inn i et stup.

Farten økte enormt, dragen trakk på magien sin, forvrengte selve verdensveven rundt seg, endret virkeligheten på en måte ingen trollmann kan klare. Rytterne klamret seg fast med hamrende hjerter og verkende lunger og de merket en motstand, som om noe slet mot dem hele tiden men det var ikke luft. Det var noe annet, noe mer substansielt som føltes som om de falt gjennom en sky av luftig ull eller noe, noe som gav etter men kun motvillig. Ghuad ropte igjen, han ville nærmet seg bakken nå hadde ting vært normalt men han var mellom dimensjonene allerede. I ham levde makten fra de gamle ennå, fra de enorme dragene kun sagnene husket og på det rette tidspunktet la han hodet bakover og lot strupen fylles med ild. Han holdt kjeven stengt, presset økte til hele brystet virket for å være fylt med ild, så kastet han hodet fremover igjen, lot ildstormen løs i et blaff så intenst at det ville smeltet nesten alt tenkelig. Det kom et voldsomt rykk, farten økte dramatisk og så var brått luften kald igjen og klar og han slo ut vingene, bremset opp i luften og gliste selvbevisst. "Vi er fremme venner, åpne øynene og se."

Akisha åpnet øynene uredd som hun var, over dem var en stjernehimmel ulik noen annen hun hadde sett. Den var så intens og vakker at hun gispet, to små måner kunne sees men lyset fra dem var blekt og kaldt og det var stjernelyset som var mest fremtredende. Under dem var et mørkt land, kun noen få steder blafret det i lys og Carmariel stirret ned og gispet av synet. Hun hadde aldri sett sitt hjemland fra oven før og nå så hun hvor vakkert det var, og hvor stort det var. Hun snudde seg mot Janrem med et stivt smil. "Velkommen elskede, velkommen til Kharlead."

Kapittel 6: Mørkets land

Det er et rike gjemt i nattens drømmer
En skjønnhet for evig fanget i et slør
Av mørkets krefter det vil våkne
Men dagens lys aldri skue

Ghuad seilte sakte nedover, Carmariel prøvde desperat å orientere seg, det var meget vanskelig siden hun aldri hadde sett sin hjemverden fra oven men størrelsen på flekkene med lys fortalte henne hvor de største byene var og etter litt var hun i stand til å fastslå hvor de var. Hun pekte nordover. "Vi må i den retningen, mot hovedstaden vår. Det er der alt må avgjøres, det er der de høye ættene holder til. "

Akisha snudde seg bakover og så på svartalven som stirret ned med store øyne. "Vi kan ikke lande nær en by Carmariel, noen kan se oss."

Hun samlet seg. "Jeg vet det Akisha, men utenfor hovedstaden er det villmark i mange mils omkrets, samt en liten landsby jeg vet er på min ætts side i dette. Noen av de beste prestinnene noen gang har kommet derfra, de vil ikke skifte side uansett. De er så få og ubetydelige at Cothrion neppe bryr seg noe om dem. Jeg kan starte der."

Akisha sukket. "Tror du de har opplysninger vi kan bruke?"
Carmariel nikket. "Ja, jeg er villig til å vedde mye på det. Det foregår mye flyt av informasjon mellom landsbyene som ikke Cothrion og hans sleng er klar over. Jungeltelegrafen fungerer utmerket og de som tjener gudinnen for balanse har egne hemmelige måter å overføre beskjeder på."

Akisha smilte fort. "Godt, da lander vi der. Hva er dine planer videre deretter?"

Carmariel stirret ned, hun kjente igjen mer og mer nå som hun hadde identifisert sikre landemerker. "Jeg prøver å komme meg inn i byen, kan jeg få befridd mine er det første prioritet før jeg finner relikviet. Janrem får hjelpe meg der, så får jeg ta rollen som åte og se om vi kan røyke ut noen skadedyr."

Ghuad humret der han sakte gled mellom skyene og Akisha visste at Ghuad ikke kjente til noen form for nåde eller nøling når det gjaldt slike ting. Han brant gjerne opp en hel by med folk og alt om det krevdes. For den svarte dragen var liv noe han sjelden brydde seg mye med. De hadde greid å gjøre ham til en skapning som kjempet for lyset men han ville aldri bli bare god. Det var en umulighet.

De nærmet seg bakken nå og Ghuad senket farten kraftig, han slo lite med vingene siden den kraftige vinden det skapte ville advare om at noe var på ferde om det var folk til stede i skogen. I stedet brukte han magien sin og lot seg gli ned mot en slette på en liten ås. Han landet forbausende mykt ved tanke på den enorme vekten og forvandlet seg så fort de tre rytterne var kommet av. Han så seg rundt og blikket var fylt med djevelsk forventning. Han kunne gjøre stor skade også i denne formen og visste at han var deres fremste våpen.

Carmariel var brått den som skulle lede nå og hun kjente at den gamle treningen begynte å gjøre seg gjeldende, hun var oppdratt til å bli en leder, til å styre og herske og den gamle myndigheten kom sakte krypende tilbake. Hun kunne ikke tvile på seg selv nå, hun måtte følge denne stien til hvilken ende den enn brakte henne og gjøre det med stolthet og et hevet hode.

Det var mørkt der, men det var et underlig mørke for det var ikke så totalt som en skulle vente. Det sterke stjernelyset kastet et merkelig kaldt lys over omgivelsene og selv om det var fjernt og merkelig kjølig var det vakkert. Carmariel så utmerket godt i dette halvlyset, og Akisha også siden hun hadde de evnene hun tross alt hadde. Janrem slet litt mer men han merket at øynene vendte seg til det etter litt. Det var lite farger å se men det plaget ham ikke så mye som han hadde trodd. Han var for fokusert på oppgaven.

De gikk en stund og snart så de lys forut, det var en liten landsby omkranset av en ringmur av treverk og den virket fredelig og det var ikke engang vakter i portene. Carmariel snudde seg mot de andre.

"Dere må vente her, jeg kan ikke ankomme med fremmede for det vil få dem til å tro at jeg har blitt tvunget til å oppsøke dem. Kun alene kan jeg oppsøke mine allierte her."

Akisha rynket pannen. "Det er risikabelt, hva om Cothrion tross alt har plassert sine spioner her?"

Carmariel skar en stygg grimase. "Det er en mulighet, han har antagelig oversikt over alle som er på min side, men som sagt, det er få her og de er ikke noen av betydning. Selv Cothrion kan ikke ha ubegrenset med ressurser."

Hun tok en liten pause, stirret over mot landsbyen. "Det er en mann her inne jeg stoler på ubegrenset, han er ikke noen du kan korrumpere eller ødelegge på noe vis, han kjempet en gang sammen med min far og jeg vet at han vil gjøre alt han kan for å hjelpe. Skulle jeg ikke komme tilbake hit før de to månene går ned må dere fly til hovedstaden og brenn den. Brenn alt. Relikviet er i tempelet med rød kuppel, jeg tror gudinnen vil vise dere veien til det om dere prøver å finne det. Hun er på vår side i dette. "

Akisha la handa på Carmariels skulder. "Jeg hører hva du sier, men jeg akter ikke å gi opp Carmariel, vi vil ikke forlate dette stedet før vi vet at du er trygg."

Janrem så dypt inn i de mørke øynene. "Du vet at du ikke kan be oss bare forlate deg om vi tror du er i fare."

Carmariel trakk pusten dypt. "Om det er folk fra Cothrions side der inne og de tar meg til fange vil de ta meg med til ham med en gang, da vil dere se hvor de bringer meg. Følg dem. Det er alt jeg kan si foreløpig. Nå, la meg gå."

Janrem kysset henne hardt, han bet tennene sammen og lot fingrene gli gjennom de silkeaktige svarte lokkene. "Lov meg at du er forsiktig."

Hun nikket, kysset ham på pannen og frigjorde seg fra grepet hans.
"Hold dere skjult!"
Hun gikk fort, holdt seg til skogkanten og fant et sted der muren
hadde en glippe. Hun snek seg gjennom som en mus og landsbyen
var stille, hun hørte stemmer noen steder men de var rolige og
avslappede og ingenting uroet henne. Hun holdt seg til de dype
svarte skyggene, beveget seg som et åndedrag, som et lite dyr.
Huset hun var ute etter var på baksiden av landsbyen, det var lite og
fattigslig og ingenting røpet at den som bodde der var noe annet enn
en vanlig arbeider. Hun snek seg langs veggen av grovt tilhugde
tømmerstokker og fant det lille vinduet på siden av bygget. Hun
kikket forsiktig inn, det var stille der men noen beveget seg og hun
så at det var fyr på det enkle ildstedet. Hun holdt pusten, ventet
lenge. Noen beveget seg og hun så ham gå bort til ildstedet, legge
noen pinner på det. Han hadde et slitt teppe over de brede skuldrene
og virket sliten, nesten oppgitt. Han mumlet noe hun hadde hørt før,
og det fikk henne til å glise.
Hun snek seg til baksiden av huset, nabobyggene var stille og hun
visste at det neppe var noen våkne der. Og var de våkne ville de
ikke reagere på det neste hun gjorde. Hun plystret to ganger som en
stor maget nattugle og så ventet hun til hun hadde telt sakte til
hundre. Deretter sendte hun ut en lyd fra en temmelig vanlig frosk
som vanligvis lagde et sant leven om natten. Begge deler var
normale natt lyder ingen ville reagere på. Det neste var et fort bank
på en tømmerstokk før hun ventet i flere minutter og avsluttet med
paringsropet fra en hakkespett.
Det gikk noen minutter, så hørte hun at mannen der inne gjespet og
bannet og strakte seg, han kastet teppet av seg og nynnet noen
strofer av en kjente drikkevise som var så uanstendig at det ble sagt
at det fikk gledespikene i byens bordeller til å rødme heftig.
Carmariel nikket til seg selv, hun banket igjen, så lavt at det bare var
så vidt at han kunne høre det og han gikk bort til døra og åpnet den,
begynte å bære inn noen fanger ved og hun snek seg inn lynraskt, i
skjul bak den brede kroppen. Han stengte døra og snudde seg, i

nevene hadde han to sverd nå, de hadde vært skjult mellom vedskiene og han var forberedt på at dette kunne være en fiende. Carmariel slapp ned hetten og han stirret, øynene ble enorme et øyeblikk. "Carmariel?!"

Hun nikket. "Ja, det er meg Vulian."

Han bannet hest og satte seg ned, rakte aske over glørne så ilden ble dempet, gjorde rommet nesten helt bekmørkt men de så uansett.

"Gudinnen være velsignet, alle trodde du var tapt for oss"

Carmariel tok et dypt åndedrag og samlet seg. "Nei, jeg har ikke tid til å forklare nå men jeg er her og jeg har brakt med hjelp, mektig hjelp. Hvordan er situasjonen?"

Vulian sukket. "Elendig, alle vet at din slekt ble angrepet og ingen vet sikkert hvor de ble av. Cothrions sleng har dem garantert. Vi har spioner i byen men så vidt jeg vet har ingen funnet ut noe sikkert for øyeblikket."

Carmariel kjente at hjertet hamret i brystet hennes. "Men kan dere finne ut?"

Vulian nikket. "Så klart, nå som vi vet at du er her, håpet er returnert til oss jente, vi har noe å kjempe for når vi har deg."

Hun smilte skjevt. "Jeg vet det. Vet dere hva som skjedde i tempelet og hvordan Cothrion har oppført seg i det siste?"

Den høye krigeren gliste skjevt, det var glød i blikket igjen. "Vi vet at de overfalt deg i tempelet og tok deg med seg, vi trodde du enten var død eller bundet til det svinet på et eller annet vis allerede. Men han har etter sigende oppført seg som en kjøter med verketenner i det siste, noe har gjort ham rasende."

Carmariel svelget. "Han ville tvinge meg til å gifte meg med ham, og han har det mørke relikviet Vulian, jeg er sikker. Det er i hans eie nå, og det kan ikke forbli der. "

Krigeren svelget synlig. "Gudinne beskytte oss, hva er det du ønsker av oss o utvalgte?"

Carmariel lukket øynene. "Vi må befri mine slektninger og venner, har du mange folk vi kan stole på? Og jeg må finne gudinnens relikvie og sikre det. Deretter må jeg la meg ta til fange."

Vulian så vantro på henne. "Carmariel? Har du blitt gal? Hvorfor?"

Hun smilte litt nervøst. "Nei, jeg akter å bli kvitt hele det mørke tilbedende slenget i en omgang. Så mine slektninger må være borte fra sentrum av byen så fort som mulig, før jeg kan slå til. Jeg har brakt med meg hjelp som vil muliggjøre min plan Vulian. Det er farlig men eneste utvei. "

Vulian svor stygt. "Vi har noen få jeg vet vi kan stole på, kanskje en tredve førti mann, resten av våre er enten holdt under oppsyn eller tatt til fange."

Hun knurret nesten. "Cothrion akter tydeligvis å utradere gudinnens tilhengere."

Vulian så ned. "Det går rykter om at svinet akter å ofre dine slektninger Carmariel, at han akter å gjenoppvekke de glemte guder."

Hun svelget og kjente at hun gyste nedover ryggen. Hun tvilte ikke på at han var gal nok til det. "Han drepte en tjener som var forelsket i meg rett for øynene på meg Vulian, jeg tviler ikke på at han evner å gjøre det."

Vulian la handa over hjertet og bøyde nakken. "Jeg kjempet med din far Carmariel, aldri har Kharlead fostret en mer edel kriger enn ham og han reddet livet mitt flere ganger enn jeg liker å tenke på da vi kjempet mot orkene i nord. Jeg skylder ham alt, jeg vil ikke overlate en gammel våpenbror til slik en dyster skjebne, før dør jeg heller tusen ganger."

Hun smilte "Jeg tviler ikke på din lojalitet Vulian, har du noen her i landsbyen som kan stoles på?"

Han rynket pannen. "Ja, men bare et par er jeg redd. Prestinnenes familier blir overvåket nå, en slags magi tror jeg. De føler at noen følger med på alt de gjør så hold deg unna dem uansett om de er lojale eller ei."

Carmariel stønnet lavt. "Det mørke relikviet, selvsagt. Det har gitt Cothrion krefter han før aldri kunne ha drømt om. Hvordan kan han ha funnet det? Vel, det er noe jeg ikke har svar på og jeg vil neppe få det heller."

Vulian nikket og la armene i kors over det brede brystet. "Meg er det ingen som gidder å overvåke heldigvis. Alle vet at jeg kjempet side ved side med din far og din eldste bror men jeg er kun en av mange soldater som gjorde det. Få kjenner til vennskapet mellom oss, og de som vet om det holder kjeft."

Carmariel rødmet svakt, hun hadde hørt ryktene som gikk om at Vulian og hennes far hadde vært mer enn bare våpenbrødre men at de også hadde delt seng under felttoget de hadde vært en del av. Hun brydde seg egentlig ikke, noen så det som en skam at en herre av et høytstående hus lå med en vanlig soldat men hun kjente sin far og visste at det kun borget for at Vulian var en helstøpt og god person. Hennes far hadde alltid stolt ubetinget på ham og hun gjorde det samme.

"Kan du samle dem?"

Vulian nikket. "Ja, men ikke hit, det blir lagt merke til. Jeg har et sted i skogen vi kan bruke. Jeg kan sende bud til dem med en gang om du ønsker det"

Hun nikket stille. "Ja, gjør det. Jeg har med meg tre venner Vulian, de er meget uvanlige og svært mektige. En av dem…en av dem er min Ahndh'in."

Vulian løftet et øyebryn i en forbauset men glad grimase. "Virkelig? Du har funnet din ene? Det er jo fantastiske nyheter, så bra for deg. Hvem er han?"

Carmariel skar en grimase. "Det er vanskelig å forklare men saken er, Cothrion plasserte meg i en hule han har fylt med magi, han ville holde meg der men magi fra en annen verden forstyrret stedet. Den brakte meg til verdenen den kom fra og jeg ble fanget av en gal trollmann som brukte meg som et forhandlingsmiddel. Jeg hadde tapt minnet."

Vulian gispet. "En annen verden?"

Carmariel nikket stille og så ned. "Jeg ble mishandlet men ble berget og så møtte jeg noen som er tjenere av en gudinne som vår egen, gode og mektige sjeler som vil hjelpe meg. Og jeg møtte Janrem. Han var et menneske men nå er han…så mye mer."

Vulian rynket pannen. "Jeg stoler på deg min kjære venn men et menneske? Det ender aldri godt for en av oss."

Hun smilte litt trist. "I dette tilfellet trenger jeg ikke frykte Vulian, han er mer udødelig enn jeg er."

Vulian svelget hardt og så la han hendene på skuldrene hennes, øynene var blanke. "Jeg var redd vi aldri ville se deg igjen jente, da du forsvant tok du fremtiden med deg."

Hun skjøt haken frem, prøvde å være den sterke lederen hun var ventet å være. "Men jeg er tilbake nå og Cothrion og hans tilhengere vil angre på at de tok meg til fange. Vi vil utradere dem en gang for alle."

Vulian smilte mykt. "Der ser jeg din far i deg Carmariel. Ushanu var alltid slik også, gikk rett på og nølte ikke."

Hun nikket. "Ja, han lærte meg det. "

Vulian reiste seg mykt fra benken. "Jeg varsler de andre nå, vent her og om jeg ikke kommer tilbake før du har telt til fem hundre så er det en lem under senga mi, den leder ut bak huset i skjul bak utedoen. Det stinker men ingen vil finne deg der."

Hun bare smilte og den høye mannen gikk ut, stjernelyset skinte i det rødbrune håret og de dypt mørkeblå øynene. Han var mer firskåren enn folkene av hennes eller Cothrions slekter, mange tok det som et tegn på at de adelige var finere enn allmuen, at deres blod var renere og mer verdifullt men det motsatte var sant. De færreste av allmuen hadde røtter i andre verdener mens de adelige alle hadde forfedre som hadde bodd i den verdenen Carmariel nå hadde besøkt og av dem var mange enten lysalver derfra eller enda til av blandingsrase. Carmariel visste at en person som var halvt svartalv og halvt menneske ofte ble meget høy og smekker med den menneskelige partens farger. Hun skulle ønske at de finere slektene hadde greid å huske det fakta, onde tunger sa at lederen i den øverste av slektene som var tilknyttet tempelet og som hadde fått frem flest hellige nedstammet fra en vanlig gatehore og en fotsoldat med meget høye ambisjoner og svært lite skrupler. Umulig var det ikke, de høye ættene var ekstremt dyktige til å feie ting de ikke ønsket at andre skulle få snusen i under teppet eller endre historien så de ble husket som plettfrie mens de egentlig svømte i alskens skandaler og elendighet.

Vulian returnerte før hun hadde telt til tre hundre og han smilte skjevt. "Det er avtalt, de vil komme til den gamle steingraven ved elva, skal jeg gå først eller du?"

Hun svelget fort. "Jeg går først, jeg må finne de jeg har med meg og forberede dem."

Vulian nikket og satte seg. "Det er greit, signalet er et rop fra en tornsanger og tre froskerop."

Hun nikket og gav ham en fort klem. "Jeg skal huske det!"

Hun snek seg ut mens han lot som om han måtte rette på noen takplater som hadde forskjøvet seg og lekket og hun fant fort veien tilbake til de andre. Akisha og de to andre satt på noen steiner og hvilte og de så avventende på henne. "Jeg har funnet den mannen jeg vet er lojal og et par andre han stoler på."

Akisha nikket. "Det er greit. Og nå?"

Carmariel vinket på dem. "Vi skal møte dem, følg meg men vær stille og bli ikke for overrasket over dem."

Janrem tok handa hennes og hun så mykt på ham men gjorde ikke noe mer av det. De gikk fort gjennom skogen, den var svært fremmed for Akisha med enorme trær som virket for å strekke seg like inn i himmelen men luktene der var friske og merkelig levende. Ghuad var stille og virket ettertenksom men det var antagelig et skalkeskjul. Han følte energien i denne verdenen som noe meget påtagelig og han trodde han kunne likt seg der hadde han fått mere tid der.

Carmariel fant fort frem til steingraven som var to enorme steiner med en svær flat helle over. Vulian var allerede der og Carmariel virket litt nervøs da hun gav signalet. Hun kjente ikke de to andre som var der og håpet at Vulian ikke hadde tatt feil av dem. Vulian svarte og hun gikk frem med de andre i hælene, Vulian stirret med store øyne på dem og de andre to virket en smule skremt. Janrem holdt blikket senket så ikke de glødende blå øynene ble for synlige og Akisha hadde trukket kappen sin rundt seg så litt mindre truende ut slik. Ghuad kunne uansett skremt fanden på flatmark så det gikk ikke å skjule hva han var.

Vulian svelget hardt og Carmariel bukket kort. "Dette er Akisha, øverste prestinne for ulvegudinnen og våpenmester. Hun er en kriger som ingen annen. Janrem, min make og sjelevenn, han er en udødelig og langt farligere enn han ser ut for og Ghuad, han er…en drage med evnen til å skifte form."
Det lød et kollektivt gisp fra de tre som sto der og Vulian var blek. "I sannhet har du brakt oss mektig hjelp o utvalgte, en drage! De sier at fjellene skalv og at elvene kokte den gangen de siste dragene kjempet i fjellene i nord."
Ghuad gliste, et sakte ille varslende glis som avslørte hans natur for enhver som hadde øyne til å se. "Jeg kan neppe koke elver for så stor er jeg ikke, ikke som min forfar langt tilbake i glemte tider i en verden langt fra denne, men jeg kan koke blod og kropper og for min ild er ingen substans sikker. Vær forsikret om at jeg kan legge byer øde og redusere land til en ørken av aske og død."
Vulian skalv synlig, han så på Carmariel. "Dere vil brenne dem?!" Hun nikket. "Om nødvendig brenner vi alle Vulian, om nødvendig legger vi Arhandhur øde!"
Vulian rullet med øynene i vantro og frykt og de to andre klemte seg liksom sammen. "Jeg har vært uhøflig. Dette er Naray sønn av Henad og Moranel, sønn av Nhiir. Begge er tømmerhuggere men har jobbet i byen som tjenere."
De to bøyde seg fort da de ble presentert og Carmariel tiltet hodet lett. "Dere var tjenere, hvorfor sluttet dere? Det er en stilling som innebærer mange fordeler."
De to så fort på hverandre og Naray tok ordet, han var ganske kort og ansiktet svært arrete på ene siden, som om han hadde vært brent. Håret var mørkt blondt og huden ganske lys, bare det rødlige glimtet i øynene avslørte at han var en nattfødt, en svartalv. "Jeg tjente i huset til frue Abhada av huset Ohsanire, hun er en tante av Cothrion men svært lite fremme i maktspillet. Jeg ble behandlet verre enn en hund siden jeg var fra allmuen uten en dråpe edelt blod og da en av de halvgale og sadistiske elskerne hennes helte brennende lampeolje over meg fordi jeg tok dem på fersken i ferd med å gjøre diverse

motbydeligheter fikk jeg verken hjelp eller erstatning. Jeg slapp unna med livet i behold så jeg burde være glad til."

Carmariel knurret nesten. "Det ligner henne, hun er et forferdelig hespetre. "

Moranel kremtet. "Jeg fikk valget mellom å være …"

Han svelget hardt. "Jeg tjente hos huset Ohdenet, de er av Cothrions medsammensvorne og utrolig forkvaklet. De har begått innavl i flere omganger og deres yngste sønn ble gift til datteren av et mindre hus. Han var totalt idiot og ute av stand til og…ha ekteskapelig omgang med sin hustru. Han forsto ikke engang hva det dreide seg om og jeg tror aldri den fyren har hatt en reisning i sitt liv. De…"

Han rødmet intenst. "De så at jeg var sterk og storvokst og jeg har fire barn ærede, de krevde at jeg gjorde det deres sønn ikke kunne klare. Jenta han var gift med var kun et barn, hun hadde ikke engang bryster ennå! Jeg stakk av heller enn å gjøre noe så skjendig."

Akisha så fast på ham. "Det er godt, du ville fordømt deg selv i gudenes øyne om du hadde gjort som de sa. Du reddet din sjel og ære."

Carmariel så fast på dem. "Vi må til byen, vi må befri min familie."

Naray svelget synlig. "Min fetter bor ennå i byen, han kan kanskje hjelpe oss for han er lojal mot gudinnen. Det er hos de små og uanselige du må søke hjelp Carmariel, stol ikke på noen med makt for de er allerede enten fanget av Cothrions guder eller hans makt. Han har spioner og magi overalt."

Carmariel smilte sakte. "Griffen vil søke hjelp hos maurene. Så sier spådommen."

Akisha løftet et øyebryn. "Griffen?"

Carmariel nikket. "Mitt hus sitt merke er en griff. Den er stolt og sterk og grusom mot sine fiender og den gir aldri etter."

Janrem gliste kort. "Et utmerket merke."

Carmariel så fort på Vulian" Kan vi komme oss inn i byen uten at noen oppdager oss?"

Moranel skar en grimase. "Det sies at Cothrions folk holder øye med alle portene, at det er lagt magi over dem. Selv om ikke vaktene ser dere vil magien merke at en tjener av gudinnen er nær." Carmariel bannet og det lyste svakt rødt av øynene. "Men det er andre veier inn?"

Moranel nikket og han så ned i bakken, ansiktet røpet at dette var noe han ikke ønsket å snakke om. "Det er det, men det er farlig og ubehagelig og det er langt fra sikkert at dere kommer dere inn."

Akisha knep øynene sammen. "Forklar?"

Naray bøyde seg ned, grep en pinne og gav seg til å tegne streker i sanda. "Byen er godt befestede, murene er meget tykke og går dypt, men de er ikke totalt tette. Det går en kloakkledning gjennom dem, fra den vestre delen av byen som ligger høyest i terrenget."

Carmariel gliste litt skjevt. "Akkurat den bydelen vi er ute etter!"

Janrem gyste nedover ryggen. "En kloakk? Åh gudinne!"

Akisha klappet ham på ryggen. "Ikke vær redd, en venner seg til lukta, hvor dypt går den?"

Moranel sukket. "Dypt, den er lagd så det ikke skal være mulig å komme seg inn i byen via den, med mange gitter og noen steder er den lagd slik at det er væske fra golv til tak."

Akisha virket tankefull. "Og mellom vil det ikke være luft, men gass. Jeg kjenner til den metoden. Enhver som må puste vil slite med å komme seg gjennom, er strømmen sterk?"

Nalay ristet på hodet. "Nei, som en vanlig rislebekk men når det regner blir den rene floden."

Akisha så på Vulian og de to andre. "Og hvordan skal det gå for seg at vi skal komme oss gjennom der?"

Moranel bet seg i underleppa og øynene var litt fjerne. "Uh, det krever en del ja, men noen skylder oss en tjeneste og vel, det vil kreve magi."

Akisha fnyste. "Magi? Jeg stoler ikke på den slags."

Naray nikket. "Det gjør ikke vi heller ærede men det er ingen annen vei inn."

Vulian svelget tungt. "Dere tenker på Oshride ikke sant? Hun er ikke til å stole på, hun kan kjøpes og jeg skal banne på at Cothrion allerede har henne i siktet. Enhver som lefler med magi er interessant for ham."

Moranel bikket på hodet. "Det er mulig, men han vil neppe ta i henne med en ildtang en gang, hun er Blhe'thyd, han vil ikke tillegge henne noen gode egenskaper i det hele tatt og aldri i verden om han vil la det bli kjent at han har hatt behov for tjenestene til en slik."

Akisha så forvirret ut og Carmariel sukket. "Det er flere raser her enn bare oss svartalver, orker finnes også og en form for dverger også og så har vi en rase som kalles for Amthale, de kan blande seg med svartalver og avkommet er levedyktig men infertilt og de blir sett på som udyr og vanskapninger."

Akisha så hardt på henne. "Og denne Oshride er en slik? "

Moranel nikket kort. "Det er hun, hun har arvet magien og kunnskapen etter sin far som var en slags sjaman for klanen sin. Jeg tror vi kan få henne til å hjelpe oss av en bestemt årsak."

Carmariel sukket tungt, hun gned seg i tinningene. Tiden gikk og de kunne ikke nøle, de måtte bare utnytte de sjansene de fikk selv om det betydde at de måtte stole på en halvblods. "Og den årsaken er?"

Moranel kastet det lange svarte håret bakover og de dypt blå øynene var nesten litt triste. "Cothrions hus har lenge hatt for vane å more seg med å jakte på Amthaler, jeg vet at Cothrion var med på det laget som drepte hennes far og resten av familien. De hang hodet hans på porten sin. Hun vil sette pris på å få vite det sikkert."

Akisha nikket sakte, det glødet stygt i de blå øynene. "Hat og ønsket om hevn er en sterk drivkraft, jeg vil tro at den er sterk nok for henne. Vi må prøve."

Naray la armene i kors. "Da må vi reise nå med en gang, det er ingen tid å miste. Hun lever som eremitt ved en elv ikke langt fra byen, om hun er villig til å lytte til oss er et annet spørsmål men det får vi se når vi kommer så langt."

Carmariel virket brått litt nervøs. "Har dere hester i landsbyen?"

Vulian ristet på hodet. "Ser vi rike ut? Nei, men jeg kjenner skogens herre Carmariel og han skylder meg en tjeneste. La meg ordne det."

Carmariel gyste nedover ryggen men nikket og Vulian gikk ut på sletten ved steingraven og la hodet bakover. Han gav fra seg et underlig ordløst rop, det var nesten et ul men ikke helt og det rommet en slags tomhet og lengsel. Det var noe urgammelt i det, noe merkelig opprinnelig. Det ble stille og alle holdt pusten, Janrem holdt Carmariel i handa og Akisha følte at hårene reiste seg på nakken hennes. Ghuad bare stirret med uutgrunnelig ansikt, han virket for å vite mer enn han ville ut med.

Det ble en bevegelse i tåken som hang like over bakken, noe beveget seg gjennom den, noe usynlig. Sakte ble noe av tåken trukket opp og formet en skikkelse, enorm og ruvende med form som en mann men allikevel ikke. Det virket for at underkroppen var som på et dyr og hodet var heller ikke menneskelig. Vulian gikk frem, han sa noe på et merkelig syngende språk og han fikk svar også virket det for. Akisha følte at noe stirret på henne med øyne som var like eldgamle og mektige som gudinnen hun tjente, dette var denne verdenens versjon av ulvegudinnen men mer primitiv, mindre opptatt av andre ting enn skogene og dens liv.

Skikkelsen virket for å skue like inn i sjelen på dem alle sammen og det underlige ansiktet de så vidt kunne skimte hadde et uttrykk av noe som lignet morskap. Vulian nikket litt nervøst. "Han vil hjelpe, om Cothrions gud får makten her går det til syvende og sist ut over hans skoger også."

Skikkelsen falmet hen, ble borte som tåkepust for sola og de merket en svak dirring i bakken. Føtter nærmet seg og Akisha holdt pusten. Brått løp en flokk dyr inn på sletta, pelsen deres var svart men det virket allikevel for at de nesten skinte som sølv og hun kunne sammenlignet dem med hjorter hadde de ikke vært en god del høyere enn en hjort med lengre bein og hals og vakre hesteaktige hoder med en rekke hornaktige utvekster langs neseryggen. Noen hadde større enn de andre og de var farget i merkelig skarpe toner av rødt og svart, det måtte være hanner. Dyrene hadde en lang katteaktig hale og føttene var mer poter enn klover. De var merkelige men vakre.

Vulian smilte nesten kjærlig. "Vi er beæret, få har noen gang fått æren av å ri en av disse."

Akisha så tvilende på dyret som stanset foran henne og stirret på henne med milde men bestemte øyne, det virket for spedt til å bære noe som helst men antagelig var de sterkere enn en skulle tro.

Vulian sa noe til dyrene og de gryntet til svar og knelte så det var mulig å klatre opp. Selv Ghuad steg opp på en av dem og dyret gjorde ikke noe av det, hester ville normalt sett ha tiltet totalt om Ghuad prøvde å ri dem men det gjaldt altså ikke disse vakre dyrene. Akisha klappet sin varsomt på den lange nakken. "Hva er de?"

Vulian smilte varmt. "Vi kaller dem vindens barn, Ekhele. De er hellige for oss."

Dyrene begynte å bevege seg, sakte til å begynne med og bevegelsene var helt annerledes enn å ri en hest. Det var mer som å skulle sitte på en katt som løp og Vulian nikket til Akisha. "Legg deg fremover og legg armene rundt halsen hans, han vil ikke la deg falle av, tro meg."

Hun adlød og Janrem gjorde det samme og brått slo dyrene over i et helt annet tempo. Det gikk så fort at Akisha hadde vondt for å tro det, selv ikke hennes mektige Stålhauk ville greid å holde følge med disse. Vulian gliste bredt. "De er dobbelt så raske som noen hest, og kan løpe i dager om de må."

Akisha holdt øye med skogen, de raste gjennom den og dyrene sprintet forbi trær og sprang over steiner og andre hindre som om det ikke var noe å bry seg om. Det var spennende men skremmende på samme tid, kraften hun følte i dyret under seg var overveldende og av og til gav den fra seg et kort snøft som om den snakket med de andre. De fulgte ingen sti men kjente tydeligvis skogen godt og Akisha visste at de nærmet seg byen for de krysset veier og åkre og så lys her og der. Det var små gårder og landsbyer og de så lys i det fjerne nå som ble sterkere og sterkere.

Akisha hadde sett byen fra oven men nå ble øynene hennes store mens hun sakte stirret på det som kom nærmere og nærmere. Hun hadde sett storslagne byen før men dette var noe for seg selv. Murene var enorme og hvite som snø, øverst var de tydeligvis prydet med border i stein i andre farger og bak murene reiste seg et underverk Hun hadde aldri sett slik arkitektur noen gang, det minnet henne om spunnet glass, om en by av krystall og is. Tårn og spir så elegante og smekre at det var nesten naturstridig at de sto, kupler og tak som virket for å stråle og mellom dem mørkere steinbygg som var mindre elegante men ikke mindre imponerende og vakre. Carmariel svelget av synet. "Arhandhur, vår hovedstad. Lysets by." Vulian skar en grimase. "Mere mørkets om Cothrion og hans fordømte sleng får det som de vil. "

Dyrene vendte nå, de fulgte en elv som fløt sakte gjennom terrenget og skogen som sto der var massiv og eldgammel. Akisha følte det bare, den var nesten bevisst på et vis, svært levende og vital. Carmariel hvisket stille ord mens de red mellom de gigantiske svarte stammene. Løvverket høyt der oppe virket for å være rødt og bakken også virket for å være rød. Det var lite lyd å høre, laget av døde blader dempet all lyd.

Moranel nikket og klappet dyret sitt vennlig. "Vi er snart ved hytta hennes. La oss håpe at vi kan overtale henne til å hjelpe oss og at hun ikke forråder oss."

Vulian sukket. "Vi kan håpe men forvent det verste."

Carmariel snudde seg mot Akisha og Janrem. "Ikke la henne skremme dere, utseendet hennes er uvanlig for de som ikke er vant med slike skapninger."

Akisha bare nikket og forberedte seg mentalt på hva som helst egentlig. Dyrene saknet farten og Vulian så skarpt på dem. "La meg snakke, ikke motsi meg på noe vis og vær ydmyke. Hun er stolt og sta og vant med at alle ser ned på henne. Det skaper ingen vennlig sjel."

Akisha kunne forstå det, det skapte bitterhet og hat tilbake og hun visste at Carmariel hadde rett i at dette kunne være en skapning de egentlig ikke burde stole på. Hun så at de nærmet seg en liten glenne mellom noen ekstra store trær. Carmariel smilte fort og det var noe skjelmsk i øynene hennes. "En må snakke til henne på et bestemt vis, ikke la dere bli berørt av det. Hun har en annen måte å oppføre seg på enn andre og en kan ikke vise svakheter eller være overdrevent moralsk rundt en slik, det vil bare føre til at hun overser oss."

Det var en bygning der på glenna, bygd innunder stammen på et tre som hadde fått en knekk i ungdommen og hadde vokst vannrett en stund før stammen igjen strakte seg oppover. Trestammen var rene taket og bygget under den var heller merkelig. Det virket for at alt mulig var brukt som byggematerialer, Akisha så både planker og bindverk lagd av flettede kvister dekket med leire, noen murstein var smurt sammen uten mørtel et annet sted og noen deler av veggene måtte være falne greiner omflettet med tynne kvister av noe som lignet pil og så var gras og mose og dyrehår stappet inn i åpningene. Hun hadde aldri sett et mer sammenrasket bygg noen gang, det var et mirakel det sto!

Vulian la hodet bakover og ropte et eller annet og deretter steg han av dyret og gjorde tegn til at de andre fikk gjøre det samme. Med en gang de hadde kommet seg av dyreryggen løp dyrene bort igjen og Akisha sukket og konsentrerte seg om hytta. Det blafret seg svakt lys mellom sprekkene og hun kjente lukta av aromatisk røyk og noe som måtte være urter. Hennes nese var mer følsom enn noe menneskes og hun skakket på hodet og begynte å skjønne at denne Oshride virkelig var en slags sjaman eller heks. Det knaket svakt i en del av veggen som kanskje kunne beskrives som en slags dør, den ble nærmest bare løftet ut av et spor og noe mørkt skjermet mot lyset. Akisha kunne bare måpe, hun hadde aldri sett en slik skapning noen gang og hadde store vansker med og i det hele tatt å fatte hva hun så for den var så forskjellig fra alt hun kjente til at det var vanskelig for henne å sette ord på det. Det eneste hun egentlig klarte å tenke var at dette var noe gudene neppe hadde forutsett da de fullførte skapelsen.

I sirkus var stemningen stille som før, Rheynek satt hos Enez som ennå ikke hadde våknet og han var ute av stand til å lukke et øye. Naragh var optimistisk når det angikk henne, hun var ikke blitt noe verre og det var et godt tegn. Om hun skulle ha blitt verre burde det ha skjedd for lengst, i stedet hadde tilstanden hennes vært stabil hele tiden og nå var feberen på vei ned igjen, det var i det hele tatt gode tegn. Naragh var nesten sikker på at hun ville våkne igjen snart og han hadde gitt lærlingene sine strenge ordre om hva de da skulle gjøre. Utenfor byen begravde de folk i hopetall nå, mange ble reddet av å bli kjølt ned, faktisk virket det for at kuren ble mer og mer effektiv men det kunne også skyldes at antallet smittede ble stadig større og da var det bare naturlig at andelen folk det virket på økte. Men som pest gjerne gjør tok den folk både høyt og lavt og på det kongelige slottet hang flaggene svarte nå. En av kongens unge døtre hadde gått bort og rykter sa at også en av hans hustruer lå på det siste. Det var urovekkende, selve strukturen i landet ble svekket på dette viset.

Rhylja satt ved Thoran sin seng og hun halvsov, hun var grå i ansiktet og det lange gylne håret av ukjemt og hang i vaser nedover ryggen. Ansiktet var grimete av tårer og hun var rødøyd. Det gikk gale veien med Thoran, Naragh trengte ikke si noe, hun skjønte det. Arjhed hadde prøvd å trøste henne men det seg ikke inn hva han enn sa. Hun bare satt der, som lammet i stum fornektelse av det som var i ferd med å skje.

Hun rykket til da Thoran hostet grunt, hun stirret vill øyd på ham. Han lå rolig og blikket var merkelig matt og fjernt, det vanlige livlige uttrykket i ansiktet var erstattet av et som best kunne beskrives som melankolsk. Hun grep en kopp med urtete og løftet den til leppene hans, han svelget langsomt en slurk og smilte trett til henne. "Rhylja, husker du da vi møttes første gangen?"

Hun nikket og svelget panisk, ville ikke vise ham tårene som vellet opp, sorgen som rev i hjertet hennes allerede nå. Hun hadde sett talløse mennesker dø, hun følte den mørke engelens nærvær som få andre og han var i rommet nå. "Da du så meg som en åndsforvirret trollmann eller da jeg avslørte meg?"

Han smilte fjernt. "Det siste Rhylja min, du tilbød meg deg selv, mot at jeg holdt kjeft om hvem du egentlig var."

Hun hikstet. "Som om jeg noen gang kan glemme?"

Thoran gispet etter luft igjen, øynene rullet og hendene grep tak i teppene desperat. Hun jamret seg fortvilet, sanset smertene hans, fortvilelsen og frykten. Det var grusomt, hun hadde elsket ham fordi han var alt hun aldri kunne bli, alt hun ønsket å være og nå, nå mistet hun den beste delen av seg selv. Han roet seg igjen, lukket øynene. "Årene jeg har delt med deg Rhylja har vært verdt det, jeg har levd Rhylja, og sett og lært ting få andre menn noen gang får oppleve. Jeg er takknemlig."

Rhylja jamret seg. "Nei Thoran, ikke slipp taket, ikke gli bort. Jeg vet ikke hva jeg skal gjøre uten deg!"

Han smilte svakt og hun tok handa hans, kjente hvor kald den var, hvordan den skalv svakt. "Fortsett Rhylja, gå den veien din herre peker ut."

Hun fnøs, kjente en trang til å skrike, til å utfordre skjebnegudene selv om det gav ham livet tilbake. "Det er ingenting uten deg."

Thoran stønnet, hun så mørke flekker spre seg i huden, han var døende. "Det er noe du bare tror, hør på meg Rhylja, jeg ser ting så klart nå. Jeg var kun et redskap, kun født for å gi deg disse årene, for å forberede deg."

Hun snufset. "Hva snakker du om?!"

Han gispet, øynene rullet. "En annen er ment for deg Rhylja, for evigheten, for jegerguden. Du kan nekte og du kan kjempe men skjebnens vev er ferdig vevet, ingenting kan endre den."

Rhylja kjente tårene svi i øynene. "Nei Thoran, jeg kan aldri elske noen annen."

Thoran kunne snaut gjøre annet enn å hviske nå. "Hvem snakker om å elske, om kjærlighet? Bundet er du og bundet blir du, bundet ble du Rhylja, da du lot den hornkledde gi landet fruktbarheten tilbake gjennom deg. "

Rhylja svelget hardt. "Arjhed."

Thoran hev etter pusten. "To valgte Rhylja, et par. Som Akisha og Raigh, Elywen og Våk, Frostfugl og Khir, Rheynek og Enez. Godta det, husk meg med glede og sørg ikke, du gav meg….kun glede."

Hun ristet på hodet, følte at sjelen hans sakte slapp taket. "Nei Thoran, ikke forlat meg, ikke gå."

Han åpnet øynene igjen, en siste gang. Huden var blitt blek igjen, øynene skinte som den dagen hun møtte han første gangen, da han var ung og ivrig og ute på sitt livs første egentlige eventyr. "Husk meg som jeg var Rhylja, jeg har elsket deg, berget sjelen din. Gå og bli hva han ønsket du skulle være."

Han snudde hodet mot henne, smilte kjærlig og hun kjente at han klemte handa hennes. "Rhylja, min lille katt"

Blikket hans var brått tomt. Håndgrepet uten kontakt, uten kraft, hun hev etter pusten, ristet handa, stirret på ham. Stirret på det ennå unge ansiktet som ikke lenger rommet liv, stirret på øyne som ikke lenger skuet denne verden. Det brast for henne, hun hev seg forover, grep ham, ristet ham, skrek ut til lungene føltes som om de skulle briste i henne. Hun merket at hender grep henne, rev henne bort. Så at hender lukket øynene hans, la et laken over den sjelløse kroppen og hele tiden hørte hun det, skriket. Et desperat skrik i fornektelse, i raseri.

Noen løftet henne, hun sparket, slo, kjempet. Hender var på henne, holdt henne. Noe ble helt i munnen på henne og hun prøvde å spytte det ut men hun måtte svelge, fikk ikke luft ellers. Og alt snudde seg på hodet, verden spant for henne, hun ville ikke, kunne ikke men alt ble sakte svart og det siste hun så var Arjheds tårevåte ansikt og Naraghs gamle rynkete sorgtunge.

Det gikk kanskje en halv time, så visste alle at Thoran var gått bort og Whaly fikk heist sørgeflorene på murene, så falt hun sammen i sorg og det samme gjaldt de fleste andre der. Det ble grått og Elywen og Frostfugl gikk til den skjulte hagen for å be. De følte seg nære gudinnen der og de visste at livet nå ville bli ganske annerledes for deres unge søster. Jegerguden var en mye mer aggressiv guddom enn gudinnen, mer maskulin av natur. Det å være hans utvalgte krevde like mye av en som å være prestinne for gudinnen men på en annen måte. Han var mer av en naturguddom, i ham levde naturkreftene mye nærmere overflaten. Arjhed var antagelig klar over sin rolle, men ingen ante om han var klar for den rollen. Han var en svært privat person, det var sjelden han snakket om hva han tenkte og følte og slik sett var han svært lik Rhylja, kanskje for lik også. Raigh var svært nervøs og han led nå som han ikke visste hvor Akisha var og om hun var trygg eller ei. Våk og

Khir prøvde å holde seg hos ham, holde ham opptatt med ord og tanker og han satte pris på det på sitt vis. Vanligvis når det var noe som tynget pleide de å gå til Derns kro og drikke men det var ikke mulig nå. Men broderlig omtanke og forståelse rakk allikevel svært langt.

Vulian sto og stirret rett på skapningen i døra, han virket rett og slett litt frekk, utfordrende. Han holdt haken høyt og blunket snaut og Akisha husket på å holde munnen lukket, hun fryktet at hun ville se ut som en idiot ellers. Skapningen der fremme var umenneskelig, hodet var litt som på et slags dyr av noe slag, men uten snute, nesa var ikke stort større enn på et menneske. Det minnet kanskje litt om hodet på en katt med store hårete ører og skrå gylne rovdyrøyne. Huden var dekket med pels unntatt akkurat i selve ansiktet der den var brunaktig og furet og kjeften så ut som på en ulv eller noe slikt. Det merkeligste var at hun hadde horn, som på en vær.
Kroppen var grov og bred og dekket av en tykk skitten kappe men Akisha kunne se kraftige lange armer med hender som lignet litt på dragehender med klør. Hun fant det vanskelig å tro at dette var en halvblods og ikke en fullblods av hva det nå var den rasen het.
Oshride spyttet på bakken, skar en foraktfylt grimase og blikket gled over dem, sakte og vurderende. Det stanset ved Janrem og det kom noe vantro i de merkelige øynene for noen sekunder. Vulian svarte med en heller vulgær bevegelse og gest og Oshride knegget nesten og hveste noe som sikkert var minst like fornærmende. Akisha kunne ikke helt forstå hva det var denne skapningen ønsket? Å bli grundig fornærmet? Carmariel sto bare der med kappen frem over ansiktet og til slutt sukket hun og trakk den tilbake. Oshride stirret på henne, bikket på hodet og steg frem noen skritt. Carmariel stirret ufravendt på den merkelige skapningen, hun blottet tennene. "Vi har navnet på din fars banemann, og vi søker hans død. Gir du oss middelet for å nå det målet?"
Oshride knurret nesten. "Min fars navn ble vanæret, mitt folks blod spilt kun for fornøyelsens skyld. Gi meg navnet."
Carmariel gliste kaldt. "Gi oss middelet."

Oshride gled nærmere, øynene røpet lite av hva skapningen tenkte på. "Du er sta utvalgte, er du sterk?"

Carmariel fanget blikket til Oshride med sitt eget nattsvarte. "Som bergets røtter, som jordens blod. Gi oss middelet."

Oshride hveste og tok et steg tilbake, en hand med klofingre løftet seg sakte mot ansiktet til Carmariel men sank igjen, Oshride så brått usikker ut. "Dere ønsker hans død, hvordan vet jeg at dere snakker sannheten? Hvordan vet jeg at dere vil lykkes?"

Ghuad hadde slått ned hetten sin nå, han knurret og Oshride stirret med store øyne, skapningen krøp nesten sammen. "Vi vil lykkes, de mørke vil brenne og lyset vende tilbake."

Oshride svelget synlig, hodet senket seg og det stolte uttrykket ble borte. "Jeg gir dere middelet, for hvor mange?"

Carmariel smilte kaldt. "Fire, min make her trenger det ikke og Akisha og vindrytteren skal avlede oppmerksomheten og gi oss støtte."

Oshride nikket. "Kloke ord og vise beslutninger. Men vit dette, det virker kun noen timer."

Carmariel smilte sakte. "Det vet vi, og det er alt vi trenger."

Oshride snudde seg, vagget nesten tilbake til den merkelige hytta og ble borte i noen minutter. Da hun vendte tilbake bar hun med seg noen merkelige amuletter. De virket for å være lagd av leire og forestilte en slags fisk. Det var festet en lærreim til alle og hun la en i nevene på hver av de fire som trengte dem. "Ta dem på når dere skal begynne ferden, og ta dem av igjen når dere er ute og i sikkerhet. Men skynd dere, magien i dem varer som sagt ikke lenge."

Carmariel nikket. "Vi husker det vise og edle, og vi vil ære ditt navn."

Oshride nikket stramt og de merkelige øynene lyste. "Bring meg hans død, vask vår vanære bort med blod. Det er hva jeg ønsker."

Carmariel smilte kaldt. "Så skal det bli."

Akisha hadde vært taus hele tiden og hun hadde betraktet skapningen med smale øyne. Det var lite som røpet hva kjønn den var av bortsett fra at den kanskje hadde litt rundere hofter enn en hann ville hatt og stemmen var dyp og hes. Hun undret seg virkelig på hvordan en fullblods av den rasen så ut. Oshride snudde blikket mot Akisha. "Datter av gudinnen, din makt er stor og din vrede kald som vinden fra nord. Jeg ser hans blod på dine hender, drep ham for meg søster, hevn våre edle døde."

Akisha frøs nedover ryggen, skapningen hadde evnen til å se fremtiden, hun tok et dypt åndedrag og smilte myndig. "Det sverger jeg."

Oshride bukket kort for dem. "Gå nå, gå og frels byen og folket, ikke la de udyra føre tilbake de mørke tider som var."

Carmariel la hendene i kors over brystet, bukket kort. "Du har vårt ord Oshride."

Vulian nikket respektfylt til Oshride som snudde seg og gikk tilbake til hytta uten et ord mer og Carmariel så på amuletten hun hadde fått. Den føltes merkelig og hun sanset magien i den, Moranel og Naray virket litt nervøse og Vulian gliste kort. "Vel, vi finner fort ut om dette faktisk virker."

Akisha tok Carmariel i handa, trykket den hardt. "Jeg og Ghuad får prøve å skape litt diversjoner, kjenner du til noen mål vi kan ta ut som vil skape mye oppstyr uten at for mange uskyldige blir drept?"

Carmariel nikket sindig, det var en ny myndighet i blikket hennes. "Huset Khinoai har en eiendom sør for her, dere kan ikke ta feil av den. De vokter ei bru over elva, alle som krysser må betale toll. Den er av treverk."

Ghuad gliste sakte. "Jeg forstår."

Akisha bikket på hodet. "Og dette huset støtter Cothrion?"

Carmariel nikket. "Ned til tjenere og slaver, de er fanatiske men skjuler det utrolig godt. Offisielt er de et av de beste og mest fredelige husene, helt og holdent forsverget de nye veiene."

Akisha gliste og klappet Elthear på sverdknappen. "En ulv i fåreklær med andre ord."

Carmariel smilte og det var noe svært fornøyd i blikket hennes. "Går brua mister de inntekter også Cothrion vil savne, han vil få vite om det med en gang, tvil ikke på det."

Akisha smilte. "Og så? Er det mer som kan gjøres?"

Carmariel fniste nesten. "Selvsagt, jeg skal tegne det opp."
Hun trakk frem en enkel penn fra en lomme og rev av noen flak
med lys bark fra et tre like ved, der tegnet hun opp noen enkle kart
og krysset ut noen mulige mål. "Ta dem ut fort, la ikke noen se at
det er en drage og jeg vil tro at du Akisha vil kunne merke om noen
er de mørkes tjenere eller ei, drep dem om du ser dem. Jo færre som
blir igjen til etterpå jo bedre. At vi har Ghuad og brenner Cothrions
palass vil nok knuse kampviljen men en kan ikke vaske stripene av
en tiger så lett"
Akisha bare nikket og Ghuad gikk til sletta like ved og forvandlet
seg fort. Krigerprestinnen klatret opp og spente seg fast og dragen
var i lufta med et byks og de hørte bare de tunge vingeslagene før de
ble borte i mørket.
Carmariel snudde seg mot de andre. "Vi må skynde oss, det er en
god marsj til tunnelen og vi har dårlig tid. Vi må løpe."
Vulian bare smilte. "Ja, å la ikke noe stanse dere nå, vår skjebnetime
er nær. "
De la på sprang og Janrem var glad han var i god form og vant med
å løpe lenge og hardt. Han var kanskje endret men han var i stand til
å bli sliten, det tok bare lenger tid for ham enn for andre.
Landskapet frem mot byen var forholdsvis åpent men det var store
strekker med skog og Carmariel forklarte at det var de høye ættenes
jaktmarker. Ingen fikk ha gårder eller landsbyer så nær byen, det
skulle være villmark så de edle ikke trengte å reise så langt for å
måtte more seg. Det gav dem en viss fordel men det var folk der på
tross av dette og Carmariel ledet dem kyndig forbi vaktbuer og veier
og små bygg brukt under jakten.
Hun saknet farten da de nærmet seg murene. Janrem hadde vokst
opp i Cathendar, steinneven, byen med de syv murer men selv den
bleknet sammenlignet med disse murene. De var så enormt høye, og
han fattet knapt hvordan de var bygd. Det måtte være kjemper som
hadde skapt noe slikt. Carmariel sniffet, hun brukte de skarpe
sansene sine og Janrem kjente også lukta som seg gjennom luften.
Hans nese var skarpere enn før etter forvandlingen, han hadde
svakere smakssaks men det hadde han vendt seg til. Han fulgte etter

henne, høye trær vokste helt opp mot murene mange steder og vanligvis ville det vært galskap men med så høye murer var det liten fare og det gjorde bare at byens skjønnhet ble enda mer tydelig. Den virker naturlig, som noe som hadde grodd ut av jorden selv.

Vulian holdt skarpt øye med omgivelsene og Moranel og Naray trippet nesten, de var tydelig ivrige men redde også.

Carmariel fant kloakktunnelen etter en stund, den var stor og det rant en bekk ut av den. Det var et gitter helt ytterst men det var så grovt at det ikke var noe problem å sno seg gjennom det. Stanken var kongelig og Carmariel gliste stygt. "Skitten fra de rike bydelene lukter ikke noe bedre enn den fra de fattige."

Vulian nikket sindig tilbake og pakket buksene godt inn i støvlene. "Sanne ord."

Janrem gyste men krøp gjennom, innenfor åpningen var det totalt mørke og selv ikke hans unaturlige øyne kunne skimte stort men Carmariels øyne glødet rødt og det samme gjaldt de andre tre, bare ikke så sterkt. Janrem bannet lavt for seg selv og Carmariel fniste kort. Hun tok frem noe fra en lomme, det var en liten stein og den begynte å gløde svakt. "Ta denne, den gir litt lys men skjul den om vi hører noe."

Moranel og Naray hadde trukket frem noen ganske lange kniver fra slirer de bar langs lårene og det samme gjaldt Vulian. Carmariel hadde to korte smekre sverd og Janrem hadde Bit og Hoggtann klare. De tok på seg amulettene og begynte å gå fremover, Vulian smilte skjevt til Janrem. "Vær på vakt gutt, det er farer her nede, tunnelene er hjem for mer enn bare stank og mørke."

Janrem gyste nedover ryggen, han husket kloakken i Cathendar og de digre rottene som pleide å holde til der nede, store som en skjødehund. "Rotter?"

Vulian ristet på hodet med et bredt glis. "Åh, rotter er det minste problemet, tro meg!"

Janrem bet tennene sammen. "Så vanvittig beroligende!"

Akisha og Ghuad svevde på vinden, Akisha hadde undret seg på om det i det hele tatt var natt og dag der og nå begynte hun å skjønne at det kun var de små månene som dannet et skille, når de var nede var det tydeligvis natt. Ghuad forsto visst hva hun tenkte. "Denne verdenen er i låst rotasjon rundt sin sol, sola er på andre siden hele tiden. Jeg vil tro at det er brennhett der."

Akisha bare gyste av det og stirret ned, hun så snart elva Carmariel hadde nevnt og etter litt så de også broen. Den var stor og imponerende og meget vakkert bygg, det var trist å ødelegge noe så vakkert men det måtte bare gjøres. Det var lite folk på veiene nå, Akisha kunne så vidt skimte noen få i det svake stjernelyset men broa var for øyeblikket tom. Det var noen vakter i hver ende men Ghuad siktet seg inn mot midten. Han ventet til noen skyer skjermet såpass for stjernene at ingen ville se ham, så suste han ned på stive vinger og spydde en kompakt stråle med ild rett ned på det midtre spennet. Det gikk så fort at ingen rakk å se at ilden kom ovenfra og dragen steg igjen med en gang og stilte i lufta, stirret ned på infernoet.

De hørte rop og skrik og vaktene løp rundt rimelig forstyrret men broa var redningsløst fortapt. Drageild lar seg sjelden slukke og spennet gav etter før fem minutter var gått og raste ned i elva mens ilden spredte seg videre i begge retninger. Broa var ødelagt og Akisha ventet til hun så at vaktene red det remmer og tøy kunne holde, antagelig for å gi beskjed. Ghuad humret for seg selv og steg igjen, neste mål var en kornsilo, og så skulle de ta seg av et bryggeri som gav store inntekter for Cothrions medsammensvorne. Han kom snart til å ha mye å tenke på, svært mye.

Janrem hadde aldri trodd at luft kunne bli så tykk av stank at en nesten kunne drikke den, og han var akutt kvalm men kjempet seg frem. Vannet ble dypere og nå nådde det dem til livet, og det var tyktflytende og fylt med ting han foretrakk og ikke å vite noe om. Carmariel hvisket noen ord og et svakt blålig lys la seg rundt dem alle, det merkelige var at det var som et ekstra hudlag, det spredte seg ikke mer enn et par centimeter fra kroppen og Janrem så forvirret på henne. "Hva?"

Hun smilte skjevt. "Beskyttelse, det er diverse utrivelige parasitter og slikt i vannet en bør unngå å komme i kontakt med"
Janrem gyste igjen, han hadde ikke trodd det kunne bli mer motbydelig men det ble det altså, og de ville bli nødt til å dykke i dette svineriet? Åh guder, han angret på at han ble med allikevel. De rundet en kurve og nå gikk det nedover og de hørte en merkelig skrikende lyd. Vulian svor lavt og Carmariel bet tennene sammen. "Og her har vi en innbygger ja, forbered dere."
Hun løftet handa og en lysende kule steg mot taket, Janrem forsto at det å være en skjebnefødt faktisk gav henne evner ingen andre hadde og at hun var mektig på sitt vis. Hun hadde bare ikke vist det før. Litt lenger fremme så han en skygge i taket, det lignet litt på en grotesk forvokst flaggermus men dyret kunne neppe komme seg ut derfra, den var for stor til å kunne ta seg gjennom gitrene og vingene virket forkrøplet. Han spyttet og så at dyret var blindt, det manglet øyne men nesa var enorm og flat og kjevene merkelig lange med flere rader tenner. Den så ikke trivelig ut men de tre andre virket ganske rolige. Vulian trakk frem en liten armbrøst fra pakningen han bar på ryggen, den var bare noen tommer lang og hadde noen små piler i et slags kogger med lokk. Den svære krigeren gliste stygt. "Vi er forberedt min venn, gift!"
Vulian vadet bare forover og sendte avgårde en pil, dyret merket visst ikke engang at han var der og Carmariel smilte beroligende til Janrem. "De er giftige i seg selv de skapningene der, vi kan ikke ta sjansen på at den angriper. De er blinde og nesten døve men eter fisk og slikt i vannet, de finner det de eter ved hjelp av tynne hår som henger ned i vannet, ser du dem?"
Janrem rynket pannen, nå så han at det faktisk hang hår ned fra de merkelige vingestubbbene som var holdt utstrakt. De var svært tynne og nesten usynlige og han undret seg over økologien på dette stedet. Det gikk litt, så slapp de svære klørne taket i festet og dyret ramlet rett i vannet uten så mye som en lyd. Carmariel sukket. "Jeg liker ikke å drepe et uskyldig dyr men vi måtte bare, vi hadde ikke kunnet komme forbi den uoppdaget, de trådene er meget følsomme."

De gikk videre og snart måtte de svømme, Janrem gyste av avsky igjen og Carmariel virket svært konsentrert. De tok seg fremover så fort de kunne og etter litt kom de til et punkt der taket sank såpass at de ble nødt til å svømme under vann. Hun sukket lavt. "Nå får vi se om Oshrides amuletter virker."

Janrem trengte ikke luft, han bare lot seg synke og gikk langs den slimete motbydelige bunnen og de andre tok dype åndedrag og lot seg synke også. De fulgte ham og han så at de brått ikke trengte luft heller, og de så godt i vannet. Det var virkelig sterk magi og han var takknemlig for Oshrides samarbeidsvilje, uten magien ville de aldri ha greid dette.

De kom opp igjen etter flere hundre meter og så ut som drauger, det fulgte et heller tørt strekke av tunnelen men det var ikke luft der. De skyndte seg alt de kunne og Moranel telte avstanden. De måtte vite hvor de var og de måtte passere flere slike steder der de måtte gå under vann. Tiden gikk og de visste at magien ikke fungerte så veldig lenge.

De kom opp igjen til et strekke som nå var innenfor murene og Vulian spyttet og hostet og vred seg. "Pføy, men nå er vi ferdige med å gå under vann. Heretter, hold øynene åpne, vi er under byen nå."

Janrem nikket og de hadde gått kanskje hundre meter da de så de første rottene. Janrem hadde sett store rotter før og var ikke egentlig redd dem men disse var enorme, han trodde knapt det han så. En fire fem kom styrtende mot dem og Carmariel trakk sverdene sine og spant rundt, kappet av dem hodet eller kappet struper og Vulian tok noen også. De løp videre, Janrem sammenlignet de døde rottene med slaktede griser bare at griser er uendelig mye penere enn disse beistene. Han så lys nå, det sev ned litt lys gjennom noe som måtte være rister i gatene og de måtte være stille nå. De hørte lydene fra byen over seg og Carmariel ledet dem gjennom det som nå begynte å ligne en labyrint av ganger, det var den finere bydelen de var ute etter og etter ytterligere en stund var de fremme. Her var det lite stank og tunnelen var liten og forseggjort. Carmariel snudde seg mot de andre. "Vær stille, og gjør som meg."

Hun sto og lyttet ved noe som måtte være et kumlokk og så løftet hun det opp. Moranel kikket opp og nikket, de var på riktig sted. De snek seg opp og Janrem så skjevt på Carmariel som holdt dem i skyggene. Et stykke unna var det en fontene og hun snek seg bort til den, gled ned i vannet som en annen ål og var under en stund mens hun gned seg desperat.

De andre gjorde det samme og ble kvitt noe av stanken. Carmariel så på de to yngre mennene. "Så, hvor går vi nå for å få nyheter og informasjon?"

Moranel bikket på hodet. "Opp den gata, jeg kan gå først. "

Carmariel nikket og de fulgte etter ham, de måtte finne ut hvor Carmariels familie ble holdt fange og de måtte finne relikviet også. Det hastet veldig.

Narays fetter bodde i en bakgate, han var tjener for en mester i lauget som tok seg av garving og fremstilling av godt lær og av den grunn var det aldri noen som brydde seg om at det stinket i området. Det var en egen gate satt av til garverlaugets folk og siden det stinket så ille der var det lite sannsynlig at noen gikk dit som ikke absolutt måtte. Det var uvanlig at en slik bedrift fikk plass i de bedre bydelene men de var avhengige av avrenning og mye vann og dette var den eneste delen av byen der det var garantert. Magiske vegger beskyttet resten av byen fra stanken og det var store rikdommer forbundet med garveriene så det ble tolerert så lenge en slapp å se særlig mye til prosessene.

Naray sørget for at de andre var godt gjemt i en mørk krok før han gikk til døra og banket på. Det var stille lenge, så ble en slå trukket fra og en liten luke åpnet i døra. De hørte et svakt gisp, så ble døra åpnet og Naray vinket på dem. De skyndte seg inn og døra ble stengt bak dem. Carmariel stirret på Narays fetter, han var temmelig lik Naray med unntak av at han ikke hadde arr og han var noe høyere med lysere øyne. Han stirret storøyd på dem og virket totalt lamslått. "Carmariel? Guder, alle har trodd du var død!"

Hun smilte skjevt. "De ryktene er overdrevne som du sikkert ser. Men vi trenger hjelp, og det fort."

Naray klappet slektningen sin på skulderen. "Oilar, vi trenger å samle alle vi kan stole på, vi må finne familien hennes og få dem i sikkerhet. "

Vulian så strengt på den temmelig sjokkerte alven. "Det er folk her som er lojale mot gudinnen ennå ikke sant?"

Oilar satte seg ned, han lente hodet mot ene handa og blunket som for å samle seg. "Ja, joda, jeg kan samle noen titalls sjeler men det er folk fra golvet kan en si. Ingen av de som betyr noe kan kontaktes, det krypet har alle under oversikt"

Vulian nikket. "Vi regnet med det ja, hva har skjedd her i byen i det siste?"

Oilar kremtet. "Vel, Cothrion har nesten greid å kapre makten her totalt, det er hans folk som har de fleste betydningsfulle posisjoner nå. De akter å ta over snart. Jeg og noen få til har prøvd å stikke kjepper i hjulene for dem men det er begrenset hva vi kan gjøre, vi er få og det vil egentlig være nytteløst."

Carmariel snerret. "Ikke nå lenger, vi har hjelp og vi har håp. Hva med min familie, vet dere noe om dem?"

Oilar skar en grimase. "Alle tjenerne og slavene har blitt overført til andre hus, de har blitt besverget så de ikke skal huske hvem de egentlig er lojale mot men de blir noenlunde behandlet og ingen er døde så vidt vi vet. De har ikke råd til å drepe absolutt alle, da blir det snaut folk igjen i byen, magi er god å ha slik."

Naray sukket. "Cothrion hadde ikke slik magi før, så det er så avgjort noe i at han har det mørke relikviet."

Oilar fortsatte. "Carmariels nærmere familie er holdt fange i et av palassene til Cothrion, det store huset med de røde tak."

Carmariel gren på nesa. "Det er en festning, ikke et palass."

Oilar nikket. "Ja, men våre folk har greid å finne ut hvem som er der, det virker for at hele slekta er samlet på et sted. Cothrion liker å bruke familiemedlemmer å presse andre med, det er mer effektivt om en kan se hva som skjer med dem. Vi greide å få en av våre inn dit, han lot som om han var en kreditor som krevde tilbake penger en av fangene skyldte ham"

Carmariel så nervøs ut. "Vet dere hvordan det står til med dem?"

Oilar så ned, han var svakt blek. "Dårlig, mange er svake og flere har blitt torturert. De får lite mat og særlig barna lider. Ingen av dem har blitt drept men…."

Carmariel måtte holdes tilbake for og ikke filleriste Oilar. "Men?!" Han så ikke på henne. "Din mor er død Carmariel, Cothrion hengte henne da din far nektet å si noe om hvor du kunne ha blitt av. Din far har blitt torturert men han er i live, Cothrion vet at han er for viktig til å bli tatt livet av på en slik måte, han vil ikke skape martyrer. "

Carmariel gispet og tårene rant av henne. "Resten?"

Oilar så ned i golvet. "Dine brødre og søstre er i live så vidt vi vet men din tante Theleia er død, Cothrion voldtok henne og hun fikk Maiharel til å ta livet av henne etterpå, hun greide ikke leve med seg selv etterpå."

Janrem stønnet, for et svin. "Og Maiharel er?"

Carmariel hadde satt seg ned, hun hulket. "Min fars butler, vår mest lojale tjener. Han vil aldri svikte vårt hus."

Vulian nikket sakte. "Jeg husker ham, han var en av din fars beste generaler i krigen mot orkene, ubøyelig lojal."

Carmariel bet tennene sammen. "Og Cothrion vil bruke det mot ham, bann på det. Maiharel er sterk, Cothrion vil aldri greie å knekke ham ved å torturere ham men om de piner far kan det være at selv Maiharel knekker."

Moranel sukket. "Cothrion bruker de en elsker mot en, det er bare slik de forbannede dyrkerne av kaos er. For dem er omtanke og kjærlighet kun svakheter."

Carmariel samlet seg. "De andre slektningene mine?"

Oilar svelget synlig. "De sier at de som ikke er så nært beslektet med din far holdes adskilt fra hoved familien, vi vet ikke helt hvordan det står til med dem men de er også i det bygget et sted."

Carmariel hadde fått noe hardt i blikket. "Alle skal ut, absolutt alle. Vi må slå til hardt og fort og få dem vekk."

Oilar bikket på hodet. "Unnskyld meg men hvorfor? Hvor kan de dra? Cothrions sleng vil finne dem og fange dem igjen nesten med en gang, de eier byen nå."

Carmariel snerret, det hørtes ut som en stor katt. "Ikke for så veldig mye lenger, det kan jeg love deg. Vi har et hemmelig våpen. Vi må bare få dem ut til utkantene av byen og jeg må finne relikviet og så fungere som åte. Cothrion må tro at han har vunnet."

Vulian så vennlig på den forvirrede unge alven. "Vi har en drage med oss, han og en til av våre er i ferd med å gjøre livet hett for mange av Cothrions tilhengere."

Oilar bare måpte. "En drage? En ekte ildsprutende vindrytter?"

Janrem nikket sindig, "Ja, i aller høyeste grad."

Oilar bet seg i underleppa. "Greit, ok, jeg tror dere. Hva er planen?"

Carmariel tok en dyp pust og samlet seg. "Dere tar så mange dere kan og redder slekten min, får dem ut og gjør det fort og skjul dem godt. Jeg og Janrem går til tempelet, jeg trenger relikviet, kun jeg kan kreve det."

Oilar svelget og han var litt blek. "Er du ikke redd? Det vil ødelegge deg om du ikke er verdig?"

Hun sukket. "Jeg vet men det er ingen annen utvei, vi trenger det av flere årsaker."

Oilar reiste seg, han så nervøs ut. "Jeg må sende ut bud da, med en gang. Jeg kjenner noen få jeg vet vi kan stole helt på, deres lojalitet er ubestridelig og de er så lavættet og ubetydelige at Cothrion neppe vet at de eksisterer i det hele tatt. Han bryr seg ikke om allmuen i det hele tatt."

Vulian gliste sakte. "Det ligner ham på en prikk, han undervurderer alle andre enn seg selv og sine. "

Oilar gikk bort til baksiden av rommet og åpnet et lite bur som sto skjult bak en stol. Det inneholdt et lite katteaktig dyr med kort hale og flekkete pels, det pep spørrende og Oilar festet en liten lapp til halsbåndet det bar før han slapp det ut av en luke i døra. "Den går rett til en venn av meg, han vil sende budet videre. "

Janrem så litt perpleks på Vulian som gliste kort. "Vi bruker de dyra som budbringere, det yrer av dem og ingen gidder stanse dem heller for de biter stygt om de ikke kjenner den som tar beskjeden de bærer og de er så like så det er vanskelig å se hvilken som tilhører hvem. "

Oilar nikket sindig. "Og vi bruker en kode på alt vi skriver, om noen leser det står det bare at jeg er forbannet på mottakeren fordi sønnen hans er for intim med datteren min og om en prøver å avkode det får en bare noe forferdelig kaudervelsk."

Janrem rynket pannen. "Men hvordan fungerer det da?"

Oilar knegget hest. "Beskjeden er skrevet på innsiden av halsbåndet, ikke på lappen, og den er skrevet på et alfabet kun dvergene bruker. Ingen våger og blandet seg bort i deres affærer. De er arg sinte som rabide kjøtere og frykter ingenting. Å erte på seg dvergene er å be om trøbbel, ikke engang Cothrion våger det."

Janrem måtte glise av det og Oilar åpnet et skap og trakk frem noen kopper og et brød og en ost. "Jeg får være vert til noen ankommer, jeg vil tro dere er sultne?"

Carmariel nikket og hun tok takknemlig i mot brød og ost men Janrem merket hvor anspent hun var. Hun stolte på Vulian og hans dømmekraft men det kunne være råtne epler i selv en godt sortert tønne og alt avhang av at de ikke ble avslørt for tidlig. Hun spiste sakte og Janrem ulvet ned sin porsjon med litt mer iver. Moranel og Naray satt ved bordet og snakket lavmælt med hverandre og Janrem klappet Carmariel på handa. "Jeg er lei for å høre om din mor, det er forferdelig."

Carmariel nikket sakte. "Om ikke Ingolemo hadde manet meg til seg kunne det vært forhindret, jeg ville vært nødt til å gifte meg med Cothrion men familien min ville vært trygge, i det minste for en stund."

Janrem sukket. "Og vi ville aldri ha møtt hverandre."

Hun nikket. "Det er en pris å betale for alt, også for vår lykke."

Han strøk handa over kinnet hennes. "Jeg vet det. Jeg kan bare håpe at vi klarer dette."

Hun sa ikke noe, kysset bare handa hans og smilte sørgmodig. Han så sorgen i blikket hennes. "Jeg vet så lite om din familie Carmariel, hvor stor er den egentlig?"

Hun fniste. "Enorm Janrem, det er skikken blant de høye ættene å få en stor familie, for å holde på makt og binde seg til de andre slektene. Jeg har fjorten søsken, minst femogtjue tanter og onkler og hvor mange søskenbarn og tantebarn jeg har har jeg mistet oversikten over. "

Janrem måpte. "Fjorten søsken?!"

Hun nikket med et fnis. "Far pleide å si at mor var for fristende til at han kunne holde seg borte fra senga hennes mer enn et par netter av gangen og hun var for glad i barn til å nekte ham noe."

Janrem måtte glise. "Pleier å være slik, jeg hadde bare en søster og hun døde av hoste da hun var to."

Carmariel sukket. "Det var leit."

Han trakk på skuldrene. "Jeg var fem da hun døde, jeg husker henne knapt."

Carmariel rettet seg opp. "Jeg har åtte brødre og seks søstre, alle er gift og har egne barn med unntak av min yngste søster Sihelene, hun skal bli prestinne og derfor gifter hun seg aldri."

Janrem bikket på hodet. "Det gjør ikke prestinner der jeg opprinnelig kommer fra heller. "

Hun stirret ut i luften. "Mine onkler og tanter er forretningsfolk, nesten alle av dem. Og jeg har en haug med fjernere slektninger også, vi er kanskje en fem seks hundre personer med alt."

Janrem plystret. "Dæven, det er en hel klan!"

Hun nikket og smilte. "Og gjett om vi vet det, men slik er det med alle slektene."

Han lente seg fremover. "Virkelig? Hvor stor er Cothrions slekt?"

Carmariel skar en stygg grimase. "Minst femten hundre personer med stort og smått, de er mektige men slekten Dhinalar er størst, de er minst fem tusen sterke men de fleste av dem bor i nord, i en av de mindre byene. Er bare en rundt to hundre av dem her i byen tror jeg. De er lojale mot oss men har lite makt siden de er så få. Men de er rike så Cothrion har neppe gjort den generaltabben det er å overse dem. De er sta og kan reise en hær på kortere tid enn det tar å løfte skjørtene på en gatehore."

Janrem måtte glise av sammenligningen. "Da skjønner jeg at han neppe bør undervurdere dem."

Carmariel nikket fort. "Cothrion har antagelig minst sju av de tretten sterkeste ættene med seg, samt rundt tolv av de tjue svakere. Det gir ham masse folk men det er ikke sikkert at alle er så lojale mot ham når alt kommer til alt, mange er på hans side fordi de ikke har fått noe valg. Om de tror at de har en sjanse til å slå fra seg snur de og viser sin sanne lojalitet, i det minste håper jeg det."

Janrem nikket bare sindig. "Og den minste ætten her da?"

Carmariel smilte og han nøt synet av det blanke hvite tennene, hun var mer enn bare vakker når hun smilte, hun var slående. "Hmm, av de edle er det slekten Ihmeshren. De er kanskje ti personer totalt og samtlige er eldgamle selv slik alver ser det. Jeg tror den yngste er rundt tolv tusen år gammel, den eldste ble sagt å være gammel allerede da de første av vår rase forlot Kharlead."

Janrem måtte svelge, å leve i flere titalls tusen år, hvem orket egentlig det? "Hvordan står de når det gjelder denne maktkampen?"

Carmariel gliste litt skjelmsk. "Utenfor, de er helt utenfor. Ingen av dem har hatt beina på bakken på flere tusen år tror jeg, De lever helt i sin egen verden og blander seg aldri inn i andres interesser i det hele tatt. Og ingen våger å gjøre dem noe, de er nesten som et slags symbol for oss. De er hellige, selv ikke Cothrion vil tørre å røre ved deres interesser på noe vis, da får han alle på nakken."

Janrem rynket pannen. "Har de noe makt på noe vis?"

Carmariel bare heiste på skuldrene. "Ikke materielt vil jeg tro, de er ikke særlig rike men de er den eneste av de edle slektene som er helt fullblods, de har ikke noe fremmed blod i seg og de sier at de førstes magi lever i dem."

Janrem skulle til å si noe da det banket diskret på døra og Oilar gikk og åpnet. Det var en kvinne med langt mørkebrunt hår og hud i nesten samme fargen. Hun så sliten ut og var fattigslig kledd men det brant en het flamme i blikket hennes. Oilar fikk en fort klem og kvinnen gikk bort og knelte foran Carmariel, det var beinhard vilje i fjeset.. "Ærede, om noen få timer vil vi ha samlet våre, vi har rundt førti vi kan regne med stiller. Ingen av oss har noe å tape men alt å vinne. Og alle hater kaos tilbederne mer enn noe annet."

Carmariel smilte stivt. "Det er godt. Vi må skynde oss. Men det passer bra tidsmessig, Cothrion bør ha fått beskjed om at noe skjer utenfor byen da."

Kvinnen smilte smalt. "Jeg er kjent som Naraliel og jeg vil følge deg ærede, den siste skjebnefødte."

Carmariel la handa på skulderen hennes. "Da Naraliel skal du bli med meg og Janrem til tempelet, vi trenger noen som kan vokte ryggen vår."

Naraliel så stolt ut og Janrem merket utstrålingen hennes, den var trassig og sterk og vitnet om at denne kvinnen hatet Cothrions folk intenst. "Du kan slåss håper jeg?"

Han bikket på hodet og hun nikket bare. "Ja ærede, jeg kan slåss. Jeg var vakt hos en familie som gjorde noe Cothrions slekt mislikte. Jeg hadde fri den kvelden slenget hans kom og ødela alt. De drepte min herre med kaldt blod etter at de hadde voldtatt kona og døtrene foran øynene på ham og skåret strupen over på dem og de brente hele eiendommen med tjenere og slaver innestengt."

Janrem måpte nesten, det var for rått til å være virkelig men det var sant. Naraliel flekket tenner. "Om Cothrion og hans medsammensvorne får makt blir det skjebnen til alle som våger å protestere, til enhver som ikke er sterk og rå. Det er ikke et slikt samfunn vi ønsker."

Janrem sukket. "Amen til det!"

Akisha og Ghuad hadde ødelagt mye på en ganske kort tid, de hadde sett bygg og utstyr i flammer og særlig bryggeriet hadde vært et flott skue med nesten eksplosjonsaktig utvikling. Akisha visste at noen uskyldige garantert ble drept men det var ingen vei utenom. Et par steder hadde de vært nød til å ty til annet enn ild, Ghuad var stor nok til å ødelegge ting også på en annen måte og han rev noen bygg slik mens Akisha tok seg av en del personer der på den måten hun likte best, med sverdet i hånd. Hun så på auraen om det var folk som var forsverget mørket eller ei og hun nølte ikke. De rakk å se henne, noen rakk å trekke blankt også men ingen rakk å forsvare seg særlig lenge. Hun var for dyktig og for bestemt på å greie dette. Cothrions folk var kanskje rå og hensynsløse men de var ikke våpenmestre, ingen av dem var det. Hun raste gjennom et par kaserner med soldater som en dødens stille slåttekar og kverket Cothrions medsammensvorne før Ghuad tente fyr på byggene og hun kjente på seg at hun gjorde noe nyttig. Dette var hva hun var trent for, hva hun var ment å gjøre og hun nølte aldri. Dette var alt hun var, hennes essens. Når hun sloss slik levde snøtigeren i henne og pustet like under overflaten av den hun var, det var så lite som skilte henne og rovdyret hun huset i sitt indre og hun håpet nesten at hun fikk muligheten til å slippe det helt løs. Hun skapte elver av blod denne natten men angret ikke, når hun gikk løs på mørkets tilhengere visste hun at hun var med på å skape en bedre fremtid for en hel verden og et helt folk og hun visste at dette var hva gudinnen ønsket av henne. Akisha kjente ingen tvil når hun gikk til angrep på noen, hun nølte ikke. For snøtigeren var det å drepe naturlig, kun en del av naturen og dette var som å renske ut ugresset av en åker så det ikke fikk kvele grøden. Ingen av dem de kom over var så mye som en utfordring for henne, de fleste ble for forskrekket over synet av henne til å rekke å sløss nevneverdig bra.

De fløy rundt og nå la de seg på vinden over byen, de ventet til tiden var inne. Akisha ville vite når det passet å slå til, Carmariel hadde forsikret henne om at hun ville se signalet når det kom, det ville neppe være noen tvil og Akisha gledet seg nesten til å slå til. Hun håpet bare at det ikke tok for lang tid for tiden tikket og gikk og for de der hjemme var hver time verdifull.

Rhylja hadde blitt plassert i et eget rom, Naragh og hans lærlinger hadde vasket Thorans kropp og gjorde den klar for begravelsen og det var en nervøs stemning der nå. Rhylja var en svært ustabil person, de visste hva hun hadde vært gjennom og det skulle så lite til før hun klikket og ble farlig for andre og seg selv. Naragh hadde gitt ettertrykkelig ordre om at hun aldri skulle få være alene selv om hun ba om det og de andre kvinnene skiftet på å sitte ved senga hennes. Naragh helte i henne sovemedisin hver gang det virket for at hun var i ferd med å våkne. Arjhed satt ofte der også, han følte en slags forståelse for henne som de andre manglet, han følte også jegergudens nærvær og for ham var det enda sterkere enn for henne. Han hadde huset guddommen i sin egen kropp og mente at han kanskje forsto hvordan deres valg og tanker påvirket verden rundt dem.

Thoran hadde vært en vennlig sjel, åpen og mild og uten et vondt bein i kroppen, en sjel av lyset. Rhylja var avhengig av ham for å kunne skyve skyggene fra fortiden til side og bli den hun ønsket å være men Arjhed hadde skjønt temmelig fort at Thoran ikke var sterk nok for Rhylja. Han brakte balanse til livet hennes og det var nødvendig og bra men hun var helbredet fra de tunge tankene nå, Arjhed var kanskje ung og lite erfaren men selv han hadde vett til å se at Thoran før eller siden ville blitt satt i skyggen av Rhyljas kall og deretter ville livet blitt bittert og kaldt for dem begge.

Han hadde likt Thoran, likt den åpne og likefremme måten gutten hadde tett seg på. Arjhed kom til å sørge dypt, som alle ville gjøre. Men han visste at Rhyljas sorg ville bli en annen, en sorg ulik deres. Det hun ville sørge over var en mann som hun hadde elsket men det var også en ide, et håp. Det var tanken på en gang å bli normal, bli et vanlig menneske, få en skjebne som ikke skilte seg fra massenes og for henne var kanskje det den aller bitreste delen av det. Hun hadde ennå ikke helt godtatt at verden for henne aldri mer ville bli helt som for andre, at hennes vei var utpekt og at det ikke ville være mulig å forlate den. Hun måtte bare snart åpne øynene og innse sannheten. Hun var jegergudens utvalgte, hans prestinne, slik ville det alltid bli.

Arjhed skulle så gjerne ha trøstet henne, han ante ikke hva jegerguden nå ønsket av ham men han håpet at det ikke ble noe som gikk i mot hans dypeste ønsker og håp. Rhylja var på en måte et idol for ham, alt hun kunne og visste var noe han så gjerne skulle tatt del i, og han var dypt imponert over evnene hennes. Hun hadde allerede lært ham mye men han visste at det kun var litt av alt hun hadde lært. Og hun var vakker, lokkende enda til. Det var en slags vill sensualitet ved Rhylja som de andre kvinnene der manglet, noe primitivt og opprinnelig som var utrolig fristende, i hvert fall for ham. Andre menn ville kanskje ikke likt det like godt men for ham var det svært dragende. Han hadde skjøvet de tankene vekk før, tross alt var hun en annen manns kvinne og Arjhed ville aldri gå mellom et etablert par.

Det var bare at når han så Rhylja hadde han en merkelig følelse av at han hadde rørt henne, av at han kjente henne også på det området. Det var som om han rommet minner han ikke riktig kunne gripe fatt i, minner som var noen annens men allikevel hans egne. Det hendte at han våknet om natten med hennes ansikt i tankene og en kropp som verket etter hennes og han skjønte ikke hvorfor. Men det var en forbindelse mellom dem, det var umulig å benekte det, og like umulig å skyve under teppet. Han skulle bare ønske han visste hva den var, og hva den til slutt skulle bety for dem begge.

Elywen satt ved Rhyljas seng da hun begynte å våkne igjen, hun var ikke bedøvet igjen denne gangen, de måtte la henne våkne til syvende og sist og Elywen var sterk nok til å kontrollere selv Rhylja om hun slo seg vrang. Den blonde jenta hikstet og åpnet øynene, et kort øyeblikk var tatoveringene hennes tydelige igjen og blikket var vilt og oppsperret. Elywen la handa på skulderen hennes, hvisket beroligende ord og Rhylja la hodet bakover og jamret seg. Hun husket, og hun kjempet mot begynnende hysteri med alle sine krefter. Elywen strøk henne over kinnet og Rhylja brøt sammen. Hun krøllet seg sakte sammen til en ball mens hun gråt som et barn og Elywen ble sittende å stryke henne over ryggen, hjelpeløst vitne til en fortvilelse hun så alt for godt forsto men ikke kunne hindre eller forminske på noe vis. Rhylja måtte selv finne veien ut av sorgen hun følte.

Kapittel 7: Nattens juvel

I mørket finnes skjønnhet
I mørket skjules styrke
Om dets makt virker ukuelig og sterk
Husk da at kun et lite lys jager det på flukt

Det gikk noen timer, så kom det en liten guttunge med bud om at folk var klare, at de som var å stole på hadde blitt samlet. De var klare til å gå i aksjon for å befri Carmariels slekt og venner og hun trakk pusten og reiste seg. Vulian grep henne i handa. "Jeg vil lede dem, jeg har ledet slag og angrep før, jeg vet hvordan jeg skal utnytte de få folkene vi har. Gå til tempelet Carmariel, finn relikviet og krev det. "

Hun nikket og Oilar rakte henne en kappe som virket så fattigslig og ordinær at ingen neppe så to ganger på den. Janrem svelget fort og hun kysset ham på kinnet. "Jeg stoler på deg min kjære."

Han nikket og klemte handa hennes. "La oss gå, vi kan ikke kaste bort mere tid nå."

Naraliel så ut som en vanlig beboer av byen og Carmariel nikket vennlig til henne. "Gå bak oss, hold deg på avstand og ikke la noen se at du er med oss, i tempelet holder du deg på avstand til jeg kommer meg bort til dørene inn til prestinnenes avdeling. Da blir du med oss, forstått?"

Naraliel gliste kort, et heller hardt smil som røpet bitterheten som kokte i henne. "Jeg får vel slåss?"

Carmariel smilte trist. "Ja, du vil måtte slåss, er du også villig til å dø for saken?"

Naraliel så fast på henne. "Å dø for gudinnen og den utvalgte vil være en ære."

Janrem følte seg lett sjokkert over hvor pragmatisk det hørtes ut, men han forsto også. Hatet som brant i denne kvinnen gjorde at død i kamp antagelig var det eneste som ville kunne gi henne fred. De gikk ut sammen og han visste at Naraliel ville vokte ryggen deres. Det føltes litt tryggere for han kjente ikke denne byen og dens farer i det hele tatt. Det var alltid lyssky eksistenser i en by, det var en naturlov og han aktet ikke å skaffe dem trøbbel som kunne unngås. Nå var de fattigslig kledd men en kan aldri vite.

Vulian og Moranel og Naray gikk også ut og Oilar stengte døra, han kom til å lede en egen liten gruppe som ville sørge for at Cothrion ikke fikk beskjed om at Carmariels familie var befridd før det var for sent. Det beste var om han ikke fikk vite om det i det hele tatt.

Janrem så litt nervøst på henne. "Kan du ta deg inn i tempelet usett" Carmariel ristet på hodet. "Nei, jeg kan kun komme meg til et visst nivå uten at noen reagerer, Cothrion har så avgjort søkemagi der inne, han vil merke det med en gang jeg nærmer meg det aller helligste. Men det betyr også at han ikke vil rekke å slå til igjen før det har gått en viss tid"

Hun smilte skjevt til ham. "Du og Naraliel må beskytte ryggen min når det skjer, men du må også feile. Om de tror du er død kan du redde meg ut igjen senere."

Han sukket og nikket, de måtte tro at de hadde henne, at de hadde vunnet. "Jeg skal gjøre mitt beste Carmariel"

Hun virket sorgtung. "De fikk meg nesten en gang før, det jeg husket da jeg kom til deg den natten. Men noen av mine egne berget meg da, det var nære på."

Janrem så at de nå spaserte gjennom gater som var rimelig rene og brede og opplyst av store hengende lykter. Han kunne ikke riktig forstå hvordan de lyste, om det var magi eller kanskje en eller annen form for gass. "Du er en utvalgt, og du var mye i tempelet skjønner jeg, er de i tempelet på din side?"

Carmariel hadde endret ganglaget sitt, nå gikk hun som en svakt beruset person og hun sank litt sammen så hun så kortere ut enn før. "Noen av dem ja, de fleste bare tjener der og bryr seg ikke om hva de er med på så lenge det gir dem makt og prestisje. Jeg har noen jeg kan stole på ubegrenset, men de er garantert holdt under oppsikt."

Janrem passet på å holde blikket mot bakken, med hetta frem var det umulig å si om han var et menneske eller en alv, men blikket hans ville avsløre ham uten tvil. "Men du var på et vis hellig?"

Hun sukket. "Ja, jeg er regnet som en utvalgt. I meg lever de gamles blod videre, deres magi og deres ånder. Jeg kan snakke med åndene Janrem. De nekter å la folket vende tilbake til de gamle veiene, de vet at det vil føre alle i fordervelsen men de kan ikke gripe inn selv. De kan kun gi råd."

Han rynket pannen. "Virkelig? Men vi merket ikke noe til det hjemme?"

Hun nikket sakte. "Jeg tror de fleste av kreftene mine er knyttet til denne verdenen Janrem, til Kharlead. Det er her jeg er en utvalgt."

Han godtok det men det føltes litt merkelig også. Hun var liksom så mye mer enn før når hun var der. "Men folket vil følge deg ikke sant?"

Hun snudde på hodet, han så at det blinket fort i tennene hennes. "Ja, for slik er vår tro og våre skikker. En skjebnefødt er nærmere knyttet gudinnen enn selv de hellige, de som sverger troskap til tempelet og vier sine liv til det. Vi er hennes inkarnasjoner av kjøtt og blod."

Janrem passet på å unngå noen pytter av vann midt i gaten, de passerte noen personer som ruslet fredelig forbi og de hørte stemmer fra husene samt noen som sang et eller annet fra en kro av noe slag. Janrem så en enorm bygning som kom til syne etter litt, den virket meget gammel og hadde en ærverdighet ved seg som var utrolig fengslende. Carmariel trakk pusten dypt, hun virket anspent igjen. "Tempelet, nå blir det meget viktig at du gjør som jeg sier. "

Han så at det var en god del folk der, det gikk en stødig strøm av tilbedere inn av den enorme porten og han måtte bare beundre den vakre arkitekturen. Den virket nesten organisk, som noe som hadde vokst opp av bakken i stedet for å bli bygget. Det var slike naturlige former og han så hvordan mønstre og former gjentok seg men allikevel var merkelig nye hele tiden.

Carmariel stirret opp mot kuppelen, den skinte i alle regnbuens farger og hun tok frem noe fra en lomme i drakten hun gikk med. Det var noe av det Jirhg hadde sendt med dem. Hun gikk sakte, med enn tydelig skjevhet i steget som om hun haltet og i den tunge kappen og med de klærne hun gikk i kunne en nesten ta henne for å være en ung mann. Hun gestikulerte til Janrem, fra nå av måtte de være så stille som mulig.

De fulgte køen innover og Janrem hørte at folk sang og ropte det som måtte være bønner, noen hørtes helhjertet ut mens andre var mer likegyldige. Det var flere gudebilder der ute og Carmariel siktet seg inn mot et som var omkranset av en stor oppmurt dam. Det var noen fontener som sprutet vann der og noen drakk av vannet mens andre tydeligvis stakk føtter og andre verkende kroppsdeler i det. Carmariel så Naraliel i mengden, hun sto ved et annet gudebilde og lot som om hun ba, hun hadde hetten nede så de så hvem hun var men en kunne ikke se at hun var bevæpnet i det hele tatt.

Janrem skar en grimase og han skimtet et fort glis under hetten Carmariel bar, hun visste hva han tenkte. Hun satte seg ned på kanten av dammen og trakk av seg ene støvelen, lot som om hun rettet på en sokk men i virkeligheten slapp hun noe ned i vannet. En ørliten klump med noe brunt, Janrem ble stiv med en gang, han visste hva dette var. Jirhgs oppfinnelser var ofte farlige og dette var det farligste av alt. Heldigvis var klumpen liten og den ble tatt med strømmen. Carmariel så at den forsvant ned i avløpet og gliste kort. "Kom, vi må gå nå, men en gang. Den vil gi oss en liten avledningsmanøver."

Carmariel gikk mot selve tempelet og de gikk inn i selve hovedsalen der inne. Den var overveldende, utrolig vakker og strålende i vanvittige farger som allikevel ikke ble for mye for de var så vakkert avstemt og utrolig effektivt brukt. Det var som å komme inn i en skog fylt med gyllent lys og søylene var formet som enorme forgreinede trær som var forgylt med gull. Carmariel hvisket til ham. "Gudinnen står for naturlig balanse gjennom harmoni og forståelse. Naturen blir et ideal i så måte, en naturlig måte å se alt på."

Janrem svelget hardt, Jirhgs sprengpulver var svært sterkt og han visste at det gikk en liten stund før sukkeret rundt det ble oppløst. Carmariel så bare skøyeraktig ut. "Vær klar Janrem. I det øyeblikket jeg begynner å bevege meg gjennom prestinnenes del av tempelet vil jeg bli lagt merke til."

Han klappet på sverdene sine og hun beveget seg liksom tilfeldig gjennom rommet. Stirret på taket, på statuene, på all prakten som en person som er der for første gang og er aldeles overveldet. Hun hvisket til ham. "Cothrion vil selvsagt få dette ødelagt om han greier å kare til seg makten, gullet vil han beholde selv og tempelet vil bli et monument til hans egen makt"

Janrem følte seg rasende på grunn av denne opplysningen, dette tempelet var så utrolig vakkert. Det hadde ikke den opphøyde roen som det hvite tempel i Shabuch men det var ikke mindre hellig for det. Å skulle ødelegge noe slikt var for ham helligbrøde.

Brått ble de avbrutt av en rumlende lyd og gjennom døra så de at bakken hadde sprukket opp midt på plassen, en enorm søyle av vann sprutet rett opp og folk løp rundt og ropte og skrek. Carmariel sto like ved en dør som var nesten skjult bak noen søyler og statuer, hun sto og lente seg mot veggen, trakk i støvelen sin. Døra gikk opp og et par kvinner kledd i lange brune rober og med stivede hodelin kom rasende forbi. Naraliel hadde stått ved et gudebilde like ved og hun hadde lagt noen mynter på det, nå løp hun fort bort til dem og Carmariel nikket kort til Janrem og den høye kvinnen og de snek seg gjennom døra før den rakk å gå igjen. "Da er det i gang, gudinnen være med oss."

Janrem kjente at han ble tørr i munnen, nå gjaldt det!

Vulian og hans folk nærmet seg huset med de røde tak, det var et palass bygd av en av Cothrions forfedre og det var tydelig at det allerede da var gnisninger mellom ættene for det lignet ikke et særlig hjemmekoselig sted. Murene var tykke og portene sterke, det var ingen vinduer ut mot gaten og stedet virket svært stille. Oilar hadde valgt ut ti stykker som skulle se til at ingen bud fikk komme seg derfra med beskjed til Cothrion. De skulle sende sitt eget bud med sitt eget budskap, noen av dem hadde spionert på Cothrions folk lenge nok til å vite hva slags språk de brukte og hvilke koder de brukte.

Vulian hadde en plan klar, de måtte gjennom porten og for å klare det måtte den åpnes. Men portvaktene åpnet ikke for hvem som helst og nå måtte de ty til magi. Alle av deres ætt hadde en viss magisk evne men den var begrenset unntatt for de utvalgte. Det var mulig å forsterke den kraftig med hjelp av amuletter og formularer og en av dem hadde stjålet en slik amulett fra en prest noen måneder tidligere, bare for å ha den liggende i tilfelle det ble bruk for den. Nå hadde en av dem meldt seg frivillig og han fikk amuletten tredd på seg, umiddelbart skiftet han utseende og så ut som en av Cothrions medsammensvorne, en mann som ofte besøkte dette stedet. Han var like høy som denne adelige og hadde samme kroppsbygning og det var viktig for magien klarte ikke skjule slike forskjeller. Alle var klare nå, de sto der med våpnene sine trukket og den frivillige rettet på seg og gikk selvsikkert frem mot porten. Han hadde lagt an en meget viktig mine og visste at denne forkledningen var vanskelig å gjennomskue. Den varte bare i en ti minutters tid så han måtte skynde seg men det burde holde.

Han banket på porten med sverdknappen sin, alle adelige bærer sverd så han hadde fått et lite kortsverd som kanskje kunne tas for å være fint nok i mørket. En luke åpnet seg og en vakt stirret ut, han gjorde store øyne. "Lord Pherelan? Du var jo her for bare tre timer siden?"

Mannen som lot som om han var Pherelan skar en grimase, han så skarpt på vakten. "Jeg glemte noe igjen, noe viktig, skal du slippe meg inn eller skal jeg rapportere deg?"

Vakten nølte et øyeblikk, lorden hadde vanligvis en svært tynn og lite mandig stemme men det kunne jo være at han var sint og at det var derfor. Vakten åpnet slåene og skjøv døra i porten opp og lorden steg gjennom og bukket fort for vakten. "Takk min gode mann, og farvel"

Vakten stirret ned, han følte en intens smerte i brystet og kunne ikke tro det han så, det stakk en dolk frem fra kroppen hans og han undret seg over hvor den kom fra før han bikket bakover og alt ble mørkt. Forkledningen falmet og ble borte og alle skyndte seg inn før noen så dem, Vulian kastet et blikk rundt seg, han så at ingen var ute på gårdsplassen. Den var heller tom og anonym med kun grå brostein og få farger eller pynt. Et ypperlig sted å holde folk fanget. Det var vakter der, mange og godt bevæpnet og de var kun fem og tjue. De måtte være effektive og slå til før noen rakk å reagere på at de var der. Kun Vulian og en annen der hadde vært soldat, resten var håndverkere og vanlige arbeidere men det var ikke nødvendigvis en bakdel. Soldater er trent til å slåss mot andre soldater, ikke mot de som kun kjenner gatas regler for en slåsskamp. Vulians folk hadde ikke gode våpen men de hadde våpen gode nok om de utnyttet overraskelsesmomentet. Han nikket til den andre soldaten der, også en veteran fra ork krigene og de hadde delt seg i to grupper. Den ene gruppen skulle gå etter Carmariels nære slekt, den andre etter resten av familien om det var slik at de var blitt delt opp. Vulian visste at dette palasset ikke hadde noen egentlig fangekjeller, antagelig var vinkjelleren brukt til det formålet for den var solid nok men det betydde at folk ikke kunne holdes atskilt. Det gav en fordel på en måte. Om de ikke var for avkreftet kunne de antagelig slåss tilbake om det trengtes. Heretter kunne de ikke bruke magi, det ville bli oppdaget og Vulian grep det ene våpenet han hadde og gjorde det klart. Det var en slags slynge lagd av treverk og biter med et sterkt elastisk materiale de fremstilte fra saften av et spesielt tre. I en pose i beltet hadde han en samling stålkuler, alle rundt tre cm i diameter og hule. De var perfekte og han la en i slyngen og hadde flere i handa. De andre hadde gjort det samme og de gikk inn hovedinngangen.

Vulian så en person med en gang, en tjener som sto der perpleks og ikke riktig visste hva han skulle tro eller gjøre. Han fikk en kule rett i skallen så han sank bevisstløs sammen. Fort ble han skjøvet inn i et skap og de beveget seg videre. Noen ble sendt ut for å sikre resten av bygget og Vulian visste at dette måtte gå fort. I følge deres opplysninger var det bortimot tredve vakter der og en del tjenere. Han trodde han ante hvor vaktene var. At Cothrions folk var ivrige var en ting men de var også selvsikre og temmelig late og han skjønte at han hadde rett da han hørte latter og sang forut. Det var en stor spisesal der og han gestikulerte fort til de som fulgte ham. De var klare.

Vulian snek seg frem, tok et fort oversyn over rommet gjennom dørsprekken. Det var temmelig fullt, det var neppe mer enn en fem seks vakter igjen nede i kjelleren. Det var både bra og dårlig. Bra fordi de da hadde alle samlet på et sted, dårlig av samme grunn. Det ble mange å slåss mot.

Vulian hadde sett at mange av vaktene var beruset. Hva som var verre var at det var andre der inne, noen jenter som tydeligvis var nødt til å servere ved bordene. Vulian antok at det var medlemmer av Carmariels slekt som ikke var av den nære familien, kanskje firmenninger eller noe slikt. Flere av dem så svært medtatt ut og Vulian skar tenner. Antagelig hadde vaktene hatt det moro med dem i mange dager og han ante at mange av dem nok var dypt traumatisert.

Han kikket fort igjen, det var kun en inngang, det var et aber men det var overkommelig, de måtte bare storme inn og ta ut så mange som mulig og helst over hele rommet på en gang.

Han løftet slyngen og de andre nikket. Han håpet bare at den andre gruppen ikke fikk problemer men han regnet ikke med det i og med at de flest av vaktene var der.

Vulian var en kriger, en soldat. For ham var det en ære å møte en motstander ansikt til ansikt, i ærlig og redelig kamp. Dette derimot var ikke engang i nærheten av å være hva han foretrakk men hensikten helliger middelet. Han trakk pusten, spente opp slyngen og gikk rett inn, skjøt den øverste offiseren der rett i pannen og denne gangen spente han slyngen opp til maksimal motstand så skuddet ble drepende. Bak ham kom resten av de frivillige og de forskrekkede vaktene grep til våpen men de færreste rakk og engang å gripe dem før de ble felt. Et par rakk å fyre av de lette armbrøstene de bar men ingen ble truffet i kaoset og jentene sto bare der. Totalt lamslått og vettskremt.

Vulian grep tak i en som så litt mer rolig ut enn de andre. "Hvor er fangene, vis oss veien!"

Carmariel kjente tempelet som sin egen bukselomme, hun snek seg frem og hørte rop og forskrekkede røster. Mange stormet ut for å se hva som var på ferde og hun nikket til Janrem og Naraliel. Som utvalgt var hun å regne som en slags ypperste prestinne, en som kunne lede alle seremoniene der. Hun hadde vært godt opplært og det føltes sårt at alt skulle legges bak henne men det var ingen annen utvei. Hun skyndte seg gjennom de vakre blankpussede gangene prydet med mosaikk i golv og vegger og fresker i taket. Lyset der inne var vakkert og gyllent og noen steder hadde det en slags nesten rosa tone som gjorde alle detaljer ekstra fortryllende.

Naraliel gikk bakerst, hun holdt sverdet sitt klart og Janrem hadde også hendene på sine hjalter. Han var klar til å trekke blankt og håpet bare at de rakk å komme seg i hvert fall dit relikviet var gjemt før de ble oppdaget.

Uheldigvis gikk det håpet i knas, en dør gikk opp og et par kvinner kom ut, de så inntrengerne og skrek opp. Carmariel trakk ned hetten og to av dem ble stående å gape, nesten i total vantro. Den tredje tok beina fatt og løp, Carmariel bannet. "Fordømt, snart vet alle at vi er her, "

De to som ble stående hadde kastet seg ned på kne, de hvisket bønner og Carmariel tok på seg sitt mest velvillige ansiktsuttrykk. "Reis dere søstre, gudinnen kaller dere til dåd."

Den eldste av dem stirret på Carmariel med store øyne. "De sa du var død! At den fordømte drepte deg!"

Carmariel smilte mildt. "Jeg er så langt fra død ennå, men dere må hjelpe meg. Om noen spør si at jeg har løpt ned mot kjelleren."

De to bukket dypt. "Selvsagt, det skal bli gjort."

Carmariel lukket øynene og hvisket en fort besvergelse, de to kom til å tro fullt og fast at de hadde sett Carmariel løpe til kjelleren, dermed var det ikke mulig å ta dem i løgn. Naraliel trippet nesten, hun virket nervøs. "Vi må skynde oss."

Carmariel nikket stivt, hun la på sprang igjen men hun tok veien i en ganske annen retning enn en skulle tro. Hun løp mot den bakre avdelingen av tempelet, den var ikke helliget i det hele tatt og rommet sovesaler, kjøkken og arbeidsrom. Janrem så forvirret på henne og Carmariel smilte litt skjelmsk. "Relikviet er ikke gjemt der en skulle tro. "

Han begynte å forstå det nå, Carmariel lot gudinnen lede seg, hun følte makten i relikviet nå, mumlet befalingene som gjorde det mulig for henne å finne det. Disse ordene var det bare en utvalgt som kunne, de var medfødt og hun hadde aldri trodd at hun noen gang skulle bli nødt til å bruke dem. Det var som om hun så en liten glød i luften, dansende foran henne som en ildflue i en mørk skog og den viste henne veien. Hun hørte også stemmene til åndene, de hvisket til henne, fortalte henne hvor hun burde gå for å unngå å bli sett. De ønsket å hjelpe, å se til at mørket ikke vant. De som ikke gikk til det andre riket ble som regel bundet til templene etter sin død og det var stort sett der hun var i stand til å merke åndenes tilstedeværelse. De var som et varmt kjærtegn mot sjelen, en oppmuntrende mild påvirkning som gav henne styrke og håp.

De kom seg forbi sovesalene og kontorene til de øverste der, de hørte mer oppstyr nå, løpende føtter, rop. Carmariel så advarende på de to andre. "Vær klare"

Hun stanset foran en temmelig uanselig dør, den ledet inn til et verksted som ble brukt av tempelets egen smed. Det var en smie der og masse utstyr hang på veggene. Carmariel styrtet frem til smien, den var kald nå siden det ikke hadde vært behov for å reparere noe på noen dager og hun knelte ved siden av det solide murverket som dannet basis for beholderen som holdt de glødende kullene. Åndene ropte til henne nå, tryglet henne om å skynde seg, de kjente makten i relikviet og visste at det kunne sette dem fri, la dem reise videre. Carmariel visste at de fleste av åndene der var sjeler som hadde gjort et eller annet galt i livet eller var slike som ennå ikke hadde forsonet seg med at livet hadde endt. Hun hadde den største sympati for dem og de hadde ofte hjulpet henne i de oppgaver hun hadde hatt tidligere som utvalgt.

De hørte enda mer nå, og ropene nærmet seg. Carmariel svettet formelig og hun banket med fingrene på steinene. Omsider fant hun en som hørtes hul ut og hun grep enn hammer og slo den brutalt mot steinen som brast i tusen biter. Hun stakk handa inn i hullet uten å nøle. Noen hamret mot døra nå, prøvde å bryte den ned. Naraliel og Janrem nikket til hverandre og trakk blankt, de skjøv en stor benk foran døra og gjorde seg klare. Carmariel stønnet og halte et eller annet ut av hullet. "Ikke la dem komme inn ennå.!"

Hun så ned på det hun holdt, det var en liten pakke, sekkestrie var brukt for å dekke til relikviet og hun rev den av. Hun hadde aldri sett relikviet, hun ante ikke hvordan det så ut for ingen hadde sett det på svært lenge. Det var ikke hva hun hadde trodd det var, det var ikke en gjenstand som virket hellig eller spesiell ved første øyekast. Det var ganske enkelt en svært enkelt smidd metallring, ikke engang i gull eller sølv men simpel bronse. Men makten i den var enorm, hun følte den som en varm glød, som en pulserende kilde til kraft og liv og med den i handa var alt liksom så veldig klart, så selvfølgelig. Carmariel forberedte seg, dette var hva de skjebnefødte var skapt for, ment for. Hun var den første og den siste som kunne gjøre dette, etter henne ble det ikke flere og hun kjente tårer av ærefrykt og hengivelse. Det var nesten som en slags ekstase, en fullbyrdelse. Hun holdt ringen tett mot brystet, hvisket sakte ordene som frigjorde kraften i den, bant den til hennes sjel og kropp i stedet for den døde gjenstanden. Ingen andre enn de utvalgte visste om dette, at makten ikke var for evig bundet til en ting.

Hun følte et sterkt nærvær, et brennende nesten smertefylt rykk gjennom selve sitt væren og så virket det nesten for at verden snudde seg på hodet for henne. Alt endret seg, absolutt alt. Hun gispet etter luft, brystet verket, kjentes uutholdelig varmt. Hun falt på kne, krampetrekninger raste gjennom henne og hun ble akutt kvalm. Kraften forente seg med hennes egen, med hennes egen sjel. Det var som om hun ble revet i småbiter, som om hun gikk i oppløsning. Om hun ikke var verdig ble dette hennes død men det virket for at makten godkjente henne. Åndenes stemmer jublet til henne, sang av glede, hun følte nærværet deres som kjærtegn mens de virlet rundt, hun åpnet sjelen for dem og lot dem trekke på makten hun nå fikk, lot dem få nok til å reise hjem og få fred. Det var det minste hun kunne gjøre, de hadde vist henne veien.

Døra dirret og noen hadde tydeligvis tatt en statuett av noe slag og brukte den som slagvåpen for døra brast i tusen biter. Naraliel satte i et skrik og kjørte sverdet gjennom åpningen. Noen brølte i smerte og rygget bakover og Carmariel hikstet en kort bønn om tilgivelse til gudinnen. Hun grep ringen som nå bare var en vanlig liten uanselig gjenstand og tredde den inn på en knagg der det hang en haug med andre metall gjenstander, mer eller mindre halvferdige. Det var ikke noe merkelig ved den nå, ingenting unormalt i det hele tatt. Bare et arbeid smeden ikke hadde rukket å bli ferdig med.

Janrem og Naraliel presset mot benken men de var ikke sterke nok, flere menn presset seg inn og Janrem så at de bar et merke på uniformene som han hadde sett før. Carmariel hadde tegnet det for ham, det var Cothrions eget bumerke og antagelig hadde han en vaktstyrke stående i tempelet nettopp i tilfelle noe slikt skjedde. Carmariel hvisket en besvergelse, hun holdt brått en glødende gjenstand i nevene, det var kun en illusjon men det var det bare hun som visste. Hun kylte den ned i essen, og den virket for å gli ned mellom kullene. De kunne lete til de ble blå i ansiktet men de fant aldri noe der, for det var bare kull alt sammen.

Benken ble skjøvet helt bort og Janrem og Naraliel kjempet desperat mot vaktene. Det var mange av dem og de var tydelig ikke redde for sine egne liv. Janrem hørte Bit og Hoggtann hviske til ham, ivrige og blodtørstige som alltid før. Han parerte og hugg og skjulte ikke de merkelige øynene nå. De så kanskje at han var et menneske men det var det ingen som brød seg om nå, de bare kjempet og Carmariel visste at Cothrion antagelig visste om henne nå. Hun bet tennene sammen, hva som enn kom, hun måtte bare holde ut. Naraliel ble felt, tre vakter gikk på henne som en og hun greide ikke parere alle angrepene, hun fikk et sverdstikk lavt i ryggen og falt og en annen av vaktene kjørte bladet sitt gjennom brystet på henne. Hun gurglet og ristet og ble stille og Carmariel følte en trang til å hyle i protest, men dette krevde offer skulle det være troverdig.

Hun grep en stor ildraker og gav seg til å slå løs også, hvisket ord til Janrem som ville sikre at han kunne finne henne uansett hvor hun var. Han blunket lurt til henne og lot som om han falt for en finte en av vaktene gjorde, vakten stakk det lange smale bladet sitt rett gjennom mannen som falt sakte sammen med et gisp og ble liggende urørlig. Janrem visste at Bit og Hoggtann gjorde seg selv usynlige for fremmede hender nå, de lot ingen andre enn ham røre seg og det vaktene så var to helt ordinære og temmelig dårlige sverd av tvilsom kvalitet. De ville neppe ta dem uansett. Carmariel ble tvunget bakover mot veggen av rommet, to vakter hev seg over essen for å lete etter det blanke skinnende hun hadde kastet i den og resten gjøv på henne. Hun sloss bra, men ikke så bra at de ikke kunne overmanne henne til slutt. Hun danset på et barberblad mellom å være for god og ikke god nok men til slutt traff en av dem henne i hodet med skaftet på et spyd og før hun rakk å ta seg inn igjen var hun i bakken og ble bastet og bundet og fikk en sekk tredd over hodet. "Herren blir overlykkelig, han trodde han hadde mistet deg!"

Carmariel bare freste og kjempet desperat mot tauene men hun visste at det ikke nyttet, hun måtte bare spille med. Janrem ville kunne spore henne opp nå, og han kunne mer enn bare å spille død. Vaktene bare forlot rommet uten og engang bry seg med de to døde og noen kom og tømte essen for kull men de fant ingenting der. Fresende av raseri forlot de rommet og det ble stille og mørkt. Janrem hadde såklart følt sverdstikket, det gjorde vanvittig vondt selv for ham men såret lukket seg med en gang og han bare lå der, helt stille. Etter en stund kom noen prestinner inn, de kjente ingen puls så andre kom og bar de to ut, antagelig visste de ikke hva de skulle gjøre med to ukjente lik. Janrem ventet til det ble helt stille, så kom han seg opp og grep sverdene sine som var lagt på båren ved siden av ham. Han flekket tenner og kjente at han konsentrerte seg intenst. Nå gjaldt det, han spente Bit og Hoggtann på seg igjen og løp ut av en dør og ut på en balkong. Derfra hoppet han ned i en urtehage og snek seg ut av tempel komplekset. De fikk tro hva de ville når liket var blitt borte, i det minste kom de sikkert til å begrave Naraliel på en skikkelig måte, hun hadde kjempet godt og drept minst ti vakter, det sto respekt av det.

Janrem følte det på seg, retningen han skulle gå i, det var som om han var festet i en snor som trakk og trakk og han løp over hustak og sprang over smale smug slik han hadde i sitt liv som tyv. Gamle kunster våknet til live igjen og han hadde god fart, meget god fart. Stjernelyset var mer enn nok for ham og før det var gått lang tid så han målet. Et meget stort og prangende palass plassert øverst i bydelen, nesten mot bymurene igjen. Han smilte sakte. Cothrion ville få en overraskelse han sent ville glemme nå.

Det store værelse som ble brukt som kontor for Cothrion og hans nærmeste samarbeidspartnere var lyst og vakkert og fylt med dyre og eksotiske møbler og pynt. Nå virket det derimot dystert, Cothrion satt ved et skrivebord og stirret på en rapport han neppe ville ha kunnet forestille seg. Broa over elva ved tollstedet var brent ned? Hvordan kunne en bro brenne ned? Og noe hadde tent fyr på både en kornsilo og et bryggeri, mye av inntektene deres kom fra det bryggeriet, slekten som eide det var allerede på ham for å be om støtte.

Cothrion kunne knapt tro det, tre branner i løpet av en eneste natt? Det var ingen tilfeldighet, noen motarbeidet ham! Han bannet grovt og kastet papirene på peisen, kunne det være gudinnens tilhengere? Han tvilte, de var grundig utradert og holdt under oppsikt. De ville ikke vågd noe slikt uansett. Hva var dette? Det var store verdier som var gått opp i flammer og ikke bare det, broa var den eneste som var stor nok til å bære tunge vogner der i området. En måtte mange mil nordover før en fant en tilsvarende bro, ingen hadde tid til å ta den ekstrakostnaden det var.

Han prøvde å tenke logisk, kunne det være noen andre som hadde en torn i siden til ham? Fiender hadde han så inderlig nok av, horder av dem! Også i egne rekker men det var slik det var blant tilhengerne av kaos gudene. En måtte vokte ryggen sin hele tiden for den beste måten å sikre seg makt på var å myrde seg oppover i rang. Han var fullt klar over det, og han godtok det også. Han hadde gått over lik mer enn en gang og hadde ingen skrupler i så måte. Men når deres guder igjen rådde ville han ha total kontroll med alle under seg og hans posisjon ville være ubestridelig. Bare den med absolutt makt var trygg og han elsket å spille de andre ut mot hverandre, erte og lokke og se hvor ivrige de var etter å ødelegge for hverandre. Det var slik en henførende dans.

Men dette gjorde ham forbannet, liv betydde ingenting for ham, verdier betydde mye. Penger var det som drev dem videre, som gav verdslig makt, som muliggjorde mye av spionasjen og maktspillet. Han vinket på en tjener. "Send bud til mine beste menn, be dem reise ut til hvert sted og vurder skadene. Se til at alle som var til stede blir avhørt grundig, la lederne henrettes, det bør stramme dem opp"

Tjeneren bukket bare dypt og forsvant og Cothrion satte seg ned, lente seg tungt mot ryggen på stolen. Ting gikk til helvete virket det for, hvem kunne han utnytte for å komme til bunns i dette? Han hadde vært så nær, så veldig nær. Han hadde hatt Carmariel i sine klør, hun hadde vært hjelpeløs. Og allikevel hadde den svarte lille tispa greid å komme seg unna, gudene visste hvordan. Makten i relikviet de hadde greid å kreve burde ha låst henne til hulen men hun hadde forsvunnet i løse luften. Cothrion hadde drept tjeneren som kom med beskjeden og han hadde ikke greid å roe seg ned på mange timer.

Han angret på at han hadde ventet, han skulle bare ha tatt henne, der og da. Det ville ha bundet henne til ham, han ville ha kunnet merke hvor hun var. Men han hadde familien hennes, og han hadde samtlige av slektene som støttet dem under oppsikt og ingen av dem vågde opponere nå, han hadde mange gisler og ingen ville risikere sine slektningers liv. De var bløte alle sammen, svake. Han nølte aldri med å ofre hvem det skulle være for å oppnå det han ønsket, selv sin egen far. Den gamle bukken kunne ha det så godt, antagelig brant han i helvete og velbekomme. Cothrion var ikke så dum som ham, å vende tilbake til den andre verdenen? Å tro at de kunne vinne tilbake det som var tapt der? Idioti, den som prøver å ri mange hester samtidig ender som regel med en knekt nakke, bedre å ri en hest og ri den skikkelig.

Cothrion hadde økt sin makt mye siden Carmariel forsvant, alle visste at hun var blitt borte og det knekte visst viljen til mange av dem som før hadde vågd å motarbeide ham og hans folk. Så på en måte hadde det vært en fordel, men han kokte ennå over forsmedelsen. Han hadde kunnet vinne alt på et skudd om han hadde ektet henne, alle ville ha adlydd ham. Og hun kunne ha blitt temt med tiden, han var sikker på det. Alle kunne temmes bare en brukte riktig teknikk, Carmariel var stolt og sta og klar over sin opphøyde posisjon, men han skulle vite og vise henne at hun kun var en vanlig kvinne, hun ville snart nok ligget på kne for ham.

Han fant frem bøkene han brukte til å bokføre alt og noterte datoen og hva som hadde skjedd, det måtte føres nøye kontroll med alt og han var pinlig korrekt når det gjaldt bokføringen. Hver en mynt ble skrevet ned og han hadde lange lister over sine folk og eiendeler. Han tok stor stolthet i å ha orden på alt og det var egentlig litt merkelig for en som åpent dyrker kaos. Han gjorde ferdig notatene og lukket bøkene med et sukk, han var sliten og følte seg stresset. Han kunne selvsagt besøke haremet sitt for å slappe litt av men det fristet ikke noe særlig, han var ikke egentlig i riktig stemning. Palasset var enormt og det var et svært luksuriøst sted men lite trivelig egentlig. Det var upersonlig og selv om gjenstandene der var dyre røpet det lite av hans personlighet.

Cothrion brydde seg lite om andre, selv ikke sin egen slekt og han hadde aldri forstått de som anså familie og venner som verdifulle. Han hadde nok med seg selv og han unnlot aldri å fremheve egen makt og fortreffelighet. Han kledde seg alltid elegant og dyrt og også temmelig dystert. Han elsket å skremme andre, gjøre dem usikre, se dem vri seg. Det var en av de daglige små gleder for ham. Han reiste seg og tok et kort øyeblikk til å beundre seg selv i et speil som hang på veggen like ved. Han så like flott ut som alltid før, bra. Han rettet på det lange glatte håret og gliste til sitt eget speilbilde, byen hadde aldri hatt en hersker som ham, og aldri ville det bli noen som ville kunne komme nær heller. Han vurderte å få reist en stor statue til sin egen ære på hovedtorget men det fikk bli senere, når han hadde gjenoppvekket den gamle troen og returnert folket til den eneste riktige måten å leve på. Svakheter skulle lukes ut, kun de sterke skulle få råde og styre og alle andre var kun kveg under deres hæl.

Det banket på døren, en av hans nærmeste menn steg inn, han hadde vært med på å fange Carmariel i tempelet og Cothrion visste at mannen var fanatisk. Det var en fordel men det gjorde også at han ikke kunne stoles på, ikke engang et sekund. Cothrion gikk alltid bevæpnet, selv i sitt eget soverom bar han våpen. "Ja Ikhaban?"

Ikhaban bukket kort. "Gode nyheter min herre, hun er tilbake. Vi har fått bud om at hun dukket opp i tempelet og våre menn har henne."

Cothrion sto et øyeblikk og måpte, så kom han på at det gjorde at han så dum ut, han tok seg sammen men lettelsen og fryden var overveldende. Gudene var med dem tross alt. "Hva gjorde hun der?"

Ikhaban så helt rolig ut. "Lette etter noe, men vi har ikke fått noen beskjed om at noe ble funnet, og hun hadde bare to med seg, begge ble drept. De er på vei med henne hit nå."

Cothrion rettet seg opp, de rødgylne øynene strålte formelig. "Utmerket, gå å ta i mot dem. Jeg vil ekte henne så fort vi har samlet lederne, alle må se at jeg virkelig er den som er verdig å lede oss nå. Se til at hun blir brakt til mine gemakker, lenk henne til senga mi og jeg skal få noen av mine tjenere til å skaffe klær og utstyr. "

Ikhaban bare bukket og forlot rommet og Cothrion kjente at han brått sitret av forventning. Han løp bort til skrivebordet og satte seg ned, skrev febrilsk en lang rekke brev til sine nærmeste medsammensvorne med ordre om at de måtte innfinne seg så fort som mulig. Når han ektet Carmariel ville alle bli nødt til å bøye seg for ham, også deres motstandere. Slik var loven, slik var skikkene. De forbannede motstanderne deres hadde gravd sin egen grav ved å følge lovene fra gammelt av.

Han fikk sendt brevene og satte tjenerne i gang med å forberede en vielse, de ville bruke den store hallen midt i palasset og den skulle pyntes og gjøres klar. Det var brått vill aktivitet overalt og han kjente at fryden brått boblet i ham. Det ville bli virkelig, alt han hadde ønsket. Hvor hun hadde vært var selvsagt et mysterium men han regnet med at han ville finne ut av det snart nok, Hun var der nå og det var alt som telte. Åh han kom til å nyte dette, han kom ikke til å nøle denne gangen. Hun skulle bli hans og så ville han knuse all motstand. Hans guder skulle igjen herske over Kharlead og han ville bli den sterkeste av alle.

Broer og hus kunne bygges opp igjen, det var bare et mindre tilbakeslag og denne gledelige nyheten gjorde opp for det mange ganger. Alle ville sikkert ikke være like enige men han brydde seg ikke om det. Dette var en dag som ville gå ned i historien som den viktigste noen gang.

Ikhaban overleverte lydig alle ordre Cothrion hadde gitt, så gikk han med stø skritt mot tjener avdelingen, han stanset foran en litt anonym dør og gikk inn, det var et lager der en legger ting som lysestaker og desslike når de ikke var i bruk og han banket på ene veggen i et bestemt mønster. Det gikk noen minutter, så kom en annen person inn. Det var en mann kledd i alminnelige klær og han så ut som en forhenværende soldat eller kanskje vakt. Ansiktet var temmelig intetsigende, han var en av dem det går fjorten av på dusinet og Ikhaban nikket stivt. "Hun er tilbake Ghieran, og han vil ekte henne i dag."

Ghieran smilte svakt, det var noe nesten øgleaktig ved trekkene hans når han gjorde det. "Utmerket, bedre nyheter kunne vi ikke fått. Han vil konsentrere seg om henne, ikke om alt annet. "

Ikhaban smilte stivt. "Akkurat, vil dere være klare?"

Ghieran nikket sindig. "Så klart, så fort det dyret er svakt vil vi slå til, han er ikke egnet som leder, relikviet vil avvise ham selv om det har hjulpet ham til nå. Kun en verdig leder vil kunne styre det."

Ikhaban hadde et vitende glimt i blikket. "Akkurat, og hvem har dere i tankene?"

Ghieran bikket på hodet. "Uthram av Ilthanie, han er både lojal mot gudene og kald nok til å beholde kontrollen. Vi stoler på ham, i den grad noen av den slekten kan stoles på."

Ikhaban sukket. "Sanne ord, men han er i virkeligheten mye bedre enn Cothrion, i det minste er han ikke gal eller forelsket i seg selv. Han vil fordele makten, det er den eneste måten å forhindre et blodbad på."

Ghieran smilte skjevt. "Kaos er en ting, å tape alt på grunn av det noe annet. Det skal gavne oss, ikke åtseleterne. "

Ikhaban så ned i golvet. "Så, hva er planen?"

Den andre mannen trakk på skuldrene. "Vi slår til etter vielsen, og jeg kan love deg at det blir spektakulært."

Ikhaban tvilte ikke på det, denne fraksjonen hadde ord på seg for å like det overveldende og storslåtte. "Og den skjebnefødte?"

Ghieran smilte servilt. "Vil bli vår nye leders hustru, hun er uansett et symbol, og viktig. Ikke noe må skje henne."

Ikhaban bukket kort. "Jeg skal se til det."

Han bare snudde og gikk ut igjen, følte seg merkelig opprømt. Cothrion hadde økt makten til deres gruppe på en mesterlig måte, og han hadde sørget for at motstanden deres ble nesten utradert. Det var ypperlig og nå var det på høy tid at de steg frem og høstet fruktene av hans slit. Cothrion var en mann som tilba kun fordi han ønsket makt, kun fordi han anså seg selv som overlegen alle andre. Han hadde drept sine egne slektninger og han eide ikke skrupler. Det var perfekt for en tilbeder av kaosgudene men han tok det for langt. Det ble ingen stabilitet i den øvre klassen slik og den trengtes for at de ikke skulle miste alt. Ikhaban følte seg temmelig selvsikker nå, han kom til å få en fremtreende rolle fremover, en som ville gi ham uante muligheter.

I huset med de røde tak hadde Vulian og de andre begynt å gå ned mot kjelleren. De hadde møtt den andre gruppen, huset var sikret og alle som var der var enten døde eller uskadeliggjort. De måtte få fangene ut fort. Det var ennå vakter igjen nede i kjelleren men det kunne ikke være mange og jenta hadde forklart at det var svært mange fanger der nede. Cothrion hadde holdt gisler fra de fleste av de edle husene, også fra noen som var på hans side.

De fikk vite at kjelleren var delt i fire hvelv og det var folk i alle sammen, det merket de fort mens de gikk nedover trappene. Det stinket rent kongelig og Vulian kjente at det vred seg i ham. Forholdene der nede måtte være forferdelige nå. Han og noen andre snek seg frem som en fortropp, han kikket rundt hjørnene og snart så de vaktene. De satt ved et bord midt i et stort rom, alle de fire hvelvene hadde inngang fra det og dørene var solide og godt låst. Vulian skar tenner, det var vanskelig å finne en god vinkel der, de måtte ned trappa og ville bli eksponert. Jenta de hadde tatt med hvisket noe til ham og Vulian nølte men nikket fort. Hun gikk opp igjen helt stille og kom tilbake med en liten tønne med vin. Hun virket svært nervøs men trakk pusten og begynte å gå ned.

Vaktene så henne og trakk våpen men slappet av igjen da de bare så en jente bærende på en liten vintønne. Hun så ned i golvet, vaklet nesten under vekten. "Den øverste mente at dere trenger en tår for tørsten i stanken."

Stemmen var lav og nervøs og karene reiste seg og grep tønna, de hadde kopper der og gliste fornøyd mens en slo ut spunsen og begynte å helle i krusene. Det var god vin og de var neppe vant med slikt. Samtlige sto der med ryggen til siden jenta hadde gått rundt bordet med vilje og Vulian og hans menn nølte ikke. De brukte slyngene med presisjon og vaktene falt sammen med forskrekkede stønn. Etter bare litt var de uskadeliggjort og Vulian følte en bølge av panikk slå gjennom seg. "Hvordan ved alle guder skal vi få alle ut herfra usett?"

Han fant nøklene og begynte å låse opp dørene etter tur. Noen av karene skjøv dem opp og synet som møtte dem var hjerteskjærende. Det lå folk overalt, noen var helt klart døde og samtlige virket meget svake og utmagret. Mange var tydelig såret og Vulian så spor etter tortur på flere. Han stønnet og kjente at raseriet kokte i ham.

Han så at rommene var fylt med folk fra forskjellige ætter og han begynte å gå gjennom dem for å finne noen han kjente. Han fant Carmariels familie bakerst i et av de største hvelvene. De var svært avkreftet og kunne ikke ha fått mat i det hele tatt. Han så Ushanu ligge ved siden av en av Carmariels brødre og den kraftige mannen kjente ham igjen. Det var tydelig at Ushanu hadde blitt torturert og han så skrekkelig ut men ilden i ham var neppe knekt, heller tvert i mot. "Vulian, hvordan?"

Vulian hjalp sin gamle våpenbror opp, Ushanu stønnet av smerte men kjempet seg opp på beina. Han virket for å ha fått fingrene på ene handa knust og det var høyre handa. De som gjorde det kunne neppe vite at Ushanu var venstrehendt. "Jeg skal forklare senere. Nå må vi få dere vekk herfra."

Maiharel hadde sittet like ved dem, han var en høy smekker alv med merkelig rene trekk, ansiktet var skjemmet av et arr over ene kinnet og han var mager men fremdeles ganske sterk, han hjalp Ushanu med å holde seg oppreist. Vulian var sjokkert over behandlingen alle hadde fått.

En slank kvinne med langt svart hår og svært vakre trekk steg frem, hun var nesten naken og dekket med blåmerker, det virket for at hun var blitt banket opp med stokker. "Vi er mange, det er over tre hundre her nede og like mange i de andre hvelvene."

Vulian stønnet innvendig. "Vel, vi må få dere vekk før Cothrions sleng oppdager det."

Ushanu hostet. "Dere prøver å berge noen men har ikke lagd en plan for hvordan de skal bli reddet ut av fangehullet?"

Vulian skar en grimase. "Vi trodde ikke det var så mange av dere!"

Ushanu smilte skjevt. "Cothrion har opparbeidet seg litt av en samling ser du."

Vulian svor. "Og tatt særdeles dårlig vare på den. De som kan gå hjelper de som ikke kan, de døde må bare ligge."

En av de frivillige hikket på hodet. "Det går ikke å ta dem med ut på gata, noen vil se det."

Vulian freste nesten. "Jeg vet det. La meg tenke!"

En av fangene steg frem. Det var en mager kar med merkelig sølvfarget hår og vakre blå øyne i det mørke ansiktet. "Jeg er Bithal, jeg jobbet for lederen av by komiteen før. Det er en vannledning som går forbi huset her, den er ikke lenger i bruk og den munner ut like ved parken med de mange lyder."

Vulian spant rundt. "En av de store?"

Bithal nikket. "Ja, stor nok til å gå gjennom. Den raste i enden og ble ikke reparert igjen. Men det er garantert en inspeksjonsluke her et sted. Dette stedet er stort, de hadde garantert tilgang til den, det går mye vann i en stor husholdning."

Vulian vinket med handa. "Alle som kan, let etter en slik luke, den er enten i golvet eller lavt på en vegg."

Mange pilte avgårde og Ushanu sukket og lente seg tungt mot Vulian og Maiharel. "Forbanne det svinet, men jeg fortalte ham ikke noe. Jeg bare ber om at han vil mislykkes med sine planer."

Vulian svelget hardt. "Det går rykter om ofringer?"

Ushanu nikket. "Det også ja, han er stormannsgal som få andre. Min datter ble visst borte for ham, velsignet være henne, ante jeg bare hvor hun var."

Vulian nikket fort og prøvde å se rolig ut. "Hun er for øyeblikket i ferd med å stikke kjepper i hjulene for ham en gang for alle, hun har noen imponerende hjelpere med seg så tvil ikke på at hun vil greie det, uansett hva det vil kreve av henne."

Ushanu sukket og hodet hang. "Hennes mor…"

Vulian klemte sin gamle venn fort. "Vi vet, hun vet. Gudene vet at beistet vil bli straffet."

Den gamle krigeren lukket øynene sakte. "Det er min store sorg at jeg skulle få oppleve slike tider, de som tror de kan gjenopprette gammel storhet vil bare bringe tilbake gammel skrekk og fortvilelse. Kun de meget sterke var trygge den gangen og de var langt fra lykkelige. En blir ikke det når en må gå og se seg over skulderen hele tiden"

Vulian nikket vitende. "Jeg tror Cothrion har glemt det der, eller så velger han å overse det fakta."

En av de frivillige kom løpende. "Vi fant luka. Men den er liten, kun en kan komme gjennom av gangen. "

Vulian bannet, han skyndte seg og så fort på åpningen. Den var omkranset av murstein og han myste på veggen. "Ta noen av de benkene der og bruk dem som rambukker, bryt ned så mye av veggen som mulig. Vi må få folk ut i rasende fart, før Cothrions folk får det for seg at de skal hente fanger eller noe."

Noen av mennene grep benkene og gav seg til å hamre løs, veggen var sprø etter mange år med tørt klima og med karenes anstrengelser falt murbrokker snart løs. Vannledningen var murt opp og svært ren på innsiden. Vulian grep fem av de karene han hadde hatt med seg. "Løp til enden, se hva dere ser der. Er det mulig å få gjemt folk unna i nærheten, er det mat og vann tilgjengelig? Gå!"
De fem bare løp avgårde og åpningen var så stor nå at det gikk å få folk inn i ledningen rimelig fort. "Barn og kvinner først, så de skadede. Mennene venter, om det kommer vakter fra utenfra må vi slåss."
Alle adlød heldigvis og Vulian grudde seg, han visste at Akisha og Ghuad ville angripe så fort de fikk signalet, mye av byen var i fare og også denne bydelen. Begynte det å brenne var fangene trygge bare om de kom seg vekk fra de finere bydelene. Det hastet. Han hjalp til med å løfte barn og ungdommer inn i ledningen og alle løp eller gikk så fort de kunne. Det tok nesten en time før alle var ute av fangehullet og Vulian var den siste som forlot det. Han kastet en fakkel i den skitne halmen der og så det ta fyr. I det minste fikk de døde en bålferd, og så lenge det brant der ville neppe noen greie å gå ned for å se hva som hadde skjedd.

Carmariel hadde strittet i mot hele veien, hun følte tårene renne nedover ansiktet i sorg over Naraliel men hun visste også at den tapre krigeren hadde møtt en ende hun ønsket velkommen. Hun hadde hevnet sine, og gjort sitt. Det trøstet litt men ikke så veldig mye. Nå var det Carmariel sin tur til å vise sitt mot og hun håpet bare at hun ville ha styrken til det, til å lure Cothrion lenge nok. Han burde kunne narres og manipuleres og hun visste hva han ønsket, hva han så i andre. Den som konsekvent undervurderer de rundt seg evner ikke å se deres sanne styrke og hun var svært klar over at Cothrion og de andre ikke kjente til alle de talenter en skjebnefødt måtte beherske.
Hun kunne bare vente til muligheten bød seg, og den måtte være perfekt presentert for at hun skulle kunne gjøre noe på en effektiv måte.

Tiden gikk også, hun regnet med at rundt to døgn var gått allerede, tiden beveget seg annerledes her enn i Akishas verden og det begynte å haste. Hun ble båret avgårde som en annen tomsekk og kjente på luktene hvor hun var. Cothrion visste nok allerede at hun var på vei, nå fikk hun bare håpe at hun klarte å holde hodet kaldt. De kom innendørs, løp gjennom vide haller og rom som føltes kalde og tomme. Hun hørte stemmer, opphissede og ivrige og de gikk opp trapper og gjennom korridorer. Hun ante at Cothrion ville prøve å ekte henne med en gang, så fort han fikk samlet alle de som betydde noe. Det ville befeste makten hans over alle der, en gang for alle. Hun måtte spille med, koste hva det koste ville men det vrengte seg i henne. Hun måtte virkelig vite hva hun skulle si og gjøre nå.

Hun ble slengt ned på noe mykt, lenker ble festet rundt armene hennes i stedet for tau og sekken ble trukket av hodet hennes. Hun var i et gedigent soverom, vakkert og forseggjort med nydelige detaljer og senga hun lå på var flott også. Silke og fløyel og en stor og myk madrass, så dette var hvor et monster sov. Om han i det hele tatt sov da. De som hadde båret henne dit gikk bare og hun spyttet etter dem og prøvde å roe seg ned. Lenkene var sterke, selv ikke hun kunne bryte dem. Hun kunne kanskje ha manipulert låsene med magi men det ville bli oppdaget.

De hadde tatt alle våpnene hennes, til og med støvlene var revet av henne og hun bet seg i underleppa. Vær sterk, vær tålmodig. Hold ut, hva som enn skjer, hold ut. Hennes indre stemme var sliten, nesten oppgitt men hun måtte bare prøve å holde motet oppe.

Janrem var på vei, han ville gjøre det han kunne for å skape vansker og der oppe seilte Akisha og Ghuad. Den vitenen gav henne styrke. Hun la seg ned, hvilte nå som hun kunne hvile.

Hun hadde ikke ligget der lenge før døra gikk opp igjen og Cothrion kom inn. Han var kledd i en slags slåbrok og var barfot og Carmariel forsto hva han ville. Hun svelget hardt, nå måtte hun virkelig bruke alle talenter hun hadde, hun ville ikke la ham ta seg om det kunne unngås.

Cothrion så skjevt på henne, hun så ikke ut men tjenerne hans ville vaske henne og gjøre henne presentabel. Hun ville se ut som en gudinne når de var ferdig med henne. Men hun var allikevel fristende, svært fristende. De tettsittende klærne avslørte formene hennes, mer generøse enn på de fleste andre av hennes rase og han slikket seg om munnen. Men først, svar på en del spørsmål. Han gikk nærmere og frydet seg over trassen han så i blikket hennes. "Så, du trodde du kunne unnslippe meg? De sier du lette etter relikviet, så synd at du ikke fant det"

Carmariel freste bare, å late som om hun var skuffet var enkelt. "Dra til nattriket og bli der!"

Han gliste. "Ingen grunn til å være så stygg i munnen, om noen korte timer er vi gift min vakre, du bør være mer høflig mot din tilkommende."

Carmariel bare knurret sint. "Jeg gifter meg heller med enn ork!"

Cothrion nikket sindig, åh han nøt dette. "Vel, om du skuffer meg kan det arrangeres også."

Han satte seg på senga. "Nå, først vil jeg ha noen svar, hvor ble du av?"

Carmariel prøvde å spytte etter ham og han gliste ondskapsfullt. "Nåda, ikke vær så uoppdragen, du har ingenting å tjene på det."

Hun prøvde å flytte seg vekk fra ham. "Her, der og alle steder!"

Cothrion rullet med øynene. "Greit, jeg finner ut av det, uansett. Og jeg vil finne det relikviet deres, tvil ikke på det."

Hun prøvde å trekke i lenkene. "Hva trenger du det for, du har jo det mørke relikviet, det burde holde lenge!"

Han kaklet nesten, frydet seg over fortvilelsen han så i blikket hennes. "Åh så du merket det? Ja, mine fant det, skjult i en hule under byen. Og det adlyder meg, det skjønner at jeg er dets herre"

Carmariel tvilte sterkt på det. Hun bare slåss videre. "Det tjener ingen, ingen av relikviene tjener noen."

Han gliste bredt. "Joda, ikke vær så tvilende, bare fordi du ikke kunne finne det relikviet du lette etter betyr det ikke at andre ikke kan finne deres. Jeg vet jo at du er skuffet så for å bøte på skuffelsen skal jeg la deg se min skatt, etter at vi er viet. Men du får ikke røre det."

Hun knurret igjen "Som om jeg ville rørt den greia med en ildtang!"

Cothrion måtte le, hun var seg selv, den samme gnistrende vesle samlingen med trassig sinne. "Åh du er virkelig et syn for guder Carmariel, vet du det? Og som min hustru vil du skinne som en juvel blant alle kvinnene her, voktet og beskyttet selvsagt men beundret."

Hun prøvde å sparke ham men bommet, han grep beinet hennes. "Om du er like fyrig når vi kommer i seng sammen må jeg si at jeg virkelig gleder meg til kvelden. Kanskje jeg skal vente til da, bare for å kunne glede meg litt lenger?"

Hun bare sparket og freste og han slapp foten hennes. "Ja, jeg var forberedt på å ta deg her og nå men den som venter på noe bra kan ikke vente for lenge. Vær ikke redd min vakre, jeg vil finne hemmelighetene dine, snart."

Han reiste seg fra senga igjen og vinket med handa, noen tjenestejenter kom svinsende og han gliste kort. "Jeg vil legge en liten besvergelse på deg min kjære, så du ikke skader disse søte damene som skal gjøre deg vakker for meg."

Han hvisket noen ord og Carmariel følte en slags kulde som strømmet gjennom henne men den påvirket henne ikke egentlig, ikke nå lenger. Makten fra relikviet beskyttet henne men hun bestemte seg for å late som om hun var blitt medgjørlig.

Han bare smilte og gikk igjen, hun var underholdende og så fort de var blitt viet skulle han snart plukke den trassigheten ut av henne. Det ville bli en sann svir. Tjenerne hans kom med bud om at mange av hans nærmeste var på vei dit nå og til kvelden ville nok alle være ankommet. Han gikk for å bade og stelle seg, det ville bli en seremoni verdt å minnes.

Vulian og de andre hadde kommet seg ut i parken og de fem han hadde sendt i forveien hadde faktisk greid å finne et sted de kunne gjemme seg. Langs muren sto det en rekke med hus som stort sett ble brukt som lagre siden muren skygget for alt lys og de var dårlige og ikke egentlig egnet som boliger men tette og det gikk an å fyre opp i noen av dem. De fem hadde funnet et slikt et som nok hadde vært brukt som bryggerhus og de hadde fyrt opp i ildstedene og hengt for alle åpninger med strie og lerret så ingen kunne se lys fra innsiden.

Fangene var blitt innkvartert der og nå sendte Vulian ut folk som kunne finne helbredere og mat og utstyr. De måtte være ytterst varsomme så ikke Cothrions folk fikk snusen i det men det ville ikke vare mange timene før Cothrions skrekkregime var grundig desimert. Ushanu gikk rundt og så til alle sine, han virket bekymret. Mange var svært syke og det samme gjaldt de andre der. Noen få av dem som tilhørte slekter som støttet Cothrion prøvde å forstå hvorfor de var blitt tatt til fange og forsøkte å bortforklare det med at det måtte ha vært en misforståelse av noe slag men de begynte sakte å forstå at sannheten var en ganske annen.

Noen kom etter hvert med mat, det ble bare enkel suppe men for de utsultede fangene var det himmelsk. Noen sørget for at ingen spiste for mye eller for fort, Maiharel gikk rundt og så til at særlig barna og kvinnene fikk sin rasjon, og at de syke fikk den vinen de greide å oppdrive. Vulian sendte ut vakter som skulle sørge for at ingen skulle oppdage dem, han sendte også ut noen av de frivillige for å holde oppsikt med folkepratet og for å sjekke at ingen av Cothrions spioner snek seg rundt i nabolaget. Om de ble oppdaget ville de bli nødt til å slåss men foreløpig hadde ingen oppdaget at fangene var borte.

Huset de hadde forlatt brant nå og det var flust opp med folk som sto der og betraktet flammene men ingen vågde seg inn og dessuten var porten stengt av. Snart kom ilden til å spre seg men det var kanskje bare en fordel, om mange var klar over brannfaren klarte de seg kanskje bedre om Akisha og Ghuad måtte tenne fyr på byen.

Raigh hadde vandret frem og tilbake stort sett hele tiden etter at Akisha reiste, han var ekstremt nervøs og selv ikke Ali greide å roe ham ned. Han spiste ikke heller og til slutt fikk Ali og Wilbwyn nok og tvang i ham et glass med mjød diskret krydret med Naraghs beste sovemedisin. Raigh gikk i bakken og ble båret i seng og samtlige pustet lettet ut.

Rheynek satt ved senga til Enez ennå, han sov der og spiste der og Naragh var forundret over at hun ikke våknet ennå for teknisk sett var hun feberfri og burde være frisk. Det var et lite mysterium. Rhylja på den andre siden var utrøstelig, hun nektet å forlate rommet sitt og flere var alvorlig redde for vettet hennes. Hun tok tapet av Thoran så forferdelig tungt og det virket for at hun visnet hen rett foran øynene på dem. Elywen visste at alver lett kunne dø av sorg om deres kjære ble borte men hun hadde ikke trodd at mennesker kunne gjøre det samme, de var som regel sterkere emosjonelt enn en alv og tålte tap bedre siden det tross alt var naturlig for dødelige. Rhylja nektet å snakke, hun satt bare der og stirret ut i ingenting og Whaly var fortvilet. Hun hadde mer enn nok å gjøre nå med å organisere alt fra suppekjøkken til frakt av avdøde til fellesgravene og hun trengte virkelig ikke flere bekymringer. Byen var blitt et merkelig sted nå, stille og direkte skremmende. Det var nesten ingen ute i gatene, folk holdt seg inne, ingen gikk ut for å snakke med naboen eller dele sladder. Folk var blitt redde for hverandre og samfunnet ramlet fra hverandre mer og mer. Pesten hadde så avgjort tatt over landet og det kom rapporter dagstøtt om utbrudd nye steder.

De vises råd hadde resignert. De samlet seg hver dag for å prøve å drøfte eventuelle løsninger men det var til liten nytte. De to gamle prestinnene hadde blitt syke og de hadde begge to dødd og det samme gjaldt en av vismennene og flere av folkene til medikus. Amaras og Ulthario hadde blitt omplassert i en suite sammen med Aldur og nå gjorde Ulthario kur til begge de to andre og det temmelig desperat også. Det virket for at han var fast bestemt på og å klare å forføre en av dem før han eventuelt døde. Medikus hadde gitt alle de råd han hadde til kongen og Naragh, nå kunne en bare håpe at Akisha greide å stanse pesten før den la alle landene helt øde. Det kom duer med bud fra nabolandene og de kunne fortelle om pest også der. Det virket for at det var enden på alt.

Arjhed syntes synd på Rhylja, han hadde prøvd å snakke til henne men det nyttet ikke, hun hørte ikke etter. Hun bare satt der og hun hadde funnet en av Thoran sine skjorter og holdt et jerngrep rundt den hele tiden. Han var redd for at hun skulle dø, for at hun hadde mistet viljen til å leve. Han hadde gått til den hemmelige hagen for å be og han bare håpet at enten gudinnen eller jegerguden hørte på ham.

Han la seg tidlig den kvelden og følte seg lettere fortvilet. De var slik en fin gjeng, alle var så tett knyttet til hverandre og det å skulle miste noen av sine slik var slettes ikke trivelig å tenke på. Han sovnet fort men snart drømte han noe merkelig. Han red på Tordenfot og ved siden av ham var Rhylja, de jaget orker foran seg og rundt dem var de merkelig hvite dyrene som han visste var Jegergudens egen hær. Det måtte være hva jegerguden hadde sett da han lånte Arjheds kropp. Han så hvordan Ghuad og Elywen ødela orkenes uhellige tempel, så Våk drepe lederen deres, så dem miste viljen til å slåss, til å følge falske guder. Så så han noe annet, han så handa si kjærtegne Rhylja, så henne knele foran seg og deretter var det som om han kikket på det som skjedde utenfra, fra en annen person som ikke var der sitt ståsted.

Han så jegerguden bestige henne, så den hornkledde elske med henne og hørte ropene og stønnene av ren nytelse. Han så henne gløde i lidenskap, vri seg i ekstase og han kjente hjertet hamre i kroppen og han følte det, følte den nytelsen de to hadde delt som om han var en del av det. Han følte den ekstasen som hadde overveldet dem begge, bølgen av liv som hadde gjenopprettet det som var ødelagt. Han bråvåknet av at han kom, gispet og ble liggende å riste mens han sølte til sengeklærne ganske så grundig og bet seg i underleppa for ikke å brøle ut og vekke alle som sov i rommene nær ved. Han ble liggende å pese da det slapp taket, å guder, det hadde vært det mest vanvittige han hadde sett men han visste at det hadde vært ekte, at det hadde skjedd. Rhylja hadde latt den hornkledde ta seg, bruke seg for å gjenoppvekke naturens egen vitalitet. Det var et offer hun hadde gjort villig og han begynte å forstå hvorfor guden hadde vist ham dette. Han ante ikke om han kunne gjøre det, men det var forsøket verdt. Hun måtte gå videre, jo før jo heller. Han bestemte seg, til morgenen igjen, da fikk han prøve å se om han kunne nå henne. Det var kanskje den siste sjansen de hadde før hun slapp taket totalt.

Janrem hadde nådd palasset og han lot sine gamle instinkter som tyv trå i aksjon. Det var om å gjøre at han ikke ble sett og siden de sikkert visste at de som hadde vært med Carmariel i tempelet var døde regnet han ikke med at de var så veldig på vakt lenger. Stedet var enormt men han følte på seg hvor Carmariel var, han snek seg over takene og snart fant han et vindu noen hadde etterlatt åpent. Det var ikke noen smart beslutning men han takket den personen, det var mye enklere enn å måtte bryte seg inn. Noen kunne legge merke til det. Han svingte seg inn med letthet og begynte å snike seg frem, han var i en ving av palasset som måtte være gjesterom og det luktet utluftet og tomt, antagelig ble disse rommene lite brukt. Han visste at han ville bli nødt til å slå til når hun gav tegn til det, alt avhang av timingen så han måtte finne ut hvor Carmariel og denne Cothrion skulle vies. Antagelig skulle det skje med pomp og prakt og da var det naturlig å finne en stor sal eller hall. Janrem gjemte seg bak noen store gardiner i det noen tjenere strenet forbi, de så stresset ut og bar med seg sengetøy og annet utstyr. Antagelig var de i ferd med å gjøre klar noen av rommene. Om Cothrion hadde slått på stortromma var det antagelig gjester på inntur og alt måtte være klart til de ankom.
Han snek seg nedover i bygget og snart kom han til en sal som ble forberedt til fest, det var liten tvil om det. Han så at et par svært ærverdig utseende alver satt i noen behagelige stoler i enden av rommet, de bar noen klær som måtte være kjennetegnet på en slags prest av noe slag men de virket ikke mye lykkelige. Tvert i mot virket de som om de var livredde og triste på en gang og noen vakter sto like ved og holdt skarpt øye med dem. Antagelig skulle de utføre selve vielsen etter grundig press fra Cothrion. Janrem følte sympati for dem, det kunne ikke være en trivelig situasjon å være i. Han snek seg opp på et galleri som strakte seg rundt hele rommet og han skjulte seg grundig under et bord som hadde fått en duk som

rakk helt ned til golvet. Det var ingen der oppe og han slappet av og hvilte seg. Nå var det bare å vente til moroa startet. Det ville ikke bli så veldig festlig for ham, det var plenty med vakter der allerede og han visste hvor smertefullt dette ville bli men han forsto planen hennes. Hun måtte få tid til å gjøre hva hun skulle mens alle tenkte mere på angrepet enn på henne.

Carmariel ble vasket og pyntet og stelt og hun fant seg i det som en annen dukke, antagelig visste tjenestejentene lite om magi og kunne ikke avsløre at hun slettes ikke var påvirket av besvergelsen. Hun fikk på seg en utrolig vakker rød kjole i blondestoff som var direkte utsøkt men den var direkte frekk også siden den var temmelig avslørende for å si det mildt men den så utrolig ut på henne. Jentene gredde håret hennes og satte det opp og sminket henne også, hun fikk gullfarget støv strødd over øynene og noen malte leppene hennes også. Noen tunge gullsmykker ble tredd på håndleddene hennes og hun fikk på seg et rubinkjede som sikkert var verdt en større formue. Joda, hun så fantastisk ut men hun følte seg som et overpyntet juletre.

Hun kunne bare håpe at Vulian og de andre hadde fått slekten hennes i sikkerhet, hun ante at han sikkert kom til å gjøre et eller annet så ingen kunne gjøre noe med situasjonen før senere og spenningen fikk henne til å riste. Heldigvis trodde tjenestejentene at det var bryllupsnerver. Hun visste at tiden gikk og bet tennene sammen. Så fort alt var gjort måtte de komme seg vekk og komme seg tilbake. Hun skulle så gjerne ha blitt men hun hørte hjemme med Janrem nå, det var ingen tvil om det. Hun hørte at tjenere raste rundt, at det ble snakket og ute hørte hun at vogner ankom. Hørselen hennes var uhyre skarp og hun skar en liten grimase. Det ville være fullt av folk der, alt kunne skje men hun håpet at de ikke ville få alt for store overraskelser.

Hun var klar over hva hun måtte gjøre, hva hennes ultimate oppgave som utvalgt var. Hun skulle bringe balanse og det var akkurat hva hun skulle gjøre selv om det betydde at hun fikk alvorlige problemer og kanskje enda til satte livet til. Det mørke relikviet kunne ikke forbli der, hun måtte absorbere det som hun hadde absorbert sin gudinnes. Kun da kunne alle der føle seg trygge. Hun håpet bare at hun kunne klare det. Cothrion ville la henne se det, det var da hun måtte slå til.

Cothrion på sin side var i ferd med å gjøre seg klar, de fleste av gjestene var allerede kommet og han syntes han kunne lukte irritasjonen og misunnelsen allerede. Ingen av dem ville være fornøyd med dette men de kunne ikke gjøre noe med det. Når han ble viet til den utvalgte måtte alle bøye kne for ham, slik var lovene og selv de som fulgte kaos gudene måtte foreløpig følge dem om de ikke skulle få et opprør og hanskes med. Å de kom til å ønske at det var dem, at det var deres sjanse til makt men han var den som skulle få nyte av denne gylne muligheten.

Han hadde kledd seg i sin beste stas og visste at han så fantastisk ut og han var sikker på at hun også ville overgå alle andre der. Hun var virkelig vakker, en sjelden skatt og han kom ikke til å være unødvendig brutal når han temte henne, en så utsøkt skjønnhet burde aldri misbrukes mer enn nødvendig. Om han greide å snu henne til sin side ville det være det aller beste, men det kunne ta tid. Han ville at denne dagen skulle gå ned i historien som en storslått dag, starten på hans styre. Salen var pyntet og gjort klar og tjenerne hadde forberedt en real fest. Han skulle vite og blende alle med prakt og storhet.

Han skjenket seg en kopp med vin da det banket på døra og en av tjenerne kom inn, mannen virket temmelig nervøs. "Ærede herre, det brenner i huset med de røde tak."

Cothrion rynket pannen. "Virkelig? Har det kommet noen bud derfra?"

Tjeneren ristet på hodet. "Nei, merkelig nok ikke, men våre folk har sett ilden på avstand og det er fullt av folk i området."

Cothrion skar en grimase, det også. Vel, det var neppe noe problem, om fangene brant inne spilte ingen rolle, han trengte dem ikke lenger når han var gift med Carmariel. "Da er det antagelig ikke noe stort problem, en brann kan de takle, jeg har mer viktige ting å ta meg av. Send noen dit for å undersøke, et par av portvaktene eller noe slikt. Jeg er opptatt"

Tjeneren bukket, lettet over at Cothrion ikke eksploderte, han skyndte seg ut i tilfelle hans herre skiftet mening. Han fant et par vakter og sendte dem avgårde. Han visste at herren hadde fanger der som var viktige men det var nok riktig at det nært forestående bryllupet var viktigere. Allikevel kunne ikke tjeneren bære seg for å synes at noe skurret, han hadde en merkelig følelse av at ting ikke var som de syntes å være. Han bestemte seg for at han om mulig skulle holde seg langt vekke fra festsalen denne kvelden, han hadde en ekkel følelse i bakhodet og han hadde lært seg å lytte til instinktene sine. Det var som regel meget lurt.

Akisha og Ghuad lå bare og seilte på vinden, dragen slappet av og gjorde seg klar og de holdt et øye med palasset der nede. Det ankom folk dit hele tiden og Akisha visste av rent instinkt at dette var Cothrions folk, hans nærmeste medløpere. De ville kunne renske ut hele ormeredet i et slag og hun gliste for seg selv. Cothrion kom til å få tidenes overraskelse.

Carmariel var ekstremt nervøs nå, kjente at kroppen spente seg totalt og hun tvang seg til å puste. Hun følte det mørke relikviet nå, følte makten i det som en mørk smitte som prøvde å få adgang til tanker og sjel. Det tjente kun kaos, kun mørke og hun ante at Cothrion neppe ante at han var dets slave og ikke dets mester. Slike uhellige gjenstander er ekstremt gode på å bruke folks svakheter mot dem, de merker det ikke selv men alt de er blir snudd og alt de ønsker og håper på blir en forbannelse, en felle.

Hun satt der og stirret i veggen, hvisket bønner for seg selv, hun sanset at Janrem var nær, visste at han ikke ville svikte og hun visste at Akisha og Ghuad var der oppe et sted. Mot Ghuad måtte selv disse mørke sjelene gi tapt, hun håpet bare at de kunne avslutte dette på et vis som ikke brakte alt for mye død for de uskyldige. Det var tjenere og slaver der som ikke hadde noe valg, og det var også mange av Cothrions egne folk som fulgte fordi de måtte, fordi de hadde kniven på strupen. Hun ønsket å ende det, ende alt. Hennes folk kunne reddes fra å bli hva de en gang var, en svøpe, en forbannelse for seg selv og for andre.

Det var sent da en høy svartalv ikledd en meget vakker kappe kom inn, han bukket dypt og smilte men blikket var uendelig trist. Tjenestejentene fniste og trakk seg vekk og Carmariel så at fem vakter fulgte den høye mannen. Han var en av de hellige, en prest. Hun kjente ham igjen, en av de lojale og dypt troende. Han kom bort og tok henne i handa, blikket hans flakket og hun så svette på pannen hans. "Tiden er inne o skjønne, følg meg."

Hun lot som om hun bøyde seg ned for å løfte skjørtene på kjolen så hun slapp å snuble i dem. "Rhjitar, han har den øverste hellige?" Presten lot som om han hjalp henne, det lange blåsvarte håret ble som et slør, dempet ord, skjulte bevegelsene. "Ja, den øverste er svekket, kanskje døende. Cothrion har forgiftet ham, vi må lyde!" Hun smilte trist. "Jeg holder det ikke mot dere Rhjitar, men det skal ende i natt."

Vaktene nikket bryskt og de begynte å gå. Carmariel følte seg brått rolig, nesten likegyldig. Det skjedde, det ville komme til en avslutning snart, på ene eller andre måten. Hun så skjevt på presten som virket for å være på gråten. Det han skulle gjøre var en uhyrlighet i deres øyne, vanhellig og blasfemisk. Å vie noen som ikke elsket hverandre var å bryte selve universets lover for ekteskap for alver lar seg ikke bryte før verden selv opphører å eksistere. Hun visste at han antagelig ville latt Cothrion drepe seg heller enn å gå med på å gjøre det men den øverstes liv var i fare og for dem var han viktigere enn deres egne liv. Den øverste var nesten like verdsatt som de utvalgte, nesten like mektig og hellig.

Hun hvisket. "Hvem andre er her?"

Presten sukket. "Obherat, han er redd Cothrion vil ofre oss etterpå." Carmariel svelget hardt. "Er han troende til det?"

Rhjitar nikket. "Han er mer blodtørstig enn mange tror, den pene fasaden hans er svært blodflekket. Om du vet hva de har gjort mot dine…"

Hun nikket umerkelig. "Jeg vet, jeg vil hevne mor, og alt det andre han har gjort."

De nærmet seg salen nå og Rhjitar lukket øynene et øyeblikk og hvisket en fort bønn, Carmariel syntes synd på ham. Dette måtte være et mareritt for ham. Rhjitar hadde vært en av hennes læremestre og han var en meget sindig og godhjertet person som var meget hengiven overfor gudinnen. Dette måtte skjære ham i hjertet på mange måter.

Hun hørte stemmer og visste at det var mange samlet der nå, alt kunne skje og hun aktet å se til at ingen rakk å skjønne at noe var på gang før det var for sent. Hun ville blende dem, forlede dem, fange oppmerksomheten. Hun rettet seg opp, bar hodet høyt og visste at hun var så imponerende nå som hun noen gang kom til å bli. Salen var full av folk, hun kjente igjen mange av dem, følte atmosfæren der som noe nesten stofflig. Den var tung og trykket og hun visste at samtlige der hatet og tilba Cothrion på samme tid. Han var deres springbrett, deres raske vei til makt, og samtidig var han alt de ønsket å bli men ikke klarte å oppnå.

Det var vakter overalt, hardt væpnet, tjenere sto langs veggene og salen var praktfullt pyntet. Det lyste fra krystall kroner og hun kjente lukten av mat og vin, Cothrion hadde ikke spart på noe virket det for og hvorfor skulle han det? Han var rik som få andre i riket. Det lød et gisp da bruden kom til syne, mange glante med store øyne. De hadde visst at Carmariel hadde forsvunnet og at Cothrion nå hadde henne i sin varetekt igjen var imponerende, men også noe de fant vanskelig å forstå. Hvordan hadde han klart det?

Snakket gikk mens hun gikk opp mot alteret der flere vakter og den andre presten ventet. Hadde hun vært så svak at Cothrion kunne fange henne ja da var hun ikke hva de hadde trodd hun var, på langt nær. Hun håpet bare at ingen la to og to sammen for tidlig. Hun gikk sakte, stirret stivt fremover. Alteret var ikke et av gudinnens helligede, det var viet Cothrions guder og var allerede dynket med blod fra en uheldig slave Cothrions menn hadde myrdet.

Rhjitar hadde gått opp og stilt seg ved siden av Obherat og begge de to var grå i huden og de hadde tårer i øynene. Carmariel sendte dem et kort blikk, fylt med tilgivelse. Stemningen var elektrisk nå, det hang folk på søylene for å kunne se, hun så at samtlige der var overpyntet og det stinket av parfyme når noen åpnet en dør og trekken fikk lukten med seg. Det ble spilt av en trommevirvel og dørene åpnet seg igjen. Cothrion kom marsjerende frem, han hadde seks æresvakter bak seg alle kledd i vakre men sinnssykt dyre rustninger og selv bar han klær som sikkert kunne ha skaffet mat til en familie i årevis hadde det blitt solgt. Han så flott ut, selv Carmariel måtte vedgå det. Av alle husene var hans kjent for å ha de vakreste medlemmer og han var ikke noe unntak. Carmariel visste at mange der nå slukte ham med blikket, både av de tilstedeværende kvinnene og mennene også. De fleste av deres rase verdsatte skjønnhet uansett hva slags innpakning den kom i og kjønn betydde lite for dem.

Carmariel holdt ansiktet nøytralt, nesten kaldt. Cothrion brukte lang tid på å gå frem til alteret, han stanset her og der, snakket til noen av de som sto der, rørte hender, lot seg beundre og tilbe som en annen guddom. Carmariel kjente at det kokte i henne, han skulle bli blå for det. Omsider nådde han frem og snudde seg mot mengden med et bredt smil. Det var et glis mer enn noe annet og rommet en god porsjon ondsinnet triumf.

Han rakte hendene opp og folk ble stille, de fleste stirret med sjalusi lysende i blikket og han godtet seg over det.

"Venner, brødre og søstre i den rette troen, la oss glede oss sammen. I dag skal vår vei styrkes, i dag skal vår styrke bli uovervinnelig."

Han sto der og mange klappet og jublet, han visste å snakke for seg, det skulle han ha. Carmariel så at Obherat gjorde en ørliten bevegelse med handa, alle så på Cothrion, selv vaktene og hun så at ene vakten som sto rett ved siden av henne for å sikre at hun ikke stakk av skiftet vekten litt som om han sto vondt. Brått fikk hun noe stukket inn i handa, det var en ørliten gjenstand og hun lukket handa om den med en gang. Vakten var på deres side, hun skjønte det med en gang. Noen av Cothrions folk var langt fra lojale mot ham men måtte tjene fordi deres slekter alltid hadde tjent hans. Carmariel bare sto der, med stivt blikk. Cothrion messet videre. "I dag skal jeg inngå en hellig union med vår utvalgte, gudenes inkarnasjon, den siste skjebnefødte. I dag skal vårt folks skjebne besegles og vår storhet sikres."

Carmariel ville ha glist av ham om hun kunne, ledd ham rett i fjeset. Hun ønsket å kalle ham et pompøst fjols, en tosk, en påfugl full av luft. Men hun bare sto der, hun måtte holde vreden stangen til hun kunne slippe den løs. Hun kikket ned i et kort sekund, det hun holdt var et frø, fra et Bhakrud tre, en tresort som var regnet for å være uren. Det ble sagt at disse trærne en gang forrådte gudene og sørget for at flere av dem ble tatt til fange av en skrekkelig fiende en gang i tidenes morgen og siden den gangen var de trærne noe en ikke brukte til annet enn brenneved og redskaper. Å gå med et slikt frø på seg var i seg selv å bli vanhelliget, en ble uren, utstøtt. Dømte kriminelle fikk gjerne et slikt frø tatovert i pannen eller på skulderen og ingen seremoni kunne være gyldig eller hellig om slike frø var tilstede.

Carmariel skjulte det konspiratoriske gliset sitt. De hadde sørget for at giftermålet var ugyldig i gudenes øyne uansett hva som ble sagt eller gjort. Hun skjøv frøet opp under armbåndet sitt, der satt det fast og ville neppe rikke seg. Rhjitar nikket umerkelig og hun blunket fort. Han hadde tenkt det ut, det var brilliant.

Cothrion smilte igjen. "Og nå, la dere alle være mine evige vitner på at jeg og Carmariel blir ett, prester, seremonien!"

De to sukket og begynte på bønnene som innledet et bryllup, Carmariel så seg fort rundt, hun sanset at Janrem var der et sted, hun kikket opp og så at han var på ene galleriet. Han sto der innhyllet i noe som måtte være en duk men på avstand kunne det være en tjeners kappe og det var ikke noe merkelig at folk søkte seg til galleriene for å se bedre. Ingen la merke til ham, vaktene så ham nok men i halvmørke der oppe regnet de med at det var en person som hadde lov å befinne seg i salen, hvordan skulle noen ha kunnet snike seg inn dit usett? Nei, det var garantert en tjener som var litt ekstra nysgjerrig.

Seremonien for et bryllup var lang, Carmariel freste nesten innvendig av frustrasjon, hvorfor måtte dette ta slik tid? Hun ønsket at det skulle være over snart. Hun lot blikket gli over massene, hun visste at mange av disse neppe ville leve for å se en ny dag og hun gledet seg over det. Men de skarpe øynene hennes la merke til noe merkelig, noe urovekkende. Hun så at flere av mennene der muligens var bevæpnet. Alle voksne menn født i frihet hadde rett til å bære et sverd, det var en del av klesdrakten og de fleste følte seg nakne uten men om hun ikke tok feil bar de våpen som neppe var kun for pynt. Og de sto merkelig plassert, litt for nær vaktene til at det var tilfeldig. Var det et kupp på gang? I så fall håpet hun inderlig at det kunne vente til seremonien var over og hun kunne få kloa i det forbaskede relikviet. Hun måtte berøre det for å kunne absorbere det, for å bringe balanse. Uten balansen ville hun ikke kunne berge Akishas verden fra pesten.

Hun begynte å tro at dette kunne bli et bryllup av det heller blodige slaget og det mer enn hun hadde forutsett også. Prestene kom og tok hendene deres, bant dem sammen i noen øyeblikk med et silkeskjerf og helte vin på det før det ble kastet i et glofat. Det ble messet velsignelser og Cothrion begynte å ramse ut av seg de vanlige ekteskapsløftene. De var tomme hule løgner selvsagt men skikkene krevde det. En brud trengte ikke gi noen løfter heldigvis, hun trengte bare si ja og Rhjitar sto der med tårevåte øyne og spurte henne om hennes svar. Han visste at seremonien var vanhelliget av det frøet han hadde gitt henne men allikevel var det forferdelig for ham, hun var svært kjær for ham og tross alt hellig i deres øyne. Carmariel stirret stivt foran seg. "Dere vet mitt svar."

Det var alt hun sa og Cothrion freste et eller annet lite vennlig til henne, hun så ikke engang på ham. Obherat gav dem hvert sitt beger med litt vin i som de måtte drikke og litt av vinen ble helt over hendene deres for å sikre fruktbarhet. Aldri i verden om hun ville gått med på å bære hans barn uansett, hun bare sto der og spilte medgjørlig.

Obherat løftet hendene og messet videre mens Rhjitar klippet en liten lokk av håret deres og brant det, deretter snittet han i en finger på hver av dem og klemte ut en bloddråpe som ble blandet i en skål før det også ble brent. Alt ble gjort langsomt og verdig og Cothrion nærmest freste av utålmodighet, han trippet der han sto. Forsamlingen sto der og glante, de fleste holdt kjeft men noen sto også og snakket og flere av vaktene kastet sinte blikk på dem. De la ikke merke til at noen flyttet litt på seg, øyensynlig for å kunne se bedre og det var litt uro i mengden her og der siden noen prøvde å klatre opp på benkene. Carmariel så at det også skjedde etter en plan, aldri flere samtidig men litt etter litt, det holdt på oppmerksomheten til vaktene og det var brilliant planlagt. Hun forsto at noen garantert ville prøve å tilrøve seg makten i løpet av bryllupet, at Cothrions makt skulle ende uansett. Hun måtte nesten glise, det er fra sine egne en får det.

Janrem sto på galleriet, han lente seg avslappet mot rekkverket og stirret ned, hjertet hans hamret. Carmariel var utrolig vakker slik, hun lignet en gudinne der hun sto og for folket der var det akkurat det hun var. Hun ville gi signal når han skulle slå til, han ventet spent. At hun måtte gå gjennom hele seremonien var en strek i regningen men den var neppe gyldig i og med at hun ikke var villig. Cothrion var vakker også, Janrem måtte vedgå det, han hadde aldri vært av dem som følte seg tiltrukket av andre menn men denne alven kunne fått ham til å bli villig til å forsøke i hvert fall. Synd at slik skjønnhet var basert på ren ondskap.

Obherat avsluttet messingen og han bukket fort. "Da for gudinnens øyne, for gudenes øyne, i denne forsamlingens øyne, jeg erklærer disse to for ektefolk, mann og hustru, et kjød, en sjel fra nå av og til verdens ende."

Cothrion strålte, et øyeblikk så han faktisk lykkelig ut og Carmariel følte et fort stikk av skyld over det hun måtte gjøre. For alver er det å drepe andre alver nesten utenkelig, men for kaos dyrkerne var det dagligdags, hun ønsket ikke å bli som dem. Cothrion grep henne om livet og svingte henne rundt, en hånd grep tak i håret hennes og trakk hodet hennes bakover mens han kysset henne grådig og hardt. Det var motbydelig men hun tvang seg til å slappe av, til å la ham tro at hun ennå var fanget av besvergelsen han hadde lagt over henne. Han pustet faktisk hardt og hun begynte å skjønne at han var opphisset, at det hele hadde gjort ham lysten på å fullbyrde det hele der og da. Hun svelget hardt, nå måtte hun virkelig vite og styre seg, de kunne ikke trå til for tidlig. Alt måtte klaffe.

Cothrion hadde aldr sett henne så vakker noen gang og nå var hun hans, han ville aller helst hale henne med seg til et rom og ta henne med en gang, han var så hard nå at det gjorde vondt og ved gudene, hun luktet himmelsk og var så fristende at det var ytterst vanskelig å tenke på noe annet enn den varme kroppen i armene hans. Han rettet seg opp og mengden klappet, noen plystret og hoiet og han smilte fornøyd Han vinket på en av vaktene. "Jeg holder ordet mitt min vakre, du skal få skue det som har gitt meg makt, det som tjener meg. "

Vakten kom gående med en liten eske, Carmariel holdt pusten og tvang seg til å slappe av. Hun følte svetten sile på undersiden av kjolen og makten i relikviet hamret mot sinnet hennes, krevde innpass, krevde å få besette henne som det besatte Cothrion. Cothrion holdt esken høyt så alle kunne se den. "Se mine brødre og søstre, se hva som har brakt oss hit, til maktens tinder, se hva gudene har skjenket oss."

Han åpnet esken og tok ut noe som skinte på en merkelig måte, gjenstanden virket for å svelge lys, forvrenge det og sende det ut igjen og Carmariel følte at makten fra gudinnens relikvie våknet, glødet i henne. Hun hvisket en kort bønn, gjenstanden var uanselig akkurat som gudinnens hadde vært, ganske enkelt en liten sylinderformet bit med mørkt metall, som noe en smed har lagret for å forme senere. Carmariel lukket øynene, nå gjaldt det, nå kom hennes virkelige test, nå ble hennes skjebne avgjort.

Kapittel 8: Ild og aske

Av ild blir kun aske tilbake
Men av aske kan nytt liv gro
Av sorg kan hjerter bli kalde som stål
Om ikke ilden blir vekket på nytt

I sirkus satt de fleste nå og bare ventet, det var ikke mer noen kunne gjøre. Rapportene som kom inn hver dag ble mer og mer grimme, flere titalls tusen var allerede døde, de hadde berget ti ganger så mange med trikset med nedkjøling men det ville ta årtier før landet kom seg igjen etter en slik påkjenning, om det noen gang gjorde det. Folk ble syke overalt, flere av de som jobbet på sirkus hadde dødd nå og enda flere var syke og Naragh jobbet som en gal med å prøve å berge så mange som mulig. Det eneste positive var at Enez hadde våknet igjen i løpet av natten. Hun var bevisst og normal i så sett men skrekkelig svak og Rheynek hadde grått av lettelse, han hadde vært nesten fra seg og Raigh var så inderlig glad på hans vegne men samtidig livredd. Akisha måtte snart vende tilbake, tiden løp snart ut for dem og han visste at det var et farlig oppdrag hun hadde tatt på seg.
Tanken på at hun ikke skulle komme tilbake var knusende, han kunne ikke tenke seg den enden på det og prøvde å drukne seg i arbeide i stedet. Han hjalp Khir og Våk med å telle over utstyret i lagrene, hjalp Jalisa med å bake brød og tok ut frustrasjonen på brøddeigen. Han satt med Rheynek og diskuterte alt fra Enez sin svekkede tilstand til hester og hvordan de skulle få byen på fote igjen. Men bak i tankene hans lå hele tiden angsten for at han ikke skulle få se henne igjen, for at hun var tapt for ham. Det var som å

tape selve sjelen i seg og han husket hvor nære han hadde vært ved å legge seg til og dø av ren sorg da Akisha ble bortført og mishandlet. De to var knyttet sammen som sammen slyngede trær, det ene kan ikke klare seg uten det andre.

Han var på vei bortover korridoren til soveavdelingen for å hvile litt da han møtte på Arjhed, den unge mannen virket tankefull og han var en smule blek. Raigh stanset og rynket pannen, det var tydelig at Arjhed var på vei til Rhyljas rom og Raigh var som de andre der meget bekymret for henne. Rhylja var kanskje den farligste krigeren der ved siden av Akisha, en Kher-el kan måle seg med en vanlig våpenmester hvilken dag som helst og Rhylja var stolt, sterk og ukuelig. Det triste var at når slike personer først knekker sammen knekker de sammen totalt! Rhylja hadde nektet å spise, snakket ikke, satt bare der og visnet hen som roser på en frostnatt og Raigh var redd de ville miste henne. Hun hadde aldri elsket noen andre enn Thoran, det var hovedproblemet. Hun visste ikke at hjertet har mange rom, at tapet av en kjær kan erstattes med ny kjærlighet over tid.

"Hvordan går det Arjhed, skal du til Rhylja?"

Arjhed nikket, han bet seg i underleppa og kastet stjålne blikk rundt seg. "Ja, Raigh, kan du holde på en hemmelighet?"

Raigh rynket pannen, satte seg ned på en av benkene i gangen der. "Selvsagt? Hva er det Arjhed?"

Arjhed satte seg ned ved siden av ham, Raigh hadde alltid syntes at Arjhed gjenspeilet den guden han tjente på en merkelig måte men denne morgenen mer enn ellers. Han hadde et lys i øynene som ikke hadde vært der før og det ville mørke håret var som en man over skuldre og rygg, de vakre trekkene underlig dyriske i lampelyset.

"Jeg tror han har vist meg hva som skal til for å redde Rhylja."

Raigh svelget fort. Det var mye mulig at Arjhed snakket sant, Jegerguden ville ikke la en av hans egne dø på en slik måte, gudinnen ville alltid redde sine, han tvilte ikke på at hennes maskuline versjon fungerte på samme måte. "Hvordan det?"

Arjhed trakk pusten dypt, han rødmet faktisk. "Jeg hadde en visjon, av…hva som skjedde da jegerguden vekket til live skogen igjen, der orkene hadde ødelagt alt. Rhylja hjalp ham, æh…"
Han greide ikke se på Raigh som følte seg lettere brydd også, han trodde han forsto. Han visste at jegerguden også sto for fruktbarhet og virilitet og han visste at mange av de folkene som tilba ham hadde et visst ord på seg for å holde de rene orgier i form av tilbedelse. "Hun hjalp ham på en intim måte?"
Arjhed nikket blygt. "Det kan du trygt si ja, veldig intim! Jeg…jeg tror jeg må…gjøre noe tilsvarende."
Raigh følte seg litt usikker. "Hun vil neppe det nå?"
Arjhed nikket. "Selvsagt ikke, hun elsket Thoran, og jeg tror ikke at hun vil ha noen andre heller men jegerguden forlanger det, jeg vet ikke hvorfor. Det eneste jeg er sikker på er at jeg skal gå til rommet hennes og så vil han vise meg veien videre."
Raigh trakk pusten. "Jeg har gått med på mye merkelig for å tjene gudinnen Arjhed, gudene kan av og til spille merkelige spill med oss, vi er deres brikker. Jeg tviler ikke på at han vil hennes beste, vær bare forsiktig. Det er ikke alltid at guder tar menneskers følelser med i beregningene."
Arjhed smilte stivt. "Jeg vet det. Det er kanskje galt av meg men jeg må bare gjøre det som skal til for å berge henne."
Raigh kjente at fjeset hans føltes merkelig stivt, han skar en grimase. "Vel, lykke til, greier du å redde henne er det en velsignelse."
Arjhed virket temmelig nervøs, han kom seg opp og nikket blekt til Raigh før han gikk videre. Raigh så langt etter den unge mannen. Arjhed hadde huset selve jegerguden, han var ikke lenger et menneske, ikke fullt og helt. Selvsagt merket han ting på en annen måte enn andre dødelige. Det kunne være at det var svaret, at Arjhed på et eller annet vis kunne binde seg til Rhylja på samme måte som alver bant seg til sine kjære. Det ville ikke være noen vei tilbake etter det men kanskje det ikke var meningen at det skulle være det. Uansett, alt var bedre enn å miste en av deres kjære på en så sørgelig måte. Han bare håpet at Arjhed ville ha flaks med dette

før han trasket videre. Han hadde vært oppe hele natten for å hjelpe Dheg med en merr som var syk og nå trengte han en real hvil men tvilte på at han greide å roe seg nok til å sove.

Carmariel stirret på relikviet, Cothrions ansikt strålte av ondsinnet fryd, av triumf. Hun fanget blikket til de to prestene, de hadde trukket seg tilbake og nå sto de og formelig dirret av både frykt og avsky. De merket makten til den skrekkelige gjenstanden like godt som hun gjorde det og hun så at de hadde kommet seg litt bort fra alteret og vaktene. Alle stirret på esken med den merkelige gjenstanden og Carmariel sto ennå tett inntil Cothrion. Hun strakte seg litt, trakk seg i håret som for å rette på en av de vakre nålene som var festet i det og så lot hun seg selv bli slapp, helt slapp. Hun hang brått på Cothrion som naturlig nok ble røsket ut av balanse, han så ned på henne og så at hun virket besvimt og i sjokket senket han armen med esken.

Janrem hadde sett signalet, de hadde avtalt det og han trakk pusten dypt og kastet av seg duken han hadde brukt som kappe. Han visste at dette var galskap på sitt beste men han hadde alltid likt stygge odds, det var da han alltid klarte seg best. Han trakk sverdene sine og kjente at de formelig mol i tankene hans, ivrige etter å utgyte blod igjen. De var ikke på det godes side, Bit og Hoggtann var smidd av en smed som hadde hjulpet mørket selv men det betydde ikke at de ikke kunne brukes for hans formål og han hadde greid å tvinge dem til å lyde ham. De var egentlig svært nøytrale slik, så lenge eieren drepte brydde de seg ikke stort om hvorvidt vedkommende var god eller ond. Han hoppet opp på rekkverket, det var tre etasjer ned til et steingolv, det ville knekke beina på et vanlig menneske men han visste at det for ham var barnemat. Et fall kunne ikke skade ham nevneverdig og eventuelle skader helet seg selv med en gang. Han så at Carmariel virket for å segne sammen og så hoppet han, med et skrik.

Stemmen hans var ikke helt menneskelig lenger, den var merkelig hul når han ropte eller skrek og han hadde merket seg ved det fakta at det virket for å skremme folk. Nesten samtlige der rykket til og snudde seg og Carmariel så ut av øyekroken at Cothrion også kikket mot den fæle ulyden. Hun beveget seg lynraskt, fortere enn noen skulle tro det var mulig. Hun skjøt hofta frem og spant rundt, slo Cothrion ut av balanse, grep relikviet med ene handa og skrek til. Smerten var forferdelig, som flytende ild i årene men hun ble beskyttet av det relikviet hun allerede hadde absorbert. Blikket hennes ble uklart, pusten stanset nesten i henne, verden spant. Relikviet krevde at hun gav seg over, lot seg styre men hun hvisket frem besvergelsen selv om det tok alt hun hadde av konsentrasjon og krefter.

Cothrion freste rasende men ennå ikke i stand til å skjønne hva som skjedde. At Carmariel hadde tatt relikviet var ikke sjokkerende i seg selv, faktisk kunne det være at det ville omvende henne der og da. Men at hun hadde greid å lure ham gjorde ham rasende. Han stirret ut mot folkemengden og så at hvem det nå var som hadde falt ned fra galleriet var borte i mengden, men så ble det bevegelse. Brå bevegelse. Folk skrek opp og han hørte skrekken i stemmene og forsto ikke. Det hadde vært en enkelt person, vaktene kunne gjøre ende på en eneste mann som ingenting.

Janrem landet midt blant folkene der med et smell, de spratt unna med forskrekkede hyl, og det var kanskje ikke så rart med tanke på at han hadde falt svært langt uten å skade seg. Og han hadde to svært ubehagelig utseende sverd i nevene og begynte å angripe med en gang. Han felte to vakter med de første huggene for Bit og Hoggtann skar gjennom rustning og uniform som om det var lagd av smør.

Cothrion skrek til vaktene og de gikk til motangrep, folk prøvde desperat å komme seg unna og brått gikk enda flere av folkene der til angrep, på vaktene. Ikhaban og Ghieran hadde stått ved en søyle ikke langt fra der Janrem landet og de forsto med en gang at noen hadde kommet til Carmariels side for å støtte henne. De gav signal og utnyttet kaoset for å la sine folk gå på vaktene. Cothrion ville være uten hjelp og Ghieran skjøt frem over golvet for og selv felle Cothrion.

Carmariel kjempet mot relikviet, hun skrek av smerte og vred seg på golvet men hun var ikke den som gav seg, aldri. Hun tvang den uhellige gjenstanden inn under sin vilje og brått skjedde noe vanvittig. Hun ble kastet opp i luften og hang der med armene ut til siden, hun strålte av lys og mørke, det virket for å virvle rundt henne. Skrikende lyder kunne høres og Cothrion forsto brått hva hun gjorde, hun ble ikke absorbert av relikviet, det motsatte skjedde. Han ville miste alt nå om ikke noe ble gjort.

Han skulle til å gripe spydet til en av vaktene da han ble var at en av adelsmennene kom løpende mot ham. Han kjente ham igjen og visste med ett at dette var et kupp, noen ville ta fra ham makten. Han kjente at sinnet eksploderte i ham, han skrek ut og spant rundt, møtte Ghierans sverd med spydet. Cothrion var en meget dyktig kriger, han visste hvordan en dreper. Ghieran var også god men han var ikke like rå som Cothrion og mere preget av adelskapets regler for dueller og trefninger, Han prøvde å stikke Cothrion i brystet men sverdet hans ble ganske enkelt fanget av Cothrion som brukte metallskaftet på spydet som en sverdbryter. Han vred bladet ut av Ghierans grep og kjørte fingrene inn i angriperens øyne. Ghieran rygget bakover med et skrik av smerte og Cothrion trev sverdet og hugg hodet av angriperen med et snerr. Blodet sprutet og han brølte, han kom ikke til å gi seg uten kamp.

Vaktene gikk på Janrem og de som tilhørte Ghieran og Ikhabans folk, men folk ble fort var noe merkelig. Den underlige mannen med de lysende blå øynene døde ikke, han ble truffet av sverd og spyd og piler men bremset ikke engang, han bare drepte og brått skrek noen opp. "Natt vandrer, det er en natt vandrer!"

Det gjorde det, brakte panikken frem i alle der. Det var magi så uhellig og skrekkelig at selv de som sto på kaosgudenes side fryktet den og nå prøvde folk å flykte, selv vaktene glemte sin lojalitet og løp for livet. Ikhaban sto bare og glante, Carmariel svevde i løse lufta ennå, hun var omkranset av flammer og skrek og brått ble flammene blå. Hun åpnet øynene og ropte et eller annet ingen forsto og ilden forsvant, hun falt ned igjen og øynene glødet av triumf. Det var gjort, relikviet var absorbert og i balanse med gudinnens og nå hadde hun krefter ingen noen gang hadde eid i denne verden. Cothrion så Ikhaban og visste av rent instinkt at denne mannen hadde forrådt ham, en del av ham var imponert av at Ikhaban hadde greid å skjule det for ham, det var virkelig beundringsverdig og helt i kaosgudenes ånd. Men nå var Ikhaban en fiende og Cothrion trakk til seg et sverd noen hadde droppet og løp mot Ikhaban som ikke lot synet av Carmariel lam slå seg. Han var livredd den underlige mannen med de lysende øynene og kunne ikke forstå hva han var men Cothrion kjente han, og han visste hva han måtte gjøre.

Janrem hugget løs på vakter og fremmøtte, folk samlet seg for å forsvare seg, mange var forhenværende soldater og de forsvarte seg godt men mot de to svarte sverdene var de forsvarsløse. Han så at Cothrion gikk til angrep på en av de som hadde utnyttet kaoset og visste at han hadde avbrutt en liten konspirasjon, han gliste. Om Cothrion greide å bli kvitt denne fyren var han allikevel ferdig, Janrem visste hva som var på vei.

Carmariel hadde sent opp en stråle av lys fra toppen av bygget, det var signalet og Ghuad brølte ivrig og stupte over skulderen, raste ned mot palasset. Akisha holdt seg fast og Ghuad landet rett foran bygget med et brak som fikk bakken til å skjelve og folk begynte å skrike også ute. Akisha spratt av dragen og raste inn for å finne Carmariel og Janrem og Ghuad begynte å rive bygget metodisk og hensynsløst. Han skulle sørge for at folk flyktet, at færrest mulig ble drept når han virkelig slo seg løs.

Carmariel gliste kaldt, hun sto der og magien hennes pulserte i lufta, slo mot alt og alle som en tung rytme. Hun blokkerte den store salen, ingen kunne komme ut, ingen kunne komme inn. De fant ikke lenger dørene, de var borte.

Tjenere og slaver hadde løpt så fort det hele begynte, de som var igjen var Cothrions folk og en god del vakter og Janrem gjorde sitt for å desimere dem grundig. Han sloss videre selv om vaktene nå skrek av skrekk og prøvde å løpe bort.

Cothrion gikk inn i nærkamp mot Ikhaban, han visste at hans fordums nære fortrolige var meget dyktig og dette var virkelig en utfordring også for ham. Sverdene klang i en vanvittig rytme og de to danset formelig frem og tilbake, en merkelig dans av dødelig stål og hat. Carmariel sørget for at de to prestene og de vennligsinnede vaktene kom seg ut og ba dem løpe mot baksiden av bygget og ikke stanse for noe, de adlød med hvite fjes og skjelvende hender. De hørte skrik utenfra også nå, og noen som hylte noe om drage? Carmariel hadde nok nå med magien som holdt alle på plass, Cothrions medsammensvorne skulle ikke få unnslippe. Det ville bli en katastrofe om de fikk re gruppert seg og startet på nytt igjen. Hun kjente at de to relikviene hadde fått en balanse nå som føltes ganske så vidunderlig, som en stor fred i hennes indre og tanker. Hun bare sto der, ingen kunne komme henne nær for hun beskyttet seg selv med magien.

Cothrion gjorde en finte, han lot som om han snublet i en død vakt Janrem hadde drept. Han var sjokkert over den merkelige mannen men lot ikke tanken på en natt vandrer skremme seg slik som de andre. Han var bedre til å styre seg og ikke så overtroisk. Det kunne ikke være en nattvandrer, ingen kjente lenger magien som trengtes for å skape en slik uhyrlighet. Det måtte være en annen forklaring og han så at mannen ikke var en alv men et menneske, Carmariel hadde en del å svare for.

Akisha løp gjennom palasset, hun følte at raseriet hun alltid følte i slike situasjoner kokte i henne, hun merket den mørke kraften som hadde hvilt over stedet og den var motbydelig. Hun husket hva gudinnen hadde sagt, hun måtte slippe snøtigeren i seg løs. Hun hadde ikke med seg den merkelige dolken sin denne gangen og kunne ikke stole på at den beskyttet seg så hun lot seg gli tilbake til den primaltilstanden snøtigerens ånd gav henne.

Hun så alt mye klarere, sansene ble skarpere enn en alvs, hun beveget seg med et rovdyrs uanstrengte eleganse. Noen var ennå lojale mot Cothrion, og prøvde å beskytte ham. De ville ikke miste makten sin og prøvde å ta seg inn i salen. Akisha angrep dem bakfra og hun forsto hvorfor gudinnen hadde sagt det hun sa. Dette var dyktige krigere, og de var ikke mennesker. Få mennesker kan stå seg mot en alv og hun var en av de få, men uten den hjelpen hun hadde i form av den hun var ville det blitt hardt selv for henne. Hun snerret og svingte Elthear og det lysende bladet skar gjennom metal og kjøtt uten noen problemer. Hun måtte til salen, det var hennes mål.

Cothrion så at Ikhaban falt for finten og han rykket frem for å avslutte det med et resolutt støt mot Cothrions mage, Cothrion hev kroppsvekten fremover og Ikhabans blad bommet med noen millimeter, før angriperen kunne ta seg inn igjen kjørte Cothrion sverdknappen sin rett i ansiktet på Ikhaban og knuste nesa og kinnbeinet hans på ene sida. Ikhaban stavret til siden, halvveis blind og desperat, han stakk etter Cothrion på en nesten amatørmessig måte men traff, han skar et dypt kutt på tvers av Cothrions lår før hans forhenværende mester kjørte sitt eget sverdblad rett gjennom Ikhabans bryst.

Ikhaban gurglet og falt bakover, ristet noen ganger og ble stille og Cothrion hveste noen besvergelser og snudde seg for å møte Janrem. Den udødelige mannen hadde snart greid å drepe de fleste av vaktene der og flere av Cothrions medsammensvorne. Lik dekket golvet og blodet rant mellom de forseggjorte søylene. Det var et grotesk skue men Cothrion lot det ikke skremme seg. Han løp mot Janrem men ble stanset av Carmariels stemme, den var merkelig klar, og fylt med forakt. "Du ville aldri ha fått meg Cothrion, jeg er en annen manns nå og ingen annen kan kreve meg."

Han spant rundt, stirret på henne der hun sto ved alteret. "Du har gitt deg selv til en uverdig?!"

Carmariel gliste, et stygt glis. "Å langt der i fra, han er mer enn verdig, og hundre ganger mer mann enn du noen gang blir!"

Cothrion freste nesten, fornærmelsen var nesten for mye for ham og han mistet selvbeherskelsen i noen sekunder. Han hev seg fremover men ble slått tilbake av Carmariels magi og akkurat da var det at veggene begynte å skjelve og riste og en klo kom farende gjennom taket og rev det bort. Bygget var i ferd med å rase nå, Cothrion stirret i absolutt vantro på det han nå snaut kunne tro var sant. Det var en drage der, en enorm svart drage som nesten metodisk fjernet taket.

De andre der skrek i angst og Cothrion skjønte at de var døde om de ikke kom seg bort. Han snudde på hælen og hvisket noen besvergelser som skulle sikre at han ikke kunne skades av ild. Han løp mot utgangen som nå var synlig igjen men stanset, en kvinne kom løpende inn av åpningen og hun lignet ikke noe han hadde sett før. Det var som om han så både henne og et enormt kattedyr av noe slag, og han kjente at hun bar magi sterkere enn hans.

Cothrion hveste og gikk til angrep, det var det eneste han kunne gjøre, han var en mester med sverdet og regnet ikke med at en kvinne kunne være farlig for ham. Det trodde han ikke særlig lenge, hun parerte de første angrepene hans med letthet og han forsto at hun var mer enn en skulle tro. Cothrion ropte til sine guder, ba om hjelp. Han slynget den ene besvergelsen verre enn den andre mot den høye elegante skikkelsen men de var virkningsløse nå. Dragen var i ferd med å stikke hodet inn i salen og panikken var total rundt dem. Janrem hadde rast frem til Carmariel og sammen styrtet de bort til der Ghuad hadde revet vekk veggen. Dragen stakk handa inn og de hoppet opp i den og Ghuad løftet dem opp til de satt trygt på ryggen hans mellom vingefestene. Akisha fortsatte å kjempe mot Cothrion, det var hennes kamp. Cothrion hadde lite magi nå siden relikviet var fortært av Carmariels makt, men han var langt fra ufarlig og den magien han ennå hadde beskyttet ham mot ild.

Hun hadde møtt sin like hva teknikk angikk, Cothrion var en svært dyktig fekter og han var lett på foten og elegant, hun ville ha vært begeistret over å få sparre mot noen som ham men dette var alvor. Såret i låret hindret ham ikke i det hele tatt og raseriet og skuffelsen gav ham enorme krefter. Akisha merket at noe endret seg i rommet, at mørke krefter var i aksjon. Han hadde kalt på sine guder og kanskje trodde de at de kunne oppnå noe med å hjelpe ham eller så var de bare ekstra ondskapsfulle. Cothrion følte at han fikk ekstra krefter, at magien hans vendte tilbake.

Han kunne ikke nå Carmariel og den underlige mannen nå, dragens magi beskyttet dem men han kunne da i det minste bli kvitt denne forbannede kvinnen. Han snerret en besvergelse som fikk den svarthårede til å rygge tilbake med et skrik men hun var tilbake med en gang, øynene lyste formelig blått og tennene var blottet i et snerr. Igjen så han et stort kattedyr og han ble forvirret. Hva var hun? Han merket at hun var en vel så god fekter som ham selv og det var i seg selv ytterst imponerende men han forsto ikke makten han sanset i henne.

Akisha hadde ikke den magiske rustningen dolken kunne skape nå, hun hadde ikke noe forsvar mot magi men hun var sterk i seg selv. Makten i Cothrions besvergelser ville ha drept et vanlig menneske, eller i det minste lamslått vedkommende, smertene ville vært for store og de ville ha overveldet nervesystemet totalt. Hun var staere enn de fleste og etter bare litt hadde hun greid å presse Cothrion tilbake mot en vegg. Ghuad hadde stanset rivningen sin, ingen kom forbi ham uansett og de som ennå var i live i salen bare sto der, lammet av skrekk.

Cothrion hadde ikke regnet med at noen av dem ville hjelpe ham, han var ute av stand til å skjønne at han var i ferd med å tape. Besvergelsene haglet formelig fra ham nå og han skrek av sinne men hun vek ikke, angrepene var like kraftfulle og elegante som før. Snøtigeren var tålmodig, den lot byttet slite seg ut først og hun fulgte dens taktikk.

Cothrion hadde tapt alt, og det på slik en kort tid, han aktet ikke tape livet også og brukte sine mest skitne knep men de ble gjennomskuet med en gang. Akisha var erfaren, hun hadde kjempet mot forferdelige fiender før og hun lot ikke sinnet løpe av med seg. Hun hadde kontroll over seg selv, om Raigh skulle møtt en slik fiende ville berserkraseriet hans blitt hans fall, hun var glad det var hun som hadde fått denne oppgaven. Sverdene smalt mot hverandre, Elthear mol formelig i glede over å tjene henne og tjene henne godt, Thirons mesterverk var et mye bedre sverd enn Cothrions, hun var nesten i stand til å kløve bladet hans. Cothrion trodde nesten ikke det han så, det var som om den høye menneskekvinnen glødet, som om hun vokste hele tiden, hun ble ikke sliten men bare sterkere og han forsto til sin store forskrekkelse at hun trakk på kreftene hans, at det underlige sverdet tappet ham.

Han så at Carmariel satt der på drageryggen og hun virket sliten men makten glødet i henne. Hvordan hadde han kunnet ta så feil av henne? Han hadde undervurdert henne og det var bittert, han kunne hatt alt. Cothrion bestemte seg, i et kort sekund så han ting klart, så hvem som burde bli klandret for hans fall. Han grep sverdet sitt og i stedet for å angripe den høye svarthårete kvinnen kastet han det. Om han skulle dø skulle han ta Carmariel med seg!

Sverdet fløy svært stødig og ville ha truffet hadde ikke Janrem hevet seg i veien. Det boret seg inn i kroppen på ham og han stønnet men rev det ut igjen. Akisha gav fra seg et brøl, hun kylte Elthear gjennom Cothrions kropp og han stirret ned på bladet som stakk ut av brystet på ham med vantro. Det var lite smerte, merkelig nok, mer en kald følelse og han løftet blikket igjen og så matt på den snerrende skapningen foran seg. "Hva er du?"

Hun rev Elthear løs igjen og Cothrion falt sakte sammen på golvet. "Dommen!"

De gjenværende der klynket av skrekk og Akisha slapp gudinnens kraft løs i seg, hun virket brått enorm, som en stormsky og gudinnens ulver ble synlige ved siden av henne, nesten like store som Ghuad. De som var i live der klynket av skrekk og Akisha pekte mot dem med sverdet. "De av dere som forsverger de mørke guder for evig tid skal få leve, de av dere som ennå vil følge kaos og død møter sin ende nå. Jeg er gudinnens ansikt, jeg er hennes hånd og hennes tunge, jeg er hennes sverd."

Flere krøp formelig fremover men bare de som virkelig mente det kom gjennom den magiske muren Carmariel hadde skapt. De som var for korrumpert av maktbegjær og mørke ble effektivt stoppet. Carmariel hveste og stemmen hennes var som et tordenskrall. "Balansen er gjenopprettet, relikviene hviler i meg. Ingen vil noen gang kunne kreve deres makt, dere har forspilt deres rett til liv i Kharlead. Dere har prøvd å bringe mørket tilbake. Jeg er dommen, jeg er rettferd."

Akisha gav et tegn til ulvene, de slikket seg om munnen. "Ser dere disse to? De fortærer urene sjeler, og dere vil bli et festmåltid."

Noen hev seg ned og tryglet om nåde men resten trodde kanskje ennå at de kunne komme seg vekk. "La gudinnens rettferd skje." Akisha løp bort til Ghuad, hun klatret fort opp og satte seg bak Carmariel, Ghuad brølte og strupen svulmet opp, glødet rødt og han åpnet de enorme kjevene og spydde ild. Det som var igjen av salen var et inferno i løpet av noen korte sekunder og Cothrions medsammensvorne rakk kanskje å føle et blaff av hete før ilden fortærte dem. Ghuad reiste seg i sin fulle høyde, han brølte triumferende og så begynte han på sin egentlige jobb. Han tente fyr på palasset, rev ned bygningen og jagde folk foran seg. Han brukte vingene for å skape nok trekk til at ilden spredte seg fort og snart var palasset i full fyr. I byen brøt det naturlig nok ut panikk, Ghuad var så stor at han kunne sees på lang avstand og Carmariel omfavnet magien hun nå hadde og lot folket se en enorm skikkelse av lys som sto ved siden av dragen, som om den dirigerte den.
De som fulgte gudinnen kjente henne og alle visste at kaosets guder hadde blitt bekjempet, at de som fulgte dem heretter ikke kunne føle seg trygge noe sted. Ingenting de noen gang kunne gjøre kunne måle seg med den makten de nå så, de ville bare gjøre seg til latter om de i det hele tatt forsøkte.
Vulian og de andre så ilden og Ghuad også og mange var vettskremt selv om de ble forsikret om at dragen var en venn. Ghuad gjorde rent bord, han lot ikke noe være tilbake av palasset, han sparte stallene og de andre delene der det var dyr eller uskyldige personer men selve hoved komplekset ble jevnet med jorden. Så tok han til vingene og Carmariel ledet ham mot byggene til de som hadde fulgt Cothrion. Han tente bare fyr på dem fra oven så folk kunne ta seg ut men han lot ikke noe stå igjen og de tok også en runde utenfor byen for å ta seg av eiendommer der. Heretter skulle alle se at dette var skjebnen som ventet enhver som vågde å tenke på å gjeninnføre gamle tiders terrorvelde.
Da det var unnagjort fløy Ghuad mot parken og landet der. Carmariel visste at Vulian måtte ha gjemt fangene i nærheten og han kom sakte frem fra skyggene, rimelig rystet og også imponert. Han bøyde seg dypt for dem alle sammen og Carmariel følte seg underlig

delt nå. Hun hadde berget folket fra å bli hva de en gang hadde vært men hva med henne selv, og hva med Shabuch og landene rundt? Hun gav Vulian en klem og de andre frivillige knelte for henne, hun følte seg brått blyg, nesten brydd. Vulian svelget hardt. "Jeg tror det er mange som vil møte deg nå."

Hun så fort på Janrem som svelget og nikket. De hadde lite tid men hun måtte få tid til å si farvel til familien. De gikk til huset og fangene hadde gått ut for å se. Hun så sin far med en gang, han ruvet over de andre der og hun kastet seg frem, brått var hun ikke lenger en utvalgt men en redd ung kvinne som kunne ha mistet hele familien sin.

Ushanu omfavnet henne hardt, han skalv av ærefrykt og lettelse og kysset pannen hennes kjærlig. "Mitt kjære kjære barn, du har frelst oss"

Hun svelget hardt, tårer sto i øynene hennes. "Men til hvilken pris? Så mange er døde, så mange har lidd."

Ushanu tørket noen tårer også. "Ja, vi har lidd tap men det er ingenting mot hva vi ville ha gjennomlidd om de hadde vunnet. Husk det."

Flere av slektningene hennes kom stormende og hun ble omfavnet og klemt og velsignet og flere knelte for henne. Hun følte seg slettes ikke verdig slik tilbedelse. Hun så at mange manglet og flere var svært syke eller skadet, det skar henne i hjertet. Hun kjente tårene renne og hun ville ha brutt sammen hadde ikke Janrem kommet og omfavnet henne, holdt henne hardt. Hun så at Ushanu undret seg og hun presenterte fort Akisha og hennes far ble overrasket over at hun hadde slike mektige venner, han ble enda mer forbauset over at Janrem var hennes make. Han godtok det, for han kunne ikke annet, men det var tydelig at hans datter hadde endret seg mye siden hun forsvant.

Da alle hadde hilst og forstått hva som hadde skjedd gjensto det som var det vanskeligste, hun ville bli nødt til å si farvel til dem, alle sammen. Hun ville bli nødt til å snu ryggen til alt hun hadde vært og det var stille da hun fortalte dem om valget hun hadde tatt. Hun måtte vende tilbake for å redde en hel verden fra å gå under og

Ushanu brøt nesten sammen men han klemte henne og visste at han aldri hadde vært stoltere av henne. Hun fikk noen til å sende beskjeder til presteskapet og takke for hjelpen og hun skulle ønske hun kunne ha vist sin takknemlighet personlig men det var ingen tid å miste nå. De måtte vende tilbake.

Det var tårer og sorg men også lettelse, de var trygge igjen og Cothrions forsøk på å bringe deres folk tilbake til mørket var stanset en gang for alle. Ushanu sverget at Cothrions eiendommer og rikdom skulle tilfalle de som fortjente det og Carmariel ville ikke slippe taket ennå. Hun omfavnet søsken og slektninger, hvisket stille ønsker om gode og fredelige liv og hun så at folk i byen nå jaktet på Cothrions folk og sørget for at de ikke lenger kunne være til fare for andre. De som ennå var igjen i byen ville neppe vente lenge med å enten flykte eller innse sine feil og vende tilbake til den rette veien. Og om noen prøvde å gjenta det Cothrion hadde gjort ville gudinnens folk nå være så uendelig mye sterkere, de ville kunne slå ned slikt i begynnelsen, før det fikk rotfestet seg nok til å bli et problem. Deres folk måtte vende ryggen til fortiden en gang for alle og møte fremtiden som den var ment å bli, ikke som et speilbilde av en dyster fortid.

Til slutt kunne de ikke vente lenger, de fire døgnene var snart omme i Akishas verdens tidsregning og de steg opp på Ghuad igjen. Kun et siste besøk gjensto og Carmariel lot noe av magien sin gli over i samlingen av forhenværende fanger. Hun helet mange skader og sårede sinn og visste at hun hadde gjort en god ting. Ghuad tok til vingene igjen og bar dem over murene og tilbake til enga med huset til Oshride. Den merkelige skapningen sto der og ventet, de så ilden danse over bymurene og hun gliste. Det var et temmelig stygt glis men det var fornøyd. De steg av Ghuad og hun kom bort til dem, det merkelige ansiktet glødet nesten. Akisha nikket stivt. "Det er gjort, den som drepte din far er ikke mer, jeg endte ham og han døde i vanære."

Oshride nikket og hun snudde seg mot Carmariel. "Din makt er stor unge sjel, og ditt valg har du tatt. Et tungt valg, et skjebnesvangert valg men et du må stå ved."

Oshride stakk handa inn i foldene på kappen sin og trakk ut en flat pakke. "Når lengselen etter det som var blir for sterk vil dette bli til hjelp. Si navnet og du vil se."
Carmariel tok pakken nølende. "Hva er det?"
Oshride bare kaklet lavt. "Det vil du se, og nå, en gave i takknemlighet."
Oshride strakte seg frem og la handa på Carmariels panne, den merkelige handa virket for å gløde et øyeblikk og Carmariel rygget tilbake med et gisp. "Hva var det?!"
Oshride smilte igjen, et merkelig ømt smil. "Redningen for deg barn, du vet hva du er i ferd med å gjøre. Dette kan styrke din sjel, gi deg et nytt hjem"
Carmariel bare svelget, hvordan kunne Oshride vite at? Selvsagt visste hun, hun var en sjaman og kjente kreftene i verden bedre enn noen. Janrem så spørrende på Carmariel som bare trakk på skuldrene. Den underlige skapningen nikket stille. "Gå nå, ri inn i vindene, dere har lite tid tilbake. En hel verden venter på redningen."
Akisha så at Oshride så smalt på henne. "Du overvant en av mørkets tjenere o gudinnens klinge, for det bøyer jeg meg. Husk aldri å lukke øynene for mørket du selv bærer."
Oshride bare snudde og gikk og Akisha blunket stivt et par ganger før hun igjen klatret opp på Ghuad. Dragen sparket fra og steg bratt, de kjente det nå, at maktene snart ville hindre dem i å vende tilbake, at veggen mellom verdenene ville bli for sterk. Ghuad brølte til dem. "Spenn dere fast! Dette vil bli litt av en tur"

Arjhed hadde nølt lenge før han gikk inn til Rhylja, Frostfugl satt hos henne for øyeblikket og den sølvhårede alven smilte bare skjevt og reiste seg, hun så sliten ut og det var kanskje ikke så rart. Frostfugl hadde prøvd å bruke den helbredende evnen sin på Rhylja hele morgenen uten hell og det tappet henne, særlig nå som alt var så dystert og trist. De hadde ikke vært utenfor byen på mange dager og for en skogalv er det å være borte fra skogen nesten å regne som tortur. Rhylja halvt lå og halvt satt i senga, hun var ikledd en nattkjole og klynget seg til Thorans skjorte fremdeles, som om den var en livslinje av noe slag.

Frostfugl bare sukket. "Hun vil ikke snakke, vil ikke spise, jeg har greid å lure i henne tre fulle skjeer med vin, tre! Dette går ikke lenger!"

Arjhed nikket, han så ned i golvet. "Jeg tror jegerguden viste meg en mulig kur i natt, i en visjon. Jeg tror jeg må forsøke det, men det er mulig at det ikke vil fungere, at det vil gjøre henne verre."

Frostfugl rynket pannen. "Hva innebærer det?"

Arjhed rødmet. "Igjennoppvekkking av minner blant annet, æh, ganske så intime sådan."

Frostfugl så litt forvirret ut, så lysnet det for henne. "Aha, jeg husker at hun fortalte meg om det en gang hun var full, at jegerguden...vel, at de...ok, jeg forstår."

Arjhed nikket. "Jeg vil sette slåen for døra men kunne du holde vakt utenfor? Bare slik i alle tilfelles skyld?"

Frostfugl bare gliste litt trist og nikket. "Selvsagt, i det minste bør det få henne ut av den forbaskede apatien, det er umenneskelig er det"

Arjhed følte seg langt fra sikker men han smilte stivt mens Frostfugl gikk ut fra rommet og han slo for slåen etterpå, tok noen dype åndedrag bare for å roe seg ned. Han satte seg ned på senga ved siden av Rhylja, hun reagerte ikke, rugget bare sakte frem og tilbake og Arjhed hvisket sakte. "Jeg håper du tilgir meg dette om det ikke hjelper, åpne sinnet ditt, se at jeg bare vil hjelpe deg."

Rhylja reagerte ikke og han svelget og lukket øynene, lot kreftene han hadde fått fra jegerguden trä i aksjon. Han hentet frem visjonen, tvang den frem og tvang henne til å se. Han lot henne se alt jegerguden ønsket at de skulle være, alt de kunne bli og Rhylja begynte å jamre seg, merkelige klynkelyder som var svært forstyrrende å høre på. Hennes bevisste selv ante at hun var i ferd med å gjøre noe veldig dumt, at det ikke var meningen at hun skulle sørge seg i hjel over Thoran. Hun husket hva han hadde sagt til henne på dødsleiet, at hun skulle gå videre men hun hadde ikke kreftene til det. Hun greide ikke rive seg ut av depresjonen og sorgen på egenhånd og de andre var for varsomme, for redde for å skade henne til å gjøre noe nyttig. Arjhed trakk henne nærmere, kjente at hun husket, for jegergudens krefter begynte å skape en forbindelse mellom dem nå. Den var ennå svak, ennå kun ufullstendig og Arjhed følte seg på en måte hjelpeløs. Det som skjedde var skjebne, det var ikke noe de kunne gjøre for å unnslippe skjebnen, slik var det bare. Han kunne ikke slåss mot det like lite som hun kunne det. Da de ble valgt ble alle andre muligheter tatt fra dem, de måtte bare godta det. Det føltes sårt men en kan bare gjøre det beste ut av det en har og prøve å se det gode i det og han sanset at Rhyljas sjel sakte vendte seg mot ham for trøst og støtte.

De var ment å være en enhet, akkurat som de andre utvalgte hadde sine maker og Arjhed visste at de hadde flere likheter enn ulikheter, at de kunne fullstendiggjøre hverandre på en måte Rhylja ikke kunne opplevd med Thoran. Thoran hadde vært en fredelig sjel, sønn av en lærer. For ham var et normalt liv alt han ønsket og alt han kunne trives med. Han hadde aldri greid å forstå Rhylja fullstendig, den delen av henne som var jegergudens prestinne var noe han bare hadde sett noen få ganger og Arjhed visste at det hadde skremt Thoran. Tross alt, gutten hadde ikke vært vant med slikt i det hele tatt.

Hun søkte seg til ham, hungret etter forståelse, etter å bli komplett. Hun så det nå, at hun hadde manglet noe helt siden den skjebnesvangre dagen da hun hadde ridd ved jegergudens side. Hun hadde sett et glimt av noe da, noe mer, noe større enn det hun allerede var. Jegerguden hadde begynt å dytte henne i riktig retning, nå måtte hun fullstendiggjøre forandringen og hun måtte gjøre det av et helt hjerte. Det kunne ikke være tvil nå, ikke noe nølen. Hun så Arjhed men hun så også jegerguden, den hornkledde.

Følelsen hun hadde hatt den dagen hadde vendt tilbake, en dyp og intens trang til å hengi seg, til å gi seg over og få tilbake alt han var, alt han kunne gi henne. Arjhed følte det også, hvordan en trang sterkere enn noe annet han hadde følt besatte ham, tvang ham til handling. Det føltes bare riktig da han fant leppene hennes i et ivrig kyss, hender begynte å gli over hud, utforske og kjærtegne, rommet var brått blitt varmt, stemningen elektrisk. Arjhed stønnet av utålmodighet, den iveren som besatte ham var hans egen like mye som noen annens, jegerguden hadde kanskje vist ham veien å gå men nå var han på egenhånd, de to måtte selv fullbyrde båndet. Han fikk alle irriterende hindrende klær ut av veien, Rhylja bet ham i skulderen så hardt at det trakk blod men smerten var bare med på å gjøre ham enda mer desperat. Hun fikk ham over seg, brant etter det, hungret etter den følelsen bare opplevelsen der ved orkenes helligdom hadde gitt henne. En enhet med altet, med universet, med sin egen sjel.

Frostfugl satt vakt utenfor rommet og hun kjente at kinnene hennes brant av diverse årsaker. Alver er ikke blyge eller brydd over naturlige ting og hun hadde sett og hørt det aller meste men dette overgikk det meste hun hadde opplevd. Hun var vant med godlyder, Khir hadde en sjelden evne til å overdøve nesten hva som helst i slike situasjoner og hun måtte vedgå at hun også var temmelig høy lydt, men ved gudene. Hele sirkus måtte høre dette. Frostfugl bet seg i underleppa og prøvde å se upåvirket ut men hun følte faktisk takten deres siden sengen hamret mot veggen for hver bevegelse og Arjhed skrek visst også for hvert støt han gjorde. Frostfugl hadde aldri trodd at den vanligvis så stille og nesten selvutslettende unge mannen kunne være så høy lydt. Og Rhylja var like lett å høre, hun hvinte og jamret seg og hylte ordre til ham.

Frostfugl bestemte seg brått, hun reiste seg og formelig løp for livet bort fra stedet, hun ble for brydd av dette. Det hørtes ut som om de prøvde å rive hele rommet og Frostfugl var et øyeblikk veldig glad for at hennes gudinne ikke var regnet som en fruktbarhetsgud. Hun ville neppe greid en slik omgang, det er grenser for hva en kan orke. Det øyeblikket som fortærte dem begge kom brått, nesten som et lynnedslag og tiden sto stille, alt var stille. Det var en bølge av energi, et allmektig blaff av lys, det endret dem, grep dem og formet dem og etterlot noe annet enn det de hadde vært. Arjhed stirret rett ned i Rhyljas øyne og både så og følte det, hvordan energien bølget mellom dem, frem og tilbake, blandet og mikset sjelene til det ikke lenger var noe skille mellom dem, til de var forenet til evig tid.

Dette var noe helt annet enn det Rhylja hadde delt med Thoran, dette var ikke så mye kjærlighet som det var skjebne, forutbestemt før tiden i det hele tatt begynte å gå. Arjhed kastet hodet tilbake, brølte ut og Rhylja hadde låst beina rundt ham, presset ham mot seg, tvang ham til å komme i henne, til å forbli ett med henne både i kropp og sjel. Hun klorte ham men han kjente det ikke i ekstasen, kjente bare at ingenting noen gang ville bli som før. Han følte at jegerguden var fornøyd, at dette ville bli velsignet og kun gi dem glede. Rhylja hylte i det de siste bølgene raste gjennom dem begge to og de kollapset, dekket av svette og totalt omtåket og slått ut av kraften i det de hadde delt.

Rhylja bare lå der med øynene halvt lukket og Arjhed hadde en følelse av at han faktisk hadde besvimt i noen sekunder. De ble liggende å pese lenge, han hadde nesten en følelse av at det hadde vært nære på at han ikke hadde overlevd kraften i det de hadde sluppet fri. Hjertet hans hamret ennå vilt og for et kort øyeblikk hadde han kunnet se Rhyljas tatoveringer igjen og han visste at hans egne hadde glødet svakt. De var forenet i jegergudens ånd, bundet til den, og til hverandre.

Han samlet seg, følte seg matt som en skurekost og totalt tappet for krefter men han hadde nok styrke igjen til å trekke et teppe opp rundt dem og hale henne inntil seg før han sluknet som et lys. Rhylja hadde allerede sovnet, totalt slått ut av både den ville omgangen og svakheten hun hadde lidd av først.

Frostfugl løp til spisesalen og så at mange satt der nå, Jalisa jobbet som vanlig men hun var blek og hadde blitt tynnere, de vanligvis så moderlige og vennlige øynene var jaget og hun fikk nesten panikk om noen ikke spiste alt de fikk. Hun var livredd for at flere skulle bli syke.

Elywen satt ved ildstedet sammen med Våk, han hadde satt seg på et bord og flettet håret hennes med varsomme kjærlige hender og begge så litt forbauset ut. Frostfugl rødmet fremdeles som en rødbete og Khir reiste seg fra en benk og bikket på hodet. Chyun reiste seg også og gjespet og den enorme katten slikket seg om munnen og gikk bort til Frerk og drattet ned ved siden av vennen for

å få slikket pelsen. "Hva er det Frostfugl, du ser ut som om du har sett…vel…"
Frostfugl begynte å riste, hun kunne ikke stanse den høyfrekvente fnisingen som tvang seg frem. "Det er ikke hva jeg har sett Khir, det er hva jeg har hørt!!"
Raigh satt der og han forsto, han kjente at også hans kinn ble røde og han snudde seg rundt, Våk så forskrekket på ham og Rheynek satt også der med Enez i armene. Hun var svak men nektet å ligge i sykestua lenger så han hadde pakket henne inn og bar henne med seg og nå prøvde han å få i henne noe grøt. Den hvithårede jegeren måpte også av Frostfugls uttrykk. Khir så forbauset ut. "Hørt?"
Frostfugl satte trutmunn og plasserte hendene på hoftene og begynte å støte dem frem og tilbake mens hun gav en særdeles naturtro gjengivelse av hva hun hadde hørt. "Åhhh åhhh, guder, aah, hardere"
Hun skjøv til en stol så den hamret mot bordet i rytme mens hun gjorde sitt beste for å gjengi hele seansen og Elywen satt tvekroket og lo mens Arnulf og Elda hadde falt i armene på hverandre og lo så tårene sprutet. Khir bare måpte og Våk var nesten helt uberørt, Enez og Rheynek skjønte ikke noe og Raigh var så brydd at han nesten ikke greide la være å plugge for ørene.
Frostfugl avsluttet med å herme en brølende hjort og dermed satt hele gjengen der og lo så de ristet. Raigh ristet på hodet. "Ingen tvil om at han fikk henne ut av apatien i det minste."
Frostfugl nikket sindig. "Guder ja, et mirakel at dere ikke hørte dem helt hit? Jeg har aldri hørt maken til …lurveleven"
Døra gikk opp og Ali og Rashag kom inn, den høye mørke mannen stanset og så forbauset på dem. "Hva skjer, en av lærlingene sa at han var sikker på at noen slaktet griser et eller annet sted i bygget, han hadde hørt noen forjævlige hvin."
Dermed var det i gang igjen og alle lo til Jalisa kom fra kjøkkenet og fikk et gedigent sjokk over å se all munterheten etter uker med kun sorg og tunge tanker.

Ghuad hadde steget til han ikke greide komme høyere, han trengte å komme svært høyt nå, tiden var snart omme og han var redd for at de ikke skulle klare å vende tilbake. Den enorme svarte dragen ville ikke skuffe sine venner og han visste hva som sto på spill. Han hadde følt den mørke magien som var løs som en merkelig disharmoni i selve verdensveven, som en slags smitte som klebet seg til alt og det hadde fått ham til å gyse av ubehag flere ganger. Og det skal noe til for å gi en enorm svart drage ubehag.

Carmariel klynget seg til Janrem, hun var redd, mer redd enn før i hele oppdraget. Hun visste hva dette kunne bety for henne. Å gjenopprette balansen, å bringe den mørke kraften tilbake under kontroll ville kreve alt hun hadde alt hun var. Den var utemmet slik den var nå, uten noen form for restriksjoner. Hun svelget og lente haken mot Janrems skulder, nøt nærheten hans i tilfelle det ble siste gang hun fikk sitte der med ham så nær. Han merket at hun var nervøs og snudde hodet, så på henne. "Hva er det, redd vi ikke kommer hjem igjen?"

Akisha visste hva Carmariel fryktet, hun forsto det av rent instinkt, gudinnen hadde vist henne alt. Carmariel var beredt til å ofre alt for dem og hun skulle så gjerne gjort noe for å hindre akkurat det men som hun selv hadde sagt, de måtte tenke som hærførere, kun seiere telte, ikke enkeltliv. Hun sukket og så ned, lot dem få en slags stund for seg selv, blandet seg ikke inn i det.

Carmariel svelget, prøvde å virke rolig. "Janrem, når vi bryter muren vil kraften i relikviene prøve å trekke til seg den mørke magien igjen, den er en del av dem. Det kan bli…voldsomt."

Janrem stivnet. "Definer det?!"

Hun prøvde å skjule det skremte uttrykket sitt. "Det kan ta livet av meg, det kan slite selve sjelen i meg i stykker. Jeg er blitt ett med relikviene nå Janrem, de er en del av meg. Jeg kan ikke skilles fra dem mer, og det er mulig at det å temme den mørke kraften kan ta også meg med. I så fall overlever jeg ikke."

Janrem gispet høyt, grep tak i henne. "Nei, ikke si det! Du vil klare det, er du ikke mektig nå?"

Hun nikket. "Her er jeg mektig ja, her har jeg krefter som er utrolig store. I din verden derimot er kraften svekket. Den mørke magien har hatt tid Janrem, den har vokst, blitt sterk. Ingenting har stagget den, og den har levd på død og fortvilelse. Jeg kan ikke garantere noe men jeg må prøve å kalle den tilbake. Det er hva jeg gjorde dette for, å redde mine og også å redde din verden Janrem. Jeg vil ikke være en god person om jeg ikke prøver."

Han stirret, vill øyd og fortvilet. "Jeg vil ikke miste deg, hvorfor sa du ikke dette før?"

Hun sukket. "Fordi det ikke ville ha endret noe, jeg må gjøre det Janrem, selv om det kan bli slutten."

Janrem snudde seg mot Akisha. "Visste du dette?"

Akisha kunne bare nikke. "Ja, og jeg ville gjort alt for å hindre det, alt for å hjelpe men det er ikke noe jeg kan gjøre. Dette er Carmariels kamp Janrem, hennes prøve."

Ghuad stanset, stillet i luften. "Hva det enn er dere har å si, si det nå, for jeg må snart gå i stup."

Carmariel smilte blekt, klemte Janrem mot seg. "Hva som enn skjer Janrem, jeg elsker deg. Dør jeg håper jeg at gudene lar oss møtes igjen, på et eller annet vis."

Janrem ristet på hodet, sakte og som i pine. "Carmariel, jeg er udødelig for helvete."

Hun smilte trist, kysset kinnet hans. "Ha tro Janrem, jeg gir meg ikke uten kamp."

Han omfavnet henne og Ghuad gav fra seg et dempet brøl før han brått foldet vingene sammen og falt som en stein. De klynget seg til drageryggen., vinden rev i dem og ingen av dem kunne si noe nå lenger. Ghuad måtte opp i maksimal hastighet, han brølte besvergelser mens han falt, kjente at muren begynte å yte motstand. Følelsen av at de falt fortere ble sterkere og samtidig saknet tiden farten, de hang formelig i ingenting men vinden rev og slet og ulte og kulda var lammende. Ghuads kroppsvarme holdt dem i live og magien hans skaffet dem luft, ellers ville de neppe klart det. Dragen fylte brystet med ild igjen, lot presset øke til det nesten ble for mye, han glødet som en komet nå, fallende fra himmelen som en ildkule, lysende så alle kunne se. Motstanden ble massiv, nesten for mye. Ghuad pøste på med magien sin, tvang den fremover, tvang den gjennom som et spyd trenger gjennom kjøtt. Han åpnet kjevene, slapp løs et inferno uten like. Ilden omkranset dragen helt, og brått var motstanden vekk og de falt fritt igjen, i luften i deres egen verden.

Ghuad slo ut vingene, de var over skogene sør for Shabuch, nesten ute ved kysten og heldigvis var det natt, ellers ville folk fått panikk av synet. Han bremset heftig på farten og stillet igjen. Akisha stønnet, hun følte seg mørbanket etter ferden og var svimmel og Janrem lå fremover og var halvt bevisstløs. Carmariel rullet med øynene, nå som hun hadde absorbert de to relikviene følte hun den magien som hadde haiket med henne til denne verdenen som noe kaldt og mørkt som øyeblikkelig nesten overveldet sansene hennes. Carmariel reiste seg opp, hun skalv men tvang seg til å samle seg, til å forberede seg. Hun så den mørke magien som en slags glødende tåke som omkranset alt og den var overveldende. Relikviene reagerte med en gang, denne magien hadde vært en del av det mørke reliktet og de krevde den tilbake. Sakte søkte hun ut, lukket øynene, lot magien flyte gjennom seg og hvisket ordene som ville kalle det som var tapt tilbake. Her var den sterkere enn magien hun bar, her kunne den samlede energien i det brenne henne ut, fortære henne men hun kunne ikke nøle. Ikke nå, ikke lenger. Magien reagerte, som en ulveflokk som sanser en såret hjort, som en elv raser mot havet utfor fosser og stryk. Den mørke glødende tåken sanset makten i relikviene, makten som nå var en del av henne, den krevde den makten, ønsket å bli ett med den, å bli sterkere, hel, mektig. Den ønsket å bli den eneste, å styre all energien, å rase videre, uhindret og ustoppelig til den var alt som var igjen av denne verdenen, til den besatte alt levende, var en del av hver stein og hver dråpe vann, av hver levende organisme fra de minste til de største. Carmariel skrek, tåken steg opp over dem, omkranset dem som veggene i en orkans øye, Akisha kunne sanse hungeren i den, den iskalde viljen og hun ante ikke om Carmariel var sterk nok til å stå i mot. Hun måtte fange denne mørke makten i seg selv, tvinge den til å bli ett med relikviene og ikke omvendt. Janrem jamret seg, vettskremt og ute av stand til og helt å forstå hva som skjedde. Den mørke magien trakk mot dem, ble halt dit av styrken i de forenede relikviene, av Carmariels kall. Og brått ble verden merkelig stille, ingen lyd kunne høres, over dem var stjernehimmelen som et teppe av mørke fløyel dekket av diamanter og rundt dem var en vegg av glødende mørke, av død.

Carmariel forsto at den vage energien som hadde fulgt henne da Ingolemo kalte henne til seg hadde fått en egen vilje, hadde fått liv på et vis. Det ønsket å besette henne, å eie henne, bruke henne. Hun kjente at kaldsvetten rant av henne, hvordan skulle hun kunne klare dette? Hvordan hadde hun i det hele tatt vært så dum at hun trodde hun kunne klare dette? Det var hinsides hennes makt, hinsides noe levende vesen å temme dette. Hun hylte ut, den mørke magien raste mot henne, strakte seg som røtter og greiner fra et mektig tre, tvang seg inn i hennes aura og relikviene kjempet, de var i balanse nå, den mørke magien var unatur, alt hva Carmariels gudinne ikke var.

Hun tvang energien til å forene seg med relikvienes men det var så mye av den, så alt for mye. Øynene hennes glødet rødt, hun skalv og Akisha gispet skremt. Om den mørke magien besatte Carmariel fikk de en ny fiende, en mektigere enn de kunne forestille seg. Det måtte ikke skje. Magien bare raste rundt dem, mer og mer tvang seg frem, som stormskyer i vinden. Carmariel kjempet desperat, hun var trent for hva som helst, for bruk av magi, for kamp. Dette var hun ikke trent for, dette hadde ingen forutsett. Gnister fløy av henne, de hørte en ulende hul lyd som var meget illevarslende og Akisha forsto brått at Carmariel ikke klarte dette alene. Hun kunne ikke klare det alene. Den mørke energien var for sterk, den rommet livskraften til alle de den hadde drept og det var blitt mange nå. Akisha lukket øynene.

"Gudinne, hjelp oss, hva skal vi gjøre?"

Hun så at Carmariel snart ikke klarte mer, hun var i ferd med å gi etter, å la energien ta kontrollen. "Del styrke mine barn, del alt dere er"

Akisha forsto, hun skrek til Ghuad og Janrem. "Lukk øynene, la meg forene tankene våre, vi må hjelpe henne"

Janrem skalv av redsel men han adlød og Ghuad lot sin egen magi forme et slags skjold rundt dem, han tvang deres individuelle auraer til å smelte sammen, til å danne en enhet. Akisha trakk frem rovdyret hun bar på i sitt indre, snøtigerens ånd gav aldri opp, lot aldri noen fiende stå tilbake i live og hun brølte. Snøtigerens ånd tvang seg frem, kjempet seg inn i Carmariels sinn og gav henne ny styrke, ny villskap. Janrem deltok med sin egen kraft, med den som var vekket i ham av den gamle heksen, Carmariel drakk grådig av den, lot ham styrke seg ytterligere. Ghuad brølte og lot sin indre ild styrke den skjelvende svartalven, brått glødet hun rødt.

Carmariel følte det, følte dem alle sammen, følte snøtigeren og Janrems udødelighet, følte Ghuads ild. Hun brukte alt, formet det til et skjold for sin egen sjel, tvang magien inn under sin vilje igjen. Hun trakk den mot seg og nå protesterte den, kjempet i mot. Akisha visste hva som ville bli resultatet av dette, Carmariel ville for alltid bære med seg litt av dem, men det var en pris de måtte være villige til å betale.

Carmariel så at skyen av mørk energi steg rett opp, som et desperat forsøk på å unnslippe, hun følte at styrken i all magien hun absorberte glødet i henne, brant som den heteste esse men med litt av Ghuads krefter i seg tålte hun det. Hun ville for alltid bære litt av en drages krefter i seg og det ville styrke henne, mye.

Lyn danset rundt dem, lufta spraket av energi og Akisha tvang forbindelsen til å holde, de måtte være sjelelig forbundet til Carmariel hadde absorbert alt av den mørke energien. Svartalven sto med armene ut, håret pisket rundt henne og hun glinset av svette men hun trakk til seg av tåken, skrek mens hun gjorde det. Ghuad slo med vingene av og til for å holde dem i lufta og omsider forsvant det siste av tåken med et forferdelig smell og et lufttrykk som rev selv Ghuad ut av balanse. Akisha rev over forbindelsen men hun kjente det, hvordan bølger av den nå temte energien returnerte til dem alle med båndet de hadde delt. De ble alle sterkere av dette, mye sterkere men det var en styrke bygget på liv, utallige liv.

Carmariel stønnet, så falt hun sammen og Janrem grep henne før hun kunne ramle av drageryggen. Hun virket livløs og han skrek navnet hennes, ristet henne hardt men hun reagerte ikke. Akisha svor. "Hun lot for mye gå tilbake til oss, hun har brent seg ut." Janrem bannet og tårene rant, Akisha skrek til Ghuad. "Fly til Shabuch, nå, så fort du kan, land i sirkus. Om du skremmer folk får det bare være."
Akisha så at Ghuad hadde blitt styrket av all energien, han strakte seg og de enorme vingene begynte å slå igjen, snart fløy dragen fortere enn noen gang før i sitt lange liv.

Arjhed og Rhylja hadde sovet som steiner i flere timer, de hadde gått glipp av at hele sirkus nå visste om hva de hadde bedrevet og de var snaut i stand til å gå da de sjanglet seg til Naraghs bad for og komme seg etter anstrengelsene. Rhylja følte seg forvirret, merkelig svimmel og hun skjønte ikke helt hva hun følte. Hun sørget ennå dypt over Thoran men hun så det nå, at det ikke ville ha vart. At han var der for henne da hun trengte noen men at han i lengden ville blitt en byrde. Han var et barn av en annen virkelighet enn hennes, hun måtte bare godta det. I det minste hadde han dødd elsket, og han visste det.
Hun hadde en følelse av at hun hadde vært bare en halv person men nå var hun komplett, hun følte Arjheds nærvær på en ny måte og det var en slags trøst i det. Hun ville aldri bli alene noen gang, det var hva hun hadde vært mest redd for og hun husket hvor fortvilet hun hadde vært da Thoran nektet å drikke av livets vann. Men det hadde vært meningen hele tiden, hun så det nå. Thoran hadde aldri vært ment å bli udødelig, for et menneske er det en grusom skjebne og en han aldri ville ha kunnet forsone seg med. Hun ville huske ham med ømhet og takknemlighet men hun visste hvilken vei hun skulle følge nå. Arjhed var en del av hennes skjebne akkurat som han var en del av hennes og selv om hun følte tvil over hvor fort det hele hadde utviklet seg og skjedd så kunne hun ikke nekte for at det hadde reddet henne. Hun burde ha sørget et år i det minste før hun tok seg

en ny make men det ville ha drept henne, hun ville ha sørget seg til døde.

Naragh var ikke der da de ankom til badet og det var bra for den gamle mannen ville ha fått et infarkt av å se alle merkene på dem. Rhylja hadde blåmerker nær sagt overalt, både etter ubarmhjertige møter med diverse harde kanter på senga og etter Arjheds harde grep og han hadde klor og bitemerker over både ryggen, skuldrene og baken ikke minst. Hun hadde virkelig sluppet sin indre villkatt fri og han jamret seg mens han gikk ned i bassenget. Det sved noe infernalsk men han fikk bare ta det med godt humør, i det minste visste han at han hadde bundet seg til noen som ikke sparte seg i det hele tatt når det gjaldt å vise følelser. Og det var jo en god ting.

Raigh satt og var så nervøs nå at han nesten ristet, han var livredd for at Akisha ikke skulle vende tilbake til ham, de fire døgnene var omme nå, de måtte ha kommet tilbake til den riktige verdenen og han var så ute av seg at Våk og Rheynek i fellesskap igjen helte i ham mjød med noe beroligende i. Resultatet var at han satt og hang og virket halvveis utslått og det så ikke videre bra ut. Om Akisha kom tilbake nå ville hun bli temmelig forbannet og Våk og Rheynek fryktet hennes vrede men måtte glise også. Alle delte Raighs frykt, de var bare ikke så påvirket av den som ham, de stolte på at deres øverste leder kunne klare dette.

Natten var uvanlig klar ute men de hørte fjerne drønn som av torden og Elywen og Frostfugl ble nervøse, de følte en sitring i lufta, en slags dur som ikke var særlig behagelig. Den fikk hårene til å reise seg i nakken på dem alle sammen og flere følte seg kvalme. Det var som om noe trakk i dem, noe kaldt og ondsinnet og Elywen sjanglet nesten. "Hun er tilbake, og Carmariel kjemper nå, jeg føler det" Våk grep Raigh om livet og hjalp ham opp. De gikk ut alle sammen, himmelen over dem strålte formelig men det dundret og braket i det fjerne og noe lyste opp. Raigh sjanglet og Rheynek og Våk hjalp ham, de hadde aldri sett ham så blek noen gang. Brått endte det, all lyden ble borte, lynene også og lufta ble merkelig sval, merkelig mild. De bare sto der, stirret i vantro og håp og frykt og ingen reagerte da Arjhed og Rhylja kom gående fra badet. De hadde hørt det også og forstyrrelsen i selve verdensmagien hadde skremt dem. De følte den intenst og sterkt gjennom Jegerguden og Rhylja var likblek. Ingen så mye som blunket av at de så temmelig herjet ut, Rhylja hadde noen heftige sugemerker på halsen og Arjheds lepper var ennå hovne etter lidenskapelige kyss, normalt sett ville en storm av vitser og flaue kommentarer ha fulgt og Arjhed var litt takknemlig for at situasjonen var som den var, de ble glemt rett og slett. Var de heldige forble det slik men så mye flaks kunne ikke noen regne med å ha, ikke der i huset.

Alle sto bare og stirret lenge, usikre på om de var i fare eller ei, om ting hadde gått galt for de som var sendt avgårde, om de var i live. Så hørte de brått bruset av mektige vingeslag og en stemme fra oven som en steinknuser. "Flytt dere om dere ikke vil bli flate som kukaker!"

Alle raste tilbake mot kanten av arenaen, klemte seg mot veggene og nå så de noe som skygget for stjernene, en gigantisk skygge som slo med vingene noen ganger og så gikk Ghuad ned for landing med et brak som fikk hele bakken til å riste og klokkene i klokketårnene rundt omkring til å ringe vilt. Det var en kakofoni av skrik og rop om jordskjelv og Raigh slapp ut et merkelig rop da han så de tre på drageryggen. De var der, alle sammen var der. Akisha hoppet ned, Janrem grep Carmariel og de var snaut nede før Ghuad forvandlet seg så ingen skulle se ham. Han var høyere enn sirkus murer og synet kunne skapt panikk. Akisha så at alle var der, de stirret storøyd og vantro på dem og hun så at Raigh formelig hang på Våk og Rheynek. Hun glemte Carmariel for et øyeblikk. "Guder, hva feiler det ham? Er han syk?!"

Våk bare gliste fårete. "Ikke vær redd, han var så nervøs for deg at vi måtte dope ham!"

Akisha knurret nesten, det var akkurat likt dem å gjøre noe slikt men hun tilga dem tross alt. Raigh gråt, hun så det tydelig selv i halvmørke der, han omfavnet henne desperat, holdt henne så hardt at hun fikk vansker med å puste. "Takk kjære, jeg vet hva du føler men nå må vi hjelpe Carmariel, hun har tappet seg selv for krefter, vi må berge henne!"

Raigh slapp taket men hun så hvordan følelsene kjempet mot fornuften hans. Fornuften vant, han slapp men bare så vidt og Akisha stormet etter Janrem og de løp inn til Naragh i en stor samlet flokk. Den arme vismannen skvatt og mistet en flaske med dyr olje i golvet men han spratt i aksjon med en gang allikevel. Fort ble hun lagt på en seng og han undersøkte henne. "Hun er så kald, og jeg føler snaut livskraften hennes."

Akisha nikket. "Hun har fjernet den mørke magien, den er borte. Pesten skal dø ut nå. Men jeg vet ikke om hun vil klare seg."

Naragh bannet og la handa over brystet hennes, lukket øynene. "Hjertet hennes er sterkt, hun ønsker å leve, hun trenger bare energien til å gjøre det."

Akisha svelget hardt. "Jeg lot henne få del min energi, det samme gjelder Janrem og Ghuad, vi har gitt henne litt av oss."

Janrem svelget, han holdt handa hennes hardt. "Kan ikke relikviene hjelpe henne? Hun bærer dem i seg ikke sant? Essensen av dem? Den ble vel ikke borte?"

Akisha rynket pannen. "Nei, den er for evig en del av henne, men den er avhengig av at hun har energi nok til å vekke den makten. "

Janrem så fortvilet ut. "Oshride sa noe til henne før vi dro, gjorde noe med henne. Ante vi hva?"

Rhylja hadde gått frem, hun følte en slags underlig forbindelse med Carmariel som hun ikke hadde følt før. Som om hun kjente svartalven på en eller annen måte. "Oshride? Hvem er det?"

Akisha svelget. "En merkelig skapning, en slags sjaman."

Rhylja gispet. "Sjamaner tilber naturgudene, også den hornkledde. Skjønner dere ikke? Det er en forbindelse, alt henger sammen. Vi skal hjelpe henne!"

Arjhed så forvirret ut. "Hvordan?"

Rhylja peste nesten av iver. "Jeg vet hvordan, jeg ser det, denne sjamanen la igjen noe i henne, et løsen, en slags hvilende magi. Den har vernet sjelen hennes som en rustning og når den slippes løs blir hun hel igjen."

Arjhed så ut som om han ikke riktig forsto noe. "Hæ?"
Rhylja var brått svært ivrig. "Hun er allerede en del av sin gudinne
ikke sant? Og hun ble en del av Akishas gudinne også da dere hjalp
henne, hun bærer litt av Ghuad i seg og litt av Janrem også, hun er
nøkkelen, den som forbinder verdener. Jegerguden er den siste delen
av det, den siste del av puslespillet."
Akisha rynket pannen, det hørtes vilt ut men sakte seg det inn i
henne, jo, det var mulig at Rhylja snakket sant. Carmariel var en
som brakte ulike verdener sammen, som brøt grenser. "Hva kan
dere gjøre?"
Carmariel gliste stivt. "Vent og se."
Hun grep Arjhed i handa. "La hans kraft fylle deg Arjhed, la
skogens villskap og frihet lede oss videre."
Hun la handa over Carmariels brystkasse og brått ble Rhyljas blå
øyne intenst grønne som fargen av ferske løv. De hørte lyden av
skogsdyr og Arjhed virket enda høyere enn normalt, kraftigere. De
så skyggen av et mektig gevir over den ville manen av hår og
Akisha visste at jegerguden var der i rommet. Carmariel ville bli en
utvalgt også for ham.
En merkelig kule av lys formet seg under Rhyljas hånd og den lyste
varmt og mykt men også sterkt, hun smilte. "Oshride, hvem og hva
du enn er, du visste hva du gjorde. Vi slipper det løs, nå!"
Kulen forsvant inn i Carmariels kropp og et øyeblikk lyste hun opp
som en stjerne i rommet, hun skalv og kroppen ristet og så ble hun
slapp og jamret seg kort. Janrem var nesten på gråten av engstelse.
Carmariel blunket, åpnet øynene og så seg forvirret rundt, hun følte
seg sterk, hel. Magien i relikviene var sterk i henne igjen, hun følte
det som om hun kunne klare hva det skulle være. Oshride hadde
brukt magi for å sikre at hun kunne bli en del av denne nye
verdenen, nære seg på dens krefter, bli en del av dens energi og
makt. Dens guder ville støtte henne like mye som hennes egen
gudinne hadde gjort, hun var nå et barn av to verdener og allikevel
hel. Hun hostet, så at Janrem var blek. "Jeg er ok, hva skjedde?"

Hun var brått omfavnet av en strigråtende mann og rommet var fylt med svært lettede og svært overveldende personer, hun følte en brå trang til å gjemme seg under teppet.

Akisha følte at adrenalinet nå forlot henne og hun følte seg slapp som en vaskeklut, de hadde greid det, de var tilbake og ingen av dem hadde dødd. Bare det var grunn til feiring. Men nå var hun så sliten at hun vaklet og Raigh så det og prøvde å støtte henne men siden han var halvt bedøvd av det Våk og Rheynek hadde lurt i ham endte det med at begge to havnet i en haug på golvet.

Carmariel stirret storøyd på det temmelig lite elegante synet, Raigh hadde havnet oppå Akisha og kavet rundt for å komme seg opp og siden hun gjorde det samme kom ingen av dem seg opp før Våk fikk medlidenhet med Raigh og grep ham i beltet og halte ham opp som en sekk med mel. Akisha kom seg også på beina og brått ble hun løftet av Arnulf og Rashag mens Våk og Khir bar Raigh med seg.

Det bar rett til spisesalen og de så at Ghuad hadde plassert seg ved bordet og han var allerede i ferd med å fortære en helstekt smågris med en fart enn måtte se for å kunne tro. Han var utsultet og Jalisa sto der og formelig strålte over den gode appetitten han oppviste.

Brått var det som om noen hadde fjernet et mørkt teppe som hadde ligget over dem alle og holdt dem nede, på tross av alt ble det smilt og ledd og Jalisa ofret en tønne med vin. Akisha fikk to glass og det var nok til at hun nesten svimte av og hun husket senere ikke at hun ble båret i seng av Raigh.

Carmariel satt klemt inntil Janrem og hun var på gråten av lettelse og også ærbødighet. Hun visste hva Oshride hadde gitt henne, evnen til å bli i like stor grad av denne verden som hun var av den som fødte henne. Det var en stor gave og en hun var takknemlig for.

Akisha hadde vært for sliten til å fortelle noe så Janrem fikk den jobben, han sto på et bord med alle som var i sirkus samlet foran seg og han avslørte at han hadde en god fortellerevne og han overdrev Carmariels mot og oppofrelse noe grundig men det var bare å vente.

Whaly var som vanlig oppløst i tårer av lettelse over at hennes var trygt tilbake og Ali trøstet henne som best han kunne, hun var ikke lenger så sterk som hun hadde vært.

Da alt var fortalt og folk fikk ting litt på avstand begynte de å huske på hva annet som hadde skjedd der og brått fikk Rhylja og Arjhed gjennomgå til de grader. Det var ikke så rent få vitser de fikk slengt etter seg og Rhylja kjente at kinnene brant røde etter bare litt. Lettelsen gjorde at humoren ble temmelig grovkornet og hun prøvde å ta det med fatning men det var ikke alltid like enkelt.

Da folk gikk til ro den kvelden var det med nytt håp, pesten burde ikke spre seg mer nå, men for de som alt var syke var det fremdeles kritisk.

De neste dagene gikk med på å få oversikt over situasjonen, Akisha og de to andre fikk sove ut. De ble ikke vekket og Raigh lå ved siden av sin make hele tiden og nektet å forlate henne. Han var så lettet at de forsto at han neppe ville slippe henne mer enn noen fot unna seg de neste ukene. Ghuad ble i sirkus en stund nå, han var sliten etter dette oppdraget og visste at de kunne trenge ham. Han og Elywen gikk sammen om å brenne de døde som ble samlet opp, medikus og de vises råd fikk ordnet gode lister over antallet døde og de begynte å sørge for at det ble delt ut hjelp og at folk fikk vendt hjem på en noenlunde måte.

Ingen flere ble syke av pesten men så lenge byen var overfylt var det fremdeles andre sykdommer der og Akisha og de andre ledet arbeidet med å få folk tilbake dit de kom fra. Det tok flere uker før de tilreisende var borte og enda flere før de hadde fått rensket opp. Brønnene måtte spyles rene, gatene også, kloakksystemet var proppet til randen men heldigvis kom det noen regnstormer som bidro til å renske godt opp. Det var en melankolsk stemning over hele byen nå, en slags stille aksept og sorg over hva som hadde vært. Medikus kom til at dødstallet i byen og områdene rundt var på over femti tusen, det var i noen områder nesten halvparten av befolkningen. Akisha gråt da hun leste rapportene, hun var knust av det og kongen utpekte nye helligdager som skulle være til minne om de som døde. Thoran ble brent i en vakker seremoni i skogen og Rhylja gråt som et barn og ingen holdt det mot henne. Det ble mange likbål og bare sakte vendte byen tilbake til det gamle. Nye flyttet inn som erstatning for de som var blitt borte og igjen lød det barnelatter i gatene og de velkjente luktene spredte seg fra butikker og boder. Dern åpnet kroa si igjen og det ble behørig feiret med en fest som tok totalt av.

De vises råd ble i byen nå, Ulthario orket ikke reise før til våren igjen og Aldur Ursad og Amaras ville benytte sjansen til å gå gjennom kongens eget bibliotek. Det samme gjaldt de andre vise og det ble kranglet temmelig heftig til tider om alt fra nye løsninger for kloakksystemet til hvorvidt svarte eller hvite brevduer var de raskeste.

Carmariel fant en ny ro nå, hun følte seg hjemme, følte seg trygg og hun oppdaget at hun merket gudinnens makt like mye som jegergudens. Hun kunne føle gudinnens hevnulver akkurat som Akisha og hun kunne også noen ganger føle hvordan snøtigerens ånd gled gjennom henne og gjorde henne sterkere. Hun følte jegerguden hver gang hun var ute i naturen, i ethvert vindkast og i enhver levende skapning. Hun ante ikke hva det ville bringe i fremtiden men hun var takknemlig.

Hun hadde nesten glemt den lille pakken hun fikk fra Oshride, den lå i sekken hennes og hun så nesten forvirret på den da hun tok den ut. Det var et lite speil, et håndspeil av det slaget kvinner bruker og hun skjønte ikke mye for hun husket det Oshride sa. Hun satte seg ned, nesten stjålent og hvisket sin fars navn og brått så hun ham i speilet. Han satt ved et skrivebord i deres hjem og arbeidet med et eller annet og Carmariel forsto at hun kunne følge med sin slekt på dette viset. Hun var nesten på gråten av takknemlighet. Oshride hadde vært takknemlig og betalt tilbake for hva de gjorde med en generøsitet Carmariel ikke hadde forventet. Men kanskje var det nettopp at hun og de andre hadde brakt håpet tilbake, Oshrides folk ville ikke bli jaget for sport mer, og de kunne vende tilbake til skogene sine i fred.

Janrem forsto henne så inderlig vel og de sørget for at speilet ble trygt oppbevart når hun ikke brukte det.

Rhylja og Arjhed hadde blitt som erteris og de ble vennskapelig mobbet rett som det var men det prellet av. Rhylja hadde en forståelse med Arjhed hun ikke hadde hatt med Thoran og hun måtte vedgå for seg selv, dog litt skamfull og med sorg, at Arjhed var bedre for henne også i senga. Thoran hadde vært for myk, for romantisk og han likte å ta seg tid. Han var alltid redd for å gjøre noe galt men Arjhed var helt motsatt, han var kanskje stille og rolig av seg ellers men på soverommet var han svært dominerende og ivrig og Rhylja likte det. Hun likte at han formelig rev klærne av henne og de hadde fått et rykte på seg for å bli tatt på fersken på de merkeligste steder. Det var ikke før kokka fant dem i full gang med diverse akrobatikk i en binge med poteter i kjelleren at Akisha trakk Rhylja til side for en liten oppstrammer, Raigh gjorde det samme med Arjhed og gutten kom ut igjen og så ut som en hund noen har sparket. Det ble glist godt av dem men det var godt ment.

Naragh fikk nye folk og det kom nye lærlinger til sirkus men landet ville merke pesten i årevis. Heldigvis hadde mange barn klart seg og det kom et bud fra den gamle helbredersken om at hun hadde klart seg og hun hadde greid å berge flere. Kongen deklarerte sporenstreks at den gamle skulle få pensjon fra kronen resten av livet og bli utpekt som en nasjonal helt. Meba ble aldeles fra seg av glede og sjokk da hun brått ble en meget rik kvinne i forhold til andre i traktene og hun opprettet med en gang et hospital og begynte å ta inn jenter fra omegn for opplæring.

Ulthario gav seg ikke med forsøkene på å forføre Amaras, han hadde satt seg inn på at han skulle klare det og en ettermiddag kom Aldur og Ursad innom for å hente en bok og kom uforvarende til å få et glimt av Ultharios temmelig slunkne bakdel som jobbet iherdig mellom de sparkende beina på Amaras. Aldur sa etterpå at han heller ville stirre rett på sola i en time gjennom et brennglass enn å oppleve noe lignende igjen. Amaras hadde hylt og skreket som et kobbel griser og om det var av smerte, nytelse eller ren og skjær avsky var ikke godt å si men de to holdt sammen resten av livet og opprettet en skole i byen for alle de ungdommene som hadde talent uavhengig av sosial status og bakgrunn.

Carmariel ble en del av sirkus, en del av gjengen og Akisha visste
hva de hadde vunnet i henne. Hun skremte kanskje folk til å
begynne med, tross alt var ikke svartalver noe en så lenger der i
deres verden men folk fikk fort tiltro til henne. Hun var en mild og
vennlig sjel og i besittelse av en umåtelig iver etter å lære mer. Hun
satt ofte med Akisha og fikk opplæring som prestinne og hun var
med alvene i skogen for å lære mer om denne verdenen og hva den
rommet.
Bøkene de hadde funnet hos Ingolemo ble låst inne i et hvelv under
slottet siden de var livsfarlige for alle som ikke kan håndtere dem og
freden senket seg igjen over landet. De merkelige hyttene på hjul
ble gjort om til tømmervogner igjen, pramdragerne fikk igjen
plassene sine og det ble plantet blomster på gravene. Befolkningen
gikk videre og visste ikke hvem det var som hadde reddet dem,
hvem som hadde stanset den sikre enden.

Akisha sto i arenaen og stirret mot månen, hun hadde ikke greid å
sovne og Raigh hadde snorket så hun gikk ut for å få frisk luft. Hun
så at Carmariel hadde gjort det samme, hun sto der i en hvit
nattkjole og så opp og Akisha nikket kort til henne. Carmariel
sukket lavt. "Noen ganger drømmer jeg om hjemme, men det føles
ikke som hjemme, ikke nå mer. Jeg vet ikke om jeg vil se dem igjen
men jeg vet at de er trygge."
Akisha bare smilte. "Da er alt godt, det er det viktigeste."
Carmariel bet seg i underleppa. "Akisha, kan jeg spørre deg om
noe?'"
Akisha nikket sindig. "Selvsagt, hva da?"
Carmariel så ned i bakken. "Du gav meg litt av deg selv da du hjalp
meg, jeg kan ikke forklare det men jeg har drømt i det siste, om en
stor katt. En stor sort panter, jeg aner ikke hva den er men den er så
virkelig."
Akisha snudde hodet og så smilende på Carmariel. "Du fikk litt av
snøtigerens ånd i det Carmariel, men du er av en annen verden. Det
du ser er din versjon, din indre styrke."

Svartalven smilte litt nervøst. "Jeg fikk litt av Ghuad også, jeg kan få ild til å brenne hetere nå, nesten styre den. Det er litt skremmende men jeg tror det er en mening med alt. "

Akisha smilte skjevt. "Selvsagt er det en mening med det. Gudene spiller sjakk jenta mi, og vi er brikkene. Det er den som kan forutsi trekkene som vil vinne i enden."

Carmariel svelget hardt. "Det betyr at jeg vil få bruk for det, før eller siden. Kan ikke si at jeg gleder meg til det."

Akisha la armen om Carmariels velformede skuldre. "Vet du, slik har jeg hatt det i mange år, en vet aldri når neste problem dukker opp, men stol på meg når jeg sier at du vil greie det. Du har oss og du har Janrem og hva som enn skjer, vi vil aldri svikte, du vil aldri mer stå alene."

Hun rettet seg opp, stirret mot månen og øynene lyste formelig, ikke rødlig som før men i en svakt blålig tone, som Akishas. "Nei, jeg vil aldri mer stå alene."

De to snudde ryggen til arenaen og gikk inn igjen til sine kjære og arenaen ble liggende igjen tom, badet i det nakne klare månelyset. Gudinnens utvalgte hadde reddet folket igjen, det var fred men bare skjebnen selv kunne si sikkert hvor lenge den freden ville vare.